# 人民共和國文化與文學叢書

五 編

李 怡 主編

第 **15** 冊

文學與時代的精神狀況

趙 勇 著

花木蘭文化事業有限公司

國家圖書館出版品預行編目資料

文學與時代的精神狀況／趙勇 著 -- 初版 -- 新北市：花木蘭文
化事業有限公司，2017〔民106〕
序 4+ 目 2+278 面；19×26 公分
（人民共和國文化與文學叢書 五編：第 15 冊）
ISBN 978-986-485-086-0（精裝）
1. 中國當代文學 2. 文學評論
820.8                                                    106013287

**特邀編委**（以姓氏筆畫為序）：

吳義勤　孟繁華　張　檸
張志忠　張清華　陳思和
陳曉明　程光煒　劉福春
（臺灣）宋如珊
（日本）岩佐昌暲
（新西蘭）王一燕
（澳大利亞）鄭　怡

ISBN-978-986-485-086-0

9 789864 850860

**人民共和國文化與文學叢書**
**五　編　第十五冊**　　　ISBN：978-986-485-086-0

---

## 文學與時代的精神狀況

作　　者　趙　勇
主　　編　李　怡
企　　劃　北京師範大學民國歷史文化與文學研究中心
　　　　　四川大學現代中國文化與文學研究中心
總 編 輯　杜潔祥
副總編輯　楊嘉樂
編　　輯　許郁翎、王　筑　美術編輯　陳逸婷
印　　刷　普羅文化出版廣告事業
出　　版　花木蘭文化事業有限公司
社　　長　高小娟
聯絡地址　235 新北市中和區中安街七二號十三樓
　　　　　電話：02-2923-1455／傳真：02-2923-1452
網　　址　http://www.huamulan.tw 信箱 hml810518@gmail.com
初　　版　2017 年 9 月
全書字數　236339 字
定　　價　五編30冊（精裝）台幣56,000元　　　版權所有・請勿翻印

# 文學與時代的精神狀況

趙勇 著

## 作者簡介

趙勇，1963 年生，現爲北京師範大學文學院教授，博士生導師，教育部人文社科重點研究基地北京師範大學文藝學研究中心主任、專職研究員，主要從事文學理論與批評、大眾文化理論與批評的教學與研究工作。著有《整合與顛覆：大眾文化的辯證法——法蘭克福學派的大眾文化理論》，《法蘭克福學派內外：知識分子與大眾文化》，《大眾媒介與文化變遷：中國當代媒介文化的散點透視》，《透視大眾文化》等，合著有《反思文藝學》等，主編有《大眾文化理論新編》等，合譯有《文學批評：理論與實踐導論》。在《中國社會科學》、《文學評論》、《文藝研究》、《外國文學評論》等刊物發表論文百餘篇。

## 提　　要

　　本書是一本中國當代文學評論集，側重於從作家的精神向度、時代的精神狀況、文學與時代的關係等角度進入近三十年的文學現場，形成問題意識，分析作家作品，考察文學流變，反思文學生產，體現了作者的現實關懷和作爲批評家的鋒芒與銳氣。論集內容有三：第一輯既在宏觀層面思考寫作自由的欠缺、意象形態的裹脅、跨文體的焦慮、影視的收編、女性主義文學思潮對中國當代文學的負面影響，也在微觀層面剖析王蒙、莫言、劉震雲和韓寒等作家的寫作誤區。第二輯主要涉及對史鐵生、高爾泰、張承志、路遙、王小波、聶爾、塞壬、楊炳麟等作家作品的解讀、闡發和賞析，而苦難意識、創傷經驗、缺失性體驗、知識分子情懷、現代性等等，則是理解其人其作的關鍵詞。第三輯聚焦於文學公共領域、文壇媒介化、文學批評、文化批評、學院批評、現實主義和中產階級美學等問題，力圖在開闊的歷史視野和複雜的現實語境中對其予以理論反思。從文體形式上看，本論集所收文章除論文體之外，還有隨筆體、書信體、演講體和時評體等，試圖以此打破言說的論文腔與八股調，呈現文學評論的靈活性、自由性和豐富性。

# 當代的意識與現代的質地——
## 《人民共和國文化與文學叢書》第五編引言

李　怡

　　我們對當代批評有一個理所當然的期待：當代意識。甚至這個需要已經流行開來，成為其他時期文學研究的一個追求目標：民國時期的文學乃至古代文學都不斷聲稱要體現「當代意識」。

　　這沒有問題。但是當代意識究竟是什麼？有時候卻含混不清。比如，當代意識是對當代特徵的維護和強調嗎？是不是應該體現出對當代歷史與當代生存方式本身的反省和批判？前些年德國漢學家顧彬對中國當代文學的批評引發了中國批評家的不滿——中國當代文學怎麼能夠被稱作「垃圾」呢？怎麼能夠用作家是否熟悉外語作為文學才能的衡量標準呢？

　　顧彬的論證似乎有它不夠周全之處，尤其經過媒體的渲染與刻意擴大之後，本來的意義不大能夠看清楚了。但是，批評家們的自我辯護卻有更多值得懷疑之處——顧彬說現代文學是五糧液，當代文學是二鍋頭，我們的當代學者不以為然，竭力證明當代文學已經發酵成為五糧液了！其實，引起顧彬批評的重要緣由他說得很清楚：一大批當代作家「為錢寫作」，利欲薰心。有時候，爭奪名分比創作更重要，有時候，在沒有任何作品的時候已經構思如何進入文學史了！我們不妨想一想，顧彬所論是不是大家心知肚明的事實呢？

　　不僅當代創作界存在嚴重的問題，我們當代評論界的「紅包批評」也已然是公開的事實。當代文學創作已經被各級組織納入到行政目標之中，以雄厚的資本保駕護航，向魯迅文學獎、茅盾文學獎發起一輪又一輪的衝鋒，各

級組織攜帶大筆資金到北京、上海，與中國作協、中國文聯合辦「作品研討會」，批評家魚貫入場，首先簽到，領取數量可觀的車馬費，忙碌不堪的批評家甚至已經來不及看完作品，聲稱太忙，在出租車上翻了翻書，然後盛讚封面設計就很好，作品的取名也相當棒！

當代造成這樣的局面都與我們的怯弱和欲望有關，有很多的禁忌我們不敢觸碰，我們是一個意識形態規則嚴厲的社會，也是一個人情網絡嚴密的社會，我們都在為此設立充足的理由：我本人無所謂，但是我還有老婆孩子呀！此理開路，還有什麼是不可以理解的呢！一切的讓步、妥協，一切的怯弱和圓滑，都有了「正常展開」的程序，最後，種種原本用來批評他人的墮落故事其實每個人都有份了。當然，我這裡並不是批評他人，同樣是在反省自己，更重要的是提醒一個不能忽略的事實：

> 中國當代文學技巧上的發達了，成熟了，據說現代漢語到這個時代已經前所未有的成型，但這樣的「發達」也伴隨著作家精神世界的模糊與自我偽飾。而且這種模糊、虛偽不是個別的、少數的，而是有相當面積的。所謂「當代意識」的批評不能不正視這一點，甚至我覺得承認這個基本現實應當是當代文學批評的首要前提。

因為當代文學藝術的這種「成熟」，我們往往會看輕民國時期現代作家的粗糙和蹣跚，其實要從當代詩歌語言藝術的角度取笑胡適的放腳詩是容易的，批評現代小說的文白夾雜也不難，甚至發現魯迅式的外文翻譯完全已經被今天的翻譯文學界所超越也有充足的理由。但是，平心而論，所有現代作家的這些缺陷和遺憾都不能掩飾他們精神世界的光彩——他們遠比當代作家更尊重自己的精神理想，也更敢於維護自己的信仰，體驗穿梭於人情世故之間，他們更習慣於堅守自己倔強的個性，總之，現代是質樸的，有時候也是簡單的，但是質樸與簡單的背後卻有著某種可以更多信賴的精神，這才是中國知識分子進入現代世界之後的更為健康的精神形式，我將之稱作「現代質地」，當代生活在現代漢語「前所未有」的成熟之外，更有「前所未有」的歷史境遇——包括思想改造、文攻武衛、市場經濟，我們似乎已經承受不起如此駁雜的歷史變遷，猶如賈平凹《廢都》中的莊之蝶，早已經離棄了「知識分子」的靈魂，換上了遊刃有餘的「文人」的外套，顧炎武引前人語：「一為文人，便不足觀」，林語堂也說：「做文可，做人亦可，做文人不可。」但問題是，我們都不得不身陷這麼一個「莊之蝶時代」，在這裡，從「知識分子」

演變爲「文人」恰恰是可能順理成章的。

在這個意義上，今天談論所謂「當代性」，這不能不引起更深一層的複雜思考，特別是反省；同樣，以逝去了的民國爲典型的「現代」，也並非離我們「當代」如此遙遠，與大家無關，至少還能夠提供某種自我精神的借鏡。在今天，所謂的批評的「當代意識」，就是應該理直氣壯地增加對當代的反思和批判，同時，也需要認同、銜接、和再造「現代的質地」。回到「現代」，才可能有眞正健康的「當代」。

人民共和國文學研究，我以爲這應當是一個思想的基礎。

# 自序：越界者・旁觀者・業餘者

　　按照嚴格的專業分工，我本來應該在自己的研究領域里老實呆著，去寫一些貌似「厚重」的理論文章。然而，檢點自己這麼多年的文字，許多篇什又確乎能歸到當代文學評論類裏。也就是說，這麼多年來，我並沒有心無旁騖，守著自己的一畝三分地春種秋收，而是不斷越界，生生把自己和當代文學糾纏在一起。

　　因此，在文學評論這個行當裏，我首先把自己視為一名越界者。

　　可是，為什麼會越界呢？原因可能很多，但其中的一個也許更值得一說。2004 年，我曾寫過《批評家變成表揚家之後》的短文，表達了我對當代文學評論界的看法。我說：上個世紀 90 年代，我基本上是在「鄉下」呆著，那裏信息閉塞交通不暢資源貧乏作品難找。於是每每看到一些大牌評論家在報紙雜誌上撰文，說誰誰誰的作品好，我便雙眼發亮，血脈賁張。就是上窮碧落下黃泉，我也得把這個好作品弄來，然後沐浴更衣，挑燈夜讀。當然，我也確實讀到了一些好作品，但許多時候，卻又沒看出那些評論家說好的作品好在何處。我懷疑自己的審美能力出了問題，便痛下決心，要「進城」看看。進了城之後我才明白了是怎麼回事，也知道了評論圈裏的一些高級機密。

　　這個機密是什麼？就是所謂的人情批評、紅包批評和日漸興盛的商業化批評。一次，與一個也是從「鄉下進城」的朋友聊天，他說以前不認識那幫作家，可以秉筆直書，口無遮攔；現在則跟許多作家混成了朋友，如此這般，還怎麼好意思批評人家呢？我相信，他的這番話也道出了一些評論家的難言之隱。

　　而現在，也許更為嚴重的問題是，由於文學市場化的進程，作家、書商、

出版商、媒體、政府主管部門、甚至高校，已結成了一個穩固的利益共同體。在他（它）們的邀請下，一些評論家也加入到這一「神聖同盟」之中，成為其利益的共享者。為什麼要邀請評論家加盟呢？道理其實很簡單。因為剛剛出爐的文學作品如新款產品上市，既需要人吆喝，也需要美學層面的命名、闡釋、包裝和粉飾，否則它就理不直氣不壯，其文學合法性也會大打折扣。我們今天的許多文學評論家固然還在從事著文學批評活動，但他們往往也身兼數任，扮演著文學包裝師、美容師、辯護師、形象設計師等等角色。在他們的搖旗吶喊中，文學彷彿欣欣向榮、蒸蒸日上了。

這種批評現狀常常讓我感到震驚。實在忍不住的時候，我就會喊一嗓子，評說幾句。而喊過說過之後我才發現，我已身處界外了。

當然，大部分時間我還是在界這邊忙活，遙望著那邊的隔界風景。這種位置，很可能又讓我成了一個旁觀者。

表面上看，當旁觀者似乎輕而易舉，但我並不認為就沒有難度。比如，他不能與文壇湊得太近，也不能跟作家混得太熟。他應該牢記批評自主，以便批評立場的客觀公正；他也應該學會有所不為，以免批評聲音的變形走樣。對於那個熱熱鬧鬧的「文學場」，他當然是在冷眼旁觀，因此，一旦發聲，他可能會顯得愣一些，硌一些，書呆子氣一些，格格不入一些，但他既非冷血動物也非冷面殺手，卻很可能是明代畫家顧凝遠所謂的「深情冷眼」。他應該有童心閒心好奇心，他還需要東走走西看看，像本雅明所論的閒逛者（flâneur），又像他所欣賞的拾荒者（ragpicker）。唯其如此，他才能發現文學在這個時代裏的更多秘密。

當我如此描述著旁觀者時，也許我已將他理想化了。但我也深知，這麼多年來，如果說我的文字還有點批評個性，顯然與我認同的這種角色扮演有關。我知道我做得還不夠好，但幸運的是，我很早就意識到自己該怎樣選擇，也明白自己應向何處用力了。

然而，在這個專業分工越來越細的時代，這樣一種角色扮演往往又會遭人誤解。有次參加一個詩歌評論會議，與一位相熟的評論家不期而遇。他見我的第一句話便是：「你怎麼也在這裡？」大概在他眼中，趙某身份曖昧，形跡可疑，儼然已是冒失的闖入者。於是我開始琢磨越界給自己帶來的身份危機。琢磨的結果是，我除了是越界者和旁觀者之外，還應該是一位業餘者。

如果評論圈內的人把我看成業餘者，我想我是能坦然接受這一稱號的。

套用史鐵生的一個句型，我是「職業做研究，業餘寫評論」。而近十多年來，我的主要精力似乎又是在做文化研究，文學研究則每況愈下。當然，做文化研究，也還可以把文學拿來，但棄文學於不顧，似乎也並無多少不妥之處。於是我開始關注大眾文化，進而與它們深度糾纏。後來我意識到，做大眾文化研究做得我越來越沒文化了，我便回過頭來又去關注文學。但問題是，經過文化研究的洗禮，我的眼光已發生變化。比如，當圈內人歡呼一部又一部的「純文學」作品隆重誕生時，我卻看出了文化工業之手的撫摸，嗅出了大眾文化的味道。為了弄清楚這是怎麼回事，我在 2008 年寫了篇論文——《在文學研究與文化研究之間——對一種新的研究範式的期待》。那是在呼喚同道，卻更是在為自己確定研究方向。然而時至今日，我在這個「結合部」還沒鼓搗出多少東西。

就這樣，我像我曾經的研究對象洛文塔爾那樣，逡巡於雅俗之間，在文學與大眾文化之間漂來漂去。如此境況，我來撰寫文學評論豈能沒有業餘性？

不過，每每想到薩義德對業餘性的論述，我又會感到一絲欣慰。他說：「所謂的業餘性（amateurism）就是，不為利益或獎賞所動，只是為了喜愛和不可抹煞的興趣，而這些喜愛與興趣在於更遠大的景象，越過界線和障礙達成聯繫，拒絕被某個專長所束縛，不顧一個行業的限制而喜好眾多的觀念和價值。」薩義德是我心儀的批評家，他倡導一種對抗式批評，他把批評理解成「生命的張揚」，那是對「各種形式的暴政、統治和虐待」的反抗。當越來越多的「專業人士」向權力低頭，與市場妥協時，他大聲疾呼：「今天的知識分子應該是個業餘者（amateur）。」我自知離薩義德的所論還差得很遠，但起碼做文學批評，我已在向這個方向努力了。

因為越界、旁觀和業餘，我寫出了一些評論文字。如今，我又在這些文字中挑挑揀揀，編成了這樣一個集子。集子分為三輯，內容褒貶不一，其中第二輯算是對我喜愛的作家作品的鑒賞、褒揚與闡釋。第一輯與第三輯，則主要是批評。大體而言，前者對具體的作家作品批評多一些，後者則是對文壇、文學活動和文學批評本身的批評，其中也涉及到對批評主體（專家、學者、批評家）的批評。需要說明的是，這些評論文字的文體風格並不統一。其中既有中規中矩的論文體，也有隨筆體、書信體、演講體和時評體。我有意把它們攏到一起，除了它們本身有一些內在關聯外，大概也是想呈現文學評論形式的多樣性。

　　我雖然在臺灣的《新聞學研究》上發表過文章，但在臺灣出書還是大姑娘坐轎——頭一次。而通過繁體字的轉換，通過出版社的編輯、製作和出版，相信這本集子一定會呈現出別樣的色彩。

　　於是，對於這本新書，我不禁充滿了許多期待。

2013 年 7 月 22 日

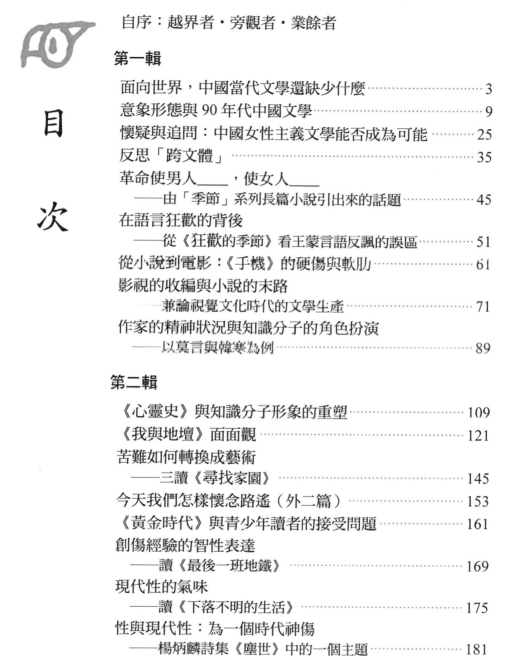

自序：越界者・旁觀者・業餘者

**第一輯**

**第二輯**

**第三輯**

第　一　輯

# 面向世界，中國當代文學還缺少什麼

　　這次會議的主題讓我想起了 20 多年前我曾經讀過的一本書：《走向世界文學：中國現代作家與外國文學》。這本書裏收錄了當時一些年輕的、也是後來很有成就的研究者（如王富仁、陳平原、錢理群、黃子平、許子東、趙園、王曉明等）對中國現代作家的研究文章，讓人第一次完整地看到了現代作家與外國文學的關係。而主編者曾小逸在這本書前寫的那篇洋洋灑灑的長篇導言：《論世界文學時代》，更是給我留下了極深印象。此文的核心觀點之一是對「愈是世界的，愈是民族的；愈是民族的，愈是世界的」這一命題的辯證闡述，〔註1〕讓人感受到了八十年代一批學者對文學應該有的樣子的期待。

　　其實中國當代文學，尤其是新時期以來的文學，也存在著一個與外國文學的關係問題。當下許多重要的作家，毫無疑問都受到過外國文學的影響，有的影響甚至給一些作家的創作帶來了革命性的變化。比如，沒有對卡夫卡的虔誠接受，就沒有余華當年的創作；沒有與福克納的息息相通，就沒有莫言對故鄉寫作的堅守；沒有韓少功對昆德拉的翻譯，就沒有他後來的智性寫作。許多作家師承的外國作家不止一個兩個，這已不是什麼秘密。而王小波在《我的師承》一文中則提到了兩位著名的翻譯家：王道乾與查良錚，他說的是向他們學到了最好的現代漢語。〔註2〕而這種現代漢語接通的卻是外國人的詩歌和小說。

　　所以，談論中國當代文學，我們是無法繞過外國的作家作品的；中國當代文學這些年來取得的成就，很大程度上是建立在對外國文學觀念、主義、

〔註1〕　參見曾小逸主編：《走向世界文學：中國現代作家與外國文學》，長沙：湖南
　　　　人民出版社 1985 年版，第 33～38 頁。
〔註2〕　參見王小波：《我的精神家園》，北京：文化藝術出版社 1997 年版，第 140～
　　　　143 頁。

寫法、技巧等等的摹仿、挪用、轉換性創造的基礎之上的。這也就是說，離開了外國文學，中國當代文學的許多方面都說不清楚。

但同樣是「拿來」，中國當代文學與現代文學相比，為什麼還是存在著一些差距？大家知道，前兩年，德國漢學家顧彬（Wolfgang Kubin）先生曾用「五糧液」與「二鍋頭」來比喻中國的現代文學與當代文學，他對中國當代文學的基本判斷不是「好得很」而是「糟得很」。我不知道這個判斷在當代作家那裏是怎樣的反應，但這些說辭確實引起了當代文學研究界的一些不滿。顧彬談到中國當代文學不近如人意，其主要原因之一是現代作家同時也是翻譯家，他們能夠直接面對外國文學的原著，而當代作家卻普遍不懂外語。

我基本上同意顧彬對中國現代文學與當代文學的判斷，卻並不完全讚同他對原因的分析。外語對於當代中國作家確實重要，但如果我們承認中國當代文學與現代文學、與歐美文學還存在著某種差距，外語問題相比較而言也只是一個次要的原因。在一篇回應顧彬的短文中，我曾引用昆德拉的一個說法談論過這個問題。昆德拉說：「一直被本國人過低評價的拉伯雷的最好知音是個俄羅斯人：巴赫金；陀思妥耶夫斯基的最好知音是個法國人：紀德；易卜生的最好知音是個愛爾蘭人：蕭伯納；詹姆斯・喬伊斯的最好知音是個奧地利人：赫爾曼・布洛赫。海明威、福克納、多斯・帕索斯等北美一代偉大小說家的重要性，最早是由一些法國作家意識到的。……我這樣說是否意味著，要想評價一部小說，我們可以不瞭解它的原文的語言？當然，這正是我想說的！紀德不懂俄語，蕭伯納不懂挪威語，薩特讀多斯・帕索斯，也非原文。如果維托爾德・貢布羅維奇和達尼洛・基什的作品只取決於懂波蘭語和塞爾維亞——科索沃語的人的評價，它們徹底的美學新穎性將永遠不會被人發現。」〔註3〕這個說法在一定程度上消解了顧彬的看法。

我這樣說當然不是要為不懂外語的中國當代作家辯護，也不是為了否認顧彬的觀點。我只是想說明，外語問題對於中國當代作家來說並非主要問題。那麼主要問題是什麼呢？說白了其實很簡單：寫作自由。

與「寫作自由」非常接近的一個概念是「創作自由」，我這裡不用「創作自由」，是想避免這個概念的意識形態因素。大家知道，「創作自由」是在 1984年作協「四大」上提出來的一個主張，也可以把它看作是當時的一項文藝政

---

〔註3〕 〔法〕米蘭・昆德拉：《帷幕》，董強譯，上海：上海譯文出版社 2006 年版，第 45～46 頁。

策。這個會議之後，老作家巴金寫出了《「創作自由」》(《文藝研究》1985 年第 4 期) 的文章，他認同「中國文學的黃金時代真的到來了」之類的判斷。作家流沙河也撰文說，他是第三次聽說創作自由，鑒於前兩次的創作自由與「陽謀」有關，第三次聽說時的本能反應是心理緊張。「迨及理智清醒，又聽見全場一波疊一波的掌聲，我才忽然明白，世道已經變了，實現創作自由的客觀條件已經具備了，黨和人民都已經成熟了，自由不會再夭折了，我的緊張也是不必要的了，甚至是愚蠢的了。」〔註4〕當時的許多作家都像巴金和流沙河一樣，形成了一種「自由」的錯覺。但幾年之後，這一主張就遭到了批判，它被看作是「資產階級自由化」的代名詞。

從此之後，「創作自由」變成一個諱莫如深的字眼。我在中國期刊網上查了查，1980～2008 年，以「創作自由」為題的文章共有 90 篇，但有四分之三出現在 1990 年之前。這說明從 1990 年之後，由於種種原因，人們已失去了談論這一話題的興趣。那麼不談「創作自由」是不是會談論「寫作自由」呢？實際的情況是這個話題談論得更少。依然以中國期刊網上的數據為例，1980～2008 年以「寫作自由」為題的文章只有 10 篇；在這 10 篇中，真正與這一話題相關的文章似乎只有兩篇。而這兩篇文章中，作家陳染說的是《不寫作的自由》(《文學自由談》2000 年第 1 期)。顯然，這個話題並不是「寫作自由」這一命題的延伸，也可以拿掉。那麼剩下的就只有一篇文章了，此文是海南作協主席孔見的《寫作的自由》(《廣東技術師範學院學報》2007 年第 4 期)。

由此我們可以看到，「創作自由」因為敏感人們後來已不再多談，而「寫作自由」人們也幾乎不談。作家不去談，學者也不談，我覺得這是一件十分詭異的事情。出現這種情況，表面上似乎有兩種原因，一是我們已進入到一個寫作充分自由的時代，再談寫作自由已無必要；二是我們的寫作非常不自由，甚至談論寫作自由也會惹來很大的麻煩，所以寫作自由沒辦法談。但是我想，這兩種原因都與實際情況不符。我們現在很可能處在這兩種情況的中間狀態，而這種狀態又讓談論寫作自由和擁有寫作自由具有了相當的難度。

我想，許多人對這樣一種狀態都深有體會。與上個世紀五十、六十、七十年代相比，我們的作家在今天確實擁有了更多的寫作自由。但這種自由顯然是有著諸多限制的自由，是自由的規定動作。所以，一個作家可以有媚俗的自由，卻不一定有批判現實的自由；可以有媚上的自由，卻不可能有犯上

---

〔註4〕 流沙河：《第三次聽說創作自由》，《當代文壇》1985 年第 3 期。

的自由；可以有鑽在象牙塔裏爲藝術而藝術的自由，但如果你要想爲人生而藝術，爲政治而藝術，你的自由表達空間立刻就會萎縮許多。2004 年，人民文學出版社出版《往事並不如煙》與《中國農民調查》，不久便成爲禁書。2007 年年初，新聞出版總署又頒佈禁書令，其中包括《伶人往事》、《如焉@sars.come》在內的 8 本書被禁，後來因爲作者抗議，網絡熱議，這件事情才不了了之。這就是我們今天的寫作環境。

那麼，這種寫作環境會給我們的作家和文學造成怎樣的影響呢？我覺得不外乎是這麼兩種情況。一種情況是，作家明知道某種題材還是禁區，但出於道德感、責任感和使命感，卻迫不及待地把它做成了文學。在今天的環境裏，這種文學可能會讓作家遭殃，但更有可能的是會給作家帶來名聲，作品因此進入「越禁越紅」的怪圈之中，作家的頭上也因此有了「異見者」、「文學鬥士」等等桂冠。我們可以說，這樣的文學是勇敢的文學，但勇敢的文學並不等於好的文學。因爲這樣的文學因逆反心理而起，作者帶有明顯的攻擊欲、表現欲甚至表演欲，極有可能會把文學引向歧途。結果文學中有了鮮明的政治性、介入性和傾向性，卻因此有可能會丟失文學性。阿多諾認爲眞正的文學藝術往往是與社會相敵對的，但他同時又批評薩特那種具有明顯政治意圖的文學，這種觀點值得我們深思。魯迅先生說：「我以爲感情正烈的時候，不宜做詩，否則鋒鋩太露，能將『詩美』殺掉。」〔註5〕把這句話的意思擴而大之，我覺得可以適用於整個文學寫作。

上面這種情況還不多見，更值得關注的是第二種情況。因爲寫作在某些層面的不自由，所以作家往往瞻前顧後，畏首畏尾。身心不舒展，思考就不到位，感覺也不活躍。長期與這種環境爲伍，作家就會在無意識深處建立起一種審查機制，形成一種自我禁錮，甚至在妥協中逐漸認同這個環境，以爲這就是寫作的自由境界。而在這種寫作狀態下出現的文學，只是某一方面片面發展的文學，卻不可能是健全的、成熟的文學。因爲在寫作中，一些思想的維度是不應該被事先刪除的，它們不一定就會進入到文學作品中，卻保證著藝術世界的精神亮度。你事先把一些可能帶來麻煩的思想維度消滅在萌芽狀態，它們沒有參與你的藝術世界的建構，你的藝術世界怎麼能夠豐滿完善呢？正是在這一意義上，英國作家福斯特才深切體會到自由對於作家的重要

---

〔註5〕 魯迅：《兩地書》，見《魯迅全集》第 11 卷，北京：人民文學出版社 2005 年版，第 99 頁。

性。他認為作家自身必須感受到自由，洋溢著自信，沒有疑慮，內心安詳，才能進入藝術創作的最佳狀態，也才能寫出好作品。「假如他對可能被禁止表現而惴惴不安，他可能乾脆變得害怕去感受。即使是心懷善意的政府官員也很難明白這一點。他們的頭腦構造跟藝術家的太不一樣。官員總是以為封禁一本書只是一本書的事，他們不明白由此可能毀掉作家頭腦裏的創作機器，使他再也寫不出好作品來。」因此，「唯有得以品味自由的人才會有成熟目光。」〔註6〕我覺得反向思考福斯特提出的問題也可以成立，這就是：不能充分體驗自由的人，他的目光很可能有短視或盲視之處，他所建構的藝術世界就會變得殘缺不全。

當然，說到這裡，我也想像福斯特那樣進一步指出：我無意誇大自由的意義，自由也不能為傑作的誕生打下保票。許多時候，藝術傑作恰恰誕生於極不自由的環境裏。這樣，能否寫出好作品與寫作是否自由之間就形成了一種複雜微妙的關係。所以，面對中國當代作家的一些作品，我常常會想到，處在極權主義體制下的索爾仁尼琴會如何處理這種題材，流亡法國的前捷克作家米蘭·昆德拉會如何使用這種題材，寫過《寫作的自由》的土耳其作家奧爾罕·帕慕克又會如何面對這種題材。或者，我們也可以想想，二、三十年代的魯迅先生會怎樣進入這些題材當中，會從這些題材當中思考出怎樣的問題。經過這種橫向、縱向的對比之後，我常常會對中國當代的一些重要作家感到失望。他們固然缺少一種超越寫作不自由的能力，但面對尷尬的自由狀態，他們似乎更顯得不知所措。結果，他們的寫作在「器」的層面也許變得越來越成熟，卻無法在「道」的層面有大作為。我想，這是無法完全打開心獄的作家所必然要付出的代價。

林賢治先生曾把一個時代的文學作品分成三個梯級：一般性作品、獨創性作品（優秀作品）和偉大作品（經典著作）。他認為「在平庸的時代裏，只能產生這類一般性的作品。獨創是少有的，因為它需要的是自由精神，而這精神，更多地存在於可生可死的人時代裏。有鑒於此，可以推斷偉大的事物不可能出現。中國為什麼會有魯迅呢？因為『五四』前後有一種自由的空氣，在他周圍，有一個較為龐大的優秀的知識群體」。〔註7〕我非常讚同林賢治先

---

〔註6〕 〔英〕福斯特：《現代的挑戰》，李何東譯，北京：作家出版社1998年版，第28、29頁。

〔註7〕 林賢治：《自製的海圖》，鄭州：大象出版社2000年版，第304頁。

生的區分，也同意他所作的基本判斷。我還想補充的是，平庸的時代形成了自由精神的匱乏，自由精神的匱乏又會使這個時代變得更加平庸，這兩者是互爲因果的。而我們的文學如果沒有自由精神的引領，它就只能匍匐在地上爬行，它折斷了飛翔的翅膀。

許多年前我曾讀到過一段文字，我願意以這段文字作爲我這次發言的結束語：「爲了得到一枚鐵釘，我們失去了一塊馬蹄鐵；爲了得到一塊馬蹄鐵，我們失去了一匹駿馬；爲了得到一匹駿馬，我們失去了一名優秀的騎手；爲了得到一名優秀的騎手，我們失去了一場戰鬥的勝利；爲了贏得一場戰鬥的勝利，我們失去了一位國王；爲了得到一位國王，我們失去了全部的自由。啊，自由，你這生命之鹽！」

謝謝大家。

2008 年 10 月 15 日

（此文是爲北京師範大學文學院與美國《當代世界文學》（World Literature Today）雜誌聯合主辦的「當代世界文學與中國」國際學術研討會（2008 年 10 月）撰寫的發言稿。刊發於《文學自由談》2008 年第 6 期）

# 意象形態與 90 年代中國文學

　　進入 90 年代之後，許多人意識到文學已發生了許多變化。這些變化不但使剛已成型的「文學是審美的意識形態」這一經典命題受到了挑戰，而且也使以這一命題為核心所衍生出來的文學理論呈現出某種滯後。確實，面對 90 年代紛繁迷亂的文學事實，理論家在概括和闡釋時已顯得捉襟見肘和力不從心，從而失去了 80 年代的瀟灑、從容和自信。究其原因，也許是因為「意識形態中心論」得以生成的語境逐漸撤離之後，理論家暫時還沒有找到「批判的武器」所造成的。鑒於此，「拿來」一些新的範疇作為我們的思維元素顯得尤為重要。正是基於這一考慮，「意象形態」才首先進入了我們的視野。

## 什麼是意象形態

　　意象形態（imagology）是前捷克作家米蘭‧昆德拉（Milan Kundera）在其長篇小說《不朽》中發明的一個概念。在分析馬克思主義的傳播過程時，昆德拉指出：

> 大約在一百年前的俄國，被迫害的馬克思主義者開始組織秘密小組，學習馬克思的宣言；他們為把這種思想意識形態傳播到別的小組，便把它的內容加以概括，而那些小組的成員又作進一步簡約，再往下去；這樣，馬克思主義便不斷傳播開去，以至於在整個地球上變得家喻戶曉，十分強大。但是又被歸納為六七條鬆鬆垮垮地綁在一起的口號，很難被認為是一種意識形態。而且，由於馬克思剩下的全部東西不再形成任何符合邏輯的思想體系，只是一些提示性的意象和標記（手挾錘子微笑的工人，向黑人和黃種人伸出手去的白人，振翅起飛的和平鴿等），我們有理由認為，一種普遍的、全球

性的從意識形態向意象形態的轉變已經出現。〔註1〕

昆德拉是在意識形態與意象形態的比較中展開它對意象形態的思考的，而馬克思主義作爲一種意識形態在傳播過程中遭到簡化處理並進而使它的意識形態功能淡出、意象形態特徵凸顯則是昆德拉思考意象形態的一個邏輯起點。在隨後的論述中，昆德拉進一步指出，當代西方社會由於意象設計師的大量出現和對傳媒的控制，人們通過親身體驗把握現實的機會被剝奪了，結果人們不得不生活在一個由廣告宣傳、政治口號、民意測驗、流行趣味共同編織而成的意象形態之網中。然而，體驗、享受乃至信奉意象形態的過程實際上也就是體驗一種幻象的過程，因爲意象形態放大了一種假想的現實卻遮蔽了眞正的存在。於是，與意識形態的交往一樣，在與意象形態的交往中，人們所獲得的只能是冠冕堂皇的被欺騙。

仔細分析一下昆德拉對意象形態思考的邏輯線索，我們似可以歸納和衍生出如下結論：第一，大眾傳媒、意象設計師、幻象、簡化等等是我們理解意象形態的關鍵詞。第二，當昆德拉斷言「一種普遍的、全球性的從意識形態向意象形態的轉變已經出現」時，可以說他對當代西方社會的認識與一些大思想家的判斷是基本一致的。比如，鮑德里亞（Jean Baudrillard）認爲西方社會已進入「仿像」（simulacrum，一譯「類象」、「幻象」）時代；傑姆遜（Fredric Jameson）認爲晚期資本主義的文化邏輯便是商品化的無孔不入，從而削平了種種深度模式；丹尼爾‧貝爾（Daniel Bell）則認爲「當代文化正在變成一種視覺文化」。這些變化帶來的後果是把人擠壓成了馬爾庫塞（Herbert Marcuse）所謂的「單面人」，從而導致了海德格爾（Martin Heidegger）所謂的「存在的被遺忘」。這些判斷是豐富我們對意象形態認識的重要思想資源。第三，由於意象形態是在小說中以「夾塞兒」議論的方式發揮出的一個概念，所以昆德拉不可能對它進行嚴密的論證，但是這並不妨礙這一概念具有一種一針見血、直指人心的效果。如果從文化的大視野中觀照一下90年代以來的中國文學，我們可能會驚訝地發現，當文學的意識形態特性逐漸稀薄之後，文學的意象形態特徵卻越來越濃鬱了。昆德拉的天才預見與90年代以來中國文學的

---

〔註1〕 在寧敏翻譯的《不朽》中，這段文字被刪掉了後半部分，此處所引已根據施康強的譯文補齊。參見〔捷〕米蘭‧昆德拉：《不朽》，寧敏譯，北京：作家出版社1991年版，第111頁；並參見施康強：《被改寫的昆德拉》，《讀書》1996年第1期。

巧妙暗合不管是偶然還是必然，都使我們不得不面對這樣一個事實：只有把意象形態作爲理解 90 年代以來中國文學的一個基本切入點，我們的思考才不至於錯位，分析才不至於流於空疏浮泛。

## 文學中的意象形態化特徵

如果把意象形態假定爲進入 90 年代中國文學殿堂的開門鑰匙，我們首先需要回答的是這樣一些問題：第一，意識形態作爲當代中國的強勢話語是不是眞的減弱或被削弱了？這種減弱或削弱究竟是理論家的主觀臆測還是社會轉型過程的必然趨勢？第二，意象形態話語是不是已經成了我們這個時代的「主旋律」？文學在哪些方面又在多大程度上受到了意象形態機制的影響？第二，如果文學已把意象形態作爲其主要交往對象的話，那麼在這種交往中，文學與意象形態究竟呈現出了一種怎樣的關係？意象形態的正負功能是什麼？文學由此而產生的正負價值又是什麼？

先回答第一個問題。昆德拉是在丹尼爾‧貝爾等人提出的「意識形態終結論」的文化背景中發揮出意象形態這一理論命題的，如果把昆德拉的思考置放於西方 20 世紀 60 年代以來所謂的後現代文化語境中加以考察，「意識形態向意象形態的轉變」這一論斷不僅具有事實上的眞實性，而且也具有邏輯上的合理性。然而眾所周知，意識形態在 1992 年之前的中國不僅沒有終結，甚至沒有絲毫鬆動的跡象。單拿思想解放運動之後整個 80 年代的文壇來說，文學的閃亮登場、青春勃發和大顯身手，很大程度也是建立在與意識形態的親密合作、商榷對話和逐漸疏離的基礎之上的。也就是說，文學似乎只有以意識形態爲分享、商榷和疏離對象，才能在現實界或想像界獲得自己的位置、激發自己的靈感、并找到自己在某一個時期的興奮點。只是到了 1992 年之後，意識形態的霸主地位才逐漸動搖。動搖的原因除了意識形態話語生產者主動或明智的後撤之外，主要還在於隨著市場經濟機制的啓動，意象形態話語已逐步走向前臺。意象形態話語一經出現，便以輕鬆、溫馨、可人的面孔給人們提供了一種鬆弛的思想方式、享樂的生活方式和「喜聞樂見」的消費方式，從而對冰冷、堅硬、正統的意識形態話語構成了強烈的衝擊。

說意象形態話語在 90 年代初期逐漸生成並非空穴來風。因爲正是在這一時期，意象設計師開始大量湧現（他們是花邊新聞記者、給老百姓找樂的影視導演、善於捕捉商機的出版商和書商、擅長製造轟動效應的文學編輯和職

業批評家、把政治家或企業家凡俗化或神奇化的通俗作家或媒體知識分子……），大眾傳播媒介迅速崛起並紛紛改弦更張（比如報紙快餐化、雜誌休閒化、廣播中有了「悄悄話」，電視裏開始「講述老百姓自己的故事」）。此外，高新技術的大量引進與大眾圖像消費欲的滋長迅速催生了視覺文化（比如電子游戲、VCD、MTV、LTV 倍受青睞，畫說×××風靡一時，各種各樣的老照片突然走俏，以至於傳媒說我們已進入「讀圖時代」），商品廣告的鋪天蓋地突然誘發了人們的各種欲望，選美、國標、時裝表演、玫瑰之約成了人們喜歡觀賞的畫面，創意、策劃、包裝、妙作成了某些人思維中的基本範疇。所有的這些事實表明，我們的意象形態機制已初具規模，意象形態話語已滲透進了我們生活的各個角落。

事實上，也正是由於意象形態機制的啟動，才在一定程度上結束了長期以來的意識形態一元化統治，從而加速了文化或文學的分層。同時，也正是基於這樣一個社會文化背景，一些學者才敏銳地意識到一元崩潰之後所形成的多元文化格局，進而以主流文化、精英文化和大眾文化這種三足鼎立的局面來指稱當下的現實；有的學者甚至乾脆把意識形態、意象形態和意義形態看作是主導文化、大眾文化和精英文化對應稱謂；〔註2〕有的學者又從文學的角度提出，隨著「意識形態化文學」的式微，隨著「意象形態化文學」和「意志形態化文學」的誕生和發展，從而導致了隱性或顯性的「化意識形態文學的崛起」。於是「當前的文學創作正經歷著『意識形態化文學』的衰微和『化意識形態文學』的成長這個雙向的互為因果的過程」。〔註3〕

從分類的意義上看，這樣的描述和歸納應該說是比較準確的，因為隨著大眾文化／文學的迅速繁榮和部分人文學者、作家對人文立場的堅守，被意識形態控制、引導和操作的主流文化／文學確實剩下了不大的地盤。然而，僅僅從文化生態學的角度把目前的文化空間一分為三，還只是看到了問題的一面，問題的另一面是，來勢兇猛的意象形態話語不僅為主流意識形態所青睞，以至於主流文化／文學開始「用意象形態的某些包裝來改變自己過去生硬的面目，試圖以變化了的形象重新獲得大眾」，〔註4〕而且更重要的是精英

---

〔註2〕 參見邵建：《「一分為三」的文化空間——一元化體制之消解》，《花城》1999
年第 1 期。

〔註3〕 葛紅兵：《意識形態化的文學與化意識形態文學》，《文論報》1999 年 7 月 1
日。

〔註4〕 邵建：《「一分為三」的文化空間——一元化體制之消解》，《花城》1999 年第

文化／文學也潛移默化地受到意象形態話語的薰陶和召喚，於不知不覺中拜倒在了「她」的石榴裙下。

這也是我們將要回答的第二個問題。為便於把握，我在這裡主要選擇以先鋒姿態出現的作家、作品、期刊、文學事件等等作為個案加以描述和簡要分析。

一、作家。比如莫言，莫言以天馬行空的想像、詭異的感覺和獨特的敘事風格走上了 80 年代的文壇，但是堪稱先鋒作家導師的莫言在 90 年代初期卻突然寫出了一篇比較平庸的通俗小說《白棉花》。為什麼寫作這篇小說，據作者坦言，是因為張藝謀找上門來想拍一部故事性強，「既好看又轟轟烈烈」〔註5〕的電影，於是這篇小說作為電影底本便合情合理地誕生了。有的學者已從「未來的文學史家」這一角度探討過這一現象，〔註6〕我現在想要指出的是，如果說張藝謀在 80 年代還是一個精英文化的英雄的話，那麼隨著 90 年代文化語境的置換，他則逐漸變成了意象形態系統中的一個意象設計師。於是，莫言寫作《白棉花》已不單純是自己生命體驗的一次傾吐，而是在很大程度上受到了意象召喚和意象操作的結果。而另一個更極端的例子是，張藝謀同時邀請五個作家為他寫《武則天》，作為他拍電影的底本或素材。如此製作出來的小說不應該看作是文學的勝利，只能看作是意象形態的凱旋。

二、作品。「性加暴力」是通俗小說暢銷書的製作套路，「文戲上床，武戲上房」，「抱得緊箍箍，殺得血糊糊」，又是老百姓對近年來影視作品內容的一種形象注釋。但是我們看到，先鋒小說也不同程度地向通俗小說和大眾影視作品汲取了營養，從而完成了自身寫作套路的轉換。比如《廢都》對於做愛場景的展示，《苦界》對於暴力場景的呈現。而在女性主義作家（如陳染、林白、海男等）的筆下以及更年輕的美女作家（如衛慧、棉棉等）的手中，由於有了「通過身體寫作」的革命性動力和「個人化寫作」的堂皇理由，性更成了她們作品裏的家常便飯。而通過自戀、同性戀、異性戀、多角戀、亂倫戀、人獸戀、人鬼戀等等形式來點燃、放大性進而使性影像化、能指化、神秘化、奇觀化則是整個先鋒小說中的一道基本風景。與通俗小說和大眾影

1 期。

〔註5〕 莫言：《還是閒言碎語》，見賀立華、楊守森編：《莫言研究資料》，濟南：山東大學出版社 1992 年版，第 418～419 頁。

〔註6〕 王彬彬：《一份備忘錄——為未來的文學史家而作》，《文藝爭鳴》1994 年第 2 期。

視作品所不同者在於，先鋒小說運用了更複雜的敘事策略、更優雅的審美語言、更精微的藝術感覺、更直率的表達方式（比如只敘述不描寫），把性扮得更「酷」，把愛做得更「爽」了。但是另一方面，通俗小說和大眾影視作品那種程序化、公式化的製作套路也不可避免地會逼使先鋒就範，以至於韓少功指出：「昆德拉曾經宣稱，性愛是最能展現個性的禁域。但恰恰是性愛最早在文學作品裏千篇一律起來：每三五行就來一句粗痞話，每三五頁就上一次床，而且每次都是用『白白的』、『圓圓的』一類陳舊套話以表心曲，這居然是有些人自作驚訝的『隱私』。」〔註7〕單純動用道德主義的眼光來對這些作品說三道四，既顯得枯燥乏味又顯得軟弱無力，只有把這一現象看作是「視覺符號的審美霸權日益侵入了語言符號領地」〔註8〕的意象形態形化寫作行為，先鋒小說所謂的先鋒化和後衛化、精英化和通俗化、個人化和公共化、創作化與操作化等等二律背反現象才能被揭示和詮釋。

　　三、期刊。1998 年以來，文學期刊紛紛改頭換面，以至於「純文學快餐化」成了 1999 年許多文學期刊的重要特徵。〔註9〕在文學期刊的動作中，我注意到「好看」已成了許多辦刊人對刊物一個基本定位，於是「作家附照片」也就順理成章地成了辦刊人包裝自己刊物的一個運行思路。比如，號稱先鋒文學期刊的《作家》動作較早，每期都有一個作家的「作家影集」。1998 年的第 7 期，《作家》在推出「70 年代出生的女作家小說專號」時，不僅把 7 位女作家的玉照分別置放於封二和封三，而且還在每位作家的作品前面配發了至少 3 張（朱文穎多達 10 張）不同時期或不同風格的照片。《小說界》1999 年新添了「往事與隨想」欄目，「準備約請一些人到中年而創作有成的作家來參與，就寫自己，配上一些從小到大的照片，會很好看」。〔註10〕《大家》雜誌社則推出 192 開本的《約會文學》，記者聲稱：「以大家風範取勝的《大家》，力圖通過掌中書這種極端小的形式引起讀者的好奇，並在好奇中進入作家和作品的閱讀。作為一種新的嘗試，這套收錄海男、宣兒、虹影、臧棣等作家作品的叢書收集了這些作家大量的生活照片，以求尋找新的市場賣點。」〔註11〕這

---

〔註7〕　韓少功：《感覺跟著什麼走？》，《讀書》1999 年第 6 期。

〔註8〕　陳曉明：《從虛構到仿真：審美能動性的歷史轉換——90 年代文學流變的某種地形圖》，《當代作家評論》1998 年第 1 期。

〔註9〕　參見趙爲民《'99 文學九大流向》，《中國青年報》1999 年 2 月 12 日。

〔註10〕　同上。

〔註11〕　施諾：《掌中書以小搏大》，《中華讀書報》1997 年 7 月 7 日。

可以看作是《大家》辦刊思路向圖書領域的進一步延伸。

在我的印象中，作家附照片這種包裝策略是從女作家開始的。1994 年，海男曾把自己的照片設計到長篇小說《我的情人們》的封面上。1995 年，王蒙主編的「紅罌粟叢書」共有 22 位女作家入選，每一位作家的單行本裏都有 15 幅左右從小到大成長全過程的生活照。女作家為什麼願意把自己的照片公諸於世？除了出版社、雜誌社商業包裝和作家自我包裝的需要外，大概其主要原因還是因為現在的女作家普遍長得「好看」。媒體的記者也認為「這些年輕的女作家與上一輩的作家不同，她們的外貌或清秀或亮麗，衣著舉止處處流露出都市中現代派女性的前衛和時髦」。〔註 12〕如果女作家的「好看」之說比較客觀公允的話，那麼文學期刊和出版社把「好看」之作家作為自己刊物或書籍「好看」的一個包裝思路就不足為奇了。而人的「好看」與作品的「好看」究竟存在著怎樣的聯繫，照片究竟具有怎樣的功能，已經有人作了這樣的解讀：「在這些小說裏，女作家似乎就是『我』，所有的口吻是一致的，目的也很明顯，就是要以自己的故事吸引讀者，希望以自我形象出場，小說、自傳加上朦朧照，一起給人視覺上的衝擊，讓好奇的文學讀者得以記住自己化妝後的臉和不俗的名字。」〔註 13〕這種解讀雖然有些情緒化，也有點以偏概全，但其解讀的思路應該說還是正確的。也就是說，只有把這種行為看作是對意象形態話語中視覺文化的一種迎合或遷就，我們才能明白其中的奧秘。但是，一個更值得深思的現象是，一些女作家同時也是女性主義精英立場的堅守者，她們以自己的寫作行為反抗著主流敘事的覆蓋和男性敘事的遮蔽，〔註 14〕同時也反對把自己置於「被看」的位置。但是比較可惜的是，「好看」的商業包裝卻也很大程度地把反對「被看」的精英立場給消解了。在這樣一個事實面前，作家的任何辯解都顯得蒼白無力，唯一合理的解釋是他（她）們已經或主動或被動地被意象形態招安了，進而成了意象形態話語的愉快合作夥伴。

四、事件。90 年代的文學事件很多，以 1998 年出現的「斷裂」事件〔註15〕為例，我們發現由朱文和韓東發起的這次「行為藝術」至少透露出了兩個

---

〔註 12〕邢曉芳：《一批年輕女作家嶄露頭角》，《文匯報》1998 年 5 月 21 日。

〔註 13〕趙波：《做女人容易，做女作家更容易》，《海上文壇》1999 年第 6 期。

〔註 14〕參見林白：《記憶與個性化寫作》，《作家》1997 年第 7 期。

〔註 15〕參見朱文發起、整理的《斷裂：一份問卷和五十六份答卷》與韓東的《備忘：有關斷裂行為的問題回答》，《北京文學》1998 年第 10 期。

非常重要的信息。第一，從多數作家對其前輩作家（活躍於 50 年代、60 年代、70 年代和 80 年代的作家）、官方機構（中國作協）、知識分子讀物（《讀書》）和文學期刊（《小說月報》與《小說選刊》）、文學獎（茅盾文學獎和魯迅文學獎）的徹底否定態度中我們可以看出，持個人化寫作立場的新生代作家對各種形式的意識形態化寫作深惡痛絕，對各種來自正統和權威意識形態功能的執行者嗤之以鼻。如果說先鋒文學與意識形態的關係在 90 年代初期、中期還顯得比較曖昧、界線不清的話，那麼，通過這次集體表白或宣誓，先鋒作家與主流意識形態一刀兩斷、水火不容的決心已躍然紙上。第二，儘管發起者聲稱自己的動機非常純潔（比如是「行為」不是「炒作」；是「演出」不是「表演」），但是從發起者尋找媒體的努力（空白問卷最終在《嶺南文化時報》和《街道》雜誌發表，56 份答卷在《北京文學》刊出），回答者不無誇張的語氣和極富表演色彩的措詞以及發起者對這次行為藝術的理解（「優美、有趣和富於刺激性」、「56 個人參加的遊戲」）來看，我們有理由認為，這次事件已很大程度地意象形態化了。而被意象形態之手撫摸、梳理、整合過的行為藝術實際上並不純粹，因為我們已經看到了貫穿其中的民間立場的可疑、先鋒姿態的無趣以及意象形態化表演對反意識形態情結的解構。

在以上的描述和分析中，我想說明的是精英文化與大眾文化的合謀和意象形態話語的無孔不入。如果連精英文化／文學也擋不住意象形態的誘惑，由原來的猶抱琵琶、半推半就發展到後來的主動投靠和感覺良好，那麼我們對意象形態話語確實已不能熟視無睹、掉以輕心，我們需要掀起它的蓋頭來，進一步看看它的尊容。

## 意象形態的正負功能及其對文學的影響

在昆德拉的上下文中思考意象形態，我們對它形成的只能是負面的判斷。然而鑒於中國 20 世紀 80～90 年代的特殊文化語境，我們在對它進行聲討或譴責之前，似乎首先應該想到的是它的可愛之處。

意象形態話語是在不知不覺中進入中國老百姓的文化生活的。只要想想 80 年代中後期人們對港臺流行歌曲傾聽的癡迷，對三毛、瓊瑤、金庸、梁羽生作品閱讀的沉醉，我們便不難發現以通俗文本出現的意象形態話語一開始便顯現出了它特有的魅力。同時，這種景觀也反襯出意識形態一元統治時期文化生活的缺失和文學話語的缺陷。90 年代初期，經過了短暫的文化蕭條和

文學沉悶之後，崔健的搖滾樂進一步火爆，王朔的小說得以浮出海面，一批張藝謀模式和王朔風格的影視作品開始走俏市場。這些文本以強烈的視聽畫面或語言宣洩開始了對人們感官的解放和重新塑造，同時也標誌著意象形態消解、削減、稀釋、軟化主流意識形態的初戰告捷。當主流意識形態最終不得不向意象形態話語求援來改變自己的形象時，這不僅意味著意象形態已經蠶食鯨吞了原屬意識形態的大量地盤，而且意味著主流意識形態從此不可能再板起威嚴、神聖不可侵犯的面孔。可以說，正是由於意象形態話語的介入，才使主流意識形態很大程度地世俗化、柔媚化甚至商品化了，這對於人們進一步認識意識形態的本質無疑具有重大幫助。

另一方面，也正是因為意象形態的湧入，才逐漸偷換了意識形態的內容。從一般的意義上看，意識形態側重於對人的思想監控，意象形態側重於對人的欲望誘導。所以，激發出人們的觀看欲、窺視欲、購買欲、消費欲，把所有的東西文本化、商品化、豔俗化、快感化是意象形態的主要思維邏輯和運作手段。從這個意義上說，意象形態幫助人們完成了一次靈魂深處的革命：從感官的壓抑到感官的解放，從僵硬的理性到鮮活的感性，從崇高神聖到世俗平凡。在這場革命中，作為政治意識形態的主流已在不知不覺中被作為商業意識形態的主流所取代。無論從哪一方面看，這都不能不說是一種進步，因為無欲或禁欲的社會和無欲或禁欲的人一樣可怕。恐怖的欲望之花或許能結出絢爛的希望之果。

在這樣一個文化背景中，我們來重溫一下蘇珊‧桑塔格（Susan Sontag）寫於 60 年代的名言才不會感到不好理解：「現在重要的是恢復我們的感覺。我們必須學會去更多地看，更多地聽，更多地感覺。」「為取代藝術闡釋學，我們需要一門藝術色情學」〔註16〕事實上，90 年代的中國作家已憑藉其悟性接觸到了這一具有後現代主義色彩的寫作機密，於是作家作為欲望化主體開始了種種意象形態化的話語生產：以前的作家是為政治寫作，為了與之合作、對話、商榷、抗爭；現在的作家是為自身的欲望寫作，為了金錢、名譽、女人或寫作本身。〔註 17〕以前的作家希望自己的作品有責任感、有社會意義，沉重而且隆重，這顯然是一種以善為美；現在的作家渴望自己的作品好看、

---

〔註16〕〔美〕蘇珊‧桑塔格：《反對闡釋》，程巍譯，上海譯文出版社 2003 年版，第 17 頁。

〔註17〕參見陳曉明：《文學超越》，北京：中國發展出版社 1999 年版，第 207 頁。

有趣、富於刺激和震驚效果，且順便在寫作中享受本文的歡樂、能指的奢華，這究竟是一種以真為美還是化醜為美，抑或要呈現醜的美學意義或美的醜學意義，傳統的文學理論或美學理論已無力解釋。這種嶄新的寫作觀念和文學實踐是不是文學的轉機、生機抑或康莊大道，對此，連一直關注先鋒作家的陳曉明也只是謹慎地指出：「在他們（指新生代作家）亂七八糟的觀念和姿態中，也可能孕育著一些嶄新的思想和立場」〔註18〕果如此，意象形態的文學話語生產則功莫大焉。我們現在能夠肯定的是「生產不僅為主體生產對象，而且也為對象生產主體」，〔註19〕所以，欲望化寫作和欲望化閱讀已形成了一種同構關係，這應該是文學的審美意識形態本質轉換為消費意象形態特性之後的一個必然結果。

事實上，當文學具有了消費意象形態特性的時候，文學產品也就逐漸演變成了商品。而一旦把90年代的多數文學產品看作商品，作家的所作所為、作品的標新立異、編輯的殫精竭慮等等便變得十分容易理解了。因為是商品，作家寫作便不再需要多少創造性，而是可以形成一種具有市場賣點的寫作套路之後批量生產，於是我們看到了作家在作品中的自我複製（如何頓和邱華棟）和相互複製（如個人化寫作群體），而作品中以暴露隱私、性變態、暴力遊戲為內容的視覺化效果則是文學成為商品的必要標誌，因為「商品物化的最後階段是形象，商品拜物教的最後形態是將物轉化為物的形象」。〔註20〕同時廣告、包裝等等商業運作也剝掉了文學神聖性的最後一件內衣，它們以先期形象為作品中的視覺化狂歡鳴鑼開道，既清除消費障礙，又掃除閱讀障礙，為刺激受眾的消費性閱讀（看過即忘、用過即扔）鋪平了道路。

因此，如果誰還要把90年代以來的大部分文學產品看作是苦心經營、精雕細琢的藝術品，一定會被人笑掉大牙。文學寫作、發表或出版、流通與傳播、接受與消費等各個環節因其滲透進過多的非文學因素而使純文學變得不純粹了。從這個意義上說，精英文學與通俗文學的界線正在抹平，個人化寫作與大眾化寫作的分野正在消失。雖然並不能把這一切完全歸罪於意象形態，但意象形態顯然應該負很大責任。概而言之，意象形態對文學構成的負

---

〔註18〕同上書。
〔註19〕《馬克思恩格斯選集》第2卷，北京：人民出版社1972年版，第95頁。
〔註20〕〔美〕傑姆遜：《後現代主義與文化理論》，唐小兵譯，西安：陝西師範大學出版社1987年版，第179頁。

面影響主要體現在以下幾個方面。

一、人文意義的消隱。傳統的價值規範要求作家必須成為人文精神的攜帶者、釋放者、守護者和捍衛者，這意味著寫作不是在語言中遊山玩水、尋歡作樂，而是要讓語言承載自己的生命體驗，負荷自己的價值追求。也就是說，作家之所以稱其為作家，是因為他以主體客體化的方式把自己的精神意向和人文意蘊鑲嵌在作品中，唯其如此，作品才為一般讀者提供了咀嚼回味的餘地，也才為批評家提供了廣闊的闡釋空間。然而進入 90 年代之後，作品中的人文意味卻在大幅度、大面積地撤退、消失。之所以如此，其中的一個原因是作家角色內涵的更換（從精神導師更換為意象設計師或意象設計師的合作夥伴）使他們卸下了啟蒙的重負，意義的生產與傳輸因而顯得多餘或奢侈。另一個原因是在社會轉型、價值失範時期，作家普遍喪失了提煉、把握意義的能力，這正像丹尼爾·貝爾所說的：「在藝術中訴諸暴力——從畫布、舞臺、書面上真正再現暴力的意義上講——它標誌著藝術家由於缺乏暗示感情的藝術魅力，已經退化到直接震動感情的地步了。」〔註 21〕這種能力喪失之後，作家便只好或主動或被動地跟著感覺走，以感覺的精微細膩來掩蓋意義的蒼白貧乏。然而更重要的一個原因還在於，只要作家以意象形態化寫作的方式進入文本，便必然會使意義銷聲匿跡，因為意象形態化寫作本身就是反意義的：「仿像構成的符號邏輯乃是一種直接的合一，它取消了能指與所指之間複雜的張力和差異，甚至取消了所指的存在，符號的能指直接與日常生活的瑣碎之物直接同一。」〔註 22〕通俗文學本來就是一種平面化的文學，這已無需多論。我現在想要指出的是，只要先鋒作家與意象形態調情，他便無法逃脫意象形態消解乃至取消意義這一遊戲規則的制約。

二、深度模式的削平。通過必要的機制和途徑把單純的生理快感昇華為審美快感是傳統美學理論中的一個深度模式。在這一美學理論前提引導下的文學寫作，要求作品不僅要具有引發人的生理快感的感性內容，而且更主要的是要具有體現道德感、崇高感、羞恥感、荒誕感等等內容的理性內核，唯其如此，才能形成審美快感，審美快感也才不會顯得輕薄、浮泛。但是，在

〔註21〕〔美〕丹尼爾·貝爾：《資本主義文化矛盾》，趙一凡等譯，北京：三聯書店 1989 年版，第 193 頁。

〔註22〕周憲：《中國當代審美文化研究》，北京：北京大學出版社 1997 年版，第 129 頁。

90 年代的文學寫作中，這一深度模式卻很大程度地被作家拋棄了。意象形態使作家的寫作始於力比多欲望的傾訴，終於生理快感的挑逗和刺激。林白說：「眞正的性接觸並不能使我興奮和燃燒，但我對關於它的描寫有一種奇怪的熱情，我一直想讓性擁有一種語言上的優雅，它經由眞實到達我的筆端，變得美麗動人，發出繁花與枝條，這也許與它的本來面目相去甚遠，但卻使我在創作中產生一種詩性的快感。」〔註 23〕可以把這一表白看作是個人化寫作群體的一個基本策略。同時，這一寫作機密的披露也提醒我們，如果說在大部分女性寫作那裏性描寫還使用了一種語言上的包裝技巧的話，那麼在男性寫作中，以展示性體驗、性心理、性變態、性表演爲其主要內容的性形象則往往呈現出語言上的一絲不掛。昆德拉和戴維・洛奇（David Ldge）的作品中也沒有離開過性，但是，抽空意義的 90 年代中國文學既不可能把性提煉到《生命中不能承受之輕》的哲學高度，也沒有好看或有趣到後現代主義色彩濃鬱的《小世界》或《換位》的份兒上（因爲在戴維・洛奇的作品中畢竟還有強烈的荒誕意味，性是手段而不是目的）。由此看來，審美語言機制的啓動假如失去了人文理性的規範或導引，其「詩性的快感」不但孤立無援進而相當可疑最終會成爲孤魂野鬼，而且更主要的是會成爲作品釋放意象形態功能的同謀和幫兇，它完善和美化了意象形態機制並使之充分地合理合法化了。

　　三、現實世界的遮蔽。現實主義文學批判現實，浪漫主義文學再造一個理想化的現實，現代主義文學否定現實，中國 50～60 年代的革命現實主義和革命浪漫主義兩結合的文學粉飾現實。在文學與現實所形成的種種意味深長的關係中，它既記錄著作家主體面對現實的態度，也意味著文學無法脫離現實，文學不能照搬現實。然而在 90 年代的文學中，正如陳曉明所概括的那樣，已經趨向於兩種寫作套路：一類是「把現實看作平庸化的過程，不必加以虛構；另一類則把現實看成充分傳奇化的系列事件，現實無需加以虛構。」〔註 24〕不必加以虛構和無需加以虛構的文學，一方面說明文學在傳統美學意義上（比如通過典型化原則）已經疏離了現實，一方面也說明作家已失去了創造性地把握或提煉現實的能力或資格。如果僅僅在這一層面來理解 90 年代文學

---

〔註 23〕 轉引自孟繁華：《女性的故事——林白的女性小說寫作》，《作家》1997 年第 3
　　　　 期。
〔註 24〕 陳曉明：《從虛構到仿眞：審美能動性的歷史轉換——九十年代文學流變的某
　　　　 種地形圖》，《當代作家評論》1998 年第 1 期。

對於現實的關係，文學也許還不會受到更多的指責。關鍵的一點還在於，意象形態的運作邏輯最終使文學取消了與現實的聯繫進而遮蔽了真正的現實。鮑德里亞指出，符號與現實的關係經歷了這樣前後相續的四個階段：「（1）形象是基本現實的反映。（2）形象掩蓋和歪曲了基本現實。（3）形象掩蓋了基本現實的缺失。（4）形象和任何現實都毫無關係：它不過是自己純粹的仿像而已。」〔註25〕鮑氏的這種分析很大程度上可以解釋 90 年代中國文學的真實狀況：作家眼中的現實或者是自己封閉狹窄的個人經驗，或者是某一特殊社會群落的欲望化場景。在對這一現實極度逼真的模擬中，作品得以生成一個高度符號化的快感世界，然後便是我們前面所述的對這一符號化世界的自我複製和相互複製。作家沉溺於這種互文遊戲的必然結果是使更真實更廣闊的現實空間逐漸淡出，殘酷嚴峻的生存現實被一個專門上演調情、偷情、顧影自憐小情調的、玫瑰色的、具有閨房色彩的夢幻世界所取代。從反映、批判現實的角度看，文學甚至不如崔健的搖滾歌詞和來自民間的現代民謠一針見血、痛快淋漓。從這個意義上思考，說文學遮蔽了現實一點也不為過。

　　四、審美閱讀的窒息。不同種類的文學作品有不同的接受方式，與純文學成龍配套的接受方式應該是審美閱讀。然而在意象形態話語操作過的作品裏，現實世界的遮蔽意味著對文學認識功能的取消；人文意義的消隱和深度模式的削平既意味著讀者通過作品尋找自我、肯定自我或淨化心靈、陶冶情操的心理動機無法實現，也意味著許多經典的美學觀點（比如「閱讀文學作品是擺脫荒謬的人類生存條件的一種辦法」〔註 26〕）沒有了著落；而作品能指化、視覺化的後果又意味著作品意義「空白」的被擠佔、被挪用、被遮蓋或被淹沒，讀者「填補不定點」的審美機制無法啟動。可以說，意象形態化的文本世界在剝離掉了種種美學裝潢之後只為作品輸入了「刺激」，只為讀者留下了「反應」。結果，標準的消費閱讀模式便應運而生了。消費閱讀既不同於傳統意義上的審美閱讀，也不同於一般意義上的消遣性閱讀。如果說審美閱讀意味著靈魂在作品中的歷險，意味著閱讀之後讀者心靈世界的道德增值和情感增值；如果說消遣性閱讀意味著讀者替代性欲望的直接滿足，意味著

---

〔註25〕轉引自周憲：《中國當代審美文化研究》，第 142 頁。
〔註26〕〔法〕埃斯卡皮：《文學社會學》，於沛選編，杭州：浙江人民出版社 1987 年版，第 91 頁。

讀者獲得了快樂、憤怒、厭惡、恐懼等等情感反應和心理衝擊，〔註 27〕那麼消費閱讀給讀者提供的卻只是以情緒反應和生理欲望宣洩爲其內容和運作機制的震驚體驗、暈眩效果和高強度刺激下的無所適從。弗洛姆說：「消費在本質上僅僅是對人爲的刺激所激起的怪誕的滿足」，消費的結果是「我曾消費過這個或那個，但在我內心中什麼也沒起變化，留下的一切只是對曾幹過的事情的記憶。」〔註 28〕這種解釋應該說也完全適用於消費閱讀。更令人擔憂的是，意象形態化的文學生產模式（逼眞模擬、複製和批量生產）必然會使讀者處於「反覆刺激」的接受鏈條上，從而造成讀者感覺的遲鈍和麻木。「人們的排斥反應被剝奪，心理變成了被動的狀態」。〔註 29〕這便是讀多了「新狀態」或「新生代」的讀者（包括作爲批評家的高級讀者）始而驚愕終又沒了反應的深層原因。不過，我們同時也應該更清楚，商品化的運作邏輯是不斷誘發、刺激人們的消費欲望和更新人們的消費觀念，從這個意義上說，意象形態化文學不可能黔驢技窮。在花樣翻新之後，以後的文學無疑會更好看、更刺激從而也更具有消費潛力，這是可以預見的；還可以預見的是大量的文學贗品必將充斥於文學市場。應該說，這樣的前景其實並不可怕，眞正可怕的是畸形繁榮的閱讀消費刺激了畸形繁榮的文學生產，而被意象形態化文學餵養大的讀者恰恰又喪失了任何判斷能力，從而導致了「格雷欣法則」（劣幣驅逐良幣規律）在文學市場上的開花結果。

## 媚俗與意象形態

分析了意象形態時文學的負面影響之後，讓我們回到昆德拉的邏輯起點。80 年代末，當昆德拉的《生命中不能承受之輕》被韓少功等人譯成中文後，「媚俗」（kitsch）一詞曾經在知識分子圈子裏走俏一時。然而由於翻譯的原因，中國的學者大都是在「取悅大眾」的層面上來理解媚俗的涵義的。比如潘知常便認爲「媚俗是誤以娛樂爲審美」，「把欲望等同於娛樂，再把娛樂等同於審美，就成爲媚俗的全部理論根據」。〔註 30〕後來有人指出：「這個詞

〔註 27〕參見錢穀融、魯樞元主編：《文學心理學教程》，上海：華東師範大學出版社 1987 年版，第 376～377 頁。

〔註 28〕〔美〕弗洛姆：《資本主義的異化問題》，見《異化問題》（下），北京：文化藝術出版社 1986 年版，第 52～53 頁。

〔註 29〕高小康：《大眾的夢》，北京：東方出版社 1993 年版，第 98 頁。

〔註 30〕潘知常：《反美學——在闡釋中理解當代審美文化》，上海：學林出版社 1995

的含義重要的不是俗，而是蛊惑性的虛假。西方的一位評論家把它定義爲『故
作多情的群體謊言（a sentimental group lie）』，似較準確。」〔註31〕如果沿著
這一涵義思考，似乎可以把它看作是意象形態的同義詞。但是實際上，這兩
個概念雖有其重疊之處，但其使用的語境卻是迥然不同的。昆德拉指出：「在
布拉格，媚俗是藝術的主要敵人，在法國則不是。法國這裡，與眞正藝術相
對立的是消遣。與偉大藝術相對立的，是輕浮的二流的藝術。」〔註32〕從昆
德拉的對比中可以看出，媚俗是意識形態統治時期的基本運作套路，意象形
態則應該是與意識形態相對應或意識形態解體之後的主要操作手段，它們共
同的特徵是借助美麗的謊言，達到欺騙的目的。

　　作出這一區分有什麼意義呢？筆者以爲，在中國 80~-90 年代的文化語境
中，當人文學者頻繁地使用媚俗並把媚俗作爲自己批判理論中的一個核心概
念時，很大程度上是基於對迅速崛起的大眾文化／文學的恐懼和警惕。而當
一分爲三的文化空間基本成型後，一些學者又用意象形態替換掉媚俗繼續向
大眾文化／文學開火，而對精英文化／文學持一種盲目樂觀的態度。實際上，
這種剝離其生成語境的概念替換容易引起誤解，也容易掩蓋意象形態向總體
文化／文學蠶食鯨吞的事實。實際上，在今天的文化格局中，我們擔憂人眾
文化／文學中的媚俗化傾向或意象形態整合已沒有多少意義，因爲媚俗其實
正是大眾文化／文學的製作秘方；我們眞正需要恐懼和警惕的應該是一些人
盲目樂觀的精英文化／文學。如果看不到或不願看到精英文化／文學被意象
形態這隻無形的新上帝之手的梳理，或者如果裝扮一新的精英文化／文學甚
至騙過了心明眼亮的人文學者，那麼這既是文學的悲哀，也應該是理論的不
幸。正是基於這一考慮，我在這裡才把純文學和先鋒文學作爲了主要的關注
對象。

　　昆德拉說：被大眾傳播媒介主宰的時代精神與眞正的小說精神是背道而
馳的。〔註33〕中國的學者南帆說：「作家的意義在於，率領讀者對置身的日常
環境進行美學突圍。」在今天這個時代裏，討論眞正的小說精神或美學突圍

---

　　　　年版，第 24、25 頁。

〔註31〕楊樂雲：《「一隻價值論的牛虻」——美國評論界看昆德拉的小說創作》，《世
　　　　界文學》1993 年第 6 期。

〔註32〕〔捷〕米蘭‧昆德拉：《小說的藝術》，孟湄譯，北京：三聯書店 1992 年版，
　　　　第 130 頁。

〔註33〕同上書，第 17 頁。

可能還略顯奢侈，討論一下文學再也不能後撤的精神底線到底在哪裏，或許才是最最緊要的一件事。

1999 年 7 月 19 日

（原載《文藝爭鳴》2000 年第 6 期）

# 懷疑與追問：中國女性主義文學能否成爲可能

　　在我的印象中，對於女性（女權）主義文學與批評這種西方的他者話語，中國的作家與批評家一開始是持一種非常謹慎的態度的。但是近年來，女性主義卻在中國突然受到了青睞：一些女性作家或主動或被動地聚集在了女性主義寫作的大旗之下，一些批評家則樂觀地宣稱，中國的女性主義文學已衝破了黎明前的黑暗，誕生在一片緋紅的霞光之中。然而，伴隨著歡呼與喝彩，女性主義創作與批評卻也布滿了一些疑點。下面，筆者僅從中國的文化——歷史語境和女性作家的寫作策略出發做一簡要剖析，以期引出問題並且就教於大方之家。

## 婦女解放：走出異化和走進異化

　　眾所周知，西方的女性主義思潮是婦女解放進程中的直接產物。由於伍爾夫（Virginia Woolf）、波伏瓦（Simone de Beauvoir）等人的前期理論鋪墊，也由於 60 年代以來知識階層與精英階層女性的加盟和倡導，使它最終成爲席捲歐美全社會的、30 多年來方興未艾的政治文化運動。這麼多年來，無論西方女性主義者的理論主張如何更迭嬗變，其邏輯思路卻是基本一致的。她們都認爲，在這個由男人和女人構成的世界上，女人從來都是處於一個邊緣的位置，從來都沒有與男人「平等共享過這個世界」。〔註 1〕既然「女人在本質上並不低下，而是後天的文化使之低下（Women are not interior by Nature but

---

〔註 1〕　〔法〕西蒙‧波娃：《第二性——女人》，桑竹影、南珊譯，長沙：湖南文藝出版社 1986 年版，第 9 頁。

interiorised by Culture）」，〔註2〕所以，積極行動起來，掙脫以男性爲中心的文化鎖鏈，粉碎千百年來已經成型的男性話語機制，便成爲勢在必行之事。在這個意義上，女性主義文學與批評成爲了一種「行動的美學」，寫作既是對文化、政治的強有力的介入，也是對菲勒斯中心主義之語言觀的摧毀，同時還是對女性自身的自我拯救。

如果從表面上看，中國與西方的女性面對著的是一個基本相同的文化語境。因爲在西方有女人是由男人多餘肋骨製造而成的文化神話，在中國也有男尊女卑、夫爲妻綱等儒家思想的經典命題。無論是前者還是後者，它們都先在地把女人置於了一個從屬的、卑賤的地位。但是從20世紀開始，儘管在中、西方的歷史舞臺上都上演了婦女解放運動的大型劇目，但由於中國獨特的文化背景和特殊國情，又使得中國女性面臨著遠比西方女性更爲複雜的文化語境。

中國的婦女解放運動肇始於「五四」時期。由於受西方新思想的薰陶和啓迪，當時的知識女性大都意識到了她們所面臨的眞實處境：因爲幾千年來封建文化的浸淫，女性已經由人而被異化成了物。於是，「玩偶」便成了描繪女性自身處境的一個形象、貼切的詞彙，如何擺脫玩偶的命運便成了她們共同思考的一個問題。應該說，這種覺醒的意義是重大的。儘管在現實世界中，走出玩偶角色遠不是一件容易的事，其行動也往往以離家出走的消極反抗爲主，反抗的結果又往往是魯迅所說的要麼回家，要麼墮落，但是，這種反抗所構成的姿態卻第一次具有了某種形而上學的哲學意義：女人和男人一樣都是大寫的人，既然女人也是人而不是物，那麼就應該還女人以人的地位和尊嚴，使女人和男人處於同一條精神的地平線上。其後，無論是在現實世界還是文學文本中，都時隱時現地迴蕩著這個主題。直到70年代末，舒婷還在執著地重複著這種聲音：「我必須是你近旁的一株木棉，／作爲樹的形象和你站在一起。」〔註3〕沒有人認爲這種聲音陳舊、飄渺和不切實際，相反，女性反而從中受到了莫大鼓勵，獲得了莫名的激動，從而也彷彿回憶起了被歲月塵封多年突然又被釋放出來的種種往事。

必須指出，世界範圍內的婦女解放運動一開始其實是一場抽去了女性性別意識的運動，亦即女性的覺醒僅僅意味著她們意識到了自己如何才能在充

〔註2〕 盛寧：《二十世紀美國文論》，北京：北京大學出版社1994年版，第228頁。
〔註3〕 舒婷：《致橡樹》，見《雙桅船》，上海：上海文藝出版社1982年版，第16頁。

分的意義上成為與男性平起平坐的人，卻沒有使她們意識到如何才能使自己成為充分意義上的女人。這也難怪，當女性遭受太多的苦難而終於有了解放的希望時，她們完全有理由在潛意識中把自己的苦難歸咎於自己的性別。於是，淡化而不是強化自身的性別意識，否定而不是肯定自己的性別角色便成了婦女解放運動之初的基本特徵。

中國的婦女解放運動自然也是建立在這樣一個起點上的，這意味著它在深入發展的過程中需要補充、需要具體、也需要否定之否定。那麼，婦女解放運動在中國究竟又呈現出了一種怎樣的命運呢？讓我們把目光投向 1949年之後。如果說婦女解放在「五四」時期還只是一種口號或理想，那麼，在1949 年之後則是演變成了千百萬婦女的實踐行動，而行動的依據便是毛澤東「婦女能頂半邊天」的理論主張，它生動淺顯地闡明了婦女的地位、作用以及在新的時代裏婦女所應該具有的精神風貌和價值觀念。於是「時代不同了，男女都一樣」便成了一聲響亮而迷人的召喚，「颯爽英姿五尺槍」、「不愛紅裝愛武裝」便成了一種富有浪漫氣息的理想典範。出於時代新風尚的薰染，女性開始在服飾、髮式等方面抹去自己的性別特徵，並以茁壯結實的體魄取代楊柳細腰的生理特徵而趨近於「鐵姑娘」的模型，以堅貞不屈的鐵石心腸取代風花雪月的滿腹柔情以使自己更有李鐵梅似的心理特徵。經過時代熔爐的鍛打，女子終於由女性而中性，由中性而男性，完成了自身意味深長的一次蛻變。

按照我的理解，婦女解放的本質除了使婦女在政治、經濟、文化等方面享有同男子同等的權利外，還應該具有開發自身性別潛力、擦亮自身性別魅力的特徵。即女性必須清除長期以來滲透於她們身心中的男權意識，矯正和釋放被男性社會壓抑已久因而也在很大程度上已經僵硬走形的女性意識，從而為自身開闢出一塊獨立而富有詩意的存在空間，以健康舒展的生命活力給這個堅硬而冰涼的理性世界帶來暖意和柔情。於是，女人在充分的意義上成為女人便成了一件意義重大的事情。然而，縱觀中國的婦女解放進程，我們發現它並沒有完成自己的否定之否定，恰恰相反，而是加大了第一次否定的力度，從而使其消溶於人為的片面性之中。從長遠的情況看，這種負面作用對婦女的影響將是巨大的。因為當那個可悲的時代結束之後，儘管女性可以意識到這種變異並且可以佐以潔士苗條霜和太太口服液還原自己的生理特徵，但是由於滯後性，她們卻無法馬上意識到、或者意識到了也無法馬上清

除投射於自身心理當中的男性因素。於是在現實世界中，我們多見那種動輒就柳眉倒豎、杏眼圓睜，一急便粗聲大氣、撒潑罵街的女性視覺形象和聽覺形象；在新時期女性作家的文本實踐中，我們也多見那種操練著改裝過的男性話語，在思維方式和表情達意方式上都讓男性自歎弗如的女強人形象；而在近年來的肥皂劇和電視小品當中，編導們更熱衷於以誇張的喜劇化的手法把那種滿臉橫肉極富陽剛之氣的大女子和乾精瘦巴極富陰柔之美的小男人組合搭配到一起，讓他們製造噱頭，換取掌聲。仔細想想，這一切難道都是偶然的嗎？這難道不是婦女解放運動的「流風遺韻」嗎？在這些真實和基於真實而虛構的歷史場景中，隱藏著許多似是而非的東西，殘酷荒誕的東西，而所有這些卻都被一聲陰盛陽衰的慨歎給輕巧地遮掩了。在這個定理面前，我們失去了探究的興趣。

假如以上的分析大體準確，我們便會得出如下的結論：婦女解放的正常邏輯演進路線本來應該是擺脫物化——獲得人的尊嚴——還女性以本來面目，但是我們看到的卻是這樣一條「物——人——非女人（女性男性化）」的奇怪線路。這種現象表明，中國的婦女解放運動最終已滑離了它既定的運行軌道，而演變成了兩性之間的戰爭。在這場戰爭中，由於女性充分運用了「以毒攻毒」的戰略戰術思想，所以便很快衝跨了男性陣營的防線，取得了決定性的勝利——儘管從實際情況來看，這注定是一場沒有勝利者的戰爭。

然而，一個顯而易見的事實是，女性在這場戰爭中也付出了慘重的代價。她們本來是要走出異化，還原自身，不經意間卻走向了新的異化之途；她們本來應該敞開自身，使健康活潑的女性意識釋放出來，但是長期以來，女性意識卻被遺棄在一個黑暗的角落，蒙上了越來越厚的灰塵，處在了種種遮蔽之中。而她們自己卻戴起了愈來愈強大的人格面具，遊走於自己為自己設計的喜劇情境中，既悲涼，又滑稽。

我以為，這便是我們從一個特殊的角度所探測到的中國獨特的文化——歷史語境，當我們來談論女性主義文學與批評時，把它置於這樣一個語境之中是很有必要的。

## 女性話語：誕生的艱難與存在的尷尬

從實際情況來看，中國的女性主義文學思潮是經不起理性追問的。因為它並不是婦女解放運動邏輯演進中的必然產物，也不是像西方那樣經過了女

權、女性主義兩個階段，通過了幾代人的努力才終於理清了自身的邏輯走向。回顧 20 世紀初期、中期中國女性作家的經典作品，我們基本上看不到女權或女性主義思想的萌芽；或者即使有，它也是融入了女性解放的這場大型的政治話語中而無法顯示出個人話語的清晰。事實上，在那個非常的時代裏，女性話語與其說沒有價值，毋寧說它已被剝奪了自身價值獨立存在的必要性和合理性。10 多年前，當一些女性在文壇上叫響了自己的名字時，她們也僅僅是以作家的面目出現的。跟她們的前輩一樣，她們也沒有意識到寫作時自己所扮演的性別角色。這其中的一個原因是新的時代所出現的種種問題主要需要她們動用的是作家的責任感和使命感，而不是女性作家的性別意識。而另一個原因則是由於婦女解放運動已在許多方面劃上了句號，女性作家缺少現實經驗的刺激，其性別意識的激活便也顯得不大可能了。這意味著這一時期她們所敘述的故事，使用的話語與男性作家大同小異，沒有本質的區別。而事實上，她們的話語也確實匯入了傷痕、反思、改革、尋根、新寫實等文學思潮的主流話語中，成了這種文學大合唱中的一個聲部。90 年代以來，只是由於女性主義這種他者話語的滲透和啓迪，大多數女性作家才逐漸明確了自己的寫作身份，但是她們寫作的動因和最終目的是什麼，似乎卻仍然是一個模糊不清的問題。

　　為什麼會模糊不清呢？我以為原因有二。第一，因為在中國，婦女解放主要是被納入在主流意識形態話語的操作之中的，這意味著女性在面對自己的地位時，已由原來主動爭取的革命熱情逐漸變成了被動提升的心理滿足。而當男女平等的思想被卓有成效地以法律條文的形式固定下來之後，作為一種激進的政治文化運動的西方女性主義思潮便在中國喪失掉了某種先鋒的姿態，它無法在公眾層面激活女性的興趣和熱情。女性主義如入「無物之陣」，自然顯得尷尬。第二，中國多年來的婦女解放運動不但沒有鬆動男性話語的根基，反而在某種程度上強化了它。因為女性男性化的潛在含義是女性首先肯定了男性話語的價值和合法性，並進而與男性一道分享了男性話語的權力、威力和魅力。由於這個原因，女性作家在借用這種西方的他者話語時便沒有多少充分的理由；同時，缺少公眾的支持與配合也意味著她們並不擁有屬於她們自己的女性主義讀者群。於是，她們的寫作走向了空洞，顯出了孤單。

　　因此，當中國的女性作家選擇了女性主義姿態進入寫作時，不管她意識

到沒有，她都面臨著這樣一個尷尬的處境。不過，儘管如此，我們仍然可以從另外的角度來考慮這個問題：在中國，正是由於長期以來女性意識的稀疏和淡薄，也正是由於男性話語對女性話語的扭曲和強姦，所以才激起了一些女性作家擦亮女性意識、建立女性話語的衝動。如此一來，我們便爲女性主義寫作找到了一個崇高而神聖的理由。這樣，我們便有必要對建立女性話語的眞實性和可能性作出分析。

考察中國作家女性主義寫作的邏輯起點，她們大都對伍爾夫那個通俗易懂的經典命題發生過興趣：「一個女人如果要想寫小說一定要有錢，還要有一間自己的屋子。」〔註4〕然而，仔細思考這句 20 世紀初的名人格言，實際上並不怎麼適合於 20 世紀末的中國女性作家。因爲伍爾夫得出這樣一個結論時，她想說明的是經濟地位、社會地位以及寫作環境對於女人的重要性。因此，只有先有了錢和屋子，女性才能平心靜氣地寫小說。按說，這種很馬克思主義的觀點並不新鮮，而且，就大多數的中國當代女性作家而言，她們通常好像是在既有錢又有屋子的情形下開始自己的寫作的，要不就是她們剛寫小說不久便有了些錢也有了自己的屋子。如此看來，她們似乎沒有必要邊寫小說邊念叨屋子問題，因爲她們擁有了寫作小說的前提條件。可是事實上，她們又確實對那句名人格言發生了興趣。那麼，爲什麼她們會發生興趣，她們與這種表述的共鳴點又在哪裏呢？

我以爲當中國的女性作家在重複著伍爾夫的命題並呼籲著一間屬於自己的屋子時，其象徵意義是遠遠大於其現實意義的，儘管中國的女性作家並不具有全盤接納西方女性主義思想的心理準備和文化準備，但是，女性主義的激進姿態畢竟照亮了中國女性作家的女性意識，也點透了她們寫作時所面臨的尷尬處境。因此，作爲女人說話便成了一種誘惑，成爲她們寫作的一個動因。於是，雖然她們在現實生活中已經擁有了自己的屋子，但是她們仍然希望這間屋子能延伸到自己的心理生活中，把它作爲表達自己的屏障或掩體。作爲一種心理意象，這間屋子具有隔斷喧嘩的男性世界聲音的功能。所以，面對世界，它不是敞開，而是關閉。唯有在這種封閉的空間裏，女性才可能潛思默想，收心內視，清理自身異己的經驗內容，打撈自己的女性經驗，尋找那種業已稀疏的已經被社會理性層面掩蓋和遺忘的東西。在這種尋找中，

---

〔註4〕 〔英〕伍爾夫：《一間自己的屋子》，王還譯，北京：三聯書店 1992 年版，第2 頁。

與其說她們想證明什麼，毋寧說她們首先想獲得的是一種冒險的樂趣、破禁的快感和給自己帶來假想滿足的心靈陶醉。

然而，當女性作家以寫作的方式說話時，我們有必要重複一下肖珊娜‧費爾曼（Shoshana Felman）的疑問：「作為一個女人，就足夠可以講女性的話嗎？『作為女性說話』（Speaking as a woman）是由什麼決定的，是由某些生理條件決定的，還是由一種策略和理論上的立場來決定的？也就是說女人的話語是由解剖學還是由文化決定的？」〔註5〕如果從心理分析學和現代語言學的角度來看，這種疑問也許不難回答。因為在根本的意義上，不是我們在說話，而是話在說我們。也就是說我們被我們所發明的語言操縱著，或者說主體被一種無形的但卻是強大的客體力量所誘導、所塑造，主體因而失去了闡釋自己的能力和資格。因此，作為個體的人，表面看來是他在自說自話，他說著自己的話，而實際上他被一種意識不到的文化話語程序的深層結構所控制，於是話被他說著變成了他被話說著。如果這種理論是合理的，那麼任何人都難逃這種規則的「法網」，男性如此，女性亦如此。

如此看來，女性作家要想真正表達自己並非一件輕而易舉的事，她們會遇到許多意想不到的麻煩。如前所述，女性作家在心理上擁有了自己的屋子時，其目的是為了更好地尋找與打撈自身的女性經驗，但是按照弗洛姆的觀點，任何經驗要想成為經驗，它必須首先被語言所固定，然後才能被我們所察覺。「語言由於它的用字、文法、結構，以及其中所含藏的整個精神，決定了我們如何去體驗，以及何種體驗能透入我們的知覺。」〔註6〕如果我們承認我們的語言是被千百年來的男性文化為核心的內容所浸泡、修剪、潤色的語言，如果我們也承認任何人必將被語言支配而自己沒有主宰語言的能力，那麼，女性作家將憑藉什麼去開掘自己的經驗呢？女性存在一種屬於自己的經驗嗎？因為很顯然，在以男性為中心的文化語境中，女性並不擁有自己的話語，沒有自己的話語意味著她們並不能真正意識到自己的經驗。語言的壓迫「使婦女處在沉默的狀態中。婦女好像啞巴一樣，不管她有多麼複雜的經驗，到頭來連一個字都說不清楚」。〔註7〕而一旦開口說話——以寫作的方式打撈

〔註5〕 轉引自〔美〕喬納森‧卡勒：《作為婦女的閱讀》，黃學軍譯，見張京媛主編：《當代女性主義文學批評》，北京：北京大學出版社1992年版，第50頁。

〔註6〕 〔日〕鈴木大拙、〔美〕弗洛姆：《禪與心理分析》，孟祥森譯，北京：中國民間文藝出版社1986年版，第158～159頁。

〔註7〕 康正果：《女權主義與文學》，北京：中國社會科學出版社1994年版，第134頁。

經驗，她們勢必會陷入新的尷尬中。因爲她們打撈的經驗終究不過是變形走樣的經驗，她們所說的話在其深層依然不過是男性話語的一種變體。在此意義上，女性寫作透露出了某種宿命的味道。

事實上，西方的女性主義者也早已意識到了女性的這種困窘，然而與此同時她們又認爲，要想擺脫這種困窘又只有依靠寫作。可是既然女性寫作在男性話語中存在著被異化的危險，她們將如何克服這種異化去保衛女性寫作的純潔性呢？埃萊娜・西蘇（Hélène Cixous）認爲，婦女在通常的意義上進行寫作是無濟於事的。要想摧毀菲勒斯中心語言體系，「婦女必須通過她們的身體來寫作」，如此才能橫掃原有的句法學，創造一種屬於自己的無法被攻破的語言。這樣，如下領域便成了女性話語的核心內容：

> 幾乎一切關於女性的東西還有待於婦女來寫：並於她們的性特徵，即它無盡的和變動著的錯綜複雜性，關於她們的性愛，她們身體某一微小而又巨大區域的突然騷動。不是關於命運，而是關於某種內驅力的奇遇，關於旅行、跨越、跋涉，關於突然地和逐漸地覺醒，關於對一個曾經是畏怯的既而將是率直坦白的領域的發現。婦女的身體帶著一千零一個通向激情的門檻，一旦她通過粉碎枷鎖、擺脫監視而讓它明確表達出四通八達貫穿全身的豐富含義時，就將讓陳舊的、一成不變的母語以多種語言發出回響。〔註8〕

很顯然，在埃萊娜・西蘇看來，通過身體寫作首先是女性寫作的一種解構策略。它試圖通過一種獨一無二的經驗內容向男性話語發出示威和挑戰，並進而完成對它的消解。同時，這種經驗內容又是生成女性話語的基質。在被中心話語放逐的邊緣地帶，女性正在傾聽著來自自己身體的神秘聲音，並且通過這種傾聽，女性正在建構著屬於自己的語言體系，這是女性寫作的希望之光。

由此來反觀中國的當代女性寫作，我們對以自戀和私語爲其基本內容和形式的敘述話語便不再會感到陌生。表面看來，自戀可能是一種姿態或象徵，因爲它表明了對男性文化的拒絕和對男人爲她們設計的「反自戀」〔註9〕模式的逆反，而且通過自戀，女性也顯示了一種優雅的精神情調；但是實際上，

---

〔註8〕 〔法〕埃萊娜・西蘇：《美杜莎的笑聲》，黃曉紅譯，見張京媛主編：《當代女性主義文學批評》，第 200～201 頁。

〔註9〕 同上書，第 191 頁。

自戀的內驅力卻顯然是來自女性身體的與性有關的幻想內容和經驗內容。於是，我們才會在《與往事乾杯》（陳染）中看到肖濛常常脫得一絲不掛，對鏡顧影自憐；才會在《一個人的戰爭》（林白）裏看到多米在自身欲望的煎熬中，走向了「來自自身的虛擬的火焰」的愛情；也才會在《雙魚星座》（徐小斌）中看到卜零寧願在性的焦渴中自慰，卻不願委身於世俗的男人。這些來自生命本能騷動的、非理性的、黑暗的、以往羞於示人的、白日夢般的女性作家的本文實踐也正好暗合了埃萊娜·西蘇的理論呼籲。

另一方面，以自戀爲其核心內容的女性敘事話語又不可能進入主流話語之中，這樣，私語便成了表達這種內容的唯一形式。所謂私語，首先意味著女性寫作失去了假定的接受對象，她們在那間屬於她們的「自己的屋子」裏喃喃自語，獨白享用。自己既是話語的生產者，又是話語的消費者，寫作因此成了一種孤芳自賞，成了爲自己的寫作。同時，私語的形式無疑也是對自戀的一種強化。

當一些女作家在一個新的基點上以自戀和私語開始了自己的寫作之旅並企圖以此來建立自己的話語時，我很懷疑她們是否能實現自己的目的，進而也懷疑女性寫作的純粹性和女性話語的真實性。因爲男性文化既然可以侵蝕語言，它同樣也會滲透到人的無意識深處，這樣，通過身體寫作所做出的拒絕和反抗將難免顯得徒勞。退一步說，即使這種經驗內容是一塊保存完好、未被男性文化開墾的處女地，那裏面結滿了非理性的欲望之果，只有女性才可以繞過語言的圍牆以超常規的方式把它採摘下來，那麼這種採摘下來的內化於文學文本中的非理性之果又具有怎樣的價值和意義呢？因爲正如我們前面所分析的那樣，在當今中國，顯然不存在一個龐大的女性閱讀群體，女性寫作因此常常陷入孤立無援的境地。而即便有了這樣一個群體，已經被中國的婦女解放運動修理過因而也在很大程度上發生了變異的女性讀者能認同她們的話語嗎？另一方面，對於男性讀者，我相信他們的閱讀更多的是出於一種獵奇的動機。於是，女性作家所公佈的具有私人檔案般的女性經驗在男性讀者那裏演化成了一幅幅極具觀賞性的畫面，在合法性的窺視中，男性讀者的好奇心得到了滿足並享受到了窺視本身所帶來的樂趣。

因此，對於真正的女性主義文本而言，也許所有的男性閱讀都是誤讀。但是，從我們目前的情況來看，對女性文本的闡釋權和評價權往往又操縱在男性的手裏。於是，一種女性作品的問世，我們最先聽到的往往是來自男性

世界的喝彩。在這種喝彩聲中，通過身體的女性寫作走向了荒誕。

## 結束語：問題與擔憂

在以上的分析中，我只是想指出中國女性主義文學所面臨的尷尬處境，而並不想對女性主義本身進行什麼價值判斷。事實上，當人們使用「女性主義文學」這一稱謂來指稱「後新時期」所出現的一些文學事實時，這本身就是一件很尷尬的事，因爲它表明了我們的文學理論界已失去了某種命名的能力和興趣。當然，這也不能全怪批評家，或許正是作家的首先挪用才爲批評家的挪用提供了機會和動力。不過，如此一來，我們看到的便是這樣的情形：中國的作家挪用西方的寫作套路寫小說，中國的批評家又挪用西方的批評話語對這些小說作出評論。作家的生產刺激了批評家的消費熱情，批評家的品評與定位又增添了作家的生產豪情。如此循環往復，卻原來都是建立在西方的文化語境之上。這種生產與消費的競賽活動持續久了，可能最終會耗盡作家與批評家原本就不多的感性衝動和理性衝動，使寫作成爲複製，使批評變成復述。

因此，當許多人面對中國目前的女性主義文學採取了鼓吹的姿態時，我卻以爲有必要爲它擔憂。

1996 年 1 月 17 日

（原載《文藝爭鳴》1997 年第 5 期）

# 反思「跨文體」

　　1999 年，「跨文體」突然成爲中國文壇的一個熱門話題，一些文學期刊推出了與「跨文體寫作」相關的欄目，一批作家的「跨文體」作品紛紛出籠，一些評論家也在爲「跨文體」實驗尋找著理論上的依據，種種跡象表明，「跨文體」寫作與閱讀的時代已然到來。然而，短短幾年的時間，「跨文體」革命似已耗盡了它的美學能量——先是《大家》、《莽原》、《中華文學選刊》等刊物在進行了兩年左右的試驗之後主動放棄了繼續實驗的努力，[註1]後是部分作家把「跨文體」寫作推向極致之後（以韓少功的《暗示》爲代表）似乎已難以爲繼，與此同時，評論家也失去了鼓吹、倡導「跨文體」的興趣。顯然，作爲一次中途流產的文體革命，「跨文體」寫作並沒有修成正果。

　　於是，有必要對如下問題作出反思：究竟什麼是「跨文體」？「跨文體」現象存在著怎樣的症候？「跨文體」寫作遺留下了什麼問題？

---

〔註1〕　《大家》雜誌在 1999 年開設「凸凹文本」欄目，並在此欄目下發表相應的作品。從第 2 期開始，同時開設了「凸凹四方談」，邀請評論家對當期的「凸凹文本」進行點評。此年度反響較大、「跨文體」意味最濃的文本是李洱的《遺忘——嫦娥下凡或嫦娥奔月》（第 4 期）。但在 2000 年，《大家》就取消了這一欄目，只是在兩篇作品的題目之後標有「凸凹文本」的字樣（分別爲第 1 期林白的《玻璃蟲》和第 3 期海男的《男人傳》）。2001 年，《大家》唯一出現「凸凹文本」字樣的地方是第 3 期的封面，以此指認池莉、陳村、肖克凡的同題作品《開會》。但令人費解的是，在目錄中，卻把《開會》放在了當年新開設的「俗說俗世」的欄目中。2003 年與 2004 年，《大家》無「凸凹文本」，但在 2004 年的第 2 期，出現了一個「跨文體寫作」的欄目，欄目之下的文本爲黃堯的《半月門》。到第 3 期，此欄目又消失了。《莽原》雜誌在 1999 年開設了「跨文體寫作」欄目，在此欄目下，全年 6 期共發表文本 19 個。但在第二年，此欄目下的文本銳減爲 5 個（其中第 2 期空缺）。2001 年，「跨文體寫作」欄目被取消，至今未恢復。《中華文學選刊》在 2000 年開設「無文體寫作」欄目，但開到第 9 期便無疾而終。

## 何謂「跨文體」

　　儘管 90 年代中期就有作家進行過「跨文體」的實驗，但「跨文體」眞正被叫響的時間卻是 1999 年。現在看來，「跨文體」寫作很大程度上並非作家群體自發選擇的結果，而是文學期刊鼓吹之下的產物。然而，令人困惑的是，雖然在對「跨文體」寫作的理解和定位上期刊倡導者似已達成某種共識，但在具體操作上卻存在著很大差異。比如，《大家》主編李巍指出：推出的凸凹文本是一個「文學怪物」，它「就是要在文體上『壞』它一次，『隔塞』它一次，爲難它一次，讓人寫小說時也能吸取散文的隨意結構，詩歌的詩性語言，評論的理性思辨；同樣讓人寫散文時也不迴避吸納小說的結構方式。我們希望，在文體的表述方式上能以一種文體爲主體，旁及其他文體的優長，陌生一切，破壞一切，混沌一切」。「凸凹文本就是想在文學如此艱難的生態環境裏，不循常規牌理出牌，無賴一些，混賬一些，混沌一些」。〔註 2〕從這種宣言似的表白中我們不難看出，《大家》所謂的「跨文體」是要打破小說、散文、詩歌、評論四大塊（其實這也是文學期刊的固定欄目）的人爲劃分，而把這四種文體揉到一起，同時又能讓讀者看出某種文體的主導態勢。從 1999 年全年發表的「凸凹文本」來看，《大家》確實貫穿了主編的意圖，而大部分文本的主導文體基本上可看作小說。

　　再看《莽原》。《莽原》主編張宇認爲，跨文體寫作之所以悄然興起，是因爲人們發現各種文體作繭自縛的難堪。「文體像牢籠一樣局限和障礙著寫作的自由」，「文體的繁複和腐朽傷害和圍困著寫作的激情和靈性」。於是，「跨文體寫作就像在自己的身上插上別人的翅膀一樣，再也不是爲了形式和形象，而是爲了表現的實用，爲了更自由的飛翔……」。〔註 3〕這種表述雖然沒有言明「跨文體」的實質，但其意思與《大家》的宣言大同小異。不過，分析一下「跨文體寫作」欄目下的文本，其內容與風格卻與《大家》形成了鮮明的對比。比如，在 1999 年全年 6 期的 19 個「跨文體」文本中，敬文東成爲期期都有的專欄作者，而他的文本只不過是 90 年代流行開來的思想隨筆或學術隨筆，而並無更多的「跨文體」特色；彙聚到此欄目下的其他文本也大都呈現出濃鬱的「隨筆」特徵。由此看來，《莽原》雖然也在倡導「跨文體」，

---

〔註 2〕　李巍：《凸凹：文學的怪物》，《文學自由談》1999 年第 2 期。
〔註 3〕　張宇：《理性的康乃馨——「〈莽原〉周末」散記之一》，《莽原》1999 年第 1 期。

實際上發表的卻是隨筆。

最讓人不可思議的是《中華文學選刊》的「無文體寫作」。「無文體寫作」欄目開設於 2000 年，似乎是為了避免「跟風」，欄目主持人匡文立特別強調：「凸凹文體」、「跨文體」和「新文本」等旗號有「意在筆先」之嫌，顯示出來的是某種「命名癖」。「我們的『無文體寫作』，試圖迴避命名，只注視某種寫作現實。我們選擇的標準也很簡單：當一篇文字頗值得一讀，卻又無法妥帖地安放進任何現有的『文體』，那就是我們張弓以待的『大雁』了」。〔註 4〕表面上，《中華文學選刊》似乎是要與「跨文體」唱反調，但從邏輯思路上看，它不但承認了「跨文體」寫作的合法性，而且還想以羚羊掛角的方式把「跨文體」推到極端。然而，選發於第 1 期的「無文體寫作」文本（《上海人的日常縱慾》）似乎並無多少創意，作者毛尖把魯迅、周作人、張愛玲、羅蘭、波德萊爾、杜拉斯等人請到一起，讓他們對當下的上海發表感受和看法，這其實是荒誕戲劇的一種筆法，或者也可以說是思想評論的一種寫法（此文讓我聯想到張閎對《遺忘》的評論筆法〔註 5〕）。這樣，讀者就有理由質疑：明明有體，為什麼偏要把它看成「無文體」呢？在接下來的幾期中，《人生糊塗讀書始》（第 2 期）和《半世紀愛情風俗史》（第 5 期）是並無多少思想深度的隨筆，《100 年的 23 個關鍵詞》（第 3 期）和《實話實說：社會流行語》（第 6 期）是詞語解釋。然後選編者似乎已江郎才盡，在選發了兩篇流行於網絡上的搞笑文章（分別是第 7 期的《韋小寶同志生平》和第 9 期的《新生代作家拆解高考作文題》）之後就匆忙地結束了「無文體寫作」的搞笑之旅。

由此看來，「跨文體」主要還是主編或編輯意念中的產物，一旦把作家號召起來，投入到「跨文體」的大生產中，便立刻露出了許多破綻：要不沒有「跨」出去，要不「跨」得不倫不類。而且，由於「跨文體」，更深層的問題也暴露無遺。比如，我們可以如此追問：「跨文體」究竟是主編們的一廂情願，還是作家們的共同期待？如果是前者，他們的真實動機是什麼？如果是後者，他們真的把小說、散文或詩歌寫得山窮水盡了嗎？回歸到文學史當中，真正的文體革命究竟是從哪裏開始的？是有了創作實踐才有了理論總結還是有了理論的召喚就能生產出作品？鼓吹「跨文體」的期刊有的靠著小說「跨」有的靠著散文「跨」，究竟哪個「跨」得更正確更正宗？如果「跨文體」最終

〔註 4〕 匡文立：《〈無文體寫作〉開欄語》，《中華文學選刊》2000 年第 1 期。
〔註 5〕 參見張閎：《關於〈遺忘〉的「學術討論會」》，《大家》1999 年第 4 期。

把讀者搞得雲遮霧罩也把作家弄得無所適從，這樣的「跨體文學」還有多大意義？假如還有一些意義，這種意義究竟是文學本身的意義還是文學以外的意義？

以上的問題只會讓我們走進「跨文體」的迷魂陣中，把主編們那些還算清晰的解釋衝得七零八落。於是，何謂「跨文體」依然成了一個懸而未決的問題。

## 「跨文體」現象的症候分析

儘管「跨文體」依然讓我們頭疼，但是「跨文體」所引發的種種症候卻值得分析。90 年代以來，文學的自律問題逐漸被文學的生存問題所取代。市場大潮的衝擊，商業主義的誘惑，閱讀大眾的大量流失，讓作家與期刊共同產生了種種焦慮。這種焦慮到 1998 年達到了高潮。〔註6〕於是，期刊「改版」成為 1998～1999 年的重大文學／文化事件。〔註7〕現在看來，「跨文體」寫作的提出，首先應該是文學期刊的自救行為：當一些文學期刊既無能力走《天涯》之路（讓刊物凸顯思想的底色），又不願意步《湖南文學》的後塵（《湖南文學》改成《母語》之後完全變成了一本時尚雜誌）時，擺在它們面前的恐怕只有一條路：依然保持文學刊物的品格，但又必須有所動作，以便在「改版潮」中贏得自己的市場份額。文學刊物多年來的欄目設置均為小說、散文、詩歌、評論四大塊，既然要堅守文學期刊的貞操，為什麼不能在這四大塊上做些文章呢？因此，要我說，文學期刊倡導「跨文體」並沒有多少隆重的理由，它只不過是一次絕望的掙扎，掙扎的結果究竟如何，期刊主編們其實心中無數。〔註8〕

然而，在評論家那裏，我卻看到了如此隆重的解釋：「這種跨文體的行動，是作家對寫作自由的渴望和熱愛，也是作家另外一些潛能的釋放。作家在寫

〔註6〕 參見《文學期刊的生存與出路——'98 全國文學期刊主編研討會側記》，《人民文學》1998 年第 10 期。

〔註7〕 參見邵燕君：《傾斜的文學場——當代文學生產機制的市場化轉型》第一章，南京：江蘇人民出版社 2003 年版。

〔註8〕 《莽原》主編張宇一方面思考著「跨文體寫作」的內在動因和革命意義，一方面又不斷以疑問句式（如「二十一世紀，將是一個跨文體寫作的新時代嗎？」「是這樣嗎？」「這就是跨文體寫作的意義嗎？」）對這種思考構成了一種消解。這應該是一個很有意思的症候。參見張宇：《理性的康乃馨——「〈莽原〉周末」散記之一》，《莽原》1999 年第 1 期。

作這些文章時，其實忘記了他們的身份——而記住身份則是我們多年來寫作的一個原則，這種身份感會提醒你是一個詩人或是一個小說家——，忘記了身份才會進入眞正的邊緣，也才會寫出那種讓我們讀起來欲說還休的曖昧的文字。」〔註9〕這種概括完全刪除了期刊的營銷策略與炒作技巧，而把跨文體行動轉換成了作家的自發行爲。在我看來，如果說這不是一種有意的誤讀，起碼也是對90年代中後期的文學生產缺乏一種整體眼光。因爲更眞實的情況可能是這樣的：當文學期刊的主編和編輯們更多地扮演著昆德拉所謂的「意象設計師」的角色時，作家們不但沒有獲得自由，反而走進了新的奴役之中。在這種狀況下，作家們所謂的自發行爲往往都非常可疑。不過，既然評論家提到了作家，我們不妨把作家的因素考慮進來，這樣，「跨文體」的文學生產也許才會看得更加清楚。

「跨文體」寫作雖然由期刊率先提出，但是假如沒有作家的參與，「跨文體」很可能會胎死腹中。在人們的記憶中，文體實驗往往與先鋒作家有關，那麼，在這次「跨文體」的行動中，80年代的先鋒作家有著怎樣的表現呢？一個眾所周知的事實是，90年代以來大部分先鋒作家或者已金盆洗手（如馬原），或者黔驢技窮之後已回歸於素樸與本眞（如余華、北村等），這就意味著雖然從理論上我們可以找到「跨文體」與80年代文體實驗之間隱秘的邏輯線索，但實際上在最有可能「跨文體」的先鋒作家那裏，他們已失去了「跨」的興趣和衝動。他們的實踐姿態既消解了他們先前的文體實驗，也沒有為後來的「跨文體」投下贊成票。那麼，又如何解釋其他作家的參與呢？原因說白了可能非常簡單：後來參與「跨文體」的作家，他們大部分只是在文壇上嶄露頭角，還沒有多少創作經驗，也沒有分享過80年代先鋒作家的榮光。創作經驗的不足意味著可以說張狂話，寫放膽文；與「先鋒」的美名失之交臂又意味著他們出現在一個尷尬的時代，意味著作爲作家他們面臨著身份危機。因此，如果說期刊的焦慮來自於市場，「跨文體」作家的焦慮則是一種「影響的焦慮」：在西方後現代主義的寫作實踐面前，在中國80年代先鋒作家的創作實績面前，他們如何才能證明自身的存在，如何才能搭上「後先鋒」的末班車。

在如下的表白中，我讀出了這種說不清道不明的「焦慮」。李洱在《遺忘》

〔註9〕 王幹：《邊緣與曖昧：詩性的剩餘與溢漲——近年來文體實驗研究報告之一》，《大家》1999年第3期。

的創作談中指出：「對已有的故事進行改寫（如巴塞爾姆《白雪公主》），造成一種滑稽的效果，顯然不是我的初衷——與其說我關心的是改寫，不如說我關心的是對各種改寫的改寫。」〔註 10〕這種說法一方面承認了「跨文體」寫作與西方後現代寫作之間的關係，一方面又試圖超越於後現代寫作之上。但問題是，如果說西方的後現代主義寫作在哲學的層面上有著明確的反叛目標，那麼，當《遺忘》把史實史料、藝術圖片、美術作品熔爲一爐、把虛構、紀實、改寫、考證做成一鍋時，它除了造文體之反還反叛了什麼呢？因此，對於這部「跨文體」寫作的「里程碑式」文本，〔註 11〕我認同洪治綱先生的看法，而不相信那些貌似深刻的解釋。他說：《遺忘》是「對既定文學範式進行一次刻意突圍的表演之作」，「作爲一種整合性的藝術實驗，它失去了對某種主題的單純表達，在一種後現代式的敘述行爲中體現了作家對既定藝術規範的反叛。但這種反叛並不具備明確的建構目標」。〔註 12〕

再看作家劉恪的表述。劉恪一方面鼓吹「文體整合」，一方面宣判著既有文體的死罪：「文體是前人規定好了的傳統審美規範，更多的仰仗操作層面的東西去完成，文體自身的各種規則都是一種限制，一種對言說的限制。對個體寫作無疑便是一種影響的焦慮，或形式作爲形式的牢籠。往往創新是要求人們提供新的範型，你一開始便在舊文體的控制下創新無疑是帶著枷鎖鐐銬跳舞，使得創新一開始便鑽進死胡同。……文體整合便是要取消文體森嚴壁壘的界限，把各類語體特色綜合、沖融，極大限度拓展語言自身的魅力，真正回歸到一種個人言說的自由。」〔註 13〕在這段表述中，「影響的焦慮」已躍然紙上，同時，這段表述也讓我想起查爾斯·紐曼的說法：「無體裁寫作是一種爭取解放的前景，是當代人能夠當作資本使用的現代主義的珍貴遺產之一。」於是，我們不妨把劉恪的思考看作是這種說法的一種回響。但問題是，紐曼緊接著又指出：「後現代主義的命運則是當本文從它先定的地位中解放出來時，它既沒有給藝術家提供增長了的富裕，也沒有提供通向觀眾嶄新的大道，而僅僅爲廣告和詮釋提供了可書寫的空間。」〔註 14〕這種分析進一步提

〔註10〕李洱：《關於〈遺忘〉》，《大家》1999 年第 4 期。

〔註11〕參見《大家》1999 年第 4 期「值期人語」。

〔註12〕洪治綱：《整合的可能與局限》，《大家》1999 年第 4 期。

〔註13〕劉恪：《關於超文本詩學》，《青年文學》1999 年第 7 期。

〔註14〕〔美〕查爾斯·紐曼：《後現代主義寫作模式》，米佳燕譯，見王岳川、尚水編：《後現代主義文化與美學》，北京：北京大學出版社 1992 年版，第 339 頁。

醒我們，中國的「跨文體」寫手究竟是在為誰寫作？為了作家自己的自由還是為了評論家的解讀？

在後先鋒作家的「跨文體」實踐中，韓少功的所作所為顯得比較另類。與李洱們不同，韓少功在 80 年代就已斐聲文壇，似乎已不存在李洱們的焦慮，但為什麼他也成了「跨文體」寫作的實踐者和鼓吹者呢？在同代作家中，韓少功應該是文體意識最強的作家之一，這意味著從《爸爸爸》到《馬橋詞典》再到《暗示》，其中隱含著清晰的文體探索走向，也意味著他的「跨文體」寫作很大程度上是來自於自己的切身體驗，而不是響應了期刊的召喚。但是也必須指出，作為中國當代文壇為數不多的思想型作家，韓少功在小說創作上並沒有特別的天賦，卻恰恰在思想隨筆的寫作上具有不俗的能力。因此，從《爸爸爸》到《暗示》，從小說到隨筆，對於他來說應該是一次必然的選擇。這種必然性體現在，當他的小說創作能力進一步退化，散文意識和散文筆法進一步強化之後，他無論如何都會選擇《暗示》那種寫法。

因此，我想指出，《暗示》無論對於韓少功本人還是對於中國當代文壇，都是一個非常重要的文本。但是我也必須同時指出，這種重要不是因為他把它寫成了小說，而是因為他寫出了一部長篇思想／學術隨筆。〔註 15〕對於這種文體實驗，韓少功起初顯得非常謹慎，他把這個文本定位成「讀物」或者「理論」，並且指出，「克服危機將也許需要偶而打破某種文體習慣」，「我們有時需要來一點文體置換：把文學寫成理論，把理論寫成文學」。〔註 16〕（請注意他的措辭）種種跡象表明，他一開始沒敢把自己的這個文本當成小說。然而，令人奇怪的是，評論家卻把它定位成了小說，並且論證了這個文本作為「跨文體」寫作的合法性。〔註 17〕有了評論家的定位和撐腰，韓少功逐漸

〔註15〕 把《暗示》主要看成思想／學術隨筆而不是小說主要是基於我的閱讀經驗：每當讀完小說，留在我腦子中印象最深的往往是人物、細節和情緒記憶；每當讀完隨筆，讓我無法忘記的常常是觀點、思想和精彩的議論。《暗示》留給我的是後者而不是前者。當現行的小說理論在《暗示》面前已然失效，評論家們沒有必要匆忙地為其尋找新的小說理論依據。這時候，我們需要回到常識，回到自己的閱讀經驗之中。

〔註16〕 參見韓少功《暗示》的「前言」和「附錄」部分，北京：人民文學出版社 2002 年版。

〔註17〕 參見蔡翔的《日常生活：退守還是重新出發——有關韓少功〈暗示〉的閱讀筆記》和曠新年的《小說的精神——讀韓少功的〈暗示〉》，二文均見《文學評論》2003 年第 4 期。

生出把《暗示》當成「長篇筆記小說」的幻覺，〔註18〕並且爲了這個幻覺，他開始爲自己巧妙、含蓄而又絮絮叨叨地辯護了。他說：「我想把小說做成一個公園」；「一種文體的能量如果出現衰竭，文體就自然會發生變化」；「我在《暗示》中講過一個動作或者一頂帽子的故事，至於『人物』則暫時擱置。……在這樣一個新的世界中，大於『人物』和小於『人物』的認知和感受紛紛湧現，我們的敘事會不會有變化？肯定會有的」。〔註19〕爲什麼韓少功一開始沒有把《暗示》當成小說後來卻頻頻「暗示」《暗示》就是小說，原因說白了也非常簡單：因爲在當代的文學寫作中，是否寫過小說、能否寫了小說、是否還能繼續小說創作，依然是衡量一個作家合格與否稱職與否的重要標誌。他必須借助於《暗示》的「小說」身份來證明自己。因此，對於韓少功來說，他或許沒有太多的「影響的焦慮」，但是他依然有屬於他自己的焦慮。

在以上的分析中，我沒有闡釋出「跨文體」寫作的革命意義，倒是解讀出一大堆「焦慮」。如果「跨文體」寫作裏裏外外都與「焦慮」有關，那麼「跨文體」以失敗告終或許正是它合理的歸宿。

## 「跨文體」寫作遺留下的問題

當我指出「跨文體」的失敗結局時，我只是想澄清這樣一個事實：從歷史上看，任何一次文體革命首先來自於生命體驗的衝動。當作家在現有的文體中無法表達自己的生命體驗時，這種生命衝動就演變成了形式衝動，新的文體就在這種狀況下誕生了。現在看來，「跨文體」實驗並不缺少種種外在的動因，但唯獨欠缺眞正屬於文學自身的心理衝動和美學衝動。因此，儘管我對「跨文體」實驗充滿了敬意，但是對於它的結局卻並不感到悲哀。

然而，這樣的結局卻並不意味著問題的解決。事實上，「跨文體」寫作依然留下了許多值得思考的問題。這些問題可歸納如下。

第一，在「跨文體」的熱潮中，一些作家和評論家都認爲現有的文體形式已無法滿足作家的寫作要求，我現在想問的是，這究竟是一個眞問題還是一個僞問題？我們的作家是不是已經把詩、散文和小說分別寫到了極致？如果一個作家還沒有把小說寫得更是小說、詩寫得更像詩，他卻開始在「跨文

〔註18〕參見楊柳：《韓少功：寫到生時方是熟》，《中國文化報》2002年10月18日。
〔註19〕韓少功、王堯：《文學：文體的開放與近觀》，http://www.sina.com.cn 2004/04/26（新浪文化）。

體」的沙場上信馬由繮，這究竟是文體革命還是寫不好小說或詩歌的託辭？

　　第二，一些作家和評論家同時認為，現有的文體嚴重束縛了作家的言說自由，因此，要想心靈自由與言說自由，必須去掉鐐銬跳舞。但問題是，「跨文體」究竟是去掉了鐐銬還是戴上了更多的枷鎖？如果去掉鐐銬意味著「無文體」或「超文本」，這樣的文本存在嗎？每一種文體不僅是文體，它還意味著作家選擇了某種文體，必須同時擔負起與這種文體配套的道義責任並對讀者作出承諾。如果寫小說的人去掉了小說鐐銬，把小說寫成了自己的私人生活實錄，寫散文的人去掉了散文的鐐銬，讓虛構的情節滋生蔓延，這是不是意味著作家可以放棄某種責任和承諾？放棄了責任和承諾的文學還是真正的文學嗎？

　　第三，陀思妥耶夫斯基認為：「藝術自有其奧秘，其敘事的形式完全不同於戲劇的形式，我甚至相信，對藝術的各種形式來說，存在與之相適應的種種藝術思維，因此，一種思維決不可能在另一種與它不相適應的形式中得到體現。」〔註20〕如果此說合理，也就意味著小說有小說的思維，散文有散文的思維。而在「跨文體」寫作中，作家如何才能建立起與藝術對象相適應的藝術思維？又如何解決各種藝術思維之間相互干擾相互打架的問題？評論家鼓吹「跨文體」寫作似乎還情有可原，因為他們大都沒有創作經驗，但是當作家也成為「跨文體」的鼓吹者和實踐者時，他們是在做秀還是簡直就不懂這種藝術思維的對應性和複雜性？

　　如果誰能對以上問題作出令人信服的回答，我就打算放棄我對「跨文體」的質疑。但是現在，我只能相信巴赫金的論述。他說：「一種體裁中，總是保留有正在消亡的陳舊的因素。自然，這種陳舊的東西所以能保存下來，就是靠不斷更新它，或者叫現代化。一種體裁總是既如此又非如此，總是同時既老又新。一種體裁在每個文學發展階段上，在這一體裁的每部具體作品中，都得到重生和更新。體裁的生命就在這裡。因此，體裁中保留的陳舊成分，並非是僵死的而是永遠鮮活的；換言之，陳舊成分善於更新。體裁過著現今的生活，但總在記著自己的過去，自己的開端。在文學發展過程中，體裁是創造性記憶的代表。正因為如此，體裁才能保證文學發展的統一性和連

---

〔註20〕《陀思妥耶夫斯基論藝術》，馮增義、徐振亞譯，桂林：灕江出版社 1988 年
　　　　版，第 343 頁。

續性。」〔註21〕

　　竊以為，這是洞察藝術規律之後的明白話。這麼來談文體創新，地道、辯證又意味深長。中國的「跨文體」論者與寫手，是不是也可以從這段論述中受到某種啟發呢？

2004 年 5 月 31 日

（原載《文藝爭鳴》2005 年第 1 期）

〔註21〕〔蘇〕巴赫金：《陀思妥耶夫斯基詩學問題》，白春仁、顧亞鈴譯，北京：三
　　　　聯書店 1988 年版，第 156 頁。

# 革命使男人____，使女人____
## ——由「季節」系列長篇小說引出來的話題

　　這個題目當然不像一個標題，而更像一道填空題。之所以有了這樣一個不倫不類的題目，起因是這樣的。2000 年 11 月 10 日，由人民文學出版社召集舉行了一次「『季節』系列長篇小說作者王蒙與研究生討論交流會」，筆者有幸參加了這次會議。在讀完了王蒙先生的「四季」之後，感慨頗多，疑惑也不少，於是就事先設計了幾個問題，想當面請教王蒙。其中的一個問題是這樣的：「以前在一篇文章中我曾經讀到過這樣一句話『革命使男人雄壯，使女人粗糙』，當時覺得這句話概括得既準確又漂亮。可是讀了您的作品之後，我覺得這句話說得不全面了，因為您的小說呈現出了革命使男人心驚膽戰肝兒顫屁滾尿流的一面，最終是使男人虛弱、疲軟、陽痿；而女人卻有截然相反的表現。既然小說中有如此這般的處理，那麼您認為革命對男人和女人究竟意味著什麼？」王蒙答曰：當他們主動要求革命的時候，革命自然使他們雄壯；當革命變成了一種虛假，革命者變成了革命的對象之後，他們還能雄壯起來嗎？

　　這樣的回答自然非常辯證，但我總覺得有點意猶未盡。我在想，當「四季」中的革命黨人統統變成了革命的對象之後，他們在這場殘酷的遊戲中究竟扮演了什麼角色；作為知識分子，他們在革命和被革命的過程中究竟應該承擔怎樣的責任。當「雄壯」的光澤暗淡之後，他們被賦予了怎樣的美學特徵，或者他們主動按照怎樣的美學特徵開始塑造自己；當新的美學特徵開始在他們心目中生根發芽之後，曾經的「雄壯」（現在的說法應該叫牛 B）又與後來的不雄壯存在著怎樣的邏輯關係。

　　如此這般追問下去，問題自然變得複雜起來。事實上，我在讀「四季」

的時候，一直就是被這樣一種複雜的情緒籠罩著，以至於心中的滋味常常不知該怎樣描繪。「四季」把一群特殊的革命黨人（用現在流行的說法應該叫「政府知識分子」）置放在 20 世紀中國歷史的一個特殊時空中（從 50 年代到 70 年代），然後去呈現他們的起家史、罹難史、恐懼史、覺悟史，無論從哪方面看，這群知識分子的心路歷程無疑都顯得既生活真實又藝術真實（請原諒我使用了如此落套的理論術語）。但是，他們的遭際與命運似乎又很難喚起筆者的同情。我甚至認為，他們實際上是自作自受。他們的歷史既不值得展覽也不值得炫耀，他們的痛苦與災難很難具有審美價值。如果更準確地定位一下的話，他們的歷史或許應該叫做新中國知識分子的恥辱史。

得出這樣一個結論甚至連我自己也大吃一驚。對於王蒙這一代經歷過風風雨雨、坎坎坷坷的知識分子來說，這樣的結論是不是太輕巧太殘酷太書生氣太小兒科也太站著說話不腰疼？然而前後左右想了一遍之後，我還是不得不堅持我的這一看法。為了讓我的這一看法不至於顯得那麼突兀，我現在應該對知識分子在革命話語系統中的功能作一簡短的分析。

作為人所共知的「少布」，王蒙這一代知識分子首先是革命的受益者，其次才是革命的受害者。黨就是母親，這是革命年代典型的思維方式和情感表達方式。於是延伸到小說中，錢文們的身上也就不同程度地存在著一種根深蒂固的「戀母情結」。這意味著在漫長的年代裏他們不但行使著工具的職能，而且由於感情的原因，他們對自己的工具角色渾然不覺，知識分子所應該具有的批判意識和懷疑精神要不暫付闕如，要不一直處於昏睡狀態。所以，在那個革命與被革命的年代裏，他們不可能成為顧準，也沒有理由成為王小波所謂的「沉默的大多數」，他們必須言說，必須表態，必須身體力行，必須靈魂深處鬧革命，這是外力強制的結果，也是他們無意識深處歸順皈依母親的必然選擇。「他是為了成為黨的一名永世歌唱黨讚美黨宣傳黨發揚黨的合格的歌手才不惜遠走萬里的」，〔註 1〕這是錢文遠赴新疆自我流放經過一番激烈的思想鬥爭（顯意識層面）時的內心表白，但又何嘗不是潛意識深處那個「黑暗王國」（弗洛伊德語）的偉大勝利呢？

於是，當批判的利劍高懸在錢文的頭頂時，他始而困惑不解，終而認罪伏法。戀母情結加上閹割恐懼，使他和他的同夥成了革命運動中的同謀。且慢！錢文同志不是革命的對象嗎？你老弟如何又把他定位成了革命的同謀？

---

〔註 1〕 王蒙：《狂歡的季節》，北京：人民文學出版社 2000 年版，第 42 頁。

——估計一些讀者會提出這樣的疑問。事實上，當我形成這樣一個判斷時，我想指出的是目前知識分子研究中普遍存在的一個盲點。自從有了巴金老人的「懺悔錄」之後，知識分子陣營感到了許多欣慰，因為這畢竟為知識分子殘存的良知挽回了一些面子。同時，有無懺悔意識也成了衡量知識分子真偽優劣的一杆標尺（許多人批余秋雨，其原因之一不就是作為「石一歌」成員的他拒不懺悔嗎），然而，僅僅在懺悔的層面上徘徊，卻往往使真正的問題無法呈現。因為懺悔者事先已假定自己是受害者（在一般的意義上說，這當然是事實），這是懺悔的一個大前提，然後是他對別的受害者如何同室操戈、落井下石。這樣一種懺悔模式之所以流行，是因為它簡化或淡化了自己在革命運動中應該承擔的責任，可以避實就虛，避重就輕。久而久之，知識分子一方面由於懺悔而重新贏得了尊重，一方面又由於逃避了歷史的責任而讓靈魂得到了安寧。這樣的遊戲，玩兒順了手實在是既高明又過癮，然而這裡面卻存在著致命的陷阱。

在這裡，我無意貶低懺悔的價值和意義，我只是想說明我們通常存在的一個思維誤區。在革命的年代裏，當革命黨人變成了革命的對象，他們既沒有力量反抗，又沒有勇氣沉默，於是，急切地表白就成了他們戀母紅心的重要證據，真實的謊言又成了他們逃避閹割的主要手段。然而，每一次表白不僅意味著一次自我去勢（去知識分子之勢），而且也意味著他們配合革命的技藝日臻完美。這種先是被迫後是主動的配合或合作，使得革命的遊戲得以順利進行。當革命變成一種虛假，你助長了這種虛假；當革命變成一種荒誕，你成全了這種荒誕，革命者與被革命者已構成了一種你呼我應、你打我挨、生死與共、唇齒相依的關係，這不是典型的共謀關係嗎？在這種關係中，你恐懼閹割，最終卻是騙得你乾乾淨淨；你害怕去勢，最終卻是去得你徹頭徹尾。知識分子之勢、男人之勢、丈夫之勢全部去掉之後，戀母就成了一個可憐而又空洞的能指，虛弱、軟弱、懦弱就成了知識分子最後的美學姿態。——《失態的季節》所要告訴我們的似乎就是這樣一些東西。

讓我們再來看看女性的表現。朱學勤說：「『文革』中通常是中學生比大學生『革命』，而女生又比男生『革命』。幾十年後我讀到盧森堡名言：『當大街上只剩下最後一個革命者，這個革命者必定是女性』，女人的虔信與偏執，驗之文革，確實如此。」〔註2〕在「四季」中，王蒙也塑造了這樣一些女革命

---

〔註2〕 朱學勤：《書齋裏的革命》，長春：長春出版社1999年版，第34頁。

者，比如周碧雲，比如陸月蘭。這些「革命革邪了」（王蒙語）的女性非常準確地呈現出了「粗糙」的特徵。然而也有例外，比如葉東菊（錢文之妻）。在錢文被右派、改造之事嚇得心慌意亂、屁滾尿流的時候，葉東菊卻淡然地告訴他自己已經被開除公職了。她沒有把這件事情看成奇恥大辱（錢文卻覺得這簡直是天塌地陷），而是當成了一次不同尋常的凱旋：「我覺得還是我勝利了。我就是不去參加批判會。批判別人我不去。批判我，我更不去。我告訴他們，我是有精神病的！開除了，當然更不去了。沒什麼了不起的……總會有辦法的……來，讓我們把最後兩粒陳皮梅吃掉吧！」〔註3〕

這是一個驚心動魄的細節。相對於那些大老爺們兒的萎縮，這個小女子表現出來的似乎是一種那個年代所謂的「大無畏的革命英雄主義氣概」。我不知道王蒙在塑造這個人物時有沒有理想化的成份，只是如此處理卻也透露出了一個重要的美學症候：在那個非常的年代裏，男人被騙，知識分子已死，於是拒絕乃至厭惡革命的大旗只好讓一個弱女子扛著，由她進行一次悲壯的美學突圍。儘管「四季」中大部分篇幅都在玩兒著「語言反諷」，但是我看不出這個細節有多少反諷意味（既沒有「語言反諷」也不是「情景反諷」），所以只好理解成這是作者事後爲陽剛之氣尋找的一個替身。這樣一來，知識分子的自我譴責和自我審判便可以從輕處理。因爲已經有人以拒絕和沉默的方式挺身而出了，儘管這個挺身而出者本不應該是女性。

在《美人贈我蒙汗藥》這本書中，王朔與老俠談及知識分子時反覆論證的一個命題就是「沉默即無恥」。〔註4〕我現在想說的是，當索爾仁尼琴式的控訴對於中國知識分子還顯得過於罕見和過於奢侈時，沉默就是一條精神底線。而「四季」中的知識分子一旦開口說話，即意味著他們的「被革命」話語已經融入了革命話語的大系統中，從而成了革命話語成功而又拙劣的編纂者與發佈者。這些話語不斷增生急遽膨脹又四處擴散，它們與革命話語一道營造了那個時代的氛圍，催生了那個時代的精神，也完成了那個時代的宏大敘事。因此，在王蒙提供的這份「人性的證詞」中，我並不懷疑「證詞」的虛迷，我只是感到那個所謂的「人性」十分可疑。

「人們越來越相信，作爲導師，或是作爲榜樣，知識分子並不比古代的

---

〔註3〕 王蒙：《失態的季節》，北京：人民文學出版社 1994 年版，第 121 頁。
〔註4〕 參見王朔、老俠：《美人贈我蒙汗藥》，武漢：長江文藝出版社 2000 年版，第 93～126 頁。

巫醫或牧師更聰明、更值得尊重。我也具有這種懷疑。」〔註5〕這是保羅·約翰遜數落了西方諸多知識分子的不是之後得出的結論。「四季」無疑為這個結論提供了更多更重要也更為有力的證據，我以為，王蒙創作「季節」系列長篇小說的主要意義應該在這裡。

2000 年 12 月 19 日

（原載《東方文化》2001 年第 5 期）

---

〔註5〕 〔英〕保羅·約翰遜：《知識分子》，楊正潤等譯，南京：江蘇人民出版社 1999
年版，第 469 頁。

# 在語言狂歡的背後
## ——從《狂歡的季節》看王蒙言語反諷的誤區

　　2000 年歲尾，在「《當代》文學拉力賽總決賽」中，王蒙的長篇小說《狂歡的季節》榮登冠軍寶座。評委會認為：這部作品「深刻地描繪了『文革』期間全民癌變的心理狀態」，語言「汪洋恣肆、顧盼生輝」，是黃鐘大呂般「人氣磅礴」的佳作。〔註1〕評論家對這部作品的評價之高是令人罕見的，但它究竟能不能配上這種讚譽卻實在大有商榷之處。本文擬從語言的角度入手，想看看在其語言狂歡的背後到底發生了什麼，這種寫作行為對王蒙來說又意味著什麼。

一

　　《狂歡的季節》是王蒙「季節」系列長篇小說中的第四部。如果說《戀愛的季節》以情節取勝，《失態的季節》與《躊躇的季節》以對情緒的體驗與捕捉見長，那麼在《狂歡的季節》中除了語言的狂歡與表演似乎就再也沒什麼值得稱道的東西了。實驗過「意識流」的王蒙在這部作品中彷彿只剩下了製造「語言流」的興趣，人物、情節、故事等等小說的諸要素或者因為有礙語言的流動而被迫退位，或者因為語言的激流乾脆就沖淡了它們的存在。語言的宣泄與喧囂甚至連敘述者／作者也不得不從正常的敘述中親自站出來，承認自己「夾敘夾議的宏大文體」的可厭。〔註2〕這自然是小說家言，不可全信，但在這種敘述的「詭計」背後是不是也隱含了作者逃避指責的巧妙託詞呢？

---

〔註1〕　參見尚曉嵐：《王蒙獲獎又捐出》，《北京青年報》2000 年 12 月 22 日，第 11 版。

〔註2〕　王蒙：《狂歡的季節》，北京：人民文學出版社 2000 年版，第 160 頁。下面所引該小說文字只在文中標明頁碼。

當然，更關鍵的一點還是要弄清楚作者為什麼會在《狂歡的季節》中使用這樣一種敘述方式。具體而言，語言狂歡是作者狂歡化思維在作品中的必然延伸，還是作者筆力不逮之後所不得不玩的一種高級智力遊戲。為了能更好地回答這一問題，我們首先需要從對王蒙的「前理解」談起。

王蒙自從「復出」在新時期的文壇上亮相之後，有兩個特點使他與眾多的作家區別開來：其一是對語言情有獨鍾，其二是特別擅長幽默。作者曾經談到：「與生活氣息、境界並列而特別吸引我的還有一條，就是語言。那種純粹的、富有色彩和旋律感、節奏感的語言，那種詩的、哲理的、言外有言的語言，總是能讓我一見鍾情，久久不忘。」〔註3〕在許多處地方，作者又多次談到自己對幽默的興趣，同時又抱怨許多人沒有起碼的幽默感。對於一個作家來說，執著於對語言的開掘與探尋應該是他的本職工作，讓自己的作品多一些機智幽默從而能讓讀者在會意一笑中心智洞開，無疑又是一件可喜可賀的事情，所有這些自然構不成對他的作品質疑的理由。可是為什麼《狂歡的季節》中的語言探險和不無幽默並沒有贏得讀者足夠的敬意呢？〔註4〕我以為關鍵的問題出在王蒙所使用的「反諷」上。

按照西方學者的看法，反諷是「一種用來傳達與文字表面意義迥然不同（而且通常相反）的內在含義的說話方式」。〔註5〕一般而言，反諷可大致分為兩類：情境反諷（situational irony）和言語反諷（verbal irony）。在文學作品中，情境反諷主要體現在人物的行動與周圍環境的錯位上。當主人公的所作所為無法得到環境與其他人物的合理支持，兩者處於一種緊張狀態並因而形成了一種乖謬的關係時，情境反諷就出現了。相對來說，言語反諷要容易判斷一些：反話正說或正話反說以致造成了字面意義和所欲表達的深層意義的大相徑庭，就形成了言語反諷。

在「季節」系列長篇小說中，王蒙基本上沒有動用他在其他作品中使用得爛熟的幽默，而是從總體上建立了一種反諷的敘述基調。這其中的苦心應

---

〔註3〕 王蒙：《我是王蒙》，北京：團結出版社 1996 年版，第 171 頁。

〔註4〕 《當代》文學拉力賽總決賽投票結果表明，由 5 人組成的專家組中有 4 人投了王蒙的票，而由 6 名讀者組成的讀者組中只有一人把票投給了王蒙，這在一定程度上可以說明讀者對王蒙的語言實驗並不買帳。參閱尚曉嵐：《王蒙獲獎又捐出》，《北京青年報》2000 年 12 月 22 日，第 11 版。

〔註5〕 〔英〕羅吉・福勒主編：《現代西方文學批評術語詞典》，袁德成譯，成都：四川人民出版社 1987 年版，第 144 頁。

該是不言而喻的，因為幽默畢竟要顯得溫情脈脈一些、含而不露一些，這種格調顯然不利於對那段歷史（1950～1970 年代）的呈現。而作為敘事方式的反諷卻能夠與作為客觀現實的歷史形成一種同構關係。因為在這段歲月中，彼時彼地所發生的宏大、嚴肅乃至神聖的歷史事件已經化做了此時此刻的滑稽與荒誕。人們在那個時代種種天真爛漫的舉動，又化做了今日回首往事時的愚頑與可笑。作為這些事件的親歷者和見證人，作者在把這段歷史付諸筆端時自然要與那些人物與事件拉開距離，自然也要帶上一種在回味中反思、在肯定中否定甚至哀其不幸、怒其不爭的目光，而反諷的敘事方式正好可以幫助作者確立這樣一種高明的觀照立場。可以說，正是因為反諷才把作者從生活中的當事人（四部作品有明顯的自敘傳的成份）變成了小說中的局外人。

　　局外人的觀照立場、反諷的敘事方式使作者在　開始進入這段歷史時顯得瀟灑而從容，而在反諷中，所有的大事小事都具有了一種特殊的意味。比如在《戀愛的季節》中，趙林與錢义如廁一邊排便一邊討論周碧雲的「愛情」問題時，雙方有這樣一段對話：

> 「我們都知道周碧雲原來在天津有一個男朋友的……呵，真痛快……你怎麼了？你乾燥嗎？蹲了這麼半天拉不出來，這是會得痔瘡的……」
>
> 「我……沒有……」
>
> 「還有一個問題，我看我得請教一下老同志，年齡大一些的同志。滿莎個子這麼矮，而周碧雲那麼高……」
>
> 「你管這個幹什麼！」蹲在茅坑上而無屎可拉的錢文終於說出了一句痛快話。

——《戀愛的季節》，第 175 頁

《戀愛的季節》是對《青春萬歲》裏的故事的重新敘述，從而也是作者在飽經滄桑之後對自己青春期寫作行為的巧妙否定。在《青春萬歲》裏，作者那種對 50 年代由衷的謳歌與讚美和清純明朗的敘事格調絕不會允許愛情與大便同時出現。然而在《戀愛的季節》中，如此形而上的問題與如此形而下的動作卻戲劇般地相逢了。顯然，這是作者有意為之，是反諷的需要。然而，非常可惜的是，像這樣的情境反諷在「季節」系列的前三部中並不太多。或者

也可以說，情境反諷的場面在前三部作品中不斷處於弱化狀態，與此相反，言語反諷卻由弱到強。到了《狂歡的季節》，情境反諷已消失殆盡，於是我們只能聽到言語反諷這樣一種單音獨鳴了：

> ……還是林副主席說得好，讀毛主席的書，聽毛主席的話，做毛主席的好戰士。讀毛主席的書好辦，毛主席早就說過，世上最容易的事就是讀書，讀書比殺豬容易得多，你殺豬，豬會叫又會跑，而如果你讀書，書不會叫也不會跑。毛主席他老人家講得深入淺出，透著明白，句句是真理，一句頂一萬句。那麼聽毛主席的話呢？說話難，聽話還難嗎？做決定難，被決定還難嗎？叫你往東你別往西，叫你打狗你別轟雞不就完了？從小父母老師不都是要自己聽話嗎？你說叫幹什麼我就幹什麼，你說不叫幹什麼我就不幹什麼，連這個都做不到嗎？……

——《狂歡的季節》，第 185 頁

這是典型的言語反諷。在長達 33 萬字的作品中，這樣一種話語表述方式佔據著絕大部分的篇幅。作者通過敘述者，又借助這種言語反諷（主要是反話正說）的製作秘訣，把「文革」期間那些耳熟能詳的話語重新編碼，然後讓它們在小說中不斷出場，從而形成了語言的狂歡效果。

對於作者來說，這種反小說式的寫法（主要表現在淡化乃至取消故事情節，強化語言的鋪排並把言語反諷推到極致）或許是為了某種特殊的藝術效果的需要，然而在我看來，這卻是小說最大的敗筆，致命的缺陷。深究起來，缺陷的原因主要還不在於單一的敘述方式使得行文呆板以致對讀者的閱讀耐力構成了嚴峻的考驗，而在於言語反諷本身減弱了批判的力度和取消了思考的深度之後，造成了作品的平面化效果。

《狂歡的季節》主要寫的是「文革」，由於現實世界的「文革」本身就是由種種荒謬絕倫的、黑色幽默的反諷性事件構成的一個巨大文本，所以作家一旦要動用反諷這種敘述方式，那麼只有情境反諷才有可能承擔起敘述的重任。然而，偏偏又是情境反諷最不容易使用。因為從一般的意義上看，整個時代向「左」，悲劇性的人物向「右」，二者之間的張力已經構成了一種反諷性事件，小說作者只要在這種反諷性大事件中插入一些小敘事就可以造成一種情境反諷的效果了。但如此操作出來的小說很可能只是平平之作，因為那

樣一種大事件和小敘事已是常識，已成常識的東西意味著情境反諷的意味已被沖淡，對常識的摹寫又只能使情境反諷進一步失去反諷色彩。在這種情況下，特別的誇張與變形（就像王小波《革命時代的愛情》那樣）可能是拯救情境反諷的策略之一。只有通過這種必要的「手術」，情境反諷才可能散發出煜煜光彩。

然而，當題材（內容）呼籲著與之匹配的情境反諷（形式）登場的時候，王蒙卻抽身而退了，他避難就易地選擇了言語反諷。確實，與情境反諷相比，言語反諷要更容易駕馭一些，因為這樣一種反諷技巧連村婦也能運用得嫻熟自如。而對於有著豐富寫作經驗的王蒙來說，大詞小用、小詞大用、正話反說、反話正說更應該是輕車熟路，得心應手。他只要能讓這種反諷從頭到尾周流不息，這部小說所有的問題似乎就全部解決了，而這恰恰不是一個多人的難題。所以，我首先把王蒙選擇言語反諷看作是作者一次美學上的逃避。

與此同時，藝術形式上的避難就易又必然帶來思想維度上的化繁就簡。在我看來，言語反諷常常會對人的思維構成一種阻礙，從而阻擋了思想向縱深地帶的挺進。因為一旦需要深入下去思考的時候，反諷作為一種淺表層面的思維果實就擋住了思考的去路，似乎反話正說等等已經完成了思考的任務，思想的主人完全可以刀槍入庫、馬放南山了。以毛澤東為例，小說中多次提到了毛澤東，但通常都是用言語反諷輕輕滑過。比如：「毛主席太偉大啦！你能不喊萬歲？你能不心悅誠服？」（第 62 頁）「毛主席真偉大，教會了全國人民多少不常用的字和詞！」（第 184 頁）「遇到這種局面，他老人家是何等快樂呀！一到全國雞飛狗跳、天翻地覆慨而慷的時候，不是去橫渡長江就是去做詩填詞，這真是他老的狂歡的節日呀！」（第 220 頁）在言語反諷中，作者沒有也不可能完成對毛澤東的思考，而是讓他成了反諷敘事中一個招之即來、揮之即去的能指符號。當然，我們沒有理由要求一部小說去對毛澤東進行一種學理上的探討，但是這並不意味著作者就不能以小說的方式進行思考。對比一下米蘭·昆德拉在《生命中不能承受之輕》中對斯大林兒子的那番議論，我們就會發現，王蒙的言語反諷在取消了思考深度的同時，甚至還使思考跌落成了某種油滑。

D·C·米克認為：「言語反諷往往具有諷刺性；情境反諷則往往具有更純粹的喜劇性、悲劇性或『哲理性』。」〔註6〕顯然，僅僅在諷刺性的層面上很

---

〔註6〕〔英〕D·C·米克：《論反諷》，周發祥譯，北京：崑崙出版社 1992 版，第

難完成對「文革」的思考，失去了情境反諷的敘述底座，王蒙對「文革」的批判和對知識分子靈魂的拷問就全部打了折扣。

二

那麼，爲什麼在《狂歡的季節》中王蒙要使用言語反諷呢？言語反諷化解了思維的難度，降低了思考的深度，但是反過來想一想，是不是也正是因爲作者無法思考得更深入卻又要保持一種批判的立場、思想者的姿態從而才在萬不得已中選擇了言語反諷？除了言語反諷，還有哪些因素構成了作者的思維障礙？──現在，我們必須面對這些棘手的問題了。

《狂歡的季節》雖然把鏡頭對準了十年「文革」，但是一個衆所周知的事實是，整個「文革」期間王蒙沒有受到過任何衝擊。像小說的中的錢文一樣，從 1963 年年底開始，王蒙就把自己和全家「自我流放」到了新疆，一下子在那裏呆了 16 年。如此長時間地遠離城市生活與城市文明應該說是一件十分痛苦的事情，但是能夠因此躲過那場災難無疑又是不幸中的萬幸。作者說：「去新疆是一件好事，是我自願的，大大充實了我的生活經驗、見聞，對中國、對漢民族、對內地和邊疆的瞭解，使我有可能從內地──邊疆，城市──鄉村，漢民族──兄弟民族的一系列比較中，學到、悟到一些東西。對於去新疆的幹部、作家，群衆……都對我很好。」「由於維吾爾農民和當地幹部的保護，在『文化大革命』中我沒有受到任何人身侮辱。」〔註7〕

如此看來，一個有趣的對比也就在我們面前豁亮起來了。當大批的作家、學者被抄家、被批鬥、蹲牛棚、進監獄、甚至紛紛自殺時，王蒙正在幹什麼呢？他在喝酒、唱歌、養貓、學說維吾爾語。如此逍遙的歲月自然是對自己生活閱歷的一種豐富，卻無疑也是對「文革」那種刻骨銘心的生命體驗的一種剝奪。在這裡，指責作者沒有與衆多的知識分子一起受苦受難當然顯得既不人道也不厚道，但是我必須指出，對於一個作家來說，生命體驗在他的寫作中肯定扮演著至關重要的角色，因爲思想的力度常常就是建立在生命體驗的厚度之上的。可以想見，如果沒有親身經歷過斯大林時代的大搜捕、大清洗、大流放、大恐怖，索爾仁尼琴豈能寫出讓世人震驚的《古拉格群島》！

既然對「文革」缺乏生命體驗，作者也就缺少了思想的重要資源。於是，

75 頁。
〔註7〕 王蒙：《我是王蒙》，第 61～62 頁。

在思想的貧困中，作者便只好讓故事情節淡出，讓情境反諷銷聲匿跡，然後又讓語詞的密林來填補空缺（為了凸現政治咒語、套語的可憎，作者在第 100 頁一下子連續用了 70 個四字句的成語和準成語），讓言語反諷來傳達思考的聲音，表達批判的立場。而由於言語反諷存在著如前所述的功能性缺陷，思考的聲音也就極其微弱了。所以，可以把言語反諷的選擇看作是作者在思想資源匱乏情況下的藝術化的藏拙。

在對言語反諷的結構性分析中，我們又會注意到這樣一個事實：《狂歡的季節》中的言語反諷並不是通過人物的對話實現的，而是通過人物的意識流動並借助於敘述者的「議論」傳達出來的。在這些議論文字中，許多地方又滲透著作者對當下現實的特殊體驗。比如：

> 這個告別儀式上出現的錢文，年紀已經向七十歲迫近。他這時已經患有心臟房顫、膽結石、腦基底動脈供血不足、慢性咽炎、白內障和前列腺炎。他還不斷地發表新舊體詩和雜文，但是已經有些性急的青年人多次宣佈他是過時人物，或者用港式的說法，就是宣佈他早已是「過氣」的詩人了。

——《狂歡的季節》第 134 頁

結合近年來文壇上一些青年學者（如王彬彬、謝泳等）對王蒙的批評，這裡的反諷顯然指向了當下現實。作者實際上是在借錢文之酒杯，澆自己之塊壘。這樣一種寫法自然有其使用的道理，但是當作者攜帶著過多的現實感進入了小說創作之後，雜文／散文筆法就驟然增多了，而言語反諷又反過來固定和強化了這種雜文筆法，小說筆法反而退居到了次要地位。雜文／散文筆法的豐贍與小說筆法的貧乏對於王蒙來說意味著什麼呢？王曉明的這段分析或許能給我們帶來一些啟示。

> 文學的各種體裁都是互相滲透的，不少散文當中都有小說筆法，更多的小說則包含著散文筆法，在精確的意義上，恐怕誰都無法把它們區分清楚。但是，如果大致地看，小說和散文畢竟是兩種不同的表達方式，因為它們分別代表著人們對世界的兩種不同的感受方式。有的人習慣於從動態的角度去體味人生，總是喜歡從對一個事物的紛雜的印象當中，提取出對這個事物的變化過程的某種假定，他常常就是依靠這類假定，逐步地形成對大千世界的把握。不

用說，這種假定正意味著對感覺經驗的重新安排，因此，這種人的想像力往往比較發達，很容易沉醉於自己的想像世界當中——要照我說，這樣的人就應該去寫小說，因為寫小說的本意，就是講一個虛構的故事。但是，如果這個人對虛構事物的變化過程不感興趣，倒是特別擅長對片斷的印象本身的剖析和探究，哪怕是再特別的印象，也都會激發他的豐富的聯想，招引來各種相似或者對立的情緒記憶，那他就應該去寫散文，一任激情的波流，挾裏他的全部人生體驗。〔註8〕

王曉明是在論述魯迅小說的創作缺陷時說到這番話的，其實，這樣的分析也完全適用於王蒙。王蒙是以小說創作的成就在文壇上稱雄一時的，但是人們往往容易忘掉這樣一個事實：迄今為止，王蒙的大部分小說都是對自己親身經歷的生活的摹寫，而鮮有憑藉其想像對迥異於自己所熟悉的世界的藝術虛構。進入 90 年代之後，王蒙寫作了大量的散文隨筆，也形成了自己特有的那種雜文筆法。作為一個現實感很強的作家，他每一次的散文寫作既是對自己與現實世界關係的一種強化，也是對自己雜文筆法的一次鞏固與加強。而當他進入小說創作時，雜文筆法與散文式的思維方式勢必會對他的小說世界構成干擾。同時，隨著他對自己生活閱歷的開掘殆盡和小說筆法的逐漸荒疏，雜文筆法也就在他的小說中挑起了大梁。於是，我們便在他的小說中看到了排山倒海式的議論。這種議論文字的形式在他的散文隨筆中已司空見慣，其議論的內容似乎也似曾相識。——它們原本就是散落在散文隨筆中的思想碎片，當它們單獨出現在篇幅不長的隨筆中時，自然不乏精彩之處；但是當它們被重新組裝、拼貼在長篇小說這種藝術形式中時，小說的規定性就減弱了那些碎片的思想鋒芒，降低了那些絮叨之詞的思想含量，從而把它們鎖定在平面、平庸的思想向度上。

在對王蒙鋪張得近於浮誇的言語反諷的考察中，我們還必須思考這樣一個問題。1980 年代初，當王蒙在文壇上重新亮相之後，他實際上是把自己的作品納入到主流意識形態的宏大敘事中才完成自己的個人化敘事的。80 年代中後期，文化部長的特殊身份又使他充當了主流意識形態的代言人。進入 90 年代之後，重新成為作家的王蒙通過他的作品和言行一直在做著這樣一件工

---

〔註8〕 王曉明：《潛流與漩渦——論二十世紀中國小說家的創作心理障礙》，北京：
中國社會科學出版社 1991 年版，第 46～47 頁。

作：淡化自己身上的主流意識形態意味然後盡可能地擁有一種民間立場，以便能在知識分子陣營中贏得敬意與喝彩。他的這樣一種騎牆姿態在沒有被人們看清之前確實收到了不錯的效果，然而，時間一長，那種根深蒂固的「少布」情結和已經融化在血液中的「近官」本性就開始或隱或顯地發揮作用了。在廟堂與民間之間遊走，以雙重的角色扮演說話，決定了王蒙必須採用一種特殊的話語方式：雲遮霧罩、隔靴搔癢、言不由衷、一分爲二。在表面看上去極其機智又非常富於藝術性的表達中，他倒是確實說了許多人不好說、不敢說、不能說或不便說的話，但是也唯其對它們進行過語言包裝，這套話語才能進入傳播空間。而經過這番化妝與整容之後，話語的語義信息也就變得含糊、曖昧了，話語的思想容量又變得單薄了、輕飄了。林賢治指出：「作爲文學語言，王蒙缺乏必要的素樸、細緻和節奏變化，句中大量無意義的羅列，重複，拼湊，顛倒，拖沓，膨脹。在詞序上可以看出，一方面當有昔日『語言恐懼症』的殘餘，常常在兩個極端來回，互相抵消，模棱兩可，油滑怪異；另方面依照政治波普繪畫，有意製造雷同。」〔註9〕可以說，所有這些語言怪異現象，都是因爲包裝的需要。

於是，王蒙使用言語反諷的動機也就變得更容易理解了：如果說對「文革」生命體驗的匱乏使他不得已而選擇了言語反諷，如果說對雜文筆法的熟稔使他在潛意識中天然地親近著言語反諷，那麼，在主流立場與民間立場之間的夾縫中左顧右盼的姿態又使他必須借用言語反諷。正是在這股合力之中，他完成了這部所謂的「黃鐘大呂」之作。

或許是爲了點題，在《狂歡的季節》中，王蒙無數次地指明了這段歷史的「狂歡」特性。這當然也是反諷，而絕不是巴赫金所論述的那種「狂歡」。於是，在這種狂歡性的敘事中，人們無法讀出更多的實質性的東西也就變得毫不奇怪了。然而，當閱讀小說只剩下跟著作者過語言狂歡之癮的功能時，相信許多讀者是不會滿意的。因爲王蒙畢竟是王蒙，人們有理由期待他的作品呈現出更多的東西。

2001 年 3 月 31 日

（原載《當代文壇》2009 年第 4 期）

---

〔註9〕 林賢治：《自製的海圖》，鄭州：大象出版社 2000 年版，第 207 頁。

# 從小說到電影：《手機》的硬傷與軟肋

　　看完電影的《手機》之後，我想應該再看看小說的《手機》。想看小說不是因為電影勾起了我看小說的欲望，而是想好好反省一下自己。記得剛看完電影，我就問我周圍的人感受如何，聽到許多人都說拍得不錯，嚇了我一跳，心想完了完了，要不是我腦子進水出問題了，要不就是大大落後於時代了，不然的話，為什麼大家都說好的片子卻沒讓我看出好在何處呢？為了搞清楚哪兒出了毛病，我一狠心買回了本小說，〔註1〕認認真真讀了過去。讀過去之後我有了點豁然開朗的感覺——我當然有毛病，我的毛病在於至今沒有手機。沒有手機就沒辦法撒謊就沒機會說廢話也無法像嚴守一同志那樣把自己搞得妻離子散身心疲憊。缺了這些東西，這小說電影哪能像別人那樣看得驚心動魄長吁短歎。朱光潛先生說，沒戀過愛的人看戀愛小說怎麼都有點霧裏看花，〔註2〕我想我就是這號人。於是就決定買部手機，這樣就可以把自己變得言不由衷起來，省得讓時代恥笑。檢討完自己之後又想想電影、小說，又覺得它們也很成問題，於是又有了給它們挑毛病的衝動。這種衝動本來該死，也有違「做人要厚道」的基本原則，但實在是按捺不住，就只好把它說出來了。

　　先說小說。電影裏的嚴守一老家在河南，小說裏卻變成了山西，這首先讓我興趣大增，因為俺是山西人，離作者寫的地方似乎也不遠，於是就想看看作者怎麼編排山西人。這麼一上心不要緊，還真看出了一堆毛病。

　　毛病一。嚴守一的老家叫嚴家莊，但我卻一直搞不清它究竟在哪兒。小

〔註1〕　筆者購買的《手機》為長江文藝出版社 2003 年 12 月第一版，首印 20 萬冊。文中所引皆出自於這個版本。
〔註2〕　參見《朱光潛美學文集》第一卷，上海：上海文藝出版社 1982 年版，第 25頁。

說裏說，嚴家莊距長治 200 里，離洪洞縣有 100 多里的山路。又說當年呂桂花降生在「偏僻的晉南山村」（第 12 頁），但是小說的最後一部分卻又出現了如下的句子：「1926 年和 1927 年，晉東南風調雨順。」（第 213 頁）這說的也是嚴守一的家鄉。那麼這嚴家莊究竟是在晉南還是晉東南？小說寫到嚴守一的祖父嚴白孩時反覆說他操「晉南口音」，（第 224、231 頁）由此可知嚴守一的老家應該是晉南，但為什麼嚴守一他們回老家時卻又坐上去晉東南的火車？（第 76 頁）當然，條條大路通老家，坐車先到了長治自然也可以再往晉南走，但熟悉這條線的人都知道，從北京到長治就這麼一趟車（北京南——長治北），而且還是繞道河南新鄉之後北上山西。去晉南那邊也有火車，直通通就過去了，回老家走這條線似乎更順當些，可作者為什麼要他們跑到長治去呢？

毛病二。沈雪到了山西後學了句山西話：「洗臉吧——熱水！」這句話是從哪兒學來的呢？小說中這樣寫道：「這是前天傍晚，嚴守一、費墨、沈雪從長治站下火車，一出站臺，臺階上擺著一溜臉盆，每個臉盆沿上搭著一條油漬麻花的毛巾，一個臉盆前站著一個山西婦女在扯著脖子喊：『洗臉吧——熱水！』」（第 88 頁）這個細節有點問題。我曾無數次在長治站下過車，卻從來沒有遇到過這種情景。當然，我沒遇到過不等於沒有，但我想放到新鄉車站似乎更恰如其分。在新鄉出站時，有兩句話至今讓我記憶猶新。第一句是「住不住旅舍？」第二句就是「洗臉吧——熱水！」電影裏用河南話一說，那真是「生活真實」，但小說裏換成山西話（準確地說是長治話），我卻不知道她們怎麼行腔走調了。據說，劉震雲先生的老家是河南延津，這個地方離新鄉挺近。是不是作者不想讓河南人民現眼，就把家鄉那點事搬到了幾百里外的長治？可這也算是一道民俗呢，朋友！哪能那麼移花接木？趙樹理要是把晉東南三仙姑的神課放到河南某地，我就覺得不像。作者寫了那麼多小說，這點小道理居然讓他寫忘了，實在讓我想不通。

毛病三。作者在小說的第 2 章寫道：「嚴守一他奶是個小腳老太太」，（第 86 頁）但在第 3 章，嚴守一的奶奶卻變成了個大腳女人。因為腳大，「老楊的兒子老用玻璃碴子劃她的腳」，還是因為腳大，又成了嚴老有託媒提親的一個重要理由。〔註 3〕為什麼嚴守一的奶奶年輕時是大腳，上了年紀卻變成了小

---

〔註 3〕 小說此處，腳大腳小被作者渲染成了一個重要細節：老朱的女兒嫁給老楊的兒子，「但老楊的兒子嫌老朱的女兒腳大。上個世紀二、三十年代，中國還興

腳？莫非後來又用什麼高新技術纏小了不成？而且，小說中說嚴守一八歲那年摔斷了腿，是他奶背著他走了 100 多里山路去洪洞縣看病。（第 77 頁）如果是大腳，這個細節還說得過去，要是個小腳女人，你讓她走 20 里平路給我試試。

毛病四。小說第 2 章，嚴守一他奶去世了，嚴守一趕回家裏辦喪事。小說裏寫道：「這天的夜特別黑，伸手不見五指。嚴守一四十三歲，拿著手電筒往天上寫⋯⋯。」（第 209 頁）因為小說一開始就交待了 1968 年的嚴守一是十一歲，（第 8 頁）所以他奶奶去世的時間應該是 2000 年。到了小說的結尾，我們又看到了這樣的文字：「三十年後，這姑娘成了嚴守一他奶。又四十六年後，嚴守一他奶去世，嚴守一跟她再說不上話。」（第 238 頁）屈指算算，嚴守一他奶去世的時間又變成了 2003 年。這究竟又是怎麼回事？讀到這裡，我又讀出了一頭霧水。

這些毛病挑出來之後，我就覺得自己特無聊。心想，寫小說又不是做論文，論文做出了一堆硬傷，肯定會見笑於大方之家，但眾所周知，小說是虛構的嘛，既然虛構，你這樣處處分實豈不是犯了忌諱？但仔細一琢磨又不對了，小說家為了給自己留一手，往往某些地方會含而糊之，大而化之。《手機》這個小說卻非常特殊，這是因為第一，那裏面的地名年齡等等說得有鼻子有眼，這種路數好像已不是在寫小說，而是在做報告文學；第二，大作家一般都不會犯這種低級錯誤，既然有人已把劉震雲稱為「偉大的作家」，〔註 4〕這種錯誤犯得實在讓人心疼；第三，劉震雲的老家是河南，河南話是劉作家的「母語」。現在都提倡母語寫作，為什麼卻要放棄母語一頭扎進晉南或晉東南的山溝溝裏呢？長治距晉城 200 里，從晉城一「下山」就是河南，讓嚴守一出生在河南某地，再讓牛三斤到 200 里或 300 里外的長治三礦挖煤，這不是也挺順當嗎？作者把熟悉的東西「懸擱」起來卻偏偏選擇了容易露怯的地方，這種做法不太像一個大作家的派頭。福克納說，他守著一塊郵票大小的地方

---

女人腳小。夜裏，老楊的兒子老用玻璃（那時玻璃剛剛傳到晉南）碴子劃她的腳，她的腳被劃成一道道血口子，往下流血」。正是因為這一原因，老朱與楊家斷了親。老朱想託嚴老有再提親時，說：「俺妮除了腳大，性兒溫順著呢。」於是嚴老有回去與其老婆商量。老婆說：「再說她腳恁大，又不是白著，無法用刀再削回去。」嚴老有反駁道：「腳大怎麼了？腳大能幹活。你倒腳小，連個尿盆都端不起。」參見劉震雲：《手機》，第 237～238 頁。

〔註 4〕 《劉震雲新作〈手機〉研討會實錄》，http://book.sina.com.cn/longbook/10740 66519_shouji/1.shtml.

就足夠了；劉震雲這次卻沒守住，莫非有什麼難言之隱？

我想起了《手機》的小說和電影分別上市之後，劉震雲掛在嘴上的話是小說和電影「不一樣」。〔註 5〕電影裏嚴守一的老家在河南，小說裏變成了山西，這肯定「不一樣」。那麼，除了這個「不一樣」之外，還有哪些「不一樣」的地方呢？

如前所述，我是看了電影之後才去看這個小說的。根據我的閱讀經驗，小說應該比電影更豐富，更能深入到人物心理的層面，更能體現出昆德拉所謂的「小說精神」。〔註 6〕因為道理其實很簡單，小說有小說的思維，電影是電影的思維；小說用加法，電影只能用減法。前者是一種語言的藝術，而後者則是一種視覺的藝術。「電影既然不再以語言為唯一的和基本的元素，它也就必然要拋棄掉那些只有語言才能描述的特殊的內容：借喻、夢境、回憶、概念性的意識等，而代之以電影所能提供的無窮盡的空間變化、具體現實的攝影形象以及蒙太奇和剪輯的原理」。〔註 7〕電影美學家布魯斯東的這番話現在看來依然適用於小說與電影的劃分。但是很遺憾，在小說《手機》中，我沒有看到更多的東西，那裏面的結構與電影基本一致，人物的對話也與電影裏的對白相差無幾。當然，因為是小說，它畢竟又比電影或電影的劇本字數多些，但這些多出來的字數基本上可以看作是對視覺圖像的說明、解釋和銜接。小說倒是在最後加了一章「嚴朱氏」，回過頭來交待了一番若干年前傳個口信如何費勁，嚴朱氏如何陰差陽錯成了嚴守一他奶，這是與電影唯一不一樣的地方，也是作者反覆強調的地方。但是很顯然，這是為了製造一種與電影不一樣的效果專門加上去的章節。因為正是在這一章中，我看到了一些前後不一致的東西。那些破綻我想可以做出如下解釋：本來，沒有這一章也是可以的，但那樣的話就太像電影或電影劇本了。為了使它不太像電影劇本，就必須加上一點內容，而加這點內容時，前面那些細節大概已被作者忘到腦後了。

如此說來，這個小說是由電影（劇本）改編而成的？是的，確實如此。

〔註 5〕 《劉震雲：年過四十玩〈手機〉》，http://www.changsha.cn/changsha/rwx/t2003 1125_60834.htm.

〔註 6〕 〔捷〕米蘭·昆德拉：《小說的藝術》，孟湄譯，北京：三聯書店 1992 年版，第 17 頁。

〔註 7〕 〔美〕喬治·布魯斯東：《從小說到電影》，高駿千譯，北京：中國電影出版社 1982 年版，第 2 頁。

起初，作者還閃爍其辭，我也有點疑疑惑惑，後來看到新浪網上的訪談，劉震雲自己揭開了這個秘密：《手機》「是先有電影劇本，再有小說。……現在有一個理論，先有電影劇本再有小說的話，小說會成為電影劇本的附庸，這證明以前這些作家對這件事情做得不是特好。」〔註8〕言外之意似乎是說自己的小說不會出現那種毛病。這樣，我們就需要先看看這個電影是怎樣製作出來的，再看看作者說得有沒有道理。

從作者與導演披露的信息中獲悉，這個電影是集體智慧的結晶——為了拍這部電影，他們同時想到了「手機」，又共同分析了以「手機」綴連故事的各種可能性，最後在其中的三種中確定了一種。進入劇本寫作階段之後，倆人又繼續合作（劉說：「電影劇本裏面體現了許多馮老師的智慧。」「真正在劇本創作的過程中，我覺得馮導演起的作用比我大得多，馮導演起的作用是90%，我起的作用是10%。」馮說：「劉老師的話和文字是我們拍戲的綱領性的文件」〔註9〕），最終弄出了劇本也弄出了電影。

為什麼我想提請大家注意這個事實呢？因為這是解讀小說《手機》的一把鑰匙。由於所有的設計一開始都是圍繞著電影展開的，又被「馮氏賀歲片」的框子罩著，所以這裡面湧動著的是電影化的視覺思維，考慮的是商業賣點，滲透著的是「馮氏賀歲片」基本特徵：平民化、生活化卻常常把複雜的事情簡單化。劉震雲後來要把電影改成小說，他其實已無法把它還原成真正的小說。這是因為第一，電影的片頭要打出「根據劉震雲同名小說《手機》改編」的字樣（本來是先有了劇本後有了小說，卻必須這麼「撐巴」著，這種「欺詐」行為讓人深思），這意味著作者已不可能有大的動作；第二，更重要的是，這個故事已被視覺思維塑造過，已被「馮氏賀歲片」撫摸過，作者已不可能擺脫電影思維而進入真正的小說思維。於是，我們只是看到作者在小說裏要的那點小聰明（比如把嚴守一的老家從河南改到了山西，增加了短短的一章內容），卻無法看到他對小說深度模式的啟動——對人物心靈世界的探尋與靈魂的拷問。嚴守一最終依然被釘在了平面化的十字架上，成了這部通俗化電影的殉葬品。

所以要我說，小說《手機》實際上是一本與電影互動，看準了市場，抓

---

〔註8〕 《馮小剛劉震雲新浪訪談》，http://ent.sina.com.cn/m/c/2003-12-09/1338249389.html.
〔註9〕 同上。

住了商業賣點的通俗暢銷書（據報導，在不到一個月的時間內，它的總髮行量達 22 萬本）。相信任何一個有點小說閱讀經驗的人都可以看出它思想容量的貧乏與文學意味的寡淡。然而令人奇怪的是，在一些評論家雲集的「《手機》作品研討會」上，這本小說卻被吹得天花亂墜。有人說：「我覺得《手機》的出版，在 2004 年或者 2003 年是一個標誌性的事件，就是標誌著一個偉大的作家重新回到人民中間。」還有人說：「我驚歎於小說的結構上的安排，結構有三部分，第一章是呂桂花、第二部分是伍月等等，第三章是嚴朱氏，我覺得是山形結構，是凸起，這個安排不是沒有用意，標誌著劉震雲的思考，不是《一地雞毛》的純現實，而是把現實納入歷史中，從縱向觀察，歷史是漸漸淡出的現實，現實是隆起。所以，《手機》的結構是山形結構。」〔註10〕這都哪兒跟哪兒啊，這話聽了讓人渾身直起雞皮疙瘩。

阿多諾說：「對小說的敘述者來說更為困難的情況是，正如攝影使繪畫喪失了許多在傳統上屬於它們的表現對象一樣，報告文學以及文化工業的媒介（特別是電影）也使小說喪失了許多在傳統上屬於它們的表現對象。」〔註11〕現在看來，阿多諾的擔心純屬多餘，因為在《手機》中，我們看到小說不僅沒有因為電影而喪失它的表現對象，而且電影還成了它的表現對象。而更讓我感興趣的是，布魯斯東當年那本《從小說到電影》中的命題恐怕已經失效，現在更為迫切的事情是，搞電影的研究人員應該趕快申請一個「從電影到小說」的課題。這個課題非常前沿，如果再能把劉震雲先生請到這個課題組來，那就簡直是如虎添翼，沒準兒以後還真能拿個什麼大獎。

說過劉震雲的《手機》之後讓我們再來看看馮小剛的《手機》。我曾經把馮小剛的賀歲片概括為「城市遊蕩者的人物設計，京味對白、調侃幽默的話語風格，喜劇或在喜劇中加進些許苦澀的思維套路，講述『小戶人家的愛情故事』的言情模式，讓『二老』（老幹部與老百姓）滿意的製作方案。」其成功的秘方主要在於影片中的欲望設計與當代城市大眾的欲望膨脹之間存在著一種同構關係。〔註12〕以往的馮氏賀歲片裏王朔的味道比較濃，結果影片裏

---

〔註10〕 《劉震雲新作〈手機〉研討會實錄》，http://book.sina.com.cn/longbook/1074066 519_shouji/1.shtml.

〔註11〕 Theodor W. Adorno, *Notes to Literature*, Volume One, trans. Shierry Weber Nicholsen, New York: Columbia University Press, 1991, pp. 30～31.

〔註12〕 參見拙作：《在商業、政治與藝術之間穿行——馮氏賀歲片的文化症候》，《文藝爭鳴》2002 年第 1 期。

表面上是調侃政治，實際上卻又與主流意識形態眉來眼去、暗送秋波。那種不溫不火的張力最終贏得了「二老」的歡心。可以說，正是馮小剛以電影的手段消滅或軟化了王朔那種「動物兇猛」式的調侃之後，才成全了馮小剛的賀歲片，馮小剛也才成了王朔的合法繼承人。然而，到了《手機》，我們看到馮小剛那種鳥槍換炮的衝動已呼之欲出，他在一定程度拋棄了「一點正經沒有」的王朔（確實，這杆「鳥槍」已經用得太久了，已無法對大眾形成極大的殺傷力），而是選擇了劉震雲這門「炮」，他希望這門「炮」裏射出什麼東西呢？我想不外乎是一些具有人文內涵（比如人文關懷人文精神啦等等）的東西，這樣一來，賀歲片的文化檔次就可以得到大大的提升。

於是，我們在《手機》中確實看到了一些新鮮玩意兒。比如，這個題材就很抓人。手機是什麼？手機是現代文明的成果，是科學技術的產物。可是因為這麼個小東西，那個從河南農村裏折騰出來的、很可能還是淳樸厚道的苦孩子卻蛻化變質了。他後來變得滿嘴瞎話，雞飛蛋打，這個都是手機惹的禍？電影想要告訴我們的無非就是這些。而既然手機已成為萬惡之源，影片也就吹響了批判手機的號角。又因為手機與現代文明和科學技術聯繫在一起，所以批判手機就是批判現代文明對人的扭曲，就是批判技術理性。您瞧，這是一個多麼隆重的主題，當年的馬克思批判過異化，當年的霍克海默與阿多諾也批判過工具理性，如此這般之後，馮小剛的賀歲片一下子靠在了一個偉大的人文傳統中，這不單單是提升了影片的文化檔次，而且簡直是讓馮氏賀歲片擁有了一種哲學內涵。

但是我想，馮、劉二人光顧玩深沉，卻把因果關係搞顛倒了。古代的陳世美撒過謊，美國的克林頓也撒過謊，好像他們都不是因為手機，而是因為他們人格上的缺陷。當今那些如火如荼的婚外戀除了人格方面的原因外，似乎還可以這樣解釋：由於官員的腐敗（在報導的腐敗的官員中我們總能發現他們除了老婆之外還有情人，而且不止一個兩個）和演藝界的混亂，上行下效變得在所難免。在這場全民運動中，社會的道德觀念鬆動了，家裏紅旗不倒外面彩旗飄飄成了一種常態，一夫一妻制反而有了變態的徽味。手機加快了謊言的傳播頻率和速度，也給嚴守一和伍月們提供了製造風流韻事的方便，這肯定沒錯，但手機絕不是男女變壞的主謀，充其量它只能算其中的一個幫兇。

然而，在《手機》中，馮小剛卻放跑了真凶，拿了個手機當替罪羊，他

讓嚴守一把手機扔到了祭奠他奶奶的花圈堆裏，又讓他患上了恐「機」症，變成了個厭「機」主義者。說實在話，看到此處，我一方面可惜那個手機，一方面看得哈哈大笑。如果說影片還有點喜劇效果的話，我想也就是這一處了。按照導演的這種邏輯，嚴守一應該把他那輛車也一併燒掉，因爲那也是「作案」的工具之一。但遺憾的是我在電影裏沒看到，可能這是下一個賀歲片裏的情節吧。

另一個讓人耳目一新的地方是影片裏有了農村，這又成了提升馮氏賀歲片人文品味的重要維度。眾所周知，以前馮小剛只敢讓他的主人公憋在城裏，這都是讓王朔的思路給害的。這回有了劉震雲，一下子就把主人公的根紮到了河南。一旦主人公有了農村背景，他的形象也來了一個一百八十度的大轉彎。以往的主人公往往是刀子嘴豆腐心——說話雖然貧點痞點損點，但心眼兒不壞，那點善根是他的可愛之處，也是導演拿捏觀眾的一個法寶。但是，嚴守一的主要活動空間雖然也是在城裏，卻與他的前身（劉元、尤優等）斷絕了血緣關係。他口是心非，拈花惹草，靈魂麻木，道德敗壞，彷彿感染了全部的城市病毒，又彷彿成了城市垃圾的回收站；那些在普通大眾眼中不文明、不道德、不健康的東西，那些只有城裏人才有的屎盆子，全部扣在了嚴守一的頭上。果然，依靠劉震雲這一膀子，馮小剛確實造出了一個嶄新的人物。

爲什麼馮小剛要造出這麼個東西呢？簡單地說，就是要往那裏面塞進他所理解的那點人文關懷。爲什麼嚴守一會成爲這麼個主呢？再簡單地說，就是因爲他來自農村。實際上，《手機》中除講了一個因爲手機變壞的故事之外，還隱含著另外一個故事——一個農村人進城之後學壞變壞的故事。囿於影片的長度，編導省略或淡化了這個故事的敘述程序，卻又不斷地用返鄉（比如嚴守一兩次回家）和進城（呂桂花的女兒進城）的敘述策略提醒人們注意主人公與農村的關係。而嚴守一他奶——那個農村的小腳或大腳老太太，儼然又成了道德良心的守護神。她老人家佇立在五千年農業文明培育出來的中原大地上，不斷地以古老的方式（比如捎紅棗，帶口信）爲她那個走上邪路的孫子施法驅邪，讓她那個魂不附體的浪蕩子魂兮歸來。這一招果然有效，嚴守一終於在他奶奶的靈堂前燒掉了手機，然後開著汽車回去反省了。費老曾經念過「還是農業社會好」之類的經，我不知道嚴守一不再使用手機之後是不是就能返回農業社會，但他那種假模假式的舉動卻製造了一種隱喻效果：

因為城市的現代文明，嚴守一墮落了；因為農村的傳統美德，他獲得了一定程度的救贖。在農業社會的道德清算面前，工業社會或後工業社會顯得很沒面子，或者起碼它們打了一個平手。無論這種招子多麼陳腐和虛假，馮小剛要的就是這種道德煽情，因為只有把這種情煽起來，才能讓他獲得人文精神的高峰體驗，過一回人文關懷的癮。

不說這種「精神」與「關懷」多麼廉價，也不說治病救人的藥方開得多麼好笑，單說馮氏賀歲片增加了這麼一維之後，它的價值觀念立刻就亂了。馮小剛一方面把河南農村當成拯救現代人靈魂的風水寶地，一方面又用「城裏人」的眼光把河南人打量成不折不扣的「鄉下人」——他們要心眼，東施效顰，實在得近於愚蠢。黑磚頭打手機，沈雪坐在火車上說的那個段子，呂桂花的閨女報考戲劇學院的表演，這都是影片「出彩」的地方，但是這些彩出得實在是莫名其妙，它除了讓城裏的觀眾在低俗之笑中重新體驗了一回「城裏人」的優越之外，剩下的就是對好不容易才建立起來的那點人文關懷的解構了。馮小剛說，他是一個「市民導演」，〔註13〕這話沒錯，但是在這部影片中，我卻看出了這個「市民導演」前面那個「小」字。當他的主人公被圈在城裏頭瞎轉悠時，他是一個「市民導演」，這時候他的價值尺度還不至於分裂；一旦讓他的主人公出了城門，他就有點找不著北了。面對農村這片廣闊的天地，他有點暈，他想拜倒在鄉下人的傳統美德面前（這是劉震雲給他下的套子），但實在又不甘心，結果一不留神，露出了自己的本來面目。

往根兒上說，出現這種局面，實際上是馮、劉二人的價值觀念打架的結果。劉震雲把中國 80% 的鄉土文學作家所琢磨過的那點東西搬到了《手機》中，想提升這部影片的文化品味，馮小剛卻時不時地用他原來的套路去敗壞它一下。一個往上抬，一個向下壓，心往一處想，勁卻叉了道，結果，這部賀歲片也就只能長出一副不倫不類的面孔。而馮小剛一旦游離了他原來的語境，反而失去了他已經建立起來的那種誠實。這種虛頭巴腦的東西一多，馮氏賀歲片沒準兒也就真的像崔永元說的那樣，離壽終正寢的日子不遠了。

2004 年 2 月 7 日

（原載李建軍編：《十博士直擊中國文壇》，

北京：中國工人出版社 2004 年版，第 101～108 頁）

---

〔註13〕 參見譚政／馮小剛：《我是一個市民導演》，《電影藝術》2000 年第 2 期。

# 影視的收編與小說的末路
## ——兼論視覺文化時代的文學生產

　　無論是在中國還是在西方世界，小說從興起到興盛已有數百年的歷史，但時至今日，小說卻已出現了嚴重危機。其症候之一是，由於視覺文化的滲透與電影電視的收編，小說的生產方式已發生了很大變化。於是一連串的問題也就接踵而至：視覺文化霸權如何對小說賴以存在的印刷文化構成了擠壓？視覺文化怎樣影響到了小說的內部構成？小說依附於影視進而被其收編改造究竟是小說的福音還是它的末路？在下文中，筆者將擇其要者對中國當代作家及其作品與影視交往的歷史與現狀進行考察，然後盡可能對這些問題做出回答。

## 作家與影視交往的歷史語境

　　電影的發明時間是 1895 年。在電影未出現之前，文學的生產相對比較單純。那時候，作家雖然會與書商、出版商交往，卻不可能與電影導演往來。文學生產不存在影視改編的問題，也不存在受電影語言、電影敘事和電影技巧的影響問題。然而，自從有了電影之後，一切都發生了變化。在《電影化的想像——作家和電影》一書中，茂萊（Edward Murray）通過大量的事實舉證與理論分析，指出了 20 世紀重要的戲劇作家、小說家與電影交往的情況。而這種交往又可分成兩個方面：其一是電影對文學作品的改編，其二是電影對作家寫作的影響。對於前者，茂萊的分析令人絕望：那些大作家的作品改編成電影之後幾無成功之作；對於後者，他則借寶琳・凱爾之口指出了如下事實：「從喬伊斯開始，幾乎所有的作家都受過電影的影響。」〔註1〕

---

〔註1〕　〔美〕愛德華・茂萊：《電影化的想像——作家與電影》，邵牧君譯，北京：中國電影出版社 1989 年版，第 129 頁。

中國當代作家與影視的大面積交往是從 1990 年代開始的，而這個年代也恰恰是視覺文化在中國開始興起的年代。在這種交往中，首先值得注意的是二者合作的基礎。眾所周知，1980 年代中後期，一方面是第五代導演集體出擊的時候，另一方面也是先鋒作家橫空出世的時候。而在 80 年代的文化氛圍中，第五代導演的作品與先鋒作家的小說在精神氣質、敘事模式等方面顯然存在著一種同構關係。於是，當導演找到作家時，氣味相投或惺惺相惜便成爲其合作基礎。那一時期張藝謀與作家的交往就可以說明這一問題。

據莫言講，《紅高粱家族》之所以能吸引張藝謀，並非裏面的故事很精彩，而是「小說中所表現的張揚個性，思想解放的思想，要轟轟烈烈、要頂天立地地活著的精神打動了他」。而莫言之所以會把《紅高粱》交給張藝謀拍，「是考慮到小說裏面的高粱地要有非常棒的畫面，只有非常棒的攝影師才能表現出來。因爲在建構小說之初，最令我激動不安的就是《紅高粱》裏面的畫面，在我腦海裏不斷展現著一望無際的高粱地。如果電影不能展現出來，我覺得不成功。我看好張藝謀」。〔註2〕劉恒能夠與張藝謀合作並成爲《菊豆》（1990，改編自他自己的中篇小說《伏羲伏羲》）、《秋菊打官司》（1992，改編自陳源斌的小說《萬家訴訟》）的編劇，是因爲他覺得張藝謀「很有藝術才華，是『第五代』導演裏的佼佼者」，他覺得他遇到了一個好導演。〔註3〕陳源斌的《萬家訴訟》面世後，有三家電影製片廠都看中了這篇小說，想改編成電影。但「陳源斌認定只有張藝謀才能理解自己的這部小說，不是張藝謀當導演，他寧可不接受」。〔註4〕而余華則從另一個角度解釋了爲什麼「張藝謀是中國最好的導演」，因爲「他給錢特別痛快」。——當年《妻妾成群》被改編成《大紅燈籠高高掛》，因張藝謀給了蘇童 4000 元的授權費，蘇童「笑得嘴都是歪的」。而 1993 年張藝謀找余華改編《活著》時，給出的授權費是 2.5 萬元，後來還主動加到了 5 萬元。〔註5〕

現在看來，八、九十年代之交的一些作家確實是樂於與張藝謀合作的，而樂於合作的動因除了張藝謀出手大方外，更主要是因爲作家對張藝謀有一種信任感。而這一時期，張藝謀本人借 80 年代文化熱潮之餘威，一方面扮演

〔註2〕 莫言：《小說創作與影視表現》，《文史哲》2004 年第 2 期。
〔註3〕 劉恒、王斌：《對話：電影、文學及其他》，《電影藝術》1993 年第 1 期。
〔註4〕 黃曉陽：《中國印象：張藝謀傳》，北京：華夏出版社 2008 年版，第 113 頁。
〔註5〕 參見《張藝謀是中國最好的導演，給錢痛快還主動加價》，http://news.sina.com. cn/c/2005-09-13/00376932225s.shtml.

著文化英雄的角色，另一方面也努力把他執導的電影打造成了一種精英文化
（藝術片）。這一時期的作家本來就有著某種精英文化的訴求，他們也就更希
望其作品借助於精英化的形式進一步傳播。於是在與導演的合作中，他們不
僅不會有掉價之感，反而會覺得那是自己的一種機遇和榮耀。

　　或許正是基於這一背景，才在 1993 年發生了一個不大不小的文化事件：
張藝謀同時約請蘇童、北村、格非、趙玟、須蘭、鈕海燕等作家撰寫《武則
天》的小說，以爲他籌劃開拍的電影《武則天》做改編底本。而六位作家也
欣然領命，在一年左右的時間內紛紛完成了導演布置的寫作任務。雖然張藝
謀的拍攝動機非常隱秘——想讓他的心上人鞏俐當一次女皇，〔註6〕六作家的
寫作因此也就多了一層反諷意味，但是今天再來面對這一事件，我們或許已
可以拋開這些八卦因素，而把它看成一個作家與影視關係的轉折點，其值得
深思的地方主要體現在如下幾個方面。

　　第一，伴隨著市場經濟大潮的衝擊，中國當代文化從 1992 年也開始了它
的轉型。伴隨著這種轉型，作家、導演的角色扮演與生產方式也開始發生變
化。如果說在此之前，作家還不同程度地扮演著「人類靈魂工程師」的角色，
那麼從此之後，王朔所謂的作家就是「碼字的」之觀念開始深入人心。作家
從 80 年代的文化精英變成了一個本雅明（Walter Benjamin）所謂的文學「生
產者」。與此同時，電影導演也脫下了文化英雄的戰袍，開始充當昆德拉（Milan
Kundera）所謂的「意象設計師」。於是，六作家與張藝謀的合作便不再可能是
精英文化之間的對接，而應該看作大眾消費文化之間的聯手。文學寫作則不
再遵循其自主的藝術原則，而是開始追隨他律的商業原則。六作家走向張藝
謀的商業「召喚」中，實際上可看作當代文學市場化的一個重要信號。

　　第二，對於其他作家來說，六作家（當然也需要加上莫言、劉恒、余華、
陳源斌等作家）與張藝謀的合作應該是一次重要的示範。它意味著一個作家
若想迅速地聲名遠播，爲導演寫作並讓其作品影視化，可能是一條終南捷徑。
與此同時，它也給後來者提供了一個重要信息：作家與導演合作沒必要半推
半就，猶抱琵琶，而應該光明正大，明碼叫價。梁曉聲說，中國的前幾代作
家對「觸電」的態度是既怕又想，「但是『晚生代』們並不這麼做作和曖昧。
他們對『觸電』都懷有史無前例的高漲熱忱。有時作品被高價買了版權還不
算，還一定要親筆改編爲影視。所謂『淝水莫流外人田』。他們都儘量腳踩兩

〔註6〕　參見黃曉陽：《中國印象：張藝謀傳》，第 157～161 頁。

隻船,生動地活躍於小說與影視之間。這使他們名利兩方面獲得快捷,並且受益匪淺」。〔註7〕驗之於不絕如縷的相關報導,梁曉聲顯然所言不虛。茲舉一例,點到爲止。2003 年,《人民日報》曾有廣西作家集體「觸電」的報導,說的是廣西作家與電影界親密接觸,頻頻「觸電」成功,堪稱「名利雙收」。其中又數李馮的《英雄》、東西的《天上的戀人》、凡一平的《尋槍》和《理髮師》、胡紅一的《眞情三人行》最具代表性。〔註8〕而他們恰恰也全部是「晚生代」作家。作家「觸電」如火如荼愈演愈烈,以致成了中國作協「七屆九次」會議(2010 年 3 月 29~4 月 4 日)的熱點話題。〔註9〕

第三,更值得注意的是如此合作給小說本身帶來的影響。早在六作家與張藝謀合作之初,王彬彬就敏銳地意識到了這一問題的嚴重性:「爲了能被張藝謀的法眼青睞,便須按張藝謀的趣味來寫作,便須使作品盡可能地合張藝謀的口味。」由此而形成了文學寫作的「張藝謀模式」,即「強烈的故事性情節性」,而故事情節「通常又具有強烈的暴力、性愛、色情色彩」。除此之外,由於鞏俐在張藝謀電影中的重要性,所以「按照『張藝謀模式』寫小說,一個女性人物,而且是並非可有可無的女性人物,便是一項必不可少的條件,是對按這模式寫作的人的一項起碼的要求。至於在張藝謀約請下寫作,小說往往便是主要寫某個適合於鞏俐扮演的女性了」。〔註10〕今天再來重溫這番思考,我們可以說當年的王彬彬已憑藉其敏感意識到了作家與影視交往中的一個重要問題:爲導演或影視寫作,導演意圖與影視邏輯也就必然會進入到小說的結構之中,進而影響或改變小說的內部構成。實際上,後來者與影視交往的情況也不斷驗證了他的這一判斷。而六作家與張藝謀的合作不過是得風氣之先,他們開啓了一個小說寫作影像化的時代。

那麼,在小說的影像化時代,小說本身發生了怎樣的變化呢?

## 影視邏輯的滲透與小說構成的演變

一個時代有一個時代之文學,自然一個時代也有一個時代之小說。所以,

〔註7〕 梁曉聲:《中國當代作家的經濟狀況》,《中華讀書報》,http://www.gmw.cn/01ds/1998-03/25/GB/191%5eDS806.HTM.

〔註8〕 趙娟:《廣西作家「觸電」名利雙收》,《人民日報》2003 年 2 月 14 日。

〔註9〕 《作家「觸電」現象成作協七屆九次會議熱點話題》,http://www.cq.xinhuanet.com/news/2010-04/03/content_19426369.htm.

〔註10〕 王彬彬:《一份備忘錄——爲未來的文學史家而作》,《文藝爭鳴》1994 年第 2 期。

小說本來就是處在一個不斷變化的過程之中的。但如果進一步思考，我們又會發現，以往的小說變化既是對時代精神的一種回應，同時也隱含著文學自身的內在演變邏輯。比如從現實主義文學到現代主義文學，我們看到的是小說的「向內轉」，即從原來的外部世界描摹轉向了心靈世界的營造。這種變化自然與現代主義小說家的揭竿而起有關，但同時也可看作文學內部的一種調整。然而，當影視邏輯滲透到小說中之後，小說構成的演變卻開始呈現出迷亂之色。它與文學活動內部的調適無關，而更多與外力的作用有關。

我們可以從以下幾個方面來思考當下小說所發生的變化。

（一）寫作逆向化。在作家沒有與導演和影視交往之前，小說寫作無所謂正向逆向之分，但交往的結果卻因此出現了小說寫作的逆向化問題。所謂逆向化，即作家先是寫出了電影劇本，然後才在電影劇本的基礎上改寫成小說。當今一些作家的「影視小說」（尤其是所謂的「影視同期書」）往往都是這種逆向寫作的產物。比如，劉震雲的小說《手機》與《我叫劉躍進》就是先有劇本，後有小說。但是對於這種做法，劉震雲卻為自己做出了如下辯護：「現在有一個理論，先有電影劇本再有小說的話，小說會成為電影劇本的附庸，這證明以前這些作家對這件事情做得不是特好。」〔註11〕「在劇本原創階段，馮小剛的一些點子開闊了我的思路。在我寫小說的時候，吸收了劇本階段馮小剛的智慧，從這個角度說，我佔了馮老師的便宜。小說雖然由劇本改編而成，但並不是劇本的簡單擴充，也決不是電影的附庸。如果把電影當作素材，把劇本當作一次實驗，小說就會在一個更高的臺階上。」〔註12〕

不能說這種辯護沒有道理，因為即便是「影視同期書」，由於作家寫作水平、用心程度等等方面的不同，也存在著高下之分。比如，同樣是先劇本後小說，劉震雲的《手機》就比馮小剛的「首部長篇」（腰封廣告語）《非誠勿擾》（長江文藝出版社 2008 年版）技高一籌。因為後者與電影幾無區別，前者則在電影的基礎上增加了第一章《呂桂花——另一個人說》和第三章《嚴朱氏》，這讓小說稍稍有了一些縱深感。但即便如此，《手機》也存在著諸多缺陷，而無法成為一部優秀的小說。比如，小說第一章的文字占 24 個頁碼，第三章占 33 個頁碼，而第二章則占全書的 194 個頁碼（此處統計採用的是長

〔註11〕《馮小剛劉震雲新浪訪談》，http://ent.sina.com.cn/m/c/2003-12-09/1338249389.
　　　　html.
〔註12〕張英：《劉震雲：「廢話」說完，「手機」響起》，http://www.southcn.com/weekend/
　　　　culture/200402050016.htm.

江文藝出版社 2010 年的版本）。如果有人要為這種結構上的嚴重不對稱進行辯護，或許可稱之為「獨具匠心」？而事實上，也確實有評論家把這種奇怪的安排稱作是讓人驚歎的「山形結構」。﹝註13﹞但這種結構說白了其實很簡單。因為第二章是電影著力表現的部分，所以在劇本寫作階段討論得就充分，展開得也從容。第一、三章是為了寫小說而加上去的內容，而又要趕在電影放映時同步推出，所以便寫得匆忙，加得草率，甚至出現了一些低級錯誤（如第二章中嚴守一的奶奶是「小腳老太太」，第三章卻變成了「大腳女人」，並因此圍繞「大腳」設計出了一些細節﹝註14﹞）。所以，這裡表面上是一個結構問題，實際上卻是電影化思維或視覺思維給小說帶來的一個後遺症。

這就不得不涉及文學藝術創作中的一個重要問題：不同的文學藝術形式是否需要與之成龍配套的藝術思維方式？按照傳統的文藝創作觀，回答應該是肯定的。陀思妥耶夫斯基曾經說過：「藝術自有其奧秘，其敘事的形式完全不同於戲劇的形式，我甚至相信，對藝術的各種形式來說，存在著與之相適應的種種藝術思維，因此，一種思維決不可能在另一種與它不相適應的形式中得到體現。」﹝註15﹞這也就是說，種種藝術門類如文學、繪畫、音樂、電影等等均有其屬於自己的思維方式。而具體到文學，作家甚至需要有更為精細的小說思維，戲劇思維，散文思維和詩歌思維。因此，當寫作逆向化之後，就不單單是一個劇本改寫成小說的技術問題，而是意味著影視劇的劇本思維（視覺思維）進入到了小說的內部構成之中，進而改寫或破壞了小說思維，小說也因此失去了小說的魅力，變得淡乎寡味。大概正是在這一意義上，布魯斯東（George Bluestone）才說：「人們還沒有充分地認識到，小說的最終產品和電影的最終產品代表著兩種不同的美學種類，就像芭蕾舞不能和建築藝術相同一樣。」﹝註16﹞茂萊也指出：「一個小說家為使他的作品在技巧上手法多樣化而借助於電影化方法是一回事，如果他把小說電影攪混到如此程度，

﹝註13﹞ 參見《劉震雲新作〈手機〉研討會實錄》，http://book.sina.com.cn/longbook/10 74066519_shouji/1.shtml.

﹝註14﹞ 更多的低級錯誤可參見拙作：《從小說到電影：〈手機〉的硬傷與軟肋》，《理論與創作》，2006 年第 1 期。

﹝註15﹞ 《陀思妥耶夫斯基論藝術》，馮增義、徐振亞譯，桂林：灘江出版社 1988 年版，第 343 頁。

﹝註16﹞ 〔美〕喬治·布魯斯東：《從小說到電影》，高駿千譯，北京：中國電影出版社 1982 年版，第 6 頁。

以致名為寫小說而實際成品是電影劇本,那就是另一回事了。」〔註17〕這裡我把茂萊的說法調整為「名為寫電影劇本而實際成品是小說」,同樣也是成立的。實際上,在寫作逆向化的過程中,我們看到的便是把小說與影視劇攪成一鍋粥的情景,作家不再按照藝術思維規律辦事,也對小說文體失去了起碼的尊重。

　　(二)技法劇本化。作為一門敘事藝術和語言藝術,小說發展至今已形成了豐富的技法。戴維‧洛奇(David Lodge)在《小說的藝術》一書中歸結出50種之多,便可見出小說技法的盛況。而種種所謂的「小說修辭學」,「小說敘事學」,其實又是對小說技法的理論提升和深度歸納。由於小說敘事運用了多種技法,我們甚至可以說當今的小說寫作已變成一種富於難度的敘事藝術。相比之下,劇本寫作則相對簡單一些,這是因為複雜的敘事電影或電視劇既無法勝任,也容易嚇跑觀眾。而對於許多劇本來說,除了必要的場景提示,最重要的任務就是寫好人物對話。有著豐富影視劇本寫作經驗的沃爾特(Richard Walter)說過:「正如我們強調的那樣,影視劇本主要是由對白組成的。」「既然影視作家與對白關係密切,琢磨和運用語言的妙計和圈套就成了自然、正當的事情。」〔註18〕在我看來,由於劇本主要是寫人物對話,那麼小說技法的劇本化即意味著小說敘事的簡化。

　　小說技法劇本化並非新生事物,因為在西方世界,「自從1930年代以來,小說家們就已經懂得,對於他們來說,賺錢的最佳方式就是把書改編成電影;因此,他們之中很多人下筆之時心裏就想著電影劇本,精心地按照寫電影劇本的方式來構築情節」。〔註19〕而在中國當代,小說技法劇本化的始作俑者或許可以追溯到王朔那裏。當王朔的小說人物全部滔滔不絕彷彿得了「話癆」時,這固然可以理解為北京人的「貧」,或者理解為王朔擁有了一種口語化寫作的快感之後語言釋放的汪洋恣肆,但也必須指出,由於王朔的一些小說其實來自於相關劇本的改寫,他又做過「國內最搶手的影視編劇」,〔註20〕這樣,劇本化的寫作技巧,影視化思維也就不可避免地進入到了他的小說之中。如

〔註17〕〔美〕愛德華‧茂萊:《電影化的想像──作家與電影》,第283頁。
〔註18〕〔美〕理查德‧沃爾特:《電影電視寫作──藝術、技巧和商業》,湯恒譯,南京:河海大學出版社1991年版,第80頁。
〔註19〕〔美〕華萊士‧馬丁:《當代敘事學》,伍曉明譯,北京:北京大學出版社1990年版,第158頁。
〔註20〕王朔等:《我是王朔》,北京:國際文化出版公司1992年版,第65頁。

果說王朔還屬於歪打正著，並非有意為之，那麼隨著作家與影視的親密接觸，如今已有越來越多的作家開始如此製作小說，小說也呈現出越來越濃的劇本化特徵。有學者曾對劉震雲的非劇本化小說《一腔廢話》和劇本化小說《手機》做過如下統計分析：《手機》實際字數 117302 字，加引號的人物對話 1458 句，平均每 80 字中包含一句人物對話，其人物對話率是《一腔廢話》的 2.08 倍。這一統計結果表明：「在影視劇製作的影響下，作為以『陳述』為主的小說其藝術手段正在向『展示』傾斜，而『展示』正是影視戲劇的基本手段。」〔註21〕而人物對話的增多也延續在劉震雲的《我叫劉躍進》中。

從敘述學的層面考慮，小說去掉了描寫的枝枝啞啞，主要以人物對話展開情節，或許有助於敘述的簡潔。但問題是，當小說的環境描寫、心理描寫、肖像描寫、行動描寫等等都被拿掉之後，小說的敘事也就變得扁平化了。而且如此操作，還會帶來小說整體語言的退化。正是因為這一原因，劉恒才有了如下思考：「如果長期從事電影劇本的寫作，也就等於長期處於忽略語言的那麼一種狀態，長此下去，作者的語言運用的能力便會衰退。等你返回身去再寫小說的時候，有可能語言這個肌肉已處於萎縮狀態，功力不足了。所以有很多人寫電影劇本時常常是點到為止，把對話給它撩上，誰誰怎麼說就完了，大不了再給人物帶上點表情，別的任何描述性的東西都不要，我反對這樣做。」〔註22〕他之所以把劇本寫成「文學劇本」而不是「電影劇本」，便是出於對語言退化的恐懼。但對於更多的作家來說，他們或許已把語言退化的結果體現在了小說的寫作中。劉恒的這番說法其實從另一個角度證明了小說劇本化之後會給小說帶來怎樣的傷害。

（三）故事通俗化。為了談清楚這一問題，有必要從趙樹理的小說創作說起。為了達到「老百姓喜歡看，政治上起作用」的寫作效果，趙樹理在內容上增強了小說的故事性，因為「農民喜歡看有故事、有情節、有人物的作品」。〔註23〕而《小二黑結婚》的出版，不僅得益於彭德懷的推薦性題詞——「像這種從群眾調查研究中寫出來的通俗故事還不多見」，而且還特意在封面

---

〔註21〕黃忠順：《近年影視劇對文學創作影響調查》，見王先霈主編：《新世紀以來文學創作若干情況的調查報告》，瀋陽：春風文藝出版社 2006 年版，第 166～167頁。

〔註22〕劉恒、王斌：《對話：電影、文學及其他》，《電影藝術》1993 年第 1 期。。

〔註23〕趙樹理：《談〈花好月圓〉》，見《趙樹理文集》第 4 卷，太原：北嶽文藝出版社 1990 年版，第 345 頁。

上標注了「通俗故事」的字樣。〔註 24〕可見「通俗故事」在當時已是趙樹理小說的一個基本定位。另一方面，趙樹理又在小說形式上把「可寫性文本」變成了「可說性文本」，即他把作者／敘述者當成一個說書人，把他寫成的小說當成一個可供說書人說唱的底本，從而把閱讀置於一個「你說我聽」的規定情境之中。〔註 25〕正是經過了這種從內容到形式的全方位改造，趙樹理的小說才走向了通俗化之途。

我這裡之所以重提趙樹理，是因為影視化影響下的小說寫作與當年趙樹理的寫作追求異曲同工。當趙樹理把故事通俗化時，他面對的是「前現代」的聽覺文化氛圍，而他的寫作在很大程度上是「聽覺思維」驅遣的結果。當今天的小說家置身於「後現代」的視覺文化語境中時，他們動用了「視覺思維」，而最終所形成的小說敘事也依然是故事化、懸念化、通俗化和大眾化。這種殊途同歸一方面表明，趙樹理式的「老百姓喜歡看，政治上起作用」很可能已置換成了今天的「老百姓喜歡看，商業上起作用」，另一方面也意味著無論是聽覺思維還是視覺思維，很可能都不是真正的小說思維。而前兩種思維進入到小說的內部結構中之後，又會給小說帶來某種損傷，並把小說置於一個尷尬的境地。

這裡我們可以以莫言的《白棉花》為例略做說明。刊發於 1991 年的中篇小說《白棉花》原來並不在莫言的寫作計劃之中，只是因為張藝謀找上門來想拍一部大場面的電影，才有了這篇小說。作為一篇為導演而作的小說，莫言寫作時的視覺思維是非常明顯的，由此也帶來故事通俗化，情節影像化等諸多問題。莫言後來在多處地方提到過這部小說所存在的問題，其中又尤以以下說法語重心長：

> 命題作文很難寫，我也寫過，但事實證明很難成功，而且永遠也不會滿意。《白棉花》是一個半命題作文，當時我和張藝謀一塊討論，他希望寫農村大場面那樣的故事。我說你在紗廠幹過，我在棉花加工廠幹過，在我們農村，和平年代裏的大場面就是修水利，開山挖河，但這樣的大場面在電影裏很難實現，你現在沒法組織幾萬

---

〔註 24〕 參見戴光中：《趙樹理傳》，北京：北京十月文藝出版社 1993 年版，第 166 頁。
〔註 25〕 相關分析可參見拙作：《可說性本文的成敗得失——對趙樹理小說敘事模式、傳播方式和接受圖式的再思考》，見趙勇：《審美閱讀與批評》，北京：中國社會出版社 2005 年版，第 190～207 頁。

人去挖一條大河；另外一個農村的大場面就是收購棉花，當時我們老家一個縣就一個棉花加工廠，到了棉花收購的旺季，成千上萬的棉農趕著車挑著擔子，無數的棉花集中到一個地方，而且那個地方不像現在的倉庫房子，是露天的，棉花堆得像山一樣高，這個場面特別壯觀。那時候張藝謀剛開始拍了《紅高粱》，那個電影一出來，反響非常好。我對他說，你剛拍完《紅高粱》，再拍一個白棉花，首先視覺上就有很強烈的反差。因為有事先商定的東西，寫的時候就不知不覺地向故事性、影視性、畫面跑，結果出來的小說不倫不類，劇本的要求也不夠。〔註26〕

莫言的這次經歷讓他有了如下反思：「寫小說的人如果千方百計地想去迎合電視劇或者電影導演的趣味的話，未必能吸引觀眾的目光，而恰好會與小說的原則相悖。」「我認為寫小說就要堅持原則，決不向電影和電視劇靠攏，⋯⋯越是迎合電影、電視寫的小說，越不會是好的小說，也未必能迎來導演的目光。」「我的態度是，絕不向電影、電視靠攏，寫小說不特意追求通俗性、故事性。」〔註27〕我們可以把這種思考看作是一個誤入迷途者的痛定思痛，也可以看作是一個成熟作家的理性選擇。但問題是，當下的許多作家並不像莫言這樣清醒，而是像美國的斯坦貝克（John Steinbeck）那樣，當他們認真關注著、深度介入著電影電視劇時，他們的「文學作品開始質量大降」，但他們不但渾然不覺，反而會像托馬斯・沃爾夫那樣充滿如下期待：「如果好萊塢要買我的書拍電影，以此來姦淫我，我就不僅心甘情願，而且熱切希望誘姦者快快提出他們那頭一個怯生生的要求。實際上，我在這件事上的態度頗像比利時的處女在德國人攻下城池的當晚的心情：『何時開始施暴？』」〔註28〕這就是視覺文化時代的文學現狀。

（四）思想膚淺化。小說需要思想，思想性在很大程度上決定著小說的境界，這其實已是文學常識。昆德拉的小說之所以思想深刻，就是因為他響

---

〔註26〕張英：《莫言：我是被餓怕了的人》，http://www.gmmy.cn/html/moyanfangtan/2007/1214/184.html. 這裡需要說明的是，此文有兩個版本，正式版（8000 多字）發表於《南方周末》2006 年 4 月 20 日，另一版本（20000 餘字）曾在山東高密的一家網站發表，如今該網頁已被刪除。筆者當時下載了網站發表的版本，才得已見到莫言的這個說法（正式版中未收入）。

〔註27〕莫言：《小說創作與影視表現》，《文史哲》2004 年第 2 期，第 121 頁。

〔註28〕〔美〕愛德華・茂萊：《電影化的想像——作家與電影》，第 278、226 頁。

應著「思想的召喚」。而這種召喚「不是爲了把小說改造成哲學，而是爲了在敘事的基礎上動用所有理性的非理性的，敘述的和沉思的，可以揭示人的存在的手段，使小說成爲精神的最高綜合」。但昆德拉也同時意識到，小說在今天已日益落入傳播媒介之手，它既簡化了小說的思想，也簡化了小說的精神。這種小說精神被他命名爲「複雜性」。〔註29〕

實際上，電影電視便是簡化小說思想和精神的一種大眾媒介，原因無他，關鍵在於其媒介特性。布魯斯東指出：「由於電影只能以空間安排爲工作對象，所以無法表現思想；因爲思想一有了外形，就不再是思想了。電影可以安排外部符號讓我們來看，或者讓我們聽到對話，以引導我們去領會思想。但是電影不能直接把思想顯示給我們。它可以顯示角色在思想，在感覺，在說話，卻不能讓我們看到他們的思想和感情，電影不是讓人思索的，它是讓人看的。」〔註30〕這種媒介特性延伸到所謂的「影視小說」之中，也必然會讓小說變得畫面感增強，思想性減弱，從而遠離小說的精神。茂萊認爲「電影小說」這個文學新品種具有如下特點：「膚淺的性格刻畫，截頭去尾的場面結構，跳切式的場面變換，旨在補充銀幕畫面的對白，無需花上千百字便能在一個畫面裏闡明其主題。」〔註31〕我們今天的「影視小說」無疑也走進了茂萊的描述之中。

讓我們依然以《手機》爲例略加分析。小說《手機》面世不久，李建軍曾有過如下感受和評論：

> 「沒有收穫」也是我讀完《手機》以後的感受。這部小說是一個被同名電影擠壓得扭曲變形的文本。它雖然具有小說的形式，但是本質上依然是烙有『馮氏』徽章的電影劇本。它不僅缺乏小說的文學品質，而且還缺少一個深刻的主題。如果我們一定要給這部缺乏深度的小說概括出一個可能的主題的話，那麼，這個主題似乎可能是：手機給人們提供了交流和溝通的方便，但也因其便於隨時詢喚，嚴重地擠壓了私人空間，從而導致人們以僞陳述（即說謊）來逃避突如其來的詢喚，並最終造成被詢喚者的情感緊張和道德扭

---

〔註29〕〔捷〕米蘭·昆德拉：《小說的藝術》，孟湄譯，北京：三聯書店1992年版，第15、17頁。

〔註30〕〔美〕喬治·布魯斯東：《從小說到電影》，第51頁。

〔註31〕〔美〕愛德華·茂萊：《電影化的想像——作家與電影》，第306頁。

曲。如果這個主題能得到有力量的表達，那麼，這部小說將有助於
人們反思一種高度現代化通訊工具的弊端。然而，劉震雲對這個主
題不感興趣。他的眼光很快就滑向另外的地方。他把人們的注意力
吸引到了男女之間那點小事情上去了。他把自己的趣味、想像力和
興奮點，統一、化約到了馮小剛的道德視境和價值水準上。〔註32〕

李建軍勉為其難地概括出來的這個主題顯然是《手機》所無法勝任的，因為
作家那種可能的命意與導演的意圖相互糾纏，從而導致了兩種立意的潛在衝
突和小說主題的曖昧不明。按照電影邏輯，作品所要呈現的是「手機變手雷」
的故事，這既是商業賣點，也是電影所能直白表達出來的一個主題。而按照
作者意圖，劉震雲的興奮點依然是「說話」，這其實是《一腔廢話》之主題的
延續。然而，當他換一種角度來面對這一問題時，一方面他還沒想清楚，另
一方面影視邏輯與視覺思維也不允許他想清楚。直到六年之後他不再與馮小
剛合作而獨立寫出《一句頂一萬句》時，「說話」的問題才得到了較為妥善的
解決。因此，我們可以說正是「電影小說」打亂了《手機》的思維方向，模
糊了它的主題呈現，也限制了它的思想開掘。

　　在「影視小說」的思想呈現上，連劉震雲這種據說很優秀的作家尚且如
此，其他作家就更是可想而知了。

　　以上我分別從四個方面概括分析了小說影像化之後小說所發生的變化，
這雖然不是小說變化的全部，卻也足以讓我們看到作家的寫作觀念、小說的
美學精神在視覺文化時代已經位移，視覺思維與影視邏輯也已進駐小說，改
變著小說的生產方式、敘事方式和語言表達方式。而小說內部構成的變化也
必然會延伸到其外部交往中，從而帶來接受方式，消費模式等方面的一系列
變化。這一系列變化很可能業已表明，小說在視覺文化時代已面臨著嚴重危
機。

## 小說在視覺文化時代的命運

　　小說在今天面臨著嚴重危機並非什麼新觀點，因為在美國文論家米勒（J.
Hillis Miller）的「文學終結論」中已包含了這一層意思。與此同時，中國作家

---

〔註32〕 李建軍：《尷尬的跟班與小說的末路——劉震雲及其〈手機〉批判》，《小說評
　　　　論》2004 年第 2 期。

馬原也反覆宣稱「小說已進入了漫長的死亡期」。〔註33〕我之所以接過這一話題，是覺得它依然有進一步思考的價值。

當我指出小說已面臨著嚴重危機時，也許有人會覺得與事實不符。的確，如果從表面上看，當下的小說不僅不能說危機四伏，而且恐怕還得說相當繁榮。因爲眾多的傳統文學雜誌雖然風光不再，但小說依然是刊物的主打文類；而每年據說兩千部上下的小說出版量，顯然也比以往任何時期都勝出一籌。與此同時，郭敬明主編的《最小說》發行量不俗，青春文學如火如荼；各大文學網站又不斷會推出種種類型小說，以致「盜墓」、「穿越」、「玄幻」、「靈異」、「言情」、「武俠」等小說往往會在網下走俏一時。在這種背景下，小說與影視的親密接觸也就獲得了重新的解釋。劉震雲指出：「大家覺得一個人的作品由小說改成電影，就好像良家婦女變成了風塵女子一樣，我覺得這個事情應該倒過來看，小說變成電影並不是壞事，並不是作家墮落了。很現實的，第一，增加了他的物質收入。第二，它能夠增加小說的傳播量。生活變了，電視、電影、網絡傳播可達的廣度，特別是速度，比紙媒介要大得多。中國所有的前沿的這些作家，他們的知名度跟他們的作品改編成影視有極大關係，這是一個現實。」〔註34〕申載春認爲：小說之所以需要與影視合作，是因爲「影視提高了小說的知名度，也刺激了小說的流通和消費」。尤其是進入1990年代之後，「電視正成爲小說的新載體，爲小說提供了比書籍、廣播、電影更爲迅速、更爲大眾化的傳播形式，小說的生存空間更爲廣闊」。「這樣看來，影視不是小說的『敵人』，而是小說的『盟友』；影視帶給小說的不是生存的危機，而是新生的契機」。「一句話，影視化生存是小說的一種現代活法。除此之外，別無選擇」。〔註35〕以上兩種說法表明，小說與影視的聯姻顯然乃順應歷史發展潮流之舉，這不但不是小說的末路，反而是爲小說尋找到的一條活路。如此一來，小說在視覺文化時代就不可能面臨危機，而是過得體面，活得滋潤，如魚得水，風光無限。

但也必須指出，僅僅從收入增加、傳播量增大、受眾增多等外部因素進行思考，其實是無法說明什麼問題的，因爲此種思考不可能回答小說在視覺

---

〔註33〕 參見陳熙涵關於「讀圖時代的文學出路」研討會的報導：《今天我們還讀小說嗎？》，http://ent.sina.com.cn/x/2006-06-28/08211138449.html.

〔註34〕 《劉震雲談〈手機〉：撏巴的世界變坦了的心》，http://vip.book.sina.com.cn/book/chapter_37594_20541.html.

〔註35〕 申載春：《影視與小說》，北京：大眾文藝出版社2007年版，第34～35、31頁。

文化時代發生了怎樣的變化，而這種變化又給小說的精神帶來了怎樣的損傷。爲了讓這個問題呈現得更加清晰，我們有必要從本雅明的相關思考談起。

早在 1930 年，本雅明就寫出了《小說的危機》的文章，〔註36〕以此說明如下事實：恰恰是小說的興起殺死了史詩傳統（講故事的傳統）。而在談到寫小說與講故事之間的區別時，本雅明又曾反覆表達過如下意思：

> 講故事的人取材於自己親歷或道聽途說的經驗，然後把這種經驗轉化爲聽故事人的經驗。小說家則閉門獨處，小說誕生於離群索居的個人。此人已不能通過列舉自身最深切的關懷來表達自己，他缺乏指教，對人亦無以教誨。寫小說意味著在人生的呈現中把不可言詮和交流之事推向極致。囿於生活之繁複豐盈而又要呈現這豐盈，小說顯示了生命深刻的困惑。〔註37〕

很顯然，本雅明是在史詩衰落與小說興起的對比中展開他的相關思考的，而對於小說這種敘事藝術的興起，他似乎又充滿了許多無奈。由於講故事的藝術與講者和聽者自身的「經驗」（Erfahrung）有關，所以史詩興盛的秘密也就深藏在經驗的豐盈之中。而當現代人經歷著一個經驗貧乏的時代時，史詩傳統便走向衰落，取而代之的則是小說。因此，小說應該是經驗貧乏時代的產物。由於經驗的貧乏，小說家只好孤獨地去探索人生的意義，生命的困惑。同時，他也通過小說向孤獨的讀者發出了邀請。另一方面，如果說與史詩相比，小說缺少的是人類經驗而並不缺少個體經驗的話，那麼隨著技術複製時代的到來，這種個體經驗也進一步遭到簡化從而走向了新一輪的經驗貧乏。在《可技術複製時代的藝術作品》一文中，本雅明以震驚／經歷（Erlebnis）與光暈／經驗，展示價值與膜拜價值，形神渙散（消遣）與聚精會神等等概念對舉，以此思考現代藝術（如電影）與傳統藝術的區別。在本雅明看來，電影形成的是震驚效果，它讓人們獲得了一次次的「經歷」，卻不大可能對人們的「經驗」世界有所建樹。在此基礎上再來思考小說，我們完全可以說由於電影的出現，小說已被逼成了一種傳統藝術。

——在這裡，我之所以頻繁使用「經驗」一詞，是因爲此概念既是理解

---

〔註36〕中譯文見〔德〕瓦爾特・本雅明：《寫作與救贖：本雅明文學》，李茂增、蘇仲樂譯，北京：東方出版中心 2009 年版，第 70～76 頁。

〔註37〕〔德〕阿倫特編：《啓迪：本雅明文選》，張旭東、王斑譯，北京：三聯書店 2008 年版，第 99 頁。類似的文字也出現在《小說的危機》一文中，見〔德〕瓦爾特・本雅明：《寫作與救贖：本雅明文學》，第 70 頁。

史詩與小說此消彼長的關鍵詞，也是我們進入本雅明思想的一個入口。誠如克勞斯哈爾（Wolfgang Kraushaar）所言：「經驗概念是本雅明的理論建設的母體。」〔註38〕「經驗在它的核心處是極為深刻地光暈化的。」〔註39〕在此意義上，講故事的藝術無疑是一種富有「光暈」的藝術，而小說也在某種程度上殘留著「光暈」的痕跡。

正如小說的興起殺死了史詩傳統，電影電視的興起也在很大程度上殺死了小說傳統。那麼，究竟什麼是小說的傳統呢？我們可以說是本雅明所謂的「生命深刻的困惑」，是昆德拉所謂的「複雜性」。在這個意義上，托爾斯泰、普魯斯特、卡夫卡、魯迅等人的小說，顯然都代表著不同時期的小說傳統，因為它們既顯示著生命的困惑，也體現著小說的複雜性。與此相對應，小說也催生了與之成龍配套的「閱讀傳統」。昆德拉說：「小說是速度的敵人，閱讀應該是緩慢進行的，讀者應該在每一頁，每一段落，甚至每個句子的魅力前停留。」〔註40〕而馬原則把這個閱讀傳統描繪得更加形象生動：

> 看小說一定要沏一杯茶，安安靜靜的，沒有人打擾，心裏很閒。不會想：今天股票漲了還是跌了？不會想：哎呀，呼機又響了，誰又呼我了？我要趕哪個場。絕對沒有這些。看小說最好是冬天，還得有太陽，太陽照到身上一點都不討人嫌。……太陽那麼溫和，你坐到窗前，靠近太陽能照見的地方，讓那陽光暖暖的照到你身上。然後偶而喝一大口好茶。半個小時、一個小時看個短篇。大概三個小時看一個中篇。看完以後把眼睛閉上，那真是享受。今天有這個時間嗎？今天誰讀書啊！我覺得小說特別像茶，小說需要品。現在人們已經不喝茶了，喝飲水機的水，喝可樂，因為那東西方便，伸手就來。〔註41〕

在以上的兩種說法中，昆德拉強調的是「慢」，馬原強調的是「閒」，它們既是閱讀小說本來應該有的心態和狀態，同時也構成了小說的閱讀傳統。而這

〔註38〕〔德〕克勞斯哈爾：《經驗的破碎——瓦爾特‧本雅明：作品、生活、時代和歷史的交疊》（1），李雙志等譯，《現代哲學》2004年第4期。

〔註39〕〔德〕克勞斯哈爾：《經驗的破碎——瓦爾特‧本雅明：作品、生活、時代和歷史的交疊》（2），李雙志等譯，《現代哲學》2005年第1期。

〔註40〕〔法〕安托萬‧德‧戈德馬爾：《米蘭‧昆德拉訪談錄》，譚立德譯，見李鳳亮、李豔編：《對話的靈光——米蘭‧昆德拉研究資料輯要》，北京：中國友誼出版公司1999年版，第514頁。

〔註41〕馬原：《小說和我們的時代》，《長城》2002年第4期。

種傳統又很容易讓人想起講故事與聽故事之間的關係。本雅明認爲，講故事的藝術既得益於聽故事氛圍的營造，也得益於聽的藝術，二者共同哺育了講故事的人與講故事的藝術。而講故事的藝術「之所以消失，是因爲一邊聽故事，一邊紡線織布的情形已經不復存在了」。〔註42〕在我看來，這個道理也適用於小說的寫作與閱讀。我們不妨做出如下設想：小說的複雜性要求著閱讀的慢與閒，而閱讀的慢與閒又籲請著小說的精微與深刻。然而，當「快」與「忙」成爲人們生活的主色調，當「速讀」、「悅讀」、「淺閱讀」成爲人們的閱讀常態，曾經建立的小說閱讀傳統也就分崩離析。而失去了閱讀心態、閱讀狀態和閱讀藝術的呵護與滋潤，小說的藝術開始變得七零八落，小說的傳統也走向了終結。

在此背景上再來思考小說與影視的婚合，問題也就變得更爲清楚了。影視化生存是小說自救的一條生路嗎？表面上似乎可以做出肯定的回答，但在我看來，恰恰是小說的影視化生存加速了小說的死亡。因爲當影視邏輯與視覺思維進入小說之後，不僅意味著故事性、畫面感對小說的主宰，而且也意味著一種快節奏的速度統領了小說。這種「快」並非卡爾維諾（Italo Calvino）所謂的思想速度和精神速度，〔註43〕而是被影視邏輯（比如必須不斷出現懸念）裹脅之後被動產生的、浮光掠影式的敘述速度。由於小說無法「慢」下來，它便只能在生活與生命的表層輕快地滑行，結果導致了深度的思想模式無法啓動。如果在本雅明的思考平臺上進一步延伸，我們可以說影視邏輯與視覺思維進入小說，即意味著震驚效果、經歷感受、展示價值、心神渙散的接受，消遣式閱讀進入到了小說的結構中，它們進一步摧毀了小說世界殘存的「經驗」系統，也進一步改寫了小說的閱讀系統，小說因此不再是一門「藝術」，而是變成了可以加工製作的大眾文化產品；接受者也不再是文學意義上的「讀者」，而是變成了面對文化快餐匆匆瀏覽的「消費者」。

當小說在文學自主性的層面失去了它內在的寫作邏輯，當閱讀小說在接受美學的層面失去了它細嚼慢咽的工夫與能力，小說也就走向了死亡。當然，小說之死肯定會經歷馬原所謂的一個漫長過程。在這個過程中，我們今天看到的小說繁榮很可能只是某種假象，是小說瀕臨死亡的垂死掙扎或迴光返

---

〔註42〕 〔德〕瓦爾特・本雅明：《寫作與救贖：本雅明文學》，第87頁。
〔註43〕 參見〔意〕伊塔洛・卡爾維諾：《新千年文學備忘錄》，黃燦然譯，南京：譯林出版社2009年版，第43、46頁。

照。這些小說丟失或拋棄了小說的精神或靈魂，卻正以小說的名義大行其道，
也許這正是視覺文化時代文學生產的特殊症候。同時我也承認，雖然也有小
說家逆歷史潮流而動，奮力反抗著視覺文化霸權，但他們的舉動更像堂吉訶
德，他們的小說則成了視覺文化戰車碾出的文學碎片。此種小說是供人瞻仰
與緬懷的，它們已無法構成當今時代的小說主潮，自然也就不可能在視覺文
化時代有更大作為了。

2010 年 7 月 15 日

（原載《文藝理論研究》2011 年第 1 期）

# 作家的精神狀況與知識分子的
# 角色扮演——以莫言與韓寒爲例

　　「作家的精神狀況與知識分子的角色扮演」是一個很大的話題，在這個題目下可以做出許多文章。我之所以聚焦於莫言與韓寒，原因大體如下：一、他們對於知識分了都有較成熟的看法，而對於自己是否扮演知識分子角色也都有過較清醒的認識。二、莫言是「50 後」「體制內」的純文學作家，而韓寒則是「80 後」「體制外」不那麼純文學的暢銷書作家。在文學界，他們的選擇和種種做法應該具有一定的代表性。三、他們都是 2012 年的風雲人物。2012年年初，韓寒陷入「代筆門」事件之中，隨之而來的「方韓大戰」持續達數月之久。在我看來，韓寒遭質疑固然原因複雜，但又與他熱衷於扮演的「公知」角色不無關係。2012 年 10 月，隨著莫言成爲新一屆諾貝爾文學獎得主，有關莫言的消息鋪天蓋地，批評的聲音也隨之而起。莫言被批評，自然也是原因多多，但我以爲又與他本人的知識分子形象模糊不清關係密切。基於如上原因，莫言與韓寒也就成了我所論述問題的較合適的人選。

　　　　　　　　　　　　一

　　2012 年 11 月 24 日，「諾貝爾文學獎與中國：從魯迅到莫言」學術研討會在中國人民大學文學院舉行。筆者躬逢盛會，聆聽高論，很受教益。然而，仔細琢磨這一會議的主題，主辦者顯然也預設了某種價值立場——由於莫言獲得「諾獎」，中國文學似乎也完成了從魯迅到莫言的傳承與跨越。而大部分與會者便是在這一命意下形成其相關思考的。當然也有不和諧音，比如，李怡認爲：「魯迅是不斷地自我懷疑，而今天的人顯然比魯迅更知道體察得失，感悟進退之道。魯迅常常比一般人更倔強，常常因爲脾氣問題而受人詬病，

他得罪了政府，得罪了右派，也得罪了反政府的左派，得罪了老人也得罪了青年，左右不討好，成了二重反革命。今天的作家無疑要圓滑得多，各種的生存狀態也根本不一樣，……在今天，當我們為中國文學終於獲得境外掌聲而興奮的時候，不妨稍微停步反思，與拙樸的中國現代文學相比，我們今天有沒有更為根本性的失誤？」〔註1〕

顯然，這是一個更值得令人深思的問題。而我思考的結果是，如果說莫言與魯迅相比還存在著某種差距，這種差距不應該僅僅體現在文學作品之內，〔註2〕更重要的是會在文學作品之外見出分曉。魯迅一生都在戰鬥，他明知道與小說和散文相比，雜文是速朽之作，但他最終依然放棄了前者，專與後者為伍。而當魯迅如此選擇時，他實際上是認同了知識分子這一身份。也就是說，魯迅之所以偉大，今天依然是我們無法超越的豐碑，是因為他至少有兩副面孔：當他寫作《吶喊》、《彷徨》、《朝花夕拾》等「純文學」作品時，那是作家的面孔；當他大量寫作雜文、發表演講時，那又是知識分子的面孔。前者讓他深沉、博大，充滿人間情懷；後者又使他深刻、冷峻，形成公共關懷。這種狀況有點類似於列維（Bernard-Henri Lévy）對薩特的評說：「作家和知識分子是分開的。作家走作家的路，而知識分子則有時通過一些文章和劇作，為偉大的事業奔走呼號。」〔註3〕

但是，迄今為止，我們卻只看到了莫言的一副面孔。據《百度百科》統計，莫言如今已出版長篇小說 11 部，中篇小說 25 篇，短篇小說 75 篇。這個數量不僅大大超過了魯迅，而且在當代作家也較為罕見。這意味著作為作家的莫言不僅當之無愧，而且簡直就是文學界的「勞動模範」。然而，莫言的知識分子面孔卻是模糊的或隱而不見的。他雖然也做過無數次演講，但這些演講大都涉及文學內部之事——談自己的創作過程、創作經驗、文學觀念，發表獲獎感言等，卻與公眾關心的社會現實、政治時事、公共事件等問題無關。

---

〔註1〕 高旭東等：《諾貝爾文學獎與中國：從魯迅到莫言》，《山東社會科學》2013年第 2 期。

〔註2〕 關於文學上的差距，莫言本人在 2008 年曾有過如下說法：「魯迅、老舍都是創造了一種獨特文體的作家。……他們的才華是難以超越的，我肯定比不上他們，即使我再奮鬥 20 年，我也不可能達到魯迅的水準，老舍嘛，奮鬥 20年，有可能與他有些作品一樣好。」見《莫言對話新錄》，北京：文化藝術出版社 2010 年版，第 415 頁。

〔註3〕 〔法〕貝爾納·亨利·列維：《薩特的世紀——哲學研究》，閆素偉譯，北京：商務印書館 2005 年版，第 102 頁。

他雖然也寫過貌似「雜文」的散文,且認爲「『戰鬥性』恰好也是雜文的靈魂」
〔註4〕,但這種「雜文」(參看收在《莫言散文》中的文章)不過是散文寫得
張狂了一些而已,其內容依然是憶往事,說童年,談讀書體會,與魯迅的雜
文不可同日而語。這又意味著在文學創作之外,我們幾乎看不到莫言對公共
問題的表達。從一些對談(如《說不盡的魯迅——2006年12月與孫郁對話》)
和文章(如《讀魯雜感》)中可以看出,莫言是通讀過《魯迅全集》且對魯迅
極爲敬佩的,但他對於魯迅所扮演的知識分子角色卻似乎無動於衷,這究竟
是爲什麼呢?

有必要先來看看莫言的夫子自道。在與王堯的對談(2002年12月)中,
莫言不贊成作家以非常明朗的態度介入政治,但他同時認爲,那類站出來干
預社會、充當社會良心的作家(如大江健三郎)是有必要存在的。至於他爲
什麼不願意站出來,他解釋爲性格原因和社會原因:「我的性格可能不太合適
扮演這種臺前角色,以非文學的方式扮演社會良心、社會代言人的角色。」「由
於父母的教育,由於社會的壓制,導致我成年以後變成一個謹小愼微、沉默
寡言的人,在公眾場合不願意出現,即使出現了也手足無措。我的天性不是
這樣,這是長期的壓抑、長期不正常的社會環境造成的。」正是因爲這些原
因,他認爲自己更適合以文學的方式表達,而「用非文學的方式說話,是我
的性格難以做到的」。〔註5〕

這種思考延續在他與孫郁的對談(2006年12月)中,但表述出來的原因
似乎更複雜一些。首先,他依然承認自由知識分子存在的必要性和合理性:「西
方很多自由知識分子一個重要的職能就是挑政府的毛病,當然我們也有這樣
的知識分子,對社會上各種不公平的現象,對壟斷利益集團發言批評。」「這
樣的知識分子非常寶貴,千人諾諾,不如一士諤諤。」〔註6〕其次,他也依然
對自己的所作所爲做出了委婉的辯護,只是這一次除了重複先前的原因之
外,又增加了一個「知識結構」:「一個寫小說的人還是應該用小說來發言。
作爲社會的代言人來說話,作家裏也有這樣的人,比如說,左拉、雨果,但
我缺乏這種能力,我從小所接受的教育,使我不願意跳出來,在大庭廣眾之

---

〔註4〕 《莫言散文·貓頭鷹的叫聲——自序》,杭州:浙江文藝出版社2000年版,
　　　　第2頁。
〔註5〕 《莫言對話新錄》,北京:文化藝術出版社2010年版,第168、169~170頁。
〔註6〕 同上書,第221頁。

下發表空泛的宣言，而是習慣用小說的方式，有了感受就訴諸形象。」「是不是每一個作家都應該扮演這樣的知識分子角色呢？應該因人而異，有的人具備這方面的才華，具備這方面的知識結構，我覺得他當然可以扮演這樣的角色。」但由於「每個人的知識結構不同，每個人的生存狀態不同，應該允許有的作家不做謤謤之士，這並不代表他沒有良知和勇氣。」﹝註7﹞第三，更值得注意的是他的如下說法：

> 對知識分子我還是有些膚淺想法的。20 世紀 50 年代毛澤東有個形象的比喻，就是在階級社會裏面，階級是皮，知識分子是毛，「皮之不存，毛將焉附」？知識分子你不是附在地主資產階級的皮上，就是附在無產階級的皮上，不可能「毛」離開「皮」游離存在，這就把知識分子的依附性一下子就給講出來了。這個論斷雖霸氣，但確實是一種現實。在中國社會裏面，知識分子能夠獨立存在嗎？我覺得真是不可能存在的。當然，西方有所謂的自由知識分子，但這種「自由」，並不是說他脫離了階層或者階級，他跟政治和體制保持了一種獨立的姿態，知識分子可以跟體制保持一種對抗姿態。但在中國社會裏面，一個知識分子如果與體制保持對抗姿態是很難生存的，大學教授能獨立於體制之外嗎？當然有很多寫作者沒有單位，但沒有單位難道就能完全與體制剝離關係嗎？文章要在國家的報紙刊物發表，在國家的出版社出版，要拿國家的版稅。﹝註8﹞

以上是我見到的莫言公開談論知識分子話題的代表性言論，這些言論亦可大體看作他的知識分子觀。而仔細分析，這種知識分子觀中又明確表達或隱含著如下幾層意思。

對於雨果、左拉、大江健三郎等作家的知識分子言行，莫言其實是相當清楚的。例如，對於與他交往不淺的大江健三郎，他曾有過如下贊詞：「他是一個關注現實並勇於發言的知識分子型作家，也是一個在需要的時候敢於拍案而起的鬥士。」﹝註9﹞但是對於這種作家兼鬥士的角色扮演，他卻只有欽佩之心，而並無追模之意。之所以如此，其主要原因在於他所謂的個人性格、教育環境、社會環境和知識結構。這樣的理由當然是可以成立的，因為即便

---

﹝註7﹞ 同上書，第 196、221 頁。
﹝註8﹞ 同上書，第 217～218 頁。
﹝註9﹞ 同上書，第 459 頁。

從常理推斷，也並非所有的作家都有左拉、薩特似的性格與個性。但問題是，這種原因既可以成爲獲得同情之理解的充分理由，也可以成爲爲自己辯護的巧妙託辭。尤其是莫言成名成家之後，所謂的「謹小愼微、沉默寡言」，「在公眾場合不願意出現」等性格症候似已不復存在。在各種需要作家亮相發言的場合，公眾所見到的是一個口若懸河、機智幽默的莫言，這其實已與他對自己的描述判若兩人，但爲什麼莫言依然不願意扮演知識分子角色呢？

表層原因自然是莫言所謂的不願用「非文學的方式說話」，但不願意以這種方式說話並不意味著他不說話。他想表達的意思是，當一些社會事件撲面而來時，他已「把自己的想法糅合到作品裏去」，用文學的方式發言了。〔註10〕這也正是他在獲「諾獎」後遭到非議時感到委屈而要極力爲自己明確辯護的原因：「如果這些人讀過我的書，或者是在座的朋友讀過我的書，就會知道我對社會黑暗面的批判向來是非常凌厲的，非常嚴肅的。我在 80 年代寫的，比如說《酒國》、《十三步》、《豐乳肥臀》這些作品，都是站在人的立場上，對社會上我認爲的一切不公正的現象進行了毫不留情的批判。所以如果僅僅認爲我沒有上大街去喊口號，僅僅以爲我沒有在什麼樣的聲明上簽名，就認爲我是一個沒有批判性的，是一個官方的作家，這種批評是毫無道理的。」〔註11〕在一般的意義上，這樣的辯護是完全可以成立的。因爲從莫言的大量作品看，他確實既非官方作家，也非爲現實塗脂抹粉、歌功頌德的作家。然而，即便如此，也依然沒有解決我們的困惑：爲什麼在小說中莫言「有了對當代腐敗政治的強烈抨擊，甚至有時候尖銳到『危險』的程度」〔註12〕，而在小說之外他卻不敢像大江健三郎那樣拍案而起呢？

應該還有深層原因。而實際上，這個深層原因莫言已經委婉地表達出來了：「在中國社會裏面，一個知識分子如果與體制保持對抗姿態是很難生存的。」因爲他明白了這個道理，所以當他要在作家與知識分子之間做出選擇時，他大概就會權衡利害得失，選擇前者而不去選擇後者。因爲選擇前者，既能實現他建立自己的「文學共和國」的雄心壯志，同時又能借助於文學的僞裝批判現實而不至於給自己惹來更多麻煩。莫言曾談到《酒國》如何眞眞

---

〔註10〕同上書，第 504 頁。
〔註11〕《莫言：擱置釣魚島爭端誰都別去 魚類都感謝你們》，http://news.china.com/focus/nbewxj/11128179/20121013/17472685_1.html.
〔註12〕《莫言對話新錄》，第 210 頁。

假假，虛虛實實，形成了一種了真假難辨的巧妙結構：「沒想到這種本來用於自我保護、為了免受批判而選擇的結構形式，結果卻促成了一種新穎而獨特的寫作方式。」〔註 13〕在這一意義上，莫言所謂的「結構就是政治」首先應該是一種偽裝術（後面詳述）。而選擇後者，即便是偶而作為知識分子發言，也會面臨極大的風險。如此看來，去當一名本分的作家，一切以文學的方式說話，相對而言是比較安全的；而一旦越過這個邊界成為知識分子，即意味著說話不能吞吞吐吐，含含糊糊，也無法借用文學技巧或修辭顧左右而言他。這就不僅失去了自我保護的可能，弄不好還會面臨滅頂之災。似乎只有換算到這一層面，所謂的「謹小慎微、沉默寡言」才可以獲得更充分的解釋。

如果我的以上分析有些道理，那麼，莫言的知識分子觀也就大體明朗了：表面上看，他只願做作家而不願當知識分子是性格等原因，而實際上很可能是出於一種恐懼心理和本能的自我保護。而這種心理和本能甚至讓他的知識分子觀中隱含著某種矛盾：一方面，他並非不欣賞作家知識分子化之後的種種做法，這意味著他在一定程度上接受了左拉以來業已形成的那個「我控訴」的現代知識分子傳統（莫言曾明確說過：「我欽佩像左拉那種敢於發出『我抗議』這種慷慨激昂的聲音的作家」〔註14〕）；另一方面，當他面對中國的現實語境時，他又認為毛澤東所謂的「皮毛論」有其道理，並由此延伸，形成了知識分子與當下體制關係的某種判斷。但實際上，這兩種思想資源是非常擰巴的，很容易造成價值觀的分裂。因為眾所周知，毛澤東的「皮毛論」或「梁上君子論」是出現在《打退資產階級右派的進攻》（1957 年 7 月 9 日）〔註15〕一文中的著名說法，此說法上接延安整風時的基本思路，下連反擊右派「猖狂進攻」的現實語境，是知識分子思想改造話語的極端體現。毛澤東從「階級論」和「經濟基礎論」出發為知識分子定性，顯然是執政者的思維方式。而在這套「整肅」話語中，其關鍵詞應該是改造思想和閉嘴，這與西方知識分子那種磨礪思想和開口說話的精神與理念顯然大相徑庭。莫言相信這套毛氏話語，這一方面消解了他對西方知識分子觀念的某種認同，另一方面也意味著毛氏思維已進入到了他的思維方式之中，成為他「閉嘴」的一個更為隱秘的理由。這種思想狀況可能依然是恐懼，甚至是對毛氏話語的過度反應，

---

〔註13〕同上書，第 251 頁。
〔註14〕同上書，第 505 頁。
〔註15〕參見《毛澤東選集》第五卷，北京：人民出版社 1977 年版，第 440～455 頁。

但顯然也反襯出「體制內」作家的某種思想限度和認知窘境。

## 二

　　與莫言相比，韓寒無論從哪方面看都是另一種類型的作家，這種「另類」大體體現在如下幾個方面：首先，韓寒從出道開始便在很大程度上擺脫了體制，「體制外」一直是他生存與活動的空間。例如，當《三重門》（2000）的出版為他贏得名聲之後，他便繞過了教育體制（讀大學），從而開始了自己的寫作之旅。此後，無論是他作為一名職業賽車手參與比賽，還是與書商路金波合作繼續出書，又讓他遠離了現行的文學體制。這也意味著韓寒的身份之一雖是作家，但這個作家與以往成名的作家卻是大不一樣的。以往的作家需要通過漫長的寫作去積累自己的文化資本，進而獲得體制的認可（如在正宗的文學期刊上發表作品，被評論家關注，獲得一些文學獎項等）。但韓寒卻是靠市場和媒體的推動一夜成名，然後他又憑藉其能力，賽車寫書出唱片，靠版稅和比賽養活自己，這就在很大程度消除了自己的後顧之憂。於是，當「與體制對抗很難生存」在莫言那裏成為一種隱憂時，在韓寒這裡卻並不構成什麼問題。

　　其次，韓寒一開始就是以「叛逆者」的形象出現在世人面前的。這種叛逆雖然有可能被媒體塑造過、放大過，但似乎又是一種天性的表現。比如，2006 年年初，《新京報》策劃「2005 年 100 人的閱讀」專題，韓寒的回答是這樣的：「2005 年我一本書都沒有看過。事實上，四五年前我就不看書了。我認為對於一個寫作者，他自己想的，經歷的最重要，我不明白為什麼總有作家說讀別人的書會受益匪淺。我就是這樣想的，也是這樣做的。」〔註16〕這種出位之語估計許多作家都不敢說，但韓寒卻說得理直氣壯。2007 年，韓寒接受記者訪談時又說：「如果哪天我拿了茅盾文學獎，我會哭的。我覺得我墮落了，太過份了，我怎麼可以拿茅盾文學獎？好比主流電影審查一樣，能公映的很難是好電影，好的電影能公映嗎？我得了金雞獎、百花獎，我就會懷疑自己，我可能一輩子就結束了，我覺得我錯了。」〔註17〕這種公然藐視、戲弄體制內大獎的話更是許多作家都不敢說的，但韓寒卻依然說得行雲流

---

〔註16〕參見《新京報》2006 年 1 月 6 日。

〔註17〕吳虹飛：《其實我根本就不叛逆——韓寒訪談》，http://www.infzm.com/content/9501.

水。這種做派和言辭當然可以理解爲作秀，但是一個人如果面對媒體老是這樣一種調性，就很難說是表演了，而應該解讀爲一種率性而爲。這很可能意味著心機暗藏、謹小愼微、顧左右而言他等等與韓寒無關，他的言辭吻合了他那個叛逆者的形象。

第三，這種率性或天性可能與韓寒的成長環境有關。作爲「80 後」，韓寒成長於改革開放的年代。這一代人並非沒有問題，但與他們的前輩相比，他們沒有吃過苦，挨過餓，也沒有經歷過大大小小的政治運動。如此大環境一般不會扭曲人的心靈，也能使人的天性得到較充分的發展。於是，敢想敢說，敢於表現自我就成爲這一代人的基本底色，而韓寒則恰恰成了他們的代表。這一點就連在知識分子陣營中「敢說話」的張鳴（中國人民大學政治系教授）也表示佩服：「韓寒說話，膽子很大，雖然在用詞上也有所考究，但似乎只要他想到而且想說的，就沒有不敢說的。不怕打壓，也不怕拍磚。像我們這些經過文革的人，無論怎樣，都會有些怕。怕什麼呢？說不好，但就是怕。說話辦事，瞻前顧後。偶而火壓不住了，話說的猛了點，就心裏一陣悸動，後怕的要死。經過政治運動的人，有一種深入骨髓的恐懼，這也難怪。但是，作爲 80 後的韓寒，顯然沒有這樣的顧慮。他們往往是做了之後，再想那些後面的零碎，即使存在現實的威脅，他們的反應，也跟我們這些年齡大的人不一樣。」〔註 18〕張鳴是「50 後」，他能聯想到經驗層面現身說法，對比出「50後」與「80 後」的區別，凸顯出韓寒的優勢，顯然值得深思玩味。這至少說明，小小年紀的韓寒可能沒有太多的社會經驗，卻也沒有太大的心理障礙。他的一言一行都有了許多「新青年」的味道。

或許正是這種種的與眾不同，讓韓寒有了在作品之外說話的欲望。而自從他在新浪開通博客（2005 年 9 月）之後，他也成爲利用自媒體頻頻發言（甚至挑事）的青年作家。2006 年 3 月 2 日，韓寒發表《文壇是個屁，誰都別裝逼》的博文，導致了所謂的「韓白之爭」。韓寒的網絡亮相以「穢語」行世，自然不能說沒有問題，但它也戳破了「文壇」的假面，讓既定的文學體制露出了破綻。而這種「反叛」甚至連他批判的對手白樺也不得不承認有其意義：「韓寒走的是觀念反叛，這種反叛有沒有意義？當然有意義，但不在文學方面，因爲韓寒在對教育體制，社會上很多傳統，過於僵化的體制化批判時，

---

〔註 18〕 張鳴：《韓寒的影響力》，http://blog.caijing.com.cn/expert_article-151368-4734. shtml.

他有時可能用力過猛，比較過度，但他抓問題抓得准，而且他的表達具有一個批評家特有的能力和力度。」〔註19〕而從 2008 年開始，韓寒又把批判的矛頭對準了社會和政治，一篇篇地發表雜文，表達自己對公共事件的看法。2009 年，韓寒著手主編《獨唱團》，此雜誌歷盡艱難最終於 2010 年 6 月面世（書海出版社）。韓寒的這些表現，讓媒體和諸多文化人很是興奮，於是《南都周刊》有了「公民韓寒」的相關報導，許多知名人士也紛紛表達對韓寒的贊賞和期許。2012 年，韓寒陷入「代筆門」事件後，諸多網友群策群力，迅速整理出一份《一些吹捧韓寒的公共知識分子言論集》，從中可看出「吹捧」者確實可觀，甚至筆者的一段文字也入選其中，成爲一種「吹捧」的鐵證。

於是有必要形成如下疑問：一、爲什麼那麼多人會「吹捧」韓寒？在所謂的「吹捧」背後，究竟隱含著怎樣的社會文化心理？二、該如何爲韓寒定位？這些年來他究竟扮演著什麼角色？三、韓寒對自己的自我認知是怎樣的？這種自我認知與「公知」污名化存在著何種關係？

由於第一個問題我在一篇短文已有所觸及，〔註20〕所以我主要面對後兩個問題。

韓寒挑戰白燁時，雖然已是一個名氣不小的「80 後」作家，但他當年的亮相卻更接近於一名「網絡憤青」。從 2008 年開始，伴隨著他本人的雜文寫作和轉型，他的面目逐漸清晰，媒體也及時開始了對他角色扮演的捕捉和定位：民眾代言人、意見領袖、公共知識分子、公民韓寒、當代魯迅、中國文學的壞小子（China's Literary Bad Boy）、公敵韓寒等。也許就是在這種媒體的定位中，韓寒也開始了對自己的自我認知和定位。2012 年 2 月，他寫博文回顧自己四年來的心路歷程，其中曾有這樣的文字：「2008 年，一月雪災，二月西藏，三月火炬傳遞，四月抵制家樂福，五月地震，六月周正龍，七月楊佳，八月奧運會，九月三鹿。而在 2008 年的 2 月 5 日，也就是四年前的今天，我寫了一篇文章《這一代人》，很多人也許未必注意到這篇文章。但其實是從這篇文章，我開始了自己真正的雜文旅程。」〔註21〕這很可能意味著，正是 2008

---

〔註19〕白燁：《三年後，再說「韓白之爭」》，http://www.xsxkzz.com/Article/200903/23429.html.

〔註20〕參見拙文《從韓寒的角色扮演說起》，《南方都市報》2009 年 11 月 30 日。

〔註21〕韓寒：《這一代人》（2012 年版），http://blog.sina.com.cn/s/blog_4701280b0102e0th.html.需要說明的是，本文所引是他最初發表的文字，後來這段文字被修改爲：「2008 年，有雪災，家樂福，地震，奧運會，三鹿。而在 2008 年的 2

年這個多事之秋才喚醒了韓寒的批判欲；而由於韓寒的表現與發言，他也入選《2008 年度百位華人公共知識分子》，成為其中的一員。然而，2010 年年初記者曾問韓寒：「你的身份很多，比如公共知識分子、作家、賽車手等，你最喜歡那個頭銜？」他又斷然否認了「公共知識分子」的稱謂：「公共知識分子？我肯定不是，我覺得公共知識分子就是公共廁所，是用來泄憤的。就我個人來說，我比較喜歡賽車手，其餘的都是媒體外加給我的。」〔註 22〕把公共知識分子等同於「公共廁所」，這自然是一種韓寒式的戲謔，但這種不認同顯然也隱含著對這種稱謂的輕視。但是，兩年之後，當公共知識分子演變成「公知」而變得聲名不佳時，韓寒卻又主動認領了這個稱號，開始了為「公知」的辯護：

> 我覺得，「知識分子」以及「公知」這兩個詞，無論在任何年代，都應該是一個褒義詞，都該去珍惜。所以本文標題中的「臭公知」三字也是罪過。相反，意見領袖不算是個褒義詞。帶「領袖」兩字的，最終都很可能走向剷除異己的方向，而「分子」只是物質組成的一種基本單位而已。

> 是的，我是個公知，我就是在消費政治，我就是在消費時事，我就是在消費熱點。我是消費這些公權力的既得利益者。大家也自然可以消費我，甚至都不用給小費。當公權力和政治能被每個人安全的消費的時候，豈不更好，大家都關心這個現世，都批判社會的不公，毒膠囊出來的時候譴責，貪官進去的時候慶祝，哪怕是故作姿態，甚至騙粉騙妞騙贊美，那又如何。面對政府，公權，政治，你不消費它，他很可能就消滅你。〔註 23〕

這種辯護之辭是值得分析的，但我更在意韓寒這種自我認知過程中所伴隨的社會語境變化。公共知識分子（public intellectual）最早是由美國學者雅各比（Russell Jacoby）發明並在《最後的知識分子》（1987）一書中率先使用的，隨著這本書被譯成中文（2002），這個概念也逐漸在國內流行起來。2004 年，隨著《南方人物周刊》「影響中國：公共知識分子 50 人」的評選，公共知識

---

月 5 日，也就是四年前的今天，我寫了一篇文章《這一代人》，很多人也許未必注意到這篇文章。但其實是從這篇文章，我開始了自己真正的雜文旅程。」

〔註 22〕《韓寒：公共知識分子就是公共廁所》，http://finance.jrj.com.cn/book/2010/01/1111016782420.shtml.

〔註 23〕韓寒：《就要做個臭公知》，http://blog.sina.com.cn/s/blog_4701280b0102e4qq.html.

分子開始越叫越響。而媒體如此操作，固然不能排除跟西方之風、製造熱點之嫌，但我們也更應該看到這一舉動的積極意義：1980 年代終結之後，知識分子或者學院化或者傳媒化，原來那種置身於「新啓蒙運動」中的熱情與擔當已蕩然無存。媒體通過這一評選活動及其入選標準，〔註 24〕既可爲知識分子樹立榜樣，也可重樹知識分子的信心。然而，這一活動還是很快引起了主流意識形態的警覺。2004 年 11 月，《解放日報》發表署名批評文章，十天之後，此文又被《人民日報》摘錄轉載。該文認爲：「提出『公共知識分子』的概念，其實質是離間知識分子與黨的關係、和人民大眾的關係。……『公共知識分子』概念的舶來者和拋出者，主張公共知識分子就應該是具有獨立性、批判性，不屬於任何集團和階級的飄浮群體，是『獨立』的意見領袖。『公共』的本質在於『獨立』，而這種『獨立』是從來也不存在的。知識分子是工人階級的一部分，是人民大眾的一分子，是黨領導下的一個群體。皮之不存，毛將焉附。」〔註 25〕此文延續了毛澤東「皮毛論」的思路，雖「政治正確」，卻漏洞多多，本來是與《南方人物周刊》的評選不在同一個知識譜系上，但它由主流媒體刊發與轉載，卻也釋放出一個重要信號。與此同時，《光明日報》也在《警惕「公共知識分子」思潮》的題目下發表幾位學者的筆談，進一步把這一問題升級：「這種公共知識分子的所謂獨立性和批判性，其實質是要通過宣揚所謂的知識自主性來與我們黨和國家爭奪『話語權』，不利於國家的改革發展和穩定。」〔註 26〕談論公共知識分子問題，自然可以有多種角度，只是一旦上升到這一政治高度，進行學術討論或爭論的前提也就不復存在了。

幾年之後，「公共知識分子」被簡化爲「公知」並最終變成一句罵人之語（如「你才是公知呢，你們全家都是公知」），顯然有其更爲複雜的原因（比如韓寒所謂的「知識分子的確有一堆的臭毛病」，微博上的情緒化發言，「公知體」的盛行等等），但是我們也應注意「公知」被污名化與主流意識形態打壓公共知識分子之間隱秘的邏輯關係。當網絡左派（他們往往被叫做「五毛」）

〔註24〕 其入選標準爲：具有學術背景和專業素質的知識者；對社會進言並參與公共事務的行動者；具有批判精神和道義擔當的理想者。參見《南方人物周刊》2004 年第 7 期。

〔註25〕 吉方平：《透過表象看實質——析「公共知識分子」論》，《人民日報》2004 年 11 月 25 日。

〔註26〕 廣東省鄧小平理論和「三個代表」重要思想研究中心：《警惕「公共知識分子」思潮》，《光明日報》2004 年 12 月 14 日。

開始咒罵「公知」時，無論他們有意還是無意，他們實際上已成爲爲主流意識形態的最大幫手。因爲對於主流意識形態的執行者來說，公共知識分子一直是一個無法解決的難題。沒想到他們板起威嚴面孔沒能解決的問題，卻由網絡左派在嘻嘻哈哈中把它輕易解構了。這究竟是無意的巧合還是裏應外合，如今已很難說清楚了。

媒體對韓寒的定位以及韓寒對自我的認知過程實際上便延續在這一現實語境中。在「影響中國：公共知識分子 50 人」的評選中，韓寒榜上無名，這至少說明，2004 年之前的韓寒在營造中國當下的公共話語空間中並無多少建樹。此後，當主流意識形態對公共知識分子的打壓形成一種暗流，韓寒卻逐漸有了一種公共性的表述。這種姿態和做法無論是一種自我覺醒，還是書商包裝與打造的結果（因爲路金波曾經說過：「我希望饒雪漫走商業化的路線，韓寒就去豎牌坊做知識分子。他們倆絕不是女生版、男生版的劃分，而是一個經濟、一個政治」〔註27〕），客觀上都與主流意識形態形成了一種對抗。另一方面，無論媒體究竟是出於何種目的，它們對韓寒的定位與命名又在客觀上強化了韓寒與主流意識形態的對抗關係。起初，韓寒可能不在意這種命名，甚至反抗或消解這種命名，然而當「公知」被污名化從而公共知識分子也面臨著嚴重的身份危機時，韓寒則開始了「就要做個臭公知」的身份認同。這一舉動彷彿是挑釁，又彷彿是宣告，他想在「公知」公信力嚴重下降時進入「組織」，以便與它風雨同舟，生死與共，甚至憑藉其影響力，救「公知」於水火，但這時的韓寒已今非昔比，因爲他已被方舟子「切歌」了。

我把「韓三篇」看作韓寒正式扮演「公知」角色的序幕曲，這意味著經過了前期的鋪墊之後，他已眞正進入了角色，好戲才剛剛開始。但眾所周知，隨後的「方韓大戰」不僅讓韓寒本人陷入到種種困擾之中，而且也迫使許多人站隊表態、顯山露水，網絡混戰本身又加劇了醜化「公知」的進程。「大戰」之後，雖然韓寒還在不時地寫作博文，但其密度已不如從前，其犀利也減弱許多，其公共關懷似乎也大打折扣。他固然還沒有退出公共話語空間，但他好像也把精力更多地投放在賽事上了。而且，更重要的是，即便韓寒還能像以前那樣發言，人們還會像以前那樣信任他嗎？

---

〔註27〕因因：《不上流，不下流》，杭州：浙江文藝出版社 2011 年版，第 84 頁。

三

把莫言的知識分子觀和韓寒扮演「公知」角色的複雜性呈現如上，並不是要對二人進行簡單的對比。我之所以這樣做，是想通過這種兩極圖景，顯現當代作家的精神狀況乃至精神困境。而這種狀況與困境恰恰也是大多數作家乃至學者的生活現實。爲了把這種狀況與困境說清楚，我要從孟繁華的一段論述談起：

> 現在的「50後」已經功成名就，青春對他們來說已經過於遙遠。當年他們對文學的熱情和誠懇，今天都已成爲過去。如今，他們不僅仍然固守在「過去的鄉土中國」，對新文明崛起後的現實和精神問題有意擱置，而且刻意處理的「歷史」也早已有了「定論」，他們的表達不越雷池一步，我們既看到了這代人的謹小愼微，也看到了這代人的力不從心。也正因爲如此，我們才更深切地理解，爲什麼作家張承志、史鐵生深受讀者和文學界的愛戴，原因之一就是因爲他們一直關注中國的現實和精神狀況；爲什麼2011年格非的《春盡江南》獲得了批評界廣泛的好評？就因爲格非敢於迎難而上，表達了對當下中國精神跌落的深切憂患，這樣的作家作品理應得到掌聲和喝彩。〔註28〕

孟繁華是在鄉土中國、鄉土文學等方面展開這一話題的，但即便是局限在這一話題之內，他也依然看到了「50後」作家在精神狀況上所存在的主要問題。如果我們把這一話題擴而大之，並在文學內外審視「50後」作家的種種表現，那麼，所謂的「謹小愼微」、「力不從心」和「不越雷池一步」不僅也可以成立，而且似乎更能發現他們之所以如此的深層原因。在我看來，雖然這批作家在文學寫作上均可圈可點，甚至在一定程度上代表著中國當代文學的最高水平，但是，在文學之外，他們大體上都沒有發出知識分子的聲音（當然也有例外，相比較而言，閻連科、韓少功等人做得要好一些），甚至明確表示，不適合扮演知識分子角色（例如賈平凹曾表示：「社會確實需要公共知識分子，但可能不是我。」「我覺得自己沒這方面的能力和精力，除了文壇上的事情，我對社會上的事情基本不表態」〔註29〕）。這種知識分子意識的淡薄或欠

---

〔註28〕 孟繁華：《鄉村文明的崩潰與「50後」的終結——當下中國文學狀況的一個方面》，http://www.chinawriter.com.cn/2012/2012-07-05/133368.html.
〔註29〕 張英：《賈平凹：不要嘴說，要真操那個心》，《南方周末》2013年11月7日。

缺，最終是否又會影響到文學本身，使其作品缺少應有的精神向度和力度呢？

　　不妨依然以莫言為例來稍作分析。莫言坦承他雖然沒有作為知識分子發言的勇氣，但是在作品之內卻不乏相應的擔當。而當他談及這一問題時，經常舉到的例子是《天堂蒜薹之歌》和《酒國》。與此同時，他又在不同場合闡述過自己的文學觀：「我認為優秀的文學作品是應該超越黨派、超越階級、超越政治、超越國界的。」〔註30〕「我在寫作《天堂蒜薹之歌》這類逼近社會現實的小說時，面對著的最大問題，其實不是我敢不敢對社會上的黑暗現象進行批評，而是這燃燒的激情和憤怒會讓政治壓倒文學，使這部小說變成一個社會事件的紀實報告。小說家是社會中人，他自然有自己的立場和觀點，但小說家在寫作時，必須站在人的立場上，把所有的人都當做人來寫。只有這樣，文學才能發端事件但超越事件，關心政治但大於政治。」〔註31〕另一方面，他又說過：「好的結構，可以超越故事，也可以解構故事。前幾年我還說過，『結構就是政治』。如果要理解『結構就是政治』，請看我的《酒國》和《天堂蒜薹之歌》。」〔註32〕如此看來，超越政治、大於政治、結構就是政治構成了莫言文學觀的重要聲部。

　　詳細分析莫言的文學觀並非本文的主要目的，我在這裡只想簡單指出如下事實。無論是作為一種修辭策略還是文學實踐的概括和總結，「超越政治」的文學觀都沒有太大問題，因為它既不是讓文學「介入政治」，也不是讓文學「遠離政治」，而是想讓文學走一條中間道路。這也意味著就此而言，人們指責莫言的理由並不充分。然而，這只是問題的一個方面。問題的另一面是，當「結構就是政治」成為一種自我保護機制，這樣的文學實踐一方面無法有效地作用於社會，另一方面也會成為作家為了追求文學性而不斷後撤的藉口和理由。以《酒國》為例，這部小說顯然就是那種抨擊腐敗政治尖銳到「危險」程度的作品。但令人奇怪的是，如此「危險」之作從出版至今並未遇到任何麻煩。許多年裏它既不為讀者所知，也只為有限的幾位評論家關注。〔註33〕

---

〔註30〕莫言：《在法蘭克福「感知中國」論壇上的演講》，http://blog.sina.com.cn/s/blog_
　　　　63acd9f50100m22y.html.

〔註31〕莫言：《講故事的人》，見莫言編著：《盛典——諾獎之行》，武漢：長江文藝
　　　　出版社 2013 年版，第 80 頁。

〔註32〕莫言：《捍衛長篇小說的尊嚴》，《當代作家評論》2006 年第 1 期。

〔註33〕這方面的信息可參考莫言本人的說法和相關報導。參見《莫言對話新錄》，第
　　　　91 頁。楊璐：《莫言：成為一個作家》，《三聯生活周刊》2012 年第 42 期。

這只能說明它的自我保護機制已經完美到一個「非常安全」的地步，以至於讀者完全可以把它當作天方夜譚。如此狀況，很可能意味著如下事實：在莫言的寫作史上，《酒國》固然是一個重要的文本，甚至在諾貝爾文學獎的評選中，此小說也是一個重要的砝碼，但它並沒有對中國的腐敗政治構成任何觸動。這種始於批判但批判性卻沒有釋放出來、始於政治關懷卻成爲一次不及物寫作的局面，本來是值得認眞反思的，但莫言嘗到如此寫作的甜頭後，卻越走越遠，並有意無意地發明出一套「炫技」式的寫作方案：過份講究結構，過份注重形式，過份在意「怎麼寫」而不是「寫什麼」。而每一次「炫技」的成功，也意味著自我保護技術的又一次完善。高爾泰先生曾經分析過莫言的高處與低處，並認爲「莫言的問題，主要不是在於他究竟說了什麼，而是在於他沒說什麼。那個沒說的東西，比他說了的重要，也比他說了的明顯突出，」〔註34〕我想進一步補充的是，他沒說出或說不出的東西，既可能是被自我保護機制有意遮蔽的東西，也可能是沒被知識分子意識照亮的部分。無論是哪種情況，都減弱了他作品的批判力度。

如果這僅僅是莫言一個人的問題，或許還可以理解。問題是這很可能是一代作家的缺陷，而莫言既然成了諾貝爾文學獎的獲得者，他也就成了這種問題的集大成者。當他以此示範或別人以此欣賞他的寫法時，他的問題也就映現出大家存在的普遍問題。「50後」作家陳應松說：有的作家「寫中國因賣血出現的艾滋病村，但寫得沒有莫言大氣，只有火氣，急於揭露，直奔主題，向西方獻媚的意念太明顯，沒有莫言的機智、狡點。可以說，莫言在處理如此敏感的題材的時候，是一隻狡猾的老狐狸，你是抓不住他的狐狸尾巴的。我不講他的才華，他在處理這類題材時的聰明絕頂，其他作家難以望其項背。」〔註35〕當陳應松如此贊賞莫言的「聰明絕頂」時，我所聯想到的卻是許多年前王彬彬所寫的那篇《過於聰明的中國作家》（《文藝爭鳴》1994年第6期）。這意味著王文所論的問題（如「形而下的生存智慧過於發達，形而上的情思必定被阻斷、被遏制」）不但沒有解決，而且這種「聰明」反而用到了文學之中，成爲「生存智慧」在文學中的「合理」延伸。這種「聰明」本來應該是需要被人警覺且要極力避免的東西，如今卻成了誇讚的對象。如此看來，作家的精神狀況及其困境或許比我們意識到的要更爲嚴重。

---

〔註34〕高爾泰：《我怎麼看文學》，《新世紀周刊》2013年第20期。
〔註35〕陳應松：《重新發現文學》，《文藝新觀察》2013年第4期。

　　相比之下，年輕一代作家的精神狀況要好於他們的前輩。當他們熱衷於扮演「公知」角色時，固然可以有多種解釋，但解釋爲他們還沒有學會世故圓滑，對不義的現實還有憤慨之心，顯然也並不離譜。而當他們在作品之外利用博客、微博向公眾發言時，無論他們是否受惠於薩特，都成了薩特那種佔領和征服大眾媒介，用「新的語言表達我們書中的思想」〔註 36〕之觀點的中國回響，他們的行動也在很大程度上吻合了薩特當年的期望──作家不能僅僅只是作家，而是還要成爲「新知識分子」。在這個意義上，韓寒所謂的「消費政治」便有了的新理解。它不能簡單解讀爲「天眞的文化裏面的幻想」，是「這一代青年人面對社會政治和群體生存問題的一種漫不經心」，〔註 37〕因爲韓寒的戲謔和調侃固然可以引起商業主義的聯想，但在這裡，「消費」更應該理解爲一種低調的、萬不得已的介入方式。而在今天這樣一種複雜的社會文化環境中，「消費政治」便是激活政治，對政治的消費度也意味著對它的關注度。消費固然會讓政治變形，甚至化做人們的哈哈一笑，但它無疑撕裂了政治的僞裝，加速了政治公開化、透明化的進程。如果對比一下莫言，這種「消費政治」觀或許可以看得更清楚一些。當莫言對腐敗政治痛恨憤怒時，他以「超越政治」的筆法把政治變成了文學的內部之事，變成了需要學院專家解讀破譯的密碼語言，這當然顯得高端大氣上檔次。而「消費政治」卻是把事情的眞相告訴公眾，讓他們在「圍觀」中矚目於政治，並讓政治在萬眾矚目中鬆動、曝光。從這個意義上說，「消費政治」並非沒有價值，它雖然有些扭曲，卻是今天有可能採用的一種介入政治的新形式。

　　如此說來，是不是意味著熱衷於扮演「公知」角色的作家就不存在問題呢？當然不是。他們存在的是另一層面的問題。作爲市場型作家，他們的成名或者與書商的策劃與包裝密切相關，或者是互聯網時代粉絲經濟的產物。而這種依靠點擊、轉發、鏈接、人氣所形成的「群選經典」景觀，很容易讓他們產生登高一呼，應者雲集的幻覺。在這種狀態下，一旦他們以「公知」的面目出現，尤其是借助於微博 140 個字的有限表述空間發言，情緒化的語言，表態式的語調等等就變得不可避免。這種表述方式極具表演性和觀賞性，

〔註 36〕〔法〕薩特：《什麼是文學？》，施康強譯，見《薩特文集》第 7 卷，北京：人民文學出版社 2005 年版，第 289 頁。
〔註 37〕參見周志強：《這些年我們的精神裂變》，北京：社會科學文獻出版社 2013 年版，第 22 頁。

也很容易收穫掌聲，卻又往往會扭曲知識分子的形象，甚至有可能落入布爾迪厄（Pierre Bourdieu）所描述的那種情境之中：「他們像左拉那樣拋出《我控訴》，卻沒有寫過《小酒店》或《萌芽》，或者像薩特那樣發表聲明、發起遊行，都沒有寫過《存在與虛無》或者《辯證理性批評》。他們要求電視爲他們揚名，而在過去，只有終身的而且往往默默無聞的研究和工作才能使他們獲得聲譽。這些人只保留了知識分子作用的外部表象，看得見的表象，宣言啦、遊行啦、公開表態啦。」〔註 38〕中國當下的知名「公知」自然沒有布爾迪厄描述的那麼不堪，因爲他們在發宣言的同時畢竟也在進行著文學寫作，但問題是，「公知」的角色扮演一旦固定，往往又會傷害到他們筆下的文學。

　　讓我們暫時放開韓寒，以「70 後」作家慕容雪村爲例稍作展開（選擇慕容雪村既因爲作爲「公知」他表現得更激烈一些，以至於微博賬號已被封殺，也因爲韓寒的《就要做個臭公知》是「看到慕容雪村微博半夜談到公共知識分子」有感而寫的文章）。慕容雪村最初是以即寫即貼的方式完成其長篇小說《成都，今夜請將我遺忘》（2003 年初版，2004 年再版）的。這部長篇之所以深受網民喜愛，是因爲它對當下現實既有鮮活的在場感，又有較爲深刻的批判性。與此同時，故事的講述，情節的生發等等也很有章法，這又意味著這部小說在文學性上有不俗的表現。然而，當作者寫到《原諒我紅塵顛倒》（2008 年初版，2011 年再版）時，揭露或暴露卻佔了上峰，小說寫成了一個行業（律師界）黑暗面的大展覽。雖然它依然好讀，讓人不忍釋手，但在我看來，卻是激情大於理智，理念大於形象的產物，文學性因此受到了很大影響。何以如此？其中可能原因多多，但我以爲與作者所扮演的「公知」角色不無關係。慕容雪村曾坦陳他由小說家變成「公知」，是現實生活的遭際「激怒」了他，是「屈辱感」的產物。雖然他也認爲「文學有更長久的生命，它有比評價時事更大的價值」，但又覺得「知識分子不能自外於整個社會，不能將身邊發生的一切視而不見」〔註 39〕。這種走上「公知」之路的解釋是可信的，也令人尊敬。但問題是，一旦那種怒氣、火氣和屈辱感作用於文學，文學就會受到損傷。魯迅說：「我以爲感情正烈的時候，不宜做詩，否則鋒鋩太

〔註38〕〔法〕皮埃爾・布爾迪厄、〔美〕漢斯・哈克：《自由交流》，桂裕芳譯，北京：三聯書店 1996 年版，第 51 頁。

〔註39〕《劉瑜對談慕容雪村（上）：「公知」如何被污名化》，http://blog.caijing.com.cn/expert_article-151338-48047.shtml.

露，能將『詩美』殺掉。」〔註 40〕慕容雪村後來的小說公共性旺盛，文學性受損，應該是「鋒鋩太露」的結果。

　　如此看來，在知識分子的角色扮演問題上，中國當代作家面臨著諸多難題。中年一代的作家雖功成名就，且在很大程度上獲得了某種話語權，但他們大都不願與公共知識分子沾親帶故，而只想在自己的小說園地裏春種秋收。對於這種狀況，雖然可以做出同情的理解，但這種做法畢竟與我們這個時代不大相稱，若是演變爲一種集體人格就更值得反省。或許正是這一原因，1990 年代以來張承志才徹底放棄小說寫作，甚至把小說看作一種「墮落的形式」〔註 41〕。另一方面，也並不是每一個青年作家都熱衷於扮演「公知」角色的，但我們還是從他們的代表性人物那裏看到了一些希望。只是這希望還沒有完全成型，就成了「公知」污名化的犧牲品。而無論是前者還是後者，他們的舉動都可能影響到文學的品質。於是，作家的這種精神困境既映現著我們這個時代的精神狀況，也在很大程度上呈現出一個理論難題：如果像薩特那樣倡導介入，文學勢必受到傷害；如果像阿多諾那樣反對介入，文學又可能成爲專家學者懷著無限敬意談論的對象，從而失去延伸至社會、作用於世道人心的有效性，這豈不是對文學的另一種傷害？因此，在今天，單方面討論文學的勝利或「公知」的失敗都沒有太大意義，我們需要的是回到問題的原點上，對如下問題做出回答：什麼是文學？作家究竟應該扮演什麼角色？作家與知識分子的關係如何體現才應該是一種理想狀態，從而也能讓文學受益？

2013 年 11 月 9 日

（原載《名作欣賞》2014 年第 6 期）

---

〔註40〕魯迅：《兩地書》，見《魯迅全集》第 11 卷，北京：人民文學出版社 2005 年版，第 99 頁。
〔註41〕參見《韓少功王堯對話錄》，蘇州：蘇州大學出版社 2003 年版，第 219 頁。

第　二　輯

# 《心靈史》與知識分子形象的重塑

　　張承志的《心靈史》無疑依然是一個「熔歷史、宗教、文學爲一爐」〔註1〕的奇特文本，但是重讀《心靈史》，我更關注的是書中那個「我」的形象。「我」是誰？答案其實很簡單，「我」就是張承志本人。在書中，「我」既是那七個悲壯故事的「講述者」，還是對故事進行評點、議論和詩意闡釋的「抒情主人公」，卻唯獨不是有的論者所謂的「虛構的人物」。〔註2〕「我」在文本中的不斷顯身以及不斷的思考與抒情，構成了作者本人對自我形象的一種塑造。

　　那麼，作者所塑造出來的是怎樣的形象呢？我的初步判斷是一種亦新亦舊的知識分子形象。但是，要把這個問題說清楚，僅僅面對《心靈史》是不夠的，我們還需要關注與《心靈史》構成互文印證關係的諸多文本。

一

　　讓我們回到 1991 年作者寫就的《離別西海固》中。在這篇散文中，出現了一段令人深思的文字：

　　　　在 1984 年冬日的西海固深處，我遠遠地離開了中國文人的團
　　夥。他們在跳舞，我們在上墳。後來，劉賓雁發表了他的第四次作協
　　大會日記，講舞星張賢亮怎樣提議爲「大會工作人員」舉辦舞會而實
　　際上眞和大會工作人員跳了的只有他劉賓雁——那時，我們在上墳；
　　九省回民不顧危險衝入蘭州，白布帽子鋪天蓋地。我擠在幾萬回民中
　　間，不知言語，只是亢奮。那一天被政府強佔的、窮人救星的聖徒墓

---

〔註1〕　《張承志文學作品選集》（長篇小說卷），海口：海南出版社 1995 年版，第 175
　　　　頁。以下涉及《心靈史》所引，皆出自該版本，故只隨文標注頁碼。
〔註2〕　王安憶：《心靈世界——王安憶小說講稿》，上海：復旦大學出版社 1997 年版，
　　　　第 76～77 頁。

—109—

又回到了哲合忍耶百姓派手中。他是被清政府殺害的——聲威雄壯的
那次上墳，使我快樂地感受了一種強硬的反叛之美。〔註3〕

大致相當的描述同樣出現在《心靈史》（第 75 頁）中。從這段文字中我們至
少可以獲得兩個信息：一、《心靈史》完成於 1990 年，但是早在六年前，張
承志已經開始了他的宗教皈依之旅。於是，《心靈史》中「代前言」（《走進大
西北之前》）中的文字便變得不難理解：「長久以來，我匹馬單槍闖過了一陣
又一陣。但是我漸漸感到了一種奇特的感情，一種戰士或男子漢渴望皈依、
渴望被征服、渴望巨大的收容的感情。」（第2頁）二、這個宗教皈依的過程
同時也是張承志與中國文人或知識階層決裂的過程。「他們在跳舞，我們在上
墳」——這種具有強烈對比色彩的句式其實是把自己與知識階層進行區分的
重要標識。在這裡，複數的「我們」只是標明，「我」已成為幾萬回民中的一
員，「我」已經融入了底層民眾之中。

但是，為什麼張承志要與知識界劃地絕交呢？當他做出這種選擇時，他
本人又是以怎樣的身份出現的？應該說，這是兩個不太容易回答的問題，但
我依然試圖尋找出某種答案。

從文學的層面上看，也許首先是藝術觀的分歧。在對 1980 年代的文學狀
況進行的簡要梳理中，張承志把許多作家歸到了「政治社會派」裏。文學在
這類作家手中究竟能成多大氣候，張承志從心底裏是持懷疑態度的：「從《人
妖之間》到《第二種忠誠》，篇篇都表現出一種激進。土氣些的李存葆，從《高
山下的花環》到《山中，那十九座墳塋》，——在立正敬禮的姿勢下為民請命。
後來，這一傳統又被一支龐大的報告文學大軍繼承；村村點火，處處冒煙—
—彷彿一個從未被人描寫過的中國在他們筆下清晰了，彷彿一條從來不敢相
信的希望也從他們筆下誕生了。」〔註4〕然而，如此操作，它們似乎也離偉大
的文學越來越遠，因為它們沒有弄清楚「藝術即規避；選擇了文學就意味著
選擇了比政治更原初、更私人、更永恒的道路」。它們的特徵「是在體制之中
小規模地揭露黑暗面，喪失的是深度和藝術性」。〔註5〕

「藝術即規避」是張承志提出來的一個重要命題，在對他所鍾愛的日本
歌手岡林信康的解讀中，他把這一命題闡述得更加充分：「政治往往成為一些

---

〔註3〕 張承志：《離別西海固》，見《荒蕪英雄路——張承志隨筆》，上海：知識出版
社 1994 年版，第 300 頁。
〔註4〕 張承志：《江山不幸詩人幸》，同上書，第 223～224 頁。
〔註5〕 同上書，第 226、222 頁。

內心粗糙、秉性卑劣的俗貨的飾物；追隨那些粗俗者以求打扮自己的人更活像小丑。要岡林信康這樣的人去下那泥海，這種逼迫太過份了。藝術以及藝術中潛伏的政治永遠在逼迫他，於是有了岡林信康無休止的規避。」〔註6〕從這些思考中不難看出，這裡所謂的規避即是對政治的規避。但是，按照我的理解，這一命題中還應該隱含著如下義項：藝術遵循著自身的邏輯並尋求著某種完善和純粹；藝術不應該深度介入政治從而成為一種工具——即使這種工具在短時間內會產生某種轟動效應，甚至彷彿具有了批判現實的功能，但它同時也會傷及自身。在這一意義上，「藝術即規避」與西方一些理論大家的論述（比如阿多諾的「藝術自律」）具有了一種相同的精神氣質。

從這一命題出發，無論是《人妖之間》還是《高山下的花環》均無法承擔起藝術的真正使命。首先，它們都越過了藝術的底線；其次，它們在體制中反體制，最終依然落入了「小罵人幫忙」的窠臼；第三，這種「為民請命」的方式也許最終會變成一場表演——作者逐漸成了「青大大老爺」，他是民眾的「恩人」卻非民眾的「情人」。缺少感同身受的移情，只有居高臨下的同情，時間一久，這種同情很可能會變得空洞，變成被既定慣性推動而寫作的政治秀。一旦到了這個時候，文學即已不復存在。雖然作品還借用了文學的形式，但所有的人都從中看到了政治。

但這就是張承志遠離知識界的唯一原因嗎？顯然不是。張承志除了是一位作家外，還是一位科班出身的學者，於是，對學者階層異化的警覺和不斷批判也構成了他反思知識界的重要因素。在介紹回族內部古文獻《熱什哈爾》一書的文章中，我們讀到了如下的文字：

> 傳統的學術——它確實早就僅僅是學中之術，而不是追求認識的初衷、不是人向世界的「天問」——已呈不吉之兆。方法論和文人優雅同墮落，圖書館與學報文章共蕭條。喧囂而來的，是夾生飯裏下綠豆——中文難以下咽，洋文崩人牙齒。沸點在藝術諸論，燙處是「文化」周邊，唯恐摑涼往前使勁擠的是歷史學。〔註7〕

考慮到此文寫於1990年，它與《心靈史》之間的互文印證關係也就顯得分外緊密。在張承志的心目中，學術和藝術應該是異曲同工，殊途同歸，即都是對人心靈世界的開掘、守護與捍衛，然而，學術進入體制之中，已走向了異

---

〔註6〕 張承志：《藝術即規避》，同上書，第272頁。
〔註7〕 張承志：《心靈模式》，同上書，第193頁。

化的不歸之途。因爲越來越清晰的事實表明，學問之事已成爲一種職業，成爲學者手中的一個飯碗。爲了讓這個飯碗裏有大魚大肉而不是清湯寡水，學者們在體制中你爭我搶。課題、項目、獎勵、博士點、話語權、重點學科、一級學科……，外在於學問的東西成爲學者追求的目標，馬克斯‧韋伯所謂的作爲「志業」的學術反而被束之高閣。在這樣的體制中待得越久，學者的學術衝動也就喪失得越多——那種學術衝動本來應該來自於自己內心對社會人生的感悟，但是，學術體制卻逼迫或誘使他放棄、刪除和轉移。結果，衝動被化解或稀釋，學術成爲遊戲，成爲媚上或媚俗的工具，從而喪失了成爲「公器」的資格。在這樣一種語境中，我們再讀張承志寫於 2003 年的文字，便不會感到吃驚。他說：「在國外，顯赫的教授職位，是知識分子的巨大牽引力。國內的現象更有趣：畢業分配，上級安排，革命需要，都是知識分子專業選擇的緣起。乾巴巴的他們不過是一些老實被動的賓語，少有哪怕對學科的忠實或理想。等到時代驟變，金錢至上，他們又突然活躍了，找出自己看家的這點知識渣滓，複製叫賣，恨不得把屁股下破舊的冷板凳，打扮成時裝模特的展示臺。」〔註8〕我們看到，經過十多年的思考，張承志對學者集團的批判依然故我，不改初衷。略有不同者只在於，以往他更多看到了權力誘惑讓學術墮落，如今，舊病未除，新病加身——商業趨動正在讓學者成爲時代的喜劇演員，而眞正的學術衝動依然缺位。

正是基於這一動因，「失義」、「無義」或「不義」才成爲張承志學術批判話語中的關鍵詞。1991 年，他寫道：「當代中國知識人的萎縮、無義、趨勢和媚俗，都已堪稱世界之最。」〔註9〕這種判斷可能已讓學者們汗顏；2003 年，他又把這種判斷凝固成如下擲地有聲的文字：

　　　失義的學術，使得學術本身成了對學術眞理的異化。他們只是寄生於體制化、無情化、僵死而虛假的「學」中的一些「者」，說到底，他們並不追求眞知。

　　　其中一些甚至是罪惡的幫兇。或者直接爲壓迫提供證據，或者成爲一種刀筆，對民眾施加精神威脅。他們的「學」，與繁衍其學的民眾土壤，隔閡甚至衝突。他們向社會提供著不準確或有害

〔註8〕 張承志：《寺裏的講義》，見《文明的入門——張承志學術散文集》，北京：北京十月文藝出版社 2004 年版，第 294 頁。
〔註9〕 張承志：《沙裏淘金再當兒童》，見《荒蕪英雄路——張承志隨筆》，第 217 頁。

的信息。〔註10〕

所謂「失義」和「無義」，即是失去正義或沒有正義。而實際上，在張承志對這一問題的思考中，他的批判話語和建構理想又是密不可分的。在前者的層面上展開，學術不能失去「情感」，學者不能放棄「立場」，學問之途的求索不能沒有「正義」之神的引領和觀照。但問題馬上就變得複雜起來：既然你的批判真氣十足，你以什麼爲依託才能支撐起你的批判？既然你在倡導「情感」、「立場」、「正義」，你所倡導之物的落腳點又在哪裏？

答案其實已呼之欲出——底層、民間、人民。具體地說，學者應該沉入底層世界、擁有民間立場，學問的探究應該進入那些沉默的、邊緣的、處於弱勢的民眾中間，只有這樣，學者才能找回真我，學問才能回歸自身。

讓我們來看看張承志的相關論述：「與嚇唬人的『知識』相反，最貴重的是底層的無字書。」〔註11〕——這裏指出的是知識生成的本源。「也許學問的方法的第一義，就是學會和底層、和百姓、和謙恭抑或沉默的普通人對話。一旦他們開口，一旦他們開始了指教，求學者找到的，就可能是真知，是謎底，包括自己人生的激動。」〔註12〕——這裏談到的是學者問學的方向。「這些年常想，若是組織起百姓的游擊隊，鬧一場研究的地道戰，把假洋鬼子般的博導們駁倒，該多麼有趣。」〔註13〕——這是在想像「底層民眾參加學術」之後的盛況。當張承志建構理想學術圖景的希望無法真正落到實處之後（事實上，我們今天的學術發展已越來越遠離而不是越來越逼近了張承志的學術理想），他一方面身體力行地進行著學術知識與學術規範的普及工作（比如在寺裏講課），一方面已對體制中學者的踐行不抱什麼幻想，而是把希望寄託在底層民眾那裏——讓真知與僞學直接抗衡、較量。無論從何種意義上說，這種烏托邦精神都是值得學界深思反省的。

那麼，所有這一切對於張承志來說意味著什麼呢？意味著他在倡導和實踐一種「學在民間」的學術理念。在這裏，民間的「活學問」和「無字書」既是獲得真知之所，也是他批判學界墮落、學術不義和學者異化的底氣所在。如果說「藝術即規避」在文學的層面劃出了他與當代文人的邊界，那麼，「學在民間」則昭示著他與當代學人的距離。而這兩個命題一方面暗示著他與體

---

〔註10〕張承志：《寺裏的講義》，見《文明的入門——張承志學術散文集》，第295頁。
〔註11〕同上書，第304頁。
〔註12〕張承志：《人文地理概念下的方法論思考》，同上書，第315頁。
〔註13〕張承志：《三種知識》，同上書，第159頁。

制、上層、公家的對立，一方面也宣告著他與那個「由體制豢養、向權力獻媚」、〔註14〕與政治調情的知識界（它應該是文壇與學界相加的總和）不可能有任何和解的機會。1993 年，當張承志以大量的憤激之詞向時代宣戰時，他其實也點破了一個事相：傳統意義上的知識分子（比如福柯所謂的「普遍的知識分子」）已死，而他的所作所為，則是要逆歷史潮流而動——在知識分子已死的年代裏重塑知識分子的形象。無論我們今天如何看待張承志的這一選擇，這一選擇背後隱含的文化意義都是值得重視的。

二

事實上，當張承志八入大西北、十進西海固時，知識分子形象的重塑工作就已經開始，而《心靈史》不過是以文學形式對這一形象的集中固定。在「後《心靈史》」時期，張承志又以自己的言行不斷對這一形象進行著豐富、闡釋和適當的調整與修改。可以說，以《心靈史》為中心，知識分子形象的重塑構成了一個系統工程。

以這樣一種視角重新面對《心靈史》，我們會從這個文本中發現什麼呢？雖然我們必須承認，《心靈史》是一部呈現宗教曆史與心史的著作，卻也不妨在更寬泛的意義上去把握作者的寫作意圖。套用薩特在《什麼是文學？》中體現的思維邏輯，《心靈史》的寫作意圖清晰可辨：第一，寫什麼？——寫底層；第二，為誰而寫？——為底層的窮苦人而寫；第三，寫給誰看？——寫給底層的老百姓看。或許，正是這種清晰無誤的寫作意圖催生了作者本人寫作身份的轉換。

作出如下區分也許有助於我們對張承志的理解——我把張承志《心靈史》之前的寫作看作一般意義上的「作家寫作」，而把《心靈史》及《心靈史》之後的寫作看作是一種「民間寫作」和「知識分子寫作」相結合的統一體。在「作家寫作」的層面上，雖然張承志已經以他特立獨行的寫作題材和風格引人關注，但小說的文體選擇，借助於已經進入自己生命體驗的東西作為寫作的主要資源等等，意味著他與同時代的作家區別不大。小說家是虛構故事的講述者，當他準備講一個故事時，他是不是故事的親歷者和切身體驗者並不重要；為了把這個故事講得真實動人，他是不是必須經過脫胎換骨的人生觀之變也並不重要（雖然偉大作家的寫作常常與他本人的人生實踐結合在一

〔註14〕張承志：《寺裏的講義》，同上書，第 289 頁。

起，在此意義上，言行合一成爲一種道德律令），關鍵在於他是否具有講故事的能力，並在故事的講述中體現出一種精神深度和藝術向度。

我之所以把《心靈史》既看作「民間寫作」又看作「知識分子寫作」，是因爲這次寫作與一般意義的「作家寫作」相比，許多「反常」之舉令人深思。首先，這次寫作是作者自覺沉入民間和底層的過程。這一過程既不同於作家走馬觀花般的采風，也不同於那種迫於某種行政命令的「體驗生活」，而是一個脫胎換骨、洗心革面的過程。《心靈史》中，作者曾反覆申明過他所獲得的神啓的方法論：正確的研究方法存在於被研究者所擁有的形式之中。按照他的解釋，這一方法論的要義在於，「先做一名多斯達尼般的戰士，忠於民眾的心，然後再以信仰使自己的這顆心公正」。（第 146 頁）在宗教的意義上，我們固然可以把張承志的這一選擇看作是聖徒的「舉意」，但與此同時，它又何嘗不是成爲他所期望的知識分子的重要標誌？當他所批判過的知識分了寄生於體制之中，表演著端起碗來吃肉、放下筷了罵娘的遊戲時，他必須與他們作出區分，並以一種決絕的方式完成他的蛻變，於是，他離開了體制：「今天我已經不是軍隊文人，而且我也不是國家職人。闊別 22 年之久的、只有在第一次踏入汗烏拉山麓大草原時才湧現過的醉人的自由感，今天貴比千金地又出現了。職俸退盡，人如再生，新的人生大幕猛然迎著生命揭開了。」〔註 15〕在張承志那裏，「職俸退盡」的現實意義和象徵意味現在看來已顯得眉目清晰：對於他所鍾愛的民間來說，他成了民粹主義的知識分子；對於他所憎惡的體制來說，他成了自由主義的知識分子。

其次，儘管《心靈史》已被有的論者鑒定爲長篇小說，〔註 16〕但此一說法依然大可商榷。事實上，張承志在《心靈史》和別處提到這部著作時，也否認了它作爲傳統小說的可能性，茲舉兩例：《心靈史》「背叛了小說也背叛了詩歌，它同時捨棄了容易的編造與放縱。它又背叛了漢籍史料也背叛了阿文鈔本，它同時離開了傳統的厚重與神秘」。（第 254 頁）《心靈史》不是小說但最大限度地利用了文學的力量和掩護，它也不是歷史學但比一切考據更紮實。⋯⋯其實我也無法對它實行分類——也許它的著作性質就如同它的書名，它只是我本人以及千百萬信仰的中國人的心情。」〔註 17〕這種說法是可

---

〔註 15〕 張承志：《語言憧憬》，見《荒蕪英雄路——張承志隨筆》，第 41 頁。
〔註 16〕 參見王安憶：《心靈世界——王安憶小說講稿》，第 75～77 頁；譚桂林：《論〈心靈史〉的宗教母題敘事》，《常德師範學院學報》2001 年第 3 期。
〔註 17〕 張承志：《歲末總結》，見蕭夏林主編：《無援的思想》，北京：華藝出版社 1995

信的。但問題是，爲什麼作者既要背叛小說又要借助於文學的力量與掩護呢？

我的看法很簡單：因爲這個奇特文本隱含著作者身份轉換的種種症候。當張承志以作家的身份出現時，他需要在其小說中把「藝術即規避」發揮到極致。因爲小說既不是某種宣諭也不是自我告白，小說需要遵循自身的藝術邏輯。這時候，即使他對社會有所批判，也無法暢所欲言，他必須把批判話語隱含在藝術形象和藝術表達中。但是，作爲知識分子，他卻需要說出事情的眞相，需要清晰地表達自己的事實判斷和價值立場。對於張承志來說，哲合忍耶世界中六年的歷煉與陶洗，既是歷史中異端之美的誘惑與召喚，也是現實的逼視和拷問，它們共同牽引著張承志作出選擇——在文學的極限處是宗教，在作家的昇華處很可能是知識分子（比如，我們可以想想左拉。當他寫小說時，他是作家；然而，一篇《我控訴》，使他變成了知識分子）。正是因爲上述原因，我把《心靈史》看作是一本「向權勢說眞話」的書，也是薩義德所謂的知識分子的一次亮相。而之所以還要借助於文學的力量和掩護，是因爲一方面文學具有一種修辭效果，借助這種修辭效果，張承志可以把某種理念有效地傳達給民眾；另一方面，文學爲作者的寫作塗上了某種保護色，在此意義上，它似乎可以保證作者像魯迅那樣「坐在坦克車裏作戰」。〔註18〕

第三，當薩特談到「1947 年作家的處境」時，他不斷大聲疾呼著這樣一個事實：「我們有讀者，但沒有讀者群。」〔註19〕這裡所謂的「讀者群」即無產階級大眾，在一個他所謂的「極端處境」的年代裏，如何讓文學進入無產階級大眾讀者心中，從而成爲被壓迫者的武器；如何讓作家轉換成知識分子，並肩負起一種他所謂的「新知識分子」的使命（比如他說：「作家的責任是表明立場反對所有不正義行爲，不管它們來自何方」〔註20〕），均成爲薩特主要考慮的事情。張承志的文學主張固然與薩特的思考很不一樣，但是，在成爲知識分子的過程中，他所體現出來的思路卻與薩特非常相似。比如，在「讀者群」的問題上，我們可能會發現一些秘密。

可以特別注意一下《心靈史》「代前言」中的那一組文字。在敘述了「兩木箱書籍」的故事之後，緊隨其後的是張承志的慨歎和聯想：

年版，第 101 頁。

〔註18〕 曹聚仁：《魯迅評傳》，上海：復旦大學出版社 2006 年版，第 121 頁。

〔註19〕 〔法〕薩特：《什麼是文學？》，施康強譯，見《薩特文集》第 7 卷，北京：人民文學出版社，第 287 頁。

〔註20〕 同上書，第 301 頁。

這件事給了我極深的印象，也許是給了我強大的刺激。我無法撇開那些書的影子。我也寫過幾本書，蘸著他人不知的心血。但是我沒有看到讀者對我的保衛，只看到他們不守信用地離開。

在我對自己的生命之作抉擇了以後，我不能不渴望讀者的抉擇。

當我覺察到舊的讀者輕鬆地棄我而去，到書攤上尋找消遣以後，我便牢牢地認定了我真正的讀者，不會背叛的讀者——哲合忍耶。

一想到這部書將有幾十萬人愛惜和保護，我的心裏便充滿了幸福。這才是原初的、作家的幸福。為了奪取它，任何代價都是值得的，任何苦楚都是可以忍受的。

我舉了意。（第 8～9 頁）

這也就是說，在寫作《心靈史》之前，張承志的讀者意識已非常明顯：他不是在為一般意義上的文學讀者寫作，而是在為特定的、真實的讀者群寫作。這樣，我們也就面臨到如下一個理論問題：無論西方的接受美學還是讀者反應批評，它們所強調的讀者都是文學活動中的讀者，即讀者的參與意味著一次文學活動的完成。當讀者被感動時，那是發生在審美世界裏的事情，它和現實人生存在著怎樣的關聯，一般並不在閱讀活動考慮的範圍之內。但是張承志的讀者觀卻極大地顛覆了原來的那套閱讀理論：首先，他所面對的讀者是真實的讀者，而並非接受美學所謂的假想的讀者；其次，讀者的閱讀是一種宗教儀式，在這一意義上，讀者是否獲得了美學層面的感動已變得次要（雖然這種閱讀依然必須借助於美學通道），關鍵在於它能否成為讀者手中的「聖經」；第三，作者雖然沒有明確表達出自己的觀點，但是我們或許可以推斷出，很可能他更想讓此書成為重建信仰之價值體系的社會實踐文本，而不是僅僅成為一本文學讀物。唯其如此，他所謂的「作家的幸福」才能被深入理解。

把後來發生的一些事情代入到我們對《心靈史》的讀解當中，以上所言也就被夯實了。比如，作者那篇《北莊的雪景》「被用電腦打印成豎排黑字，又被綾邊掛軸，書法作品般地裱成了橫幅，掛在老人家的道堂兼客廳的中央」。聞聽此事，作者認為「這事於我又將是一次不可思議的經歷。它如同又一次降臨於我的傳奇，使我猛然地淹沒在幸福裏。剎那間我不由得暗暗感歎。我明白：這是我的人生大獎，是我一生心血的回報」。〔註21〕再比如，接受《南

〔註21〕張承志：《祝福北莊》，見《音樂履歷》，上海：上海三聯書店 2003 年版，第

方人物周刊》的採訪時，張承志也曾披露過如下事實：「到了今天，我和讀者的關係有一些特殊。比如在新疆達阪城，有個打工的穆斯林小夥子，天天在書攤看我的書，那時海南出版社出了一套我的選集，4 本 80 來塊錢。那個地方是個風口，冬天非常冷，書攤小老闆後來也就任他看書。再如去年在新疆那拉提，一個放羊的老頭是我作品的研究者。他從山上氣喘吁吁地趕來見我，問的問題細緻入微。作爲作者，那時的確有一點幸福的感覺。」「我更在意農民朋友的評論。雖然那些評論多是一種感情的評論。但是自己的腳站在百姓中間的感覺，是很充實的。有一年在新疆托克遜聽到，一個老人讓女兒每天回來給他念我的書。他坐著兒子開的東風大卡車來看我，只握了握手，他並不會表達。」〔註22〕

這些故事並不是專門針對《心靈史》的，但是卻豐富著我們對《心靈史》的理解。假如《心靈史》能夠眞正成爲「幾十萬人愛惜和保護」的書，我們其實已不可能在文學的層面作出充分解釋，甚至也不可能完全在宗教的層面進行分析（儘管這一層面值得重視），或許只有把它看作是知識分子一次落到實處的話語實踐，我們才能意識到其中眞正的含義。因爲在一些特殊的歷史關頭，知識分子總會把「到民間去」作爲自己的上佳選擇。而「到民間去」既意味著汲取營養，也意味著啓迪民智。但是由於種種原因，知識分子與民眾的關係卻並不理想（1874 年，俄國民眾對那些「走向民間」的知識分子報以冷漠、猜疑和反感，有時是積極的仇恨與抵制，甚至經常將他們扭送給警察〔註23〕），張承志借助於民族情感、宗教認同打開了與民眾交往的通道，並最終借助於文學形式的文本完成了與民眾的交往與對話。而張承志的讀者觀以及他所期待取得的那種閱讀效果，一方面意味著他獲得了如何使知識分子話語進入民間的翻譯密碼，一方面也意味著他的種種實踐旁證出他所塑造的知識分子形象是成功的。這種形象或許不被主流知識界所看好，但是卻能爲民間所認同。

那麼，張承志所塑造的知識分子形象究竟是一種怎樣的形象呢？借助於國外的理論資源，我傾向於把這一形象看作是民粹主義的知識分子、有機知

---

129～130 頁。
〔註22〕劉天時：《張承志：我沒有跟著潮流走》，《南方人物周刊》2005 年第 6 期。
〔註23〕〔英〕柏林：《俄國思想家》，彭淮棟譯，南京：譯林出版社 2001 年版，第 258 頁。

識分子和立法者的奇妙組合。

　　知識分子的民粹主義思想是一個很大的命題，我在這裡想要指出的是，無論張承志是不是俄國民粹主義思想的信奉者，《心靈史》及其相關的文本實踐都是對俄國民粹主義思想的遙遠回響。1861 年，赫爾岑說：「到人民中去，到人民中去——那兒有你的位置，從知識的寶座上流放自己，你將成為代表俄國人民的勇士。」〔註 24〕而張承志彷彿是以自己的種種言行響應著赫爾岑的召喚。另一方面，我們也必須意識到，俄國的民粹主義在 20 世紀初期進入中國之後，很快就在知識分子陣營中找到了市場。早期知識分子的民粹主義實踐具有一種自發性，卻最終被毛澤東以「知識分子必須與工農大眾相結合」的方式落實成一種國家意識形態話語。考慮到張承志是毛澤東的崇拜者，在中國的語境中，他實際上是把原來毛澤東的政府指令轉換成了個人的道德理想，從而在一種知行合一的個人道德實踐層面展開了他的民粹主義行動。因此，張承志所塑造的知識分子形象，民粹主義是其精神內核。

　　有機知識分子是葛蘭西的發明，在他的描述中，成為這種新知識分子的方式不再取決於他如何侃侃而談，而是要積極地參與實際生活，成為一個建設者、組織者和堅持不懈的勸說者。〔註 25〕而他所謂的「有機」，意味著超然的個體並不存在，知識分子必定是特定階級或集團的有機組成部分。在這樣一個理論語境中，我們可以把張承志的選擇看作是他成為有機知識分子的過程——沉入底層世界，走向民眾之中，無論是在葛蘭西的論說中還是在張承志的行動中，其實就是要使自己成為無產階級陣營中的有機組成部分；而他後來的種種舉動，說明他已經在建設、組織、勸說等方面進行著種種努力。不僅如此，張承志還對正在出現的新型知識分子寄予了厚望：「時代呼喚著另一類『知識分子』在悄悄地出現。不僅回民的門檻裏，其他領域也一樣：農民的娃娃，如今不一定是文盲了。讀書，也並不是太苦的勞動。為了父老鄉親，為了一方水土，農民、阿訇、學生、社會和宗教中的實踐者、歷史衝突的當事者，以及他們的兒女，決心站出來試著描寫自家的文明。立志要拿起筆來的新文人，到處都可能出現。」〔註 26〕可以把「另一類知識分子」看作

〔註 24〕轉引自〔英〕保羅‧塔格特：《民粹主義》，袁明旭譯，長春：吉林人民出版社 2005 年版，第 65 頁。

〔註 25〕〔意〕葛蘭西：《獄中札記》，曹雷雨等譯，北京：中國社會科學出版社 2000 年版，第 5 頁。

〔註 26〕張承志：《寺裏的講義》，見《文明的入門——張承志學術散文集》，第 295 頁。

是有機知識分子的新成員，這也是張承志所期待的知識分子新軍。

之所以把張承志所建構的知識分子形象看作是鮑曼所謂的「立法者」，是因爲這一形象的塑造與現代性話語存在著千絲萬縷的聯繫。《心靈史》及其相關文本所高揚的信仰、正義和人道精神，顯然是現代性話語之宏大敘事的核心詞彙；而知識分子融入民眾的過程一方面是向底層世界的皈依和膜拜，一方面又是對啓蒙主義精神的執著追求；還有，張承志所使用的全稱判斷和高調敘事與抒情，很大程度上又強化了「立法者」的形象：知識分子是救世者、引路人和權威話語的發佈者。從這一層面上看，他向知識界的宣戰其實是向已經和正在變成「闡釋者」的知識分子陣營宣戰。這種宣戰和反反覆覆的批判，既從反面爲他所建構的「立法者」形象提供著諸多注釋，也暗示著這樣一個事實：在今天，「立法者」的知識分子形象很可能就是鮑曼所說的「悲劇式的、無家可歸的漂泊者」；﹝註27﹞而具體到張承志所重塑的知識分子形象，則更應該是一個堂吉訶德般的戰士；在我們這個喜劇時代，他「全美」出來的卻是一種悲劇英雄。

分析這一知識分子形象本身所隱含的種種問題以及它與我們這個時代的錯位，很可能是一個更值得清理的話題，但我在這裡已沒有篇幅了。最後，我想指出的是，由於張承志本人的選擇以及他爲知識分子形象所輸入的內容纏繞著太多的東西（比如，除底層、人民、伊斯蘭情結、宗教精神之外，還應該加上他對恐怖主義、美國和美帝國主義、後殖民主義等等方面的認識），許多人對張承志文本的理解可能會變得越來越困難。張承志曾說過，王蒙一直是他的一個最重大的參照系；﹝註28﹞如今，我們可以說，張承志以及他所重塑的知識分子形象其實也是知識界最重要的參照系。這一參照系當中蘊含著知識分子問題的許多秘密，它可以也應該成爲我們理解、認識、反思乃至批判知識分子話語的重要資源。

2006 年 12 月 25 日

（原載《南方文壇》2007 年第 4 期）

---

﹝註27﹞ 〔英〕鮑曼：《立法者與闡釋者——論現代性、後現代性與知識分子》，洪濤譯，上海：上海人民出版社 2000 年版，第 210 頁。

﹝註28﹞ 張承志：《冷熱六章》，見《鞍與筆》，北京：北京師範大學出版社 1998 年版，第 184 頁。

# 《我與地壇》面面觀

大家好！今天我們來談論的是史鐵生的散文名作：《我與地壇》。之所以選擇這篇作品，是出於如下幾點理由：一、大家知道，2010 年的最後一天，史鐵生先生突然去世，引發了許多人的悼念與追思。在這些追思中，我發現好多人都提到了《我與地壇》，可見這篇作品在人們心目中留下了極為深刻的印象。我們今天來談論這篇作品，也算是對史鐵生先生的一種悼念和緬懷。二、對於這篇作品，我本人有一種特殊的感情。上個世紀九十年代，我在山西的一所高校教寫作課。大概從九十年代中期開始，我就把這篇作品帶到了我的課堂上。有四、五年的時間，差不多每年我都要面向學生誦讀這篇作品，有時候是一遍，有時代兩個班的課就會讀兩遍。從 2003 年開始，我所在的北京師範大學文藝學研究中心先是與人民出版社，後來又與北師大出版社合作編寫高中語文教材，我們也把《我與地壇》選到了必修課裏，而這一課的內容又是由我來編寫的，所以我對這篇作品實在是太熟悉了。三、以我個人的判斷，我覺得無論是從思想性還是文學性上來看，《我與地壇》在中國當代散文寫作中都達到了一個很高的水準，值得我們去認真分析。

下面，我就從作者、文體、格局、結構、語言、立意等幾個方面來面對這篇作品。

## 一、關於史鐵生

孟子說：「頌其詩，讀其書，不知其人可乎？是以論其世也。」（《孟子・萬章下》）這就是所謂的「知人論世」。我覺得談論《我與地壇》，我們更需要從作者的情況談起，因為這篇作品直接與作者的遭遇與疾病相關。不瞭解作者的情況，我們就無法很好地去理解這篇作品。

史鐵生是 1951 年 1 月 4 日出生於北京，1967 年初中畢業，1969 年去陝

西延安地區插隊。三年之後也就是他 20 歲那年，他的雙腿開始出現問題，於是回北京治療。史鐵生有篇散文，叫做《我二十一歲那年》，寫到了他當年在友誼醫院神經內科治療的情景，寫到了他當時的想法。他說，當時是他父親攙扶著他第一次走進了那間病房，「那時我還能走，走得艱難，走得讓人傷心就是了。當時我有一個決心：要麼好，要麼死，一定不再這樣走出來」。〔註1〕

　　但是，他沒有去死，也沒能再那樣走出來，而是被他的朋友抬回了家，從此坐進了輪椅，開始了與自己的疾病終生廝守的日子。從 1974 年開始，他進北京一家街道工廠做工，主要工作是在木箱子或鴨蛋上畫仕女，畫山水。他就這樣畫了七年。像小說《午餐半小時》，《老屋小記》，寫的就是那個時期的生活。

　　在工廠做工期間，史鐵生開始學習寫作。1979 年，他在《當代》正式發表小說《法學教授及其夫人》，開始了他的寫作生涯。

　　我們許多人都沒有經歷過史鐵生的這種遭遇，但是大家現在可以想想，一個人在 20 歲左右的年齡，雙腿突然不聽使喚了，然後是癱瘓了，那該是什麼滋味！而且這並不是暫時的事情，而是意味著被判了無期徒刑──一輩子要與輪椅為伍。我想對於每一個人來說，遇到這種事情肯定都是晴天霹靂。史鐵生當年遇到的就是這種大不幸，大痛苦，所以他無數次地想到了死，也無數次地想到自己為什麼活。也就是說，如果不去選擇死，就必須尋找活下去的理由。《我與地壇》中有幾句話流傳很廣：「記不清都是在它的哪些角落裏了，我一連幾小時專心致志地想關於死的事，也以同樣的耐心和方式想過我為什麼要出生。這樣想了好幾年，最後事情終於弄明白了：一個人，出生了，這就不再是一個可以辯論的問題，而只是上帝交給他的一個事實；上帝在交給我們這件事實的時候，已經順便保證了它的結果，所以死是一件不必急於求成的事，死是一個必然會降臨的節日。這樣想過之後我安心多了，眼前的一切不再那麼可怕。」〔註2〕史鐵生是如何把這件事情想明白的呢？據他自己說，當年他陷入絕望差不多要自殺時，是聽了卓別林的勸。在《城市之光》這部電影中，女主人公要自殺，但被卓別林扮演的那個角色救下了，女

---

〔註1〕　史鐵生：《我二十一歲那年》，見《我與地壇》，北京：人民文學出版社 2011年版，第 55 頁。

〔註2〕　史鐵生：《我與地壇》，見《記憶與印象》，北京：北京出版社 2004 年版，第210 頁。以下凡引《我與地壇》中的文字均出自此書，故只隨文注明頁碼。

人埋怨他，發瘋地喊：「你為什麼不讓我死？為什麼不讓我死！」卓別林慢悠悠不動聲色地說：「著什麼急？早晚會死的。」〔註3〕

　　但是，剛剛得病那幾年，史鐵生卻沒有後來這麼達觀。所以地壇就成了他思考生死問題的去處。《我與地壇》中有一句話：「十五年前的一個下午，我搖著輪椅進入園中，它為一個失魂落魄的人把一切都準備好了。」（第208～209頁）根據《我與地壇》的寫作時間，我們可以推算出史鐵生進入地壇的時間是 1974 年。1974 年前後那幾年很可能是史鐵生一生中心情最苦悶的時期，而偏偏在那個時期，史鐵生的生活中又發生了一件大事：他的母親得病突然去世了。他在《合歡樹》和《秋天的懷念》中專門寫到過自己的母親。他說：「三十歲時，我的第一篇小說發表了，母親卻已經不在人世。過了幾年，我的另一篇小說又僥倖獲獎，母親已經離開我整整七年。」〔註4〕我想，這裡所說的小說獲獎應該是指《我的遙遠的清平灣》獲得 1983 年的全國優秀短篇小說獎。那麼再推算一下，史鐵生母親去世的時間可能是 1976 年。也就是說，在史鐵生 25 歲那一年，他的母親去世了。而這件事情對於已經遭遇不幸的史鐵生來說又增加了一種不幸，可以說是「屋漏偏逢連陰雨，船破又遇頂頭風」。明白這一點，我們也就能理解為什麼在《我與地壇》中作者會以那樣一種筆調去寫母親。那是一種懷念和哀思，也是一種痛悔和自責。

　　《我與地壇》寫成於 1989 年，那個時候的史鐵生已快活到不惑之年，他已經是一個名氣不小的作家了；同時，他也走出了自己的精神困頓期。這時候，他可能需要對自己「以前的事」、「活著的事」、「寫作的事」、「靈魂的事」作一番集中的回顧與思考，這樣便有了這篇大容量的《我與地壇》。

　　根據史鐵生標注的日期，《我與地壇》在 1989 年 5 月寫成初稿，修改完成的日期是 1990 年 1 月。又用了一年左右的時間，史鐵生才決定把它拿出來發表。史鐵生曾經說過，他是「職業是生病，業餘在寫作」，〔註5〕所以他的寫作狀態本來就不好；據他的朋友徐曉講，史鐵生對自己的寫作又有很嚴格的要求，「他寫作的速度很慢，一個短篇有時得寫幾個月，一個句子不滿意，他能翻來覆去修改一天，寫了上萬字的稿子，只要不滿意，撕了他也不覺得

---

〔註3〕　史鐵生：《對話四則》，見《活著的事》，上海：東方出版中心 2006 年版，第61 頁。

〔註4〕　史鐵生：《合歡樹》，見《我與地壇》，第 26 頁。

〔註5〕　李冰：《史鐵生：職業是生病　業餘在寫作》，http://news.xinhuanet.com/book/2005-07/07/content_3187607.htm.

可惜」。〔註6〕由此我們可以想像，《我與地壇》應該是作者的反覆修改之作，精益求精之作。也就是說，作者的感情經過長時間的發酵，思考經過長時間的醞釀，文字也經過長時間的打磨之後，他終於拿出了這篇沉甸甸的作品。

## 二、《我與地壇》的文體屬性

現在我們就來面對他的這篇作品，我想從《我與地壇》的文體屬性談起。

剛才說過，《我與地壇》是作者修改完之後又放了一年左右的時間，才交給了《上海文學》這份雜誌。這樣我們就有必要講一講《我與地壇》發表時引出的一個小故事。

姚育明女士是《我與地壇》的責任編輯，據她講：1990 年 12 月她曾來北京組稿，返回上海後不久便收到了史鐵生寄過去的《我與地壇》，讓她大喜過望。終審看過這篇稿子後也很興奮，於是他們決定把稿子編發到 1991 年的第 1 期上。每年第 1 期的稿子編輯部都很重視，但那期稿子他們發現小說的分量不夠，於是終審就讓姚育明與史鐵生商量，看能否把《我與地壇》作爲小說發表。史鐵生不同意這種做法，他說得很堅決：這篇作品「就是散文，不能作爲小說發。如果《上海文學》有難處，不發也行。」編輯部想作爲小說發，史鐵生認爲是散文，這件事情就僵住了。最終，編輯部變通了一下：《我與地壇》既沒放到小說欄目中也沒放到散文欄目裏，而是以「史鐵生近作」爲欄目標題發表出來了。〔註7〕

爲什麼我要講這個故事呢？因爲《我與地壇》發表時編輯部的那種做法，導致了它的文體屬性曖昧不明。也就是說，因爲編輯部沒有按史鐵生的建議操作，也沒有給出究竟是小說還是散文這種明確的文體定位，結果既對讀者構成了某種誤導，也帶來了比較混亂的文體歸類。比如，1992 年作家韓少功發表了篇文章，影響很大。在這篇文章裏，他評論到了兩個作家，一個是張承志，另一個是史鐵生。而在談到史鐵生時，他說：「我以爲 1991 年的小說即使只有他一篇《我與地壇》，也完全可以說是豐年。」〔註8〕這就是說，韓少功最初是把《我與地壇》當成小說來讀的。與此同時，《我與地壇》也獲得

---

〔註6〕 徐曉：《我的朋友史鐵生》，見《半生爲人》，北京：同心出版社 2005 年版，第 180〜181 頁。

〔註7〕 姚育民：《回顧史鐵生的〈我與地壇〉》，《文學報》2009 年 1 月 1 日。

〔註8〕 韓少功：《靈魂的聲音》，見《夜行者夢語》，上海：知識出版社 1994 年版，第 7 頁。

了「1992年度上海文學小說獎」，這意味著《上海文學》編輯部最終依然把它定位成了小說。此後，小說選本選這篇作品，散文選本也選這篇作品。再後來，雖然大家基本上統一了思想，認為這是一篇散文，但到2003年，依然有批評家質疑這篇作品有「小說嫌疑」。〔註9〕

那麼，我說這些有什麼意義呢？《我與地壇》是小說還是散文很重要嗎？我個人認為，這個問題還是比較重要的。因為自從有了文體的區分之後，也就有了文體的規範。這種規範對於作者來說是一種限制，就是說你在寫作時得大體上遵守這個規範——要寫小說就按小說的樣子寫，要寫散文就按散文的模樣做，不能亂來；對於讀者來說是一種引導，因為讀者在閱讀時往往會有一種文體期待，而讀小說和讀散文的期待是不太一樣的。比如我要是讀散文，那就會相信作者所有的東西都是實有其事，實有其情，實有其感，實有其思。如果我讀的是一篇小說，那我會覺得所寫的東西雖然也來自現實生活，但不一定全都是作者親歷的事情。他可以無中生有，可以大馬行空，可以雜取種種，合成一個。為什麼我會這樣去看散文或者小說？因為許許多多的作家已經為散文或小說這種文體輸入進屬於這種文體的種種元素，這種文體已經規定了我的期待方向。

既然如此，散文和小說有什麼區別呢？區別當然很多，但我覺得最基本的區別只有一個：小說可以虛構，而散文則不可以虛構，它需要字字句句落到實處。如果散文中有了虛構，它的真實性就打了折扣。那有人可能會說，散文往往是作者回憶之物，你的記憶力有那麼好嗎？你的寫作能還原記憶嗎？你能完完全全落到實處嗎？我想沒有一個人可以做到這一點。因為我們可能會遺忘一些東西，時間的流水會沖涮掉一些東西；我們用現在的眼光回看過去，可能也會增加一種情思，一種記憶的顏色。我覺得對於散文寫作來說這是允許的。魯迅寫作《朝花夕拾》，特別指出：「這十篇就是從記憶中抄出來的，與實際容或有些不同，然而我現在只記得是這樣。」〔註10〕但我們都承認《朝花夕拾》是散文，它與《吶喊》、《彷徨》的小說是有區別的。

當然，我這麼來談散文與小說的區別時，已把問題做了簡化處理。因為新近的一種散文觀念認為，散文是可以虛構的。那麼我們如何面對這樣一種

〔註9〕 參見王彬彬：《〈我與地壇〉的小說嫌疑》，《小說評論》2003年第4期。
〔註10〕魯迅：《朝花夕拾·小引》，見《魯迅全集》第2卷，北京：人民文學出版社2005年版，第236頁。

寫作觀念？還有，文體之間也存在著一種互滲現象。我們有時候會使用「散文化小說」的說法，這往往是對一個作家的褒獎，比如汪曾祺的小說。但如果說一個人寫的是「小說化散文」，是不是就有了貶意？還有一個問題也很有意思。我們說散文不可虛構，但散文往往又是對往事的重構，那麼重構與虛構的區別在哪裏？像這些問題，顯然是值得專門進行理論探討的。

回到《我與地壇》，我就覺得史鐵生當年堅持自己的這篇作品是散文而不是小說，這種做法很令人敬佩，因為往大點說，他其實是在捍衛了散文這種文體的尊嚴。而對於讀者來說，知道自己讀的《我與地壇》是散文而不是小說也很重要，這樣一來，他的感動就與史鐵生本人形成了密切聯繫。否則，他的情感就會撲空。

但話說回來，為什麼當初一些人會把《我與地壇》當成小說呢？為什麼《上海文學》會把年度小說獎頒給《我與地壇》呢？我覺得主要原因是因為史鐵生的這篇散文與以往我們見過的散文很不一樣，它確實容易讓人的判斷出現失誤。

## 三、《我與地壇》的格局

那麼，《我與地壇》有什麼特別之處呢？

我們可以先來看看它的格局。我們知道，小說有長篇、中篇、短篇的區分，但散文沒有。以前我們所見到的散文一般都是篇幅短小的作品，像古代散文，往往是幾百字。《陋室銘》不算標點符號，只有 81 個字。現代以來的散文雖然字數有所增加，但也不會太長。我特意選擇不同時期的名家名作做了一個抽樣統計，像現代散文作家朱自清的《荷塘月色》，1400 字。魯迅先生的《從百草園到三味書屋》，將近 2500 字；郁達夫的《釣臺的春晝》稍稍長一些，4700 多字。五、六十年代的散文作品，像楊朔的《荔枝蜜》，將近 1600字，秦牧的《社稷壇抒情》，3900 字。八十年代，孫犁的《亡人逸事》，2000字，汪曾祺的《葡萄月令》，2600 字。有沒有比較長一點的散文？有，但很少。比如巴金的《懷念蕭珊》8500 字。而一般來說，我們見到的更多還是二、三千字、三、四千字的散文。

散文的字數少，容量就有限，格局也比較窄小。它常常是寫一個人，記一件事，描一處景，抒一種情。這樣的散文寫到最後，可能就變成了蘇州園林，雖然精緻、典雅，也能讓人感到美不勝收，但它既束縛了作家的手腳，寫出來也會讓人覺得天地狹小，散文因此失去了闊大雄渾的大格局，汪洋恣

肆的大意象，上天入地的大境界。

在這樣一個背景之上再來看看《我與地壇》，我們就會覺得它與以往的散文很不一樣。首先它的字數多。據我的精確統計，《我與地壇》全文13100多字，相當於以前五、六篇散文的總和。字數多不一定就是好散文，但要想在一篇散文中寫進更多的內容，我覺得必須有字數和長度作為保證。我記得莫言有篇文章叫做《捍衛長篇小說的尊嚴》，他的基本觀點是長篇小說必須寫得長，有了長度，就有了規模，就像故宮、金字塔和萬里長城一樣。我覺得散文要想有規模，也必須有一個比較充分的長度。有了長度，就有了敘述的密度，有了情感的厚度，有了寫作的難度。這樣，它就會給一個散文作家提出更高的要求。

現在我們就來看看《我與地壇》放進了怎樣的內容。

這篇一萬三千多字的散文共分為七小節。第一小節寫的是作者如何與地壇相遇。這裡有對地壇景物的描寫，有作者對生與死的思考。第二小節寫母親，寫母親當年在那個那麼大的園子裏對自己的尋找，但母親活到49歲的年齡就匆匆離他而去了。第三小節寫時間，寫四季。作者反覆用不同的東西作比，其目的是要把四季具體化、形象化。第四小節寫人，寫十五年間作者在園子裏遇到過的、也給作者留下很深印象的人。作者寫到了一對定時來地壇散步的中年夫婦在十五年中變成了老人，還寫到了一個熱愛唱歌的小夥子，一個喜歡喝酒的老頭，一個捕鳥的漢子，一個上下班時間匆匆穿過園子的女工程師，一個成績越跑越好卻越來越不走運的長跑家，他們構成了地壇中一道特殊的風景。第五節還是寫人，在這一小節中，作者聚焦到一個漂亮而弱智的小姑娘那裏。十五年中，小姑娘也長成了少女，但作者親眼目睹了少女被幾個傢夥戲耍，被他的哥哥無言地領回家的情景，由此引發了作者對殘疾和健全的思考。第六節全部寫的是自己的思考：為什麼要活著？活著的目的是什麼？為什麼寫作，寫作的價值是什麼？為什麼自己被寫作綁架，變成了一個人質？第七小節究竟要寫什麼，似乎很難概括。我們只是看到，作者在開頭段留下一個小小的謎，說有些事沒寫是因為它們只適合收藏。然後他說他一個人跑出來像一個玩得太久的孩子，他玩累了但還沒玩夠，但他又知道那個喊他回去的聲音必定會有一天出現在他的耳邊。作者就以這樣一種象徵的方式，象徵性地解決了前面六小節所敘所描，所思所感所形成的問題，筆調也從第六小節的緊張趨於從容、平和。全文到此結束了。

由此看來，作者寫進《我與地壇》中的內容是非常豐富的。這種內容的豐富性，寫法的複雜性讓我們簡直無法對它進行歸類。它寫景狀物了，但它不是碧野《天山景物記》似的描寫景物的散文；它寫人記事了，但它不是孫犁《母親的記憶》之類的記敘散文；它抒發感情了，但它不是茅盾《白楊禮讚》那樣的抒情散文，它思考了也議論了，但它不是錢鍾書《寫在人生邊上》那個集子裏的議論散文。但我們又可以說它同時是寫景文，記敘文，抒情文，議論文，因爲它打破了散文分類中那種比較單一的格局，讓景和情、人和事、情和理、詩與思相互交叉，相互滲透，你中有我，我中有你。而它們之間經過相互的碰撞與融合之後，又產生出一種全新的東西。這種東西我們可以用一個「大」字來概括：大格局，大氣象，大思考，大境界。所以，《我與地壇》可以稱之爲「大散文」。

「大散文」這個概念是賈平凹在 1992 年的《美文》創刊號上提出來的。他所謂的「大散文」是「大而化之」，「大可隨便」，我這裡表達的並不是賈平凹所說的那個意思。我這裡所謂的「大」是相對「小」而言的。如果說以往的許多散文題材上多是家長里短，寫法上多是小橋流水，風格上多是曉風殘月，那麼大散文讓我們看到了對存在意義等等終極問題的追問，看到了大江東去又柔情似水、大絃嘈嘈小絃切切似的表達，而在風格上，大散文更接近於司空圖《二十四詩品》中對「雄渾」的描述：「大用外腓，眞體內充，反虛入渾，積健爲雄。……」而由於《我與地壇》寫於八十年代末，發表於九十年代初，我們可以說《我與地壇》是得「大散文」風氣之先的作品，它引領了散文寫作的一代新風。

不過話說回來，雖然史鐵生的散文得風氣之先，但九十年代的散文界還沒有充分意識到這種散文「文體革命」的意義。比如，以研究散文著稱的劉錫慶先生就認爲，包括《我與地壇》在內的史鐵生的散文，篇幅都太長了。他甚至說「有什麼必要寫得那麼長呢？」〔註 11〕我覺得這可能還是用老眼光看新問題，其背後是散文寫作觀念的衝突。

## 四、《我與地壇》的結構

接下來我想跟大家談談《我與地壇》的結構。

〔註11〕 劉錫慶主編：《新中國文學史略》，北京：北京師範大學出版社 1996 年版，第 260～261 頁。

　　結構就是一篇文章的謀篇佈局。簡單地說，就是一篇文章先寫什麼，後寫什麼，以什麼東西為線索來寫。結構對於一篇文章，尤其是對於一篇大文章很重要。明末清初的戲曲家李漁說過：「至於結構二字，則在引商刻羽之先，拈韻抽毫之始，如造物之賦形，當其精血初凝，胞胎未就，先為制定全形，使點血而具五官百骸之勢。倘先無成局，而由頂及踵，逐段滋生，則人之一身，當有無數斷續之痕，而血氣為之中阻矣。工師之建宅亦然，基址初平，間架未立，先籌何處建廳，何方開戶，棟需何木，梁用何材，必俟成局了然，始可揮斤運斧。倘造成一架，而後再籌一架，則便於前者不便於後，勢必改而就之，未成先毀，猶之築捨道旁，兼數宅之匠資，不足供一廳一堂之用矣。」（《閒情偶寄》）李漁在這兒打了兩個比方來說明文章的結構要有整體觀。一個生命在母體中的孕育，不是由從頭到腳，從胳膊到腿一段段形成的，而是一下子就有了整個模樣。建築師造房子也是心中有了整體的設計，材料都準備齊全了，才可以動工修建。李漁告訴人們，寫文章就像孕育生命和造房子一樣，只有成局了然於心，方能一揮而就。

　　史鐵生沒有寫過《〈我與地壇〉創作談》之類的文章，所以他是如何來構思這篇作品的，我們並不清楚。我也見到過這麼一種說法：「在這麼長的篇幅裏要容納這麼多的內容，結構顯然是一個關鍵，但偏偏在這一點上，史鐵生顯示出大將風度，寫得相當自由灑脫，他似乎無心於章法，率性而為，全文分章而列，各章之間難得見到起承轉合的過渡，好多章節開端接續顯得似無關聯，個別章節似乎是通過嵌入而組合進去的，但是整篇作品讀過去又讓我們感到生氣灌注。」〔註 12〕這種說法我既同意也不同意。我也覺得《我與地壇》表面上看好像是沒有章法，這當然是結構文章的一個很高的境界。但我又覺得這種「無法」的結構是通過「有法」而體現出來的。也就是說，史鐵生在寫作這篇散文之前，很可能仔細琢磨過它的謀篇佈局，但體現到作品裏，卻達到了「羚羊掛角，無跡可求」的地步。

　　那麼，《我與地壇》究竟採用了怎樣的結構？散文界對於中國現、當代的散文結構藝術有這麼一種概括，認為大體上可分為三種：理念結構、意念結構和感覺結構。「所謂理念結構，是指其構思活動自覺地受理性的控制。它講究立意，重視法度，行文縝密有致。」這是散文最常見也很傳統的一種結構。

〔註12〕汪政、曉華：《生存的感悟──史鐵生〈我與地壇〉讀解》，《名作欣賞》1993
　　　　年第 1 期。

所謂意念結構，「乃是以『意』或『情』或『思』作爲散文的『內控線』。表面看來，似流水行雲，無跡可求；實則蜿蜒曲折，自有『伏線』。無疑，這種結構，比之『理念結構』來，更加靈活、自然。」〔註13〕我個人認爲，《我與地壇》是意念結構與理念結構兼而有之。史鐵生說過：「在白晝智謀已定的種種規則籠罩不到的地方，若仍漂泊著一些無家可歸的思緒，那大半就是散文了。」〔註14〕這是他對散文的理解。那麼我們是不是可以說，《我與地壇》中有一種悠長的思緒，而隨著這種思緒，整個的章節開始流動起來了？我覺得可以這樣理解。這樣的話，它就有了一種意念結構；另一方面，《我與地壇》雖然涉及的東西很多，難道它沒有一個核心的理念嗎？肯定有。這個核心的理念是什麼？我覺得應該是對生命的感悟、沉思和重新發現。我們經常說寫文章要立意，這大概就是作者要立的意。如果我們承認《我與地壇》中有這樣一種立意的意圖，那麼它也就有了一種理念結構。

所以，《我與地壇》應該是這兩種結構的互滲與交融。有時候，它偏重於意念結構，有時候它又偏重於理念結構。

以上我說的是《我與地壇》總體上的結構模式。如果要一步步去分析它的結構呈現，我更願意借用交響樂的結構形式去談論《我與地壇》。當然，這裡只能算是大體借用，我們並不能嚴格套用交響樂每一樂章的固定曲式與《我與地壇》一一對應。

大家知道，交響樂分爲四個樂章，《我與地壇》大體上也可以分爲四個樂章。我的分法是這樣的：第一、二小節是第一樂章，第三、四、五小節可看作第二樂章，第六小節是第三樂章，第七小節是第四樂章。

第一樂章是慢板。作者的起筆與開頭兩段並不是那種「起句當如爆竹，驟響易徹」式的開頭，而是很普通，甚至很隨意。但整個的語調是舒緩的，飽含深情的：

> 我在好幾篇小說中都提到過一座廢棄的古園，實際上就是地壇。許多年前旅遊業還沒有開展，園子荒蕪冷落得如同一片野地，很少被人記起。
>
> 地壇離我家很近。或者說我家離地壇很近。總之，只好認爲這

---

〔註13〕佘樹森：《中國現當代散文研究》，北京：北京大學出版社 1993 年版，第 213、224 頁。

〔註14〕史鐵生：《病隙碎筆二》，見《活著的事》，第 7 頁。

是緣份。地壇在我出生前四百多年就座落在那兒了，而自從我的祖母年輕時帶著我父親來到北京，就一直住在離它不遠的地方——五十多年間搬過幾次家，可搬來搬去總是在它周圍，而且是越搬離它越近了。我常覺得這中間有著宿命的味道：彷彿這古園就是為了等我，而歷盡滄桑在那兒等待了四百多年。

它等待我出生，然後又等待我活到最狂妄的年齡上忽地殘廢了雙腿。……（第 208 頁）

寫文章和做音樂的道理大概是一樣的，即一開始要為這曲音樂或這篇文章定一個調子。《我與地壇》就以這樣一種基調開始了它的講述。這是一種緬懷的基調，像是大提琴的演奏。開篇頭兩段很平實，很舒緩，也很深沉，但是第二段的開頭句卻如平地驚雷，作者在貌似平靜的敘述中披露了一個無法讓人平靜的事實。接下去，作者開始描繪地壇那種衰敗、荒涼的風景，語調又趨於半緩。

第二小節的語調依然是舒緩的，但因為這一節主要是寫母親，寫母親在園子裏對自己的尋找，寫自己快要碰撞開一條路的時候母親卻撒手人寰，所以舒緩的語調中又有了一種悲音，有了一種如泣如訴的味道，像蒙古長調，又像是馬頭琴的演奏。而許多讀者讀到這一小節時無不落淚動容，就是因為被作者敘述的悲音所打動了。強化這種悲音效果的一是細節描寫，一是漸強的樂音。比如這裏有兩個細節值得注意：有一次史鐵生搖車出門又返回來，發現母親依然站在原地，還是送他走的那種姿勢。作者再次出門時母親對他說：「出去活動活動，去地壇看看書，我說這挺好。」緊接著有了作者的感歎：「許多年以後我才漸漸聽出，母親這話實際上是自我安慰，是暗自的禱告，是給我的提示，是懇求與囑咐。」（第 211 頁）另一處細節是母親害怕他出事，就時常到園子裏去找他。但作者坐在矮樹叢中故意不喊他。緊接著作者寫道：「但這絕不是小時候的捉迷藏，這也許是出於長大了的男孩子的倔強或羞澀？但這倔強只留給我痛悔，絲毫也沒有驕傲。」（第 214 頁）散文寫作有所謂的「指點法」，就是在敘述完一件事情之後作者直接站出來表白自己對這件事情的見解和看法。這兩處細節描寫本來就有了一種悲音效果，而緊隨其後的指點又強化了這種悲音的力度。

還有一段文字，樂音漸強的效果非常明顯：

搖著輪椅在園中慢慢走，又是霧罩的清晨，又是驕陽高懸的白

> 畫，我只想著一件事：母親已經不在了。在老柏樹旁停下，在草地
> 上在頹牆邊停下，又是處處蟲鳴的午後，又是鳥兒歸巢的傍晚，我
> 心裏只默念著一句話：可是母親已經不在了。把椅背放倒，躺下，
> 似睡非睡挨到日沒，坐起來，心神恍惚，呆呆地直坐到古祭壇上落
> 滿黑暗然後再漸漸浮起月光，心裏才有點明白，母親不能再來這園
> 中找我了。（第 213 頁）

這裡的「母親已經不在了」，「可是母親已經不在了」，「母親不能再來這園中
找我了」是迴環往復、一句比一句強的樂音。它一下一下地強化了作者無以
言傳的痛悔和悲傷。

現在我們來看看整個的第一樂章所呈現的主題。就像交響樂的第一樂章
通常會呈現一正一副兩個主題一樣，《我與地壇》的第一樂章也有兩個主題。
第一主題是作者與地壇的惺惺相惜，相互依戀，以及作者在地壇中的沉思，
而他沉思的內容是什麼呢？是有關生與死的大問題，是哈姆萊特式的「生存
還是毀滅」之類的終極問題。這一問題具有形而上的哲學意味。第二主題不
光寫母愛，它還通過母親引出了除作者「我」之外，其他人物與地壇的關係。
母親是親人，母親與作者本人、與地壇的關係更爲密切。很可能就是因爲這
一原因，作者單獨拿出一節來進行呈現。但也由此引出了下面的陌生人、或
者是熟悉的陌生人與地壇的關係。而這兩個主題在第一樂章出現之後，後面
的樂章便有了繼續呈現、展開和深化的必要。比如生死問題在後面有了更充
分的討論，由母愛又延伸到那對中年夫妻的恩愛，作者與那個長跑家的友愛，
還有唱歌的小夥子、飲酒的老頭對生活的熱愛，那位兄長對弱智妹妹的關愛，
等等。

第二樂章我們可以看作行板，或者看作如歌的行板。但是在行板之前，
作者插入了一段小步舞曲，這就是第三小節內容。

第三小節的寫法很特殊，作者在寫完母親之後沒有緊跟著去寫他在園子
裏見到的那些熟悉的陌生人，而是用一連串的比方來寫一個抽象的東西：春
夏秋冬四季。「如果以一天中的時間來對應四季，當然春天是早晨，夏天是中
午，秋天是黃昏，冬天是夜晚。如果以樂器來對應四季，我想春天應該是小
號，夏天是定音鼓，秋天是大提琴，冬天是圓號和長笛。要是以這園子裏的
聲響來對應四季呢？那麼，春天是祭壇上空漂浮著的鴿子的哨音，夏天是冗
長的蟬歌和楊樹葉子嘩啦啦地對蟬歌的取笑，秋天是古殿簷頭的風鈴響，冬

天是啄木鳥隨意而空曠的啄木聲。……」（第 215 頁）作者就這樣用一大段文字，用基本相同的句式，用具象的、可感可觸的東西去比喻抽象的、看不見摸不著的時間。作者用一天中的時間、樂器、園子中的聲響、園子中的景物、心緒、藝術形式、夢去對應四季，感覺四季，描摹四季，四季便有了色彩和聲音，也充滿了靈性。而這一大段文字寫完之後，作者又用極短的兩段文字結束了這一小節內容。

那麼，從結構上看，這短短的一小節內容有什麼功能呢？

我說這一小節內容可看作小步舞曲，是因為寫母親那節內容語調舒緩，又寫得很沉重，而這一節內容敘述的節奏變了，它雖然還談不上歡快，但確實是快起來了。彷彿是作者在敘述完母親的故事之後也覺得沉重，他要停一停，歇一歇，為了找到接下去敘述的調子，他即興演奏了一段音樂小品，既調整自己的心情和敘述節奏，也讓讀者或者聽眾從沉重中走出。經過這樣一番調整之後，作者果然過渡到一個相對更冷靜、更理性也更從容的敘述。

當然，從文章的做法上看，我們也可把這一節內容看作閒筆，此前此後都是實寫，而到了這裡作者突然虛寫起來了，但又虛得恰到好處。這樣，我們就可以把這一節文字看作是第一樂章向第二樂章過渡的中轉系統。

談到這裡我想插一句：有兩三種高中語文課本也選用了《我與地壇》，但它們只是節選了前兩節內容。這樣一來，我們就無法看到史鐵生謀篇佈局的用心了。我在網上見過許多中學語文老師的教案，講授這篇課文的心得體會也發表出來不少，但他們在談論《我與地壇》時只能去談語言，或者去談珍愛生命、歌頌母愛、關心殘疾人等等（實際上這也只是殘缺不全、甚至變形走樣的思想內容），唯獨不見談論文章結構的教學設計。為什麼會出現這種情況？因為只選出兩節內容，他們沒法談結構。所以我是反對以節選的方式選用這篇課文的。

回到第二樂章中。有了這段小步舞曲之後，作者開始了如歌的行板。總體上看，四、五節內容都是寫作者在園子裏遇到的人，但這兩節內容又有分工。第四節內容寫了好幾個人，就像電影那樣切換了好幾個鏡頭，有了一種蒙太奇效果，第五節內容則著重寫了一對兄妹，重點寫的是那個弱智的小姑娘。這就好比電影中用了一個長鏡頭。這兩節內容寫眾生相，給人的感覺是寫得開闊舒展，收放自如。它是第一樂章兩個主題的進一步展開，也是第三節內容時間問題的進一步落實。因為有了十五年的時間因素，園子裏那些人

的生命過程在這個有限的空間裏獲得了呈現，比如那對定時來散步的中年夫婦散著散著就散成了一對老人，那位長跑家跑著跑著就跑不快了，那位小姑娘，作者第一次看到她時大概只有三歲，她是在園子裏撿「燈籠」，作者再一次看見她時，她已長成了一個少女，卻還是在那兒撿「燈籠」。我們看到，加入了時間因素後，生命的過程既變得非常短暫，也顯得十分蒼涼。而更值得注意的是視角的變化：如果說第一樂章主要是在「我」看自己（包括看母親也可看作是看自己的延伸），這是收心內視，那麼，這一樂章是「我」看他者，這樣，他人就成了作者審視的對象。而實際上，「我」看他者的過程也是進一步反觀自己、思考和確認自我生命價值的過程。因為加入了他人的維度，作者再回到自己的思考中時肯定就會多一個角度。

　　現在我們進入第三樂章第六小節，這一節我把它看成快板，也把它看成複調音樂。因為它的寫法變了，敘述節奏也變了。而且兩個聲部或旋律同時展開，就像昆德拉談複調音樂時說的那樣，「雖然完美地結合在一起，卻仍保持各自的獨立性」。〔註 15〕整個小節的內容圍繞著三個問題展開：要不要去死？為什麼活？為什麼要寫作？這三個問題其實在第一樂章中已呼之欲出。而第二樂章表面上是暫時懸置這些問題，實際上他是帶著這些問題展開他的描述的。而到第三樂章中，作者終於鄭重其事地直面這些問題了，然後自己與自己展開了緊張的對話。從寫法上看，這節內容出現了第二人稱「你」或「您」和第一人稱的交叉使用。這裡的「我」和「你」當然都是作者本人，作者把自己一分為二，分裂成兩個我：一個是感性的我，一個是理性的我；一個是執迷不悟的我，一個是拉開距離打量這個執迷不悟者的我；一個是變成人質的我，一個是試圖解救人質的我。或者借用弗洛伊德的話，我們可以說作者在這一部分呈現了「自我」和「本我」的兩種狀態。這兩個我在這三個問題上不停地對話、爭論甚至辯論，不停地提出一種可能性，然後又否定掉這種可能性。所以這場對話顯得緊張、嚴肅、糾結、矛盾，敘述的語調也變得急迫起來，顯得密不透風。我們可以想想，如果這段心靈獨白只用普通的第一人稱來敘述，固然也沒什麼問題，但這樣一來，它的敘述效果就會打一些折扣。而採用了這種敘述方式，「不僅僅避免了語感的單調，更使得自我質疑、自我審視的意味大大加強」，「他內心的矛盾衝突就表現得更鮮明、更

〔註15〕〔捷〕米蘭・昆德拉：《小說的藝術》，董強譯，上海：上海譯文出版社 2004年版，第 92 頁。

充分、更具立體感，他的那種心路歷程就更爲感人」。〔註16〕

　　經過這一番緊張的對話和爭辯之後，《我與地壇》進入到了第四樂章第七小節：終曲。這一樂章回到了慢板。通過前面三個樂章的呈現，作者彷彿是解決了一直困惑著他的問題，也彷彿是大徹大悟，所以這一節好像是經過一場風暴之後，水面趨於平靜，作者的敘述也重新回到舒緩和從容之中。從語調上看，它彷彿是照應了第一小節，但實際上並不相同。用禪宗大師提出的參禪三境界來說：前面是參禪之初，所以看山就是山，看水就是水，而中間經過「有悟」的看山不是山，看水不是水的過程後，最終進入到「徹悟」的看山還是山，看水還是水的境界，但這個境界已經不是原來的那個境界了。所以這一小節傳達出來的是一種安祥、靜謐的氛圍，一種回歸平靜和平常心的思緒，一種莊子所謂的「天地與我並生，而萬物與我爲一」的境界。散文到此也結束了。

## 五、《我與地壇》的語言

　　分析完《我與地壇》的結構之後，接下來我想談談它的語言。

　　同樣寫散文也寫得很好的已故作家汪曾祺有一個說法：「寫小說就是寫語言。」〔註17〕套用汪曾祺的這句話，我覺得寫散文也是寫語言，或者更是寫語言。如果一個作家的語言不好，即便你有多麼好的思想感情，表現出來也失去了味道。

　　那麼，《我與地壇》的語言好不好呢？我覺得好。我曾經誦讀過這篇散文許多遍，所以我衡量語言好不好的標準之一是看它能不能上口，入口之後口感怎樣。談到這裡我想先介紹一個我對文學語言的基本觀點，然後我們再來談談我對《我與地壇》的口感。

　　自從五四時期興白話廢文言之後，我們的作家就採用了現代漢語進行寫作。但是作家在使用現代漢語寫作時又處在不斷改進的過程中。比如，白話文剛興起的時候，現代作家的漢語寫作就形成了一種書面語傳統。這種語言好不好？好，但有時候又會覺得文縐縐的，甚至有了一種「翻譯腔」，比如朱自清的散文《槳聲燈影裏的秦淮河》就是這樣。所以這種語言還不是一種純

〔註16〕王彬彬：《〈我與地壇〉的小說嫌疑》，《小說評論》2003年第4期。
〔註17〕汪曾祺：《中國文學的語言問題》，見《汪曾祺全集》（四），北京：北京師範
　　　　大學出版社1998年版，第217頁。

熟的現代漢語。從四十年代開始，趙樹理用他自己的文學實踐提倡一種語言觀，這種語言觀可概括為一句話：使用來自民間的口語進行寫作。不過，這種語言雖然可以像評書那樣「說」出來，很容易上口，但也有問題。主要問題是它完全廢棄了書面語傳統，也丟失了文學語言所應該具有的詩情畫意。到了八十年代，汪曾祺提出並且也用他自己的寫作實踐倡導一種新的語言觀，這種語言觀是既要重視民間、口頭文化傳統，又要重視古典文化的書面語傳統，兩者兼顧。他認為當代散文是寫給當代人看的，口語可以用起來，但用得太多，就有了市井氣，顯得油嘴滑舌，成了北京人所說的「貧」。所以他覺得語言「最好是俗不傷雅，既不掉書袋，也有文化氣息。」〔註18〕

現在我們可以來確認《我與地壇》的語言了。史鐵生雖然是北京人，但他使用的文學語言既不是王朔那種整個口語化的語言，也不是王蒙那種汪洋恣肆有時又會覺得比較浮誇的語言。他不像張承志，張承志的散文語言通常調子很高，充滿激情；不像韓少功，韓少功的隨筆語言通常理性色彩更濃，充滿智慧；不像汪曾祺，汪氏散文既有口語又有書面語，有時甚至會出現文言句式，有一種士大夫氣。《我與地壇》的語言是低調的，質樸的，內斂的，情理交融的，但同時又非常典雅、醇厚。這種語言以書面語為主，偶而會使用到一點口語化的句子，但整個語言的氣場是建立在書面語的文化傳統之上的。這種語言入口之後既有味道和嚼頭，但又不是嚼不爛。我覺得它代表了漢語寫作的一種方向，這種方向大概就是汪曾祺所說的「俗不傷雅，既不掉書袋，也有文化氣息。」

當然，為了讓《我與地壇》的語言具有這種效果，史鐵生也動用了多種手法。我舉幾個例子。

例一：「它等待我出生，然後又等待我活到最狂妄的年齡上忽地殘廢了雙腿。四百多年裏，它一面剝蝕了古殿簷頭浮誇的琉璃，淡褪了門壁上炫耀的朱紅，坍圮了一段段高牆又散落了玉砌雕欄，祭壇四周的老柏樹愈見蒼幽，到處的野草荒藤也都茂盛得自在坦蕩。這時候想必我是該來了。」（第208頁）

這個幾個句子常常被拿在高中語文課堂上進行分析，下面我談談自己的

---

〔註18〕 汪曾祺：《談散文》，見《汪曾祺全集》（六），北京：北京師範大學出版社1998年版，第334頁。亦參見拙作：《口頭文化與書面文化：從對立到融合——由趙樹理、汪曾祺的語言觀看現代文學語言的建構》，《山西大學學報》2006年第2期。

理解。我們要是來表述這幾句話的意思，一般情況是這樣的：「四百多年裏，古殿簷頭浮誇的琉璃剝蝕了，門壁上炫耀的朱紅淡褪了，一段段高牆坍圮了，玉砌雕欄又散落了。」這樣來表述，一方面都是「了」字結尾，五個句子排列到一塊，雖然很整齊，卻像打油詩，每一句的結尾處沒有力度。另一方面，語言也沒有了音樂效果。語言要想寫出美感，有時候需要寫得整齊，有時候卻需要讓它錯落有致，這時候語言的節奏和旋律就出現了。作者把「剝蝕了」、「淡褪了」、「坍圮了」、「散落了」這些謂語動詞提前，既強化了一種動作，也讓每一句的結尾處有了變化，有了力度。而且，再仔細分析，我們又會發現這幾個句子與「我活到最狂妄的年齡上忽地殘廢了雙腿」的句子結構是一致的。這裡作者沒有表述為「我的雙腿忽地殘廢了」，而是說「我忽地殘廢了雙腿」，而緊接著寫它剝蝕了什麼淡褪了什麼，句型上就構成了一種呼應關係。同時也讓殘缺不全的我和殘敗不堪的地壇形成了一種呼應關係。而前面所謂的「宿命」，作者見到地壇後的「惺惺相惜」通過這種表達也就有了著落。

我們可以把這種語言看作是一種使用了「陌生化手法」的語言。作者像什克洛夫斯基所說的那樣，打破了日常語言表述的常規，讓人猛一看覺得很陌生，很奇特，但仔細一琢磨又很有味道。

例二：「我常以為是醜女造就了美人。我常以為是愚氓舉出了智者。我常以為是懦夫襯照了英雄。我常以為是眾生度化了佛祖。」（第222頁）

這是作者在講完那個弱智少女的故事，又思考了人類的苦難究竟有誰來承擔之後的點睛之筆。前面我們說過，散文會使用到指點法。從語言上看，指點的文字常常高度概括，凝練，飽含哲理又文筆優美，成為了文章中最精粹也最精美的句子。這幾個句子就是使用了指點法的文字。它們句式相同，但從內容上看又呈現出一種遞進關係，一句比一句寫得有力度。

例三：「十五年中，這古園的形體被不能理解它的人肆意雕琢，幸好有些東西是任誰也不能改變它的。譬如祭壇石門中的落日，寂靜的光輝平鋪的一刻，地上的每一個坎坷都被映照得燦爛；譬如在園中最為落寞的時間，一群雨燕便出來高歌，把天地都叫喊得蒼涼；譬如冬天雪地上孩子的腳印，總讓人猜想他們是誰，曾在哪兒做過些什麼、然後又都到哪兒去了；譬如那些蒼黑的古柏，你憂鬱的時候它們鎮靜地站在那兒，你欣喜的時候它們依然鎮靜地站在那兒，它們沒日沒夜地站在那兒從你沒有出生一直站到這個世界上又沒了你的時候；譬如暴雨驟臨園中，激起一陣陣灼烈而清純的草木和泥土的

氣味，讓人想起無數個夏天的事件；譬如秋風忽至，再有一場早霜，落葉或飄搖歌舞或坦然安臥，滿園中播散著熨帖而微苦的味道。」（第210頁）

這段文字用六個「譬如」來寫地壇的景色，表面上看這是排比句，但我們知道排比句主要是為了增加文章的氣勢。這裡需要增加文章的氣勢嗎？好像不需要。所以我的理解，作者在這裡使用的是減法。如果使用加法去詳細描寫地壇的景色，大概得一節的內容，而這裡作者只是擇其要者，用幾筆就讓人對地壇有了一個整體印象。所以這裡既是採用減法又是採用寫意法，文筆非常節省，也顯得輕盈。

這樣的例子還有很多，我們就不再一一列舉了。

## 六、《我與地壇》的立意

我們的古人很注重文章的立意，所以有「意猶帥也」、「意高文勝」的說法。《我與地壇》寫入的東西很多，按我的看法，它正好把史鐵生四本書的書名——《以前的事》，《寫作的事》，《活著的事》，《靈魂的事》寫了進去。這麼多的內容，它存在一個立意問題嗎？我覺得是存在的。如果用一句話來概括這篇散文的意，它寫的應該是對生命的感悟、沉思和重新發現。

前面我們已經說過，史鐵生是帶著「生存還是毀滅」這個哈姆萊特式的難題走進地壇的。這其實是一個哲學難題。因為法國作家加繆曾經說過：「真正嚴肅的哲學問題只有一個，那就是自殺。判斷人生值不值得活，等於回答哲學的根本問題。」〔註19〕這篇散文通篇都在思考這個問題，也試圖回答這個問題。而這個問題的思考與回答又花去了他15年的時間。所以我們可以把《我與地壇》所寫出的一切看作是作者對生命的價值和意義感悟的過程，沉思的過程。把這個過程寫出來有兩種寫法，一是完全思辨式的論說文，像加繆那樣，二是情與景、詩與思交融的散文。如果是第一種寫法，它就會直逼本文的主題：首先提出這個問題，然後經過分析、論證的過程，最後解決問題。但史鐵生採用的是第二種寫法，所以他去寫地壇，寫母親，寫與地壇交往的其他人。這些都可以看作往事。而他的立意就或隱或顯地貫穿在他對往事的回憶中。

我們先來看看地壇在這篇散文中的功能。這篇散文的題目是《我與地

〔註19〕 〔法〕阿爾貝·加繆：《西西弗神話》，沈志明譯，見《加繆全集》（散文卷I），石家莊：河北教育出版社2002年版，第69頁。

壇》，那麼地壇應該是全文的關鍵詞之一，地壇對於作者和這篇散文來說意味著什麼呢？首先，這是能讓作者的心靜下來的去處。作者在 2002 年還寫了篇《想念地壇》的散文，說「想念地壇，主要是想念它的安靜」。「一進園門，心便安穩。有一條界線似的，邁過它，只要一邁過它便有清純之氣撲來，悠遠、渾厚。於是時間也似放慢了速度，就好比電影中的慢鏡，人便不那麼慌張了，可以放下心來把你的每一個動作都看看清楚，每一絲風飛葉動，每一縷憤懣和妄想，盼念和惶茫，總之把你所有的心緒都看看明白。」〔註20〕我覺得這段文字可看作是對《我與地壇》的進一步說明。這裡解釋了為什麼作者 15 年前無意走進那個園子就再沒有長久地離開過它。

其次，一般來說，我們要抒情時需要選擇一個適當的景物，這樣，情才有所寄託，有所附麗，否則情便顯得直露。所以艾略特曾經論述過「客觀對應物」的重要性，格式塔心理學也講過「異質同構」的道理。這樣來看，地壇就成了觸景生情、借景抒情、因景而思的最佳選擇。因為地壇的荒蕪衰敗是一個物理世界，作者殘缺不全的身體是一個生理世界，作者那種荒涼的心境，那種沒著沒落、無依無靠的感覺是一種心理世界，這三種世界構成了「異質同構」的關係。

因此我們可以說，地壇既是適合作者沉思生命的去處，也是能讓作者充分展開沉思的巨大平臺。

然後我們再來看看作者寫到的那些人，他們對於作者沉思生命具有怎樣的作用。作者寫自己的親人母親，寫了她的尋找，也寫了她的生與死；寫那些熟悉的陌生人，無論是一高一矮的中年夫婦，唱歌的小夥子，飲酒的老人，運氣總是不好的長跑家，還是那位素樸而優雅的女工程師以及那位弱智的遭人戲耍的少女，作者其實寫出的是這些人的生命過程和存在過程。這些人雖然大多與作者沒有關係，而只是這座古園中的一道道風景，但他們一旦進入作者的視野中，就會成為作者沉思生命的一些維度。所以，我們能否把這些人看作是作者沉思生命的動力和元素呢？我覺得可以。因為有了這些人的生與死，作者在反觀自己的生與死時也就有了許多參照物，他的沉思也會變得豐富起來。

接下來我們再來看一個關鍵詞：寫作。我也讀過一些解讀《我與地壇》的文章，發現這些文章大都忽略了《我與地壇》中寫作的問題，所以我覺得

---

〔註20〕史鐵生：《想念地壇》，見《記憶與印象》，第 148～149 頁。

有必要專門把這個問題提出來。

在第二小節作者寫母親時，作者曾借朋友之口，思考過寫作的動機問題，然後他寫到為什麼母親沒有活著看到他寫作的成功，接著又反思：「我用紙筆在報刊上碰撞開的一條路，並不就是母親盼望我找到的那條路。」（第214頁）這是作者在這篇散文中第一次提出困擾著他的寫作問題。到第六小節作者又把「我幹嗎寫作」糅到「要不要去死」和「為什麼活」中接著思考，而思考的結果是：「活著不是為了寫作，而寫作是為了活著。」「只是因為我活著，我才不得不寫作。或者說只是因為你還想活下去，你才不得不寫作。」（第223～225頁）

這些話是什麼意思呢？其實在《我與地壇》中並沒有說得那麼明白，但結合史鐵生相關的文章，我們可以去破解這些說法的含義。當史鐵生選擇了活而不是死時，他需要為這種活著尋找一種意義，而寫作正是尋找這種意義的一種方式。因為寫作讓人回到了生命的起點，而一旦回到生命起點，就會遭遇到許多問題。史鐵生非常欣賞法國哲學家羅蘭・巴特一本書的題目：《寫作的零度》，並為這個句子重新賦予如下意思：「寫作的零度即生命的起點，寫作由之出發的地方即生命之固有的疑難，寫作之終於的尋求，即靈魂最初的眺望。……比如說羅伯—格里葉的『去年在馬里昂巴』，比如說貝克特的『等待戈多』，那便是回歸了『零度』，重新過問生命的意義。……一個生命的誕生，便是一次對意義的要求。」〔註21〕由此看來，史鐵生在寫《我與地壇》時很可能已意識到，寫作是拯救他自己的最好方式，因為每一次寫作都意味著要回到生命的起點，去思考人生與世界的疑難與困惑。因為這種思考，生命不再顯得荒涼了。

回到《我與地壇》。我們前面說過，經過一番緊張的思考和心靈的交戰之後，第七小節語調變得舒緩了，作者彷彿進入到大徹大悟的境界。換一個角度來看這個問題，其實這正是作者對生命有了新的感悟和新的發現。那麼作者發現了什麼呢？《我與地壇》並沒有交待，但寫於同一時期的《好運設計》把這個謎底交待出來了。這篇文章史鐵生思考了一個問題：當人陷入絕境後怎麼辦？如何才能從絕境中走出來？作者給出的答案是不去關心目的，而是去享受過程。他說：「生命的意義就在於你能創造這過程的美好與精彩，生命的價值就在於你能夠鎮靜而又激動地欣賞這過程的美麗與悲壯。但是，除非

〔註21〕同上書，第150頁。

你看到了目的的虛無你才能夠進入這審美的境地，除非你看到了目的的絕望你才能找到這審美的救助。」〔註22〕有人可能會說，「美在過程」不是一個老生常談的話題嗎？這也能算作發現？但是我們可以想想，雖然我們也說美在過程，但我們會捨得放棄那個目標嗎？我們能把目標變成一種虛無嗎？很可能在許多時候，我們或者是直奔目的而去，或者是既要過程也要目的。這時候，史鐵生從他陷入絕境的經歷而形成的這種發現就有了一種特殊的意義。

我覺得，這個發現其實也是他在《我與地壇》中對生命意義的重新發現。

## 七、《我與地壇》何以具有震撼人心的力量

最後一個內容，我想談談為什麼有那麼多人喜愛史鐵生的《我與地壇》。

《我與地壇》面世後，在 20 年的時間裏得到了廣泛的傳播，我見到的一個散文選本（老愚選編：《群山之上：新潮散文選萃》）在 1992 年就把《我與地壇》選了進去。其後，選入《我與地壇》的選本不斷。大約從 1999 年左右開始，人教版的高中語文選用了《我與地壇》的前兩節內容作為課文，隨後又有蘇教版和北師大版的高中語文把它用作課文。從 1996 年開始，《我與地壇》在大學的中國當代文學史教材中（如劉錫慶主編的《新中國文學史略》）就被提及，後來陳思和的《中國當代文學史教程》（1999）更是專門用一節內容來分析《我與地壇》。這種情況，說明許多選家、教材編寫專家、文學史家都意識到了這篇作品的重要性。而他們的選用和推薦，也讓更多人知道和閱讀了這篇作品，尤其是大學生和中學生，他們對這篇作品可能更為熟悉，也更為喜愛。

那麼，為什麼許多人都會喜愛這篇作品呢？有人可能會說，《我與地壇》具有震撼人心的力量。那麼繼續追問：為什麼它能夠震撼人心？大家可能會說，它發掘了生命的價值與意義，歌頌了母愛，告訴人們要自強不息，甚至具有勵志色彩，等等。這些說法都有一些道理，但我覺得還沒有抓住問題的實質。

問題的實質是什麼呢？我覺得《我與地壇》走進了中國文學長期以來所形成的一個優良傳統之中，這個傳統就是「發憤著書」的傳統。最早提出這個說法的是司馬遷。大家知道，司馬遷因為「李陵事件」被漢武帝處以宮刑，

〔註22〕史鐵生：《好運設計》，見《以前的事》，北京：東方出版社中心 2006 年版，第 53 頁。

後來他帶著奇恥大辱，帶著常人難以忍受的痛苦，開始了《史記》的寫作，並最終完成了這部「史家之絕唱，無韻之《離騷》」的作品。他在《報任安書》中，解釋了他寫作的原因：「蓋西伯拘，而演《周易》；仲尼厄，而作《春秋》；屈原放逐，乃賦《離騷》；左丘失明，厥有《國語》；孫子臏腳，《兵法》修列；不韋遷蜀，世傳《呂覽》；韓非囚秦，《說難》《孤憤》；《詩》三百篇，大氐聖賢發憤之所爲作也。此人皆意有所鬱結，不得通其道，故述往事、思來者。」這裡他是在說別人，其實也是在說自己。從此開始，「發憤著書」開啟了一個文學傳統。其後，唐代的韓愈說：「夫和平之音淡薄，而愁思之聲要妙，歡娛之辭難工，而窮苦之言易好也。」說的是這個意思。杜甫的「文章憎命達」，歐陽修的「詩窮而後工」，說的也是這個意思。這就意味著，那些好文章、好詩篇，都與「意有鬱結」、「憤」、「窮」有密切關係。或者我們也可以說，作家只有在「窮」的狀態下，才能寫出好作品。

那麼如何理解「窮」呢？「窮」當然可以是「貧窮」，但我們更應該把它理解爲作家一種坎坷、困頓的生活遭際，以及因爲這種遭際而形成的人生痛苦、焦慮、苦悶等等情感體驗。用現代心理學的術語來說，「窮」就是人處在一種缺失狀態，由此而形成了一種缺失性體驗。所謂缺失性體驗，是指主體對各種缺失（精神的和物質的、生理的和心理的等）的體驗。缺失即沒被滿足。〔註23〕心理學家馬斯洛曾經講過人有五種同不層次的需要：生理需要，安全需要，愛與歸屬的需要，被尊重的需要和自我實現的需要。這些需要如果達不到滿足，都可能形成缺失性體驗。而我們每個人在人生的不同階段可能會遭遇不同的問題：比如，可能是生活的不幸，愛的失落，事業的失敗，潛能的不能實現等等，當我們在這種狀況中感到痛不欲生、失魂落魄時，這就意味著我們有了缺失性的情感體驗。

這樣來看史鐵生，他是不是處在一種缺失狀態？20歲時他雙腿殘廢，這是一種自己身體方面的缺失；25歲時他母親去世，這是家庭成員方面的缺失，親情的缺失。除此之外，還有愛情的缺失。史鐵生與陳希米女士是在1989年結婚的，也就是說，只到他三十七、八歲時，史鐵生才擁有了自己的愛情，而在此之前，我們也可以說他的愛情處於缺失狀態。史鐵生在多篇文章中觸及到愛情、愛情與殘疾的話題，可見他對愛情充滿了嚮往。而他的朋友也發

---

〔註23〕參見童慶炳主編：《現代心理美學》，北京：中國社會科學出版社1993年版，第113頁。

現《我與地壇》中深藏著一個愛情故事，〔註 24〕但這卻是一個悲劇性的愛情故事。史鐵生後來在《地壇與往事》中借人物之口森說：「我不能去找她，只能等她來找我，這一點，是貫穿於那個『埋藏著的愛情故事』的基調。」〔註 25〕可以想見，史鐵生處在如此多的缺失狀態中，他就會生發出許多人所不可能生發的缺失性情感體驗。借助這種體驗，他在思考問題時就會有特殊的角度，感受生活時就會有特殊的向度，這樣他才能見人之所未見，發人之所未發，把生命的思考提升到一個特殊的高度。打一個比方，像燒水那樣，普通人可能也會去思考生命，但他們只能燒到五、六十度，頂多到七、八十度，而有了那麼多的缺失性體驗後，史鐵生把這壺水燒開了，他燒到了一百度。

史鐵生說：「殘疾與寫作天生有緣，寫作，多是因為看見了人間的殘缺，殘疾人可謂是『近水樓臺』。」〔註 26〕所以依我的看法，缺失性體驗是因，15 年的醞釀、發酵是果。而這些東西一旦訴諸文字，它便有了靈魂的悸動，心靈的歌哭，能夠直指人心，蕩氣迴腸。我想，這才是《我與地壇》震撼人心的根本所在。

談到這裡，我想起王安憶的一個說法：「我們有時候會背著史鐵生議論，倘若史鐵生不殘疾，會過著什麼樣的生活？也許是『章臺柳，昭陽燕』，也許是『五花馬，千斤裘』，也許是『左牽黃，右擎蒼』……不是說史鐵生本性裏世俗心重，而是，外部生活總是誘惑多，憑什麼，史鐵生就必須比其他人更加自律。現在，命運將史鐵生限定在了輪椅上，剝奪了他的外部生活，他只得往內心走去，用思想作腳，越行越遠。」〔註 27〕王安憶的疑問確實是有道理的。在這個意義上我們可以說，雖然殘疾對於史鐵生是一種大不幸，但也正是殘疾成全了他，讓他成了老黑格爾所說的「這一個」作家。否則，我們便會與《我與地壇》失之交臂。

但是，這樣一位用思想作腳的行走者卻停止了他的行走，讓我們感到痛惜。史鐵生說過：「死是一個必然會降臨的節日。」他也寫過一首題為《節日》

---

〔註 24〕 參見史鐵生：《我們活著的可能性有多少——與復旦大學學生的對談》，《上海文學》2004 年第 7 期。

〔註 25〕 史鐵生：《地壇與往事》，見《妄想電影》，北京：人民文學出版社 2010 年版，第 52 頁。

〔註 26〕 史鐵生：《病隙碎筆二》，見《活著的事》，第 32 頁。

〔註 27〕 王安憶：《精誠石開——關於史鐵生》，http://www.people.com.cn/GB/wenhua/1086/2418493.html.

的詩，現在就讓我們面對他的這首詩，也藉此結束我的全部演講。

> 呵，節日已經來臨
> 請費心把我抬穩
> 躲開哀悼
> 輓聯、黑紗和花藍
> 最後的路程
> 要隨心所願
>
> 呵，節日已經來臨
> 請費心把這囚籠燒淨
> 讓我從火中飛入
> 煙縷、塵埃和無形
> 最後的歸宿
> 是無果之行
>
> 呵，節日已經來臨
> 聽遠處那熱烈的寂靜
> 我已跳出喧囂
> 謠言、謎語和幻影
> 最後的祈禱
> 是愛的重逢〔註28〕

2011 年 2 月 13 日寫成，3 月 4 日改定

（此文是當時爲中央電視臺 10 套節目正在改版的《子午書簡》寫的講稿。筆者應邀講史鐵生的《我與地壇》，後因故未講。刊發於《名作欣賞》2011 年第 8 期上旬刊）

---

〔註28〕史鐵生：《節日》，見《扶輪問路》，北京：人民文學出版社 2010 年版，第 146
　　　～147 頁。

# 苦難如何轉換成藝術
## ——三讀《尋找家園》

　　高爾泰先生的《尋找家園》我讀了三回。第一回讀的是花城版（2004 年），但那裏面只收了「夢裏家山」和「流沙墜簡」兩卷。讀完頗疑惑：為什麼作者寫到 1969 年便戛然而止？後來有朋友告我，花城版不全，臺灣印刻版（2009年）才是足本。於是我從網上找來臺灣版電子書，果然那裏面還有一卷內容：「天蒼地茫」，讀之又是震撼。從那時起，我就盼望著大陸也能出版足本的《尋找家園》。

　　於是，當趙雪芹女士對我說，她所在的出版社決定重出《尋找家園》、她也將擔任此書的責任編輯時，我真有點喜出望外的感覺。編輯過程中，她給我打過幾次電話，其中談到了某篇文章收進來還是拿掉的糾結——收進來的話得做一些手腳，文氣自然不暢；而拿掉的話又覺得對不住高爾泰先生和徐曉女士（此書稿的代理人）。她希望我給她支招，但我又能有什麼辦法呢？我只是覺得，作為出版人，要想既出本好書又能在審查制度中安全過關，在今天委實還是一件困難的事情，那是需要膽量也需要充分智慧的。

　　今年 6 月，我收到了責編送我的增訂版《尋找家園》（北京十月文藝出版社 2011 年 6 月版，以下凡引此書只標頁碼），先看裝幀設計，頗喜歡；翻閱裏面的目錄，發現「天蒼地茫」一卷已收錄於內。又與臺灣版比對，這一卷只是少了《鐵窗百日》和《王元化先生》兩篇。而那篇《代跋：餘生偶記》沒能收進來，據責編說是因為牽涉到民族問題。我想，即便這一版本還有遺憾，但它已是現有條件下大陸最全的版本了。

　　新書到手，我先讓已參加過高考、無所事事的兒子閱讀。兒子讀後說好，

我便意識到，這本書接通「90 後」的心靈世界不成問題。而當我終於也找到了一個讀書的心境之後，我也打開了這本厚重之作，開始了我的第三次閱讀。

二

對於我們這代人來說，高爾泰的名字不但不陌生，而且簡直就是如雷貫耳。我的大學時代正好趕上了「美學熱」，美學書籍便成了我們的重要讀物。李澤厚的《美的歷程》與《美學論集》當然要讀，《朱光潛美學文集》自然也要讀。這些書讀著讀著，忽然就聽說還有一個美學家高爾泰，他的書也很值得一讀。於是在大學的最後一年我買回了他的《論美》，又在研究生階段買到了他的《美是自由的象徵》，開始了新一輪的美學閱讀之旅。

我在一篇文章中已經說過《美的歷程》如何讓我迷戀，我沒有說過的是，李澤厚的書讀多了，就覺得他那些觀點有些保守，比較中庸，甚至「積澱說」裏有一種暮氣。而讀高爾泰的書則是另一番景象：它讓你刺激，興奮，血脈賁張，你會感到一股青春氣息撲面而來。那應該是主觀論美學特有的氣息。而書中的許多觀點和論斷都斬釘截鐵，擲地有聲，同時又具有直指人心的效果。比如，當論述到「藝術是自由的創造」的命題時，高爾泰說：「總之舉凡一切不是以主體的內在感性動力，而是以客體（受其指令或迎合其趣味的他人）的規定性爲依據的『藝術』都不是藝術。」〔註 1〕像這樣的話，我覺得李澤厚就說不出來。

直到讀過《尋找家園》之後，我才意識到，高爾泰的主觀論美學固然是理論，但更是作者生命體驗的一次傾吐。1957 年，他因《論美》一文獲罪，被發配到夾邊溝勞動農場接受勞動教養，從此開始了他長達 21 年的苦難生涯。幸虧他會畫畫，才被抽調出來，沒有餓死在夾邊溝。他畫巨幅領袖像，畫「人民公社的公共食堂，桌上魚肉酥脆流油，饅頭熱氣騰騰，男女老少個個滿面紅光笑口大張」。他明知道這是撒謊，明知道這不是藝術，但求生的本能卻讓他學會了譁眾取寵。與此同時，他也意識到一個嚴重問題：「隨著肉體的復活，我的靈魂已走向死亡。我已經失掉自我，變成了他人手中一件可以隨意使用的工具，變成了物。人的物化，無異死亡。」（第 185 頁）讀到這裡，我一下子明白了爲什麼他會在其理論文章中反覆強調人是目的，不是手段，

---

〔註 1〕 高爾泰：《人道主義與藝術形式》，見《美是自由的象徵》，北京：人民文學出版社 1986 年版，第 243 頁。

要把人當成人來對待，為什麼他會形成「美是自由的象徵」、「藝術是自由的創造」之類的命題，為什麼他對李澤厚有些微詞。1957 年，全國圍剿《論美》之時，李澤厚撰文概括了美學界的四種看法：高爾泰的主觀論，蔡儀的客觀論，朱光潛的主客觀統一論，他自己的客觀性與社會性統一論。李澤厚當然不同意主觀論，但他「沒抓辮子，沒打棍子，沒說主觀就是唯心，唯心就是反動，很特殊」。職是之故，高與李通信，並一直對李保持著好感。但許多年之後，李澤厚卻不但說 50 年代的美學論爭只有三種觀點（高爾泰的觀點不算數），而且還認為「美學領域從未有過政治批判」，言之鑿鑿。高爾泰「讀到『沒有政治批判』和『只有三種觀點』兩句，有一種兩次被傷害的感覺」。（第 361 頁）為什麼高爾泰會有再次受傷害之感？因為他的主觀論美學不光是一種學術觀點，那裏面還浸透著自己的血和淚，悲與痛。抹掉他的觀點，就等於抹掉了他的罹難史，他的全部苦難便沒有了著落。

於是我想到，做學問可能有兩種方式，一種是在圖書館裏吭吭哧哧做出來的，另一種借用朱學勤的說法，應該是「從血肉之軀的切膚之痛中熬出來的」。〔註2〕高爾泰的主觀論美學當然屬於後者。

## 三

高爾泰在其美學論著中曾經論述過憂患意識，我在他的《尋找家園》中讀出來的則是一種苦難意識。

讀高爾泰的散文，我總會想起已故作家史鐵生。史鐵生曾經寫過《我二十一歲那年》，那一年，他「活到最狂妄的年齡上忽地殘廢了雙腿」。〔註3〕高爾泰也是在 21 歲那年，在他活到最狂妄的年齡上忽地跌落深淵，被定為「極右分子」。罹難之初，他還豪情萬丈，「想像自己是車爾尼雪夫斯基去西伯利亞，為真理受苦受難」，（第 119 頁）但惡劣的環境，艱苦的勞動，飢餓的身體，馬上讓他意識到現實的冷峻與殘酷。「粗糙剛硬的現實，打磨掉我一層柔嫩的皮膚，打磨掉我許多纖細精緻的感覺的觸鬚，把我也變成了粗糙和剛硬。我要的已經不是虛幻空靈的詩與美，而是足夠的食物、休息和睡眠。」（第 153 頁）他在夾邊溝農場幸免一死，完全是出於偶然。後來他去敦煌做研究，但

---

〔註2〕 朱學勤：《1998：自由主義學理的言說》，見《書齋裏的革命》，長春：長春出版社，第 395 頁。
〔註3〕 史鐵生：《我與地壇》，見《記憶與印象》，北京：北京出版社 2004 年版，第 208 頁。

「文革」爆發，他又成了「揪鬥人員」。（第 238 頁）1966 年，他與李茨林結婚成家，但動亂歲月，聚少離多。幾年之後，下放農村的妻子竟以肺炎不治身亡，給他留下一個年幼的女兒。「文革」結束後，他被調到蘭州大學哲學系任教，好不容易迎來了身心解放的日子，但他又一次因言獲罪。他借調到北京又被趕回蘭州，「清污」中被停課，遭批判。他遠走川師，後來又往南大調動，但調動期間卻遇上了牢獄之災。「從 1989 年 9 月 9 日，到 1990 年春節前夕，我在牢裏關了一百三十八天。之後的『釋放證』上，寫著『審查完畢予以釋放』八個字。整個事件，莫名其妙。」（第 389 頁）1992 年夏，他與妻子浦小雨取道香港出國，帶不走女兒；三個月之後，得到的卻是女兒的死訊。女兒時年 25 歲，與她母親去世的年齡相同。（第 430 頁）此後，他遠去美國，開始了自己的漂泊生涯。

　　依據《尋找家園》提供的線索，簡要梳理一遍高爾泰的人生歷程如上，我是想讓讀者諸君看到連綿不斷的苦難如何與高爾泰緊緊相隨。一般來說，面對如此大災大難可能會出現三種情況：其一，被苦難完全吞噬，以致主體意識灰飛煙滅；其二，在苦難中沉淪，以致自我人格扭曲變形；其三，因苦難而警醒，以致自我的苦難意識、悲劇意識和荒誕意識等等被激活，苦難因而成為疑與思的動因。在苦難中，高爾泰並非沒有經歷過前兩種情況，用去年他為自己辯誣時的話說：「高壓下檢討認錯鞠躬請罪，我什麼醜沒有出過！畫了那麼多歌德畫，我什麼臉沒有丟過！對賀、施和蕭的報復，手段也邪乎得可以。還有那麼多我至愛的親人，因我而受苦受難。想起他們的苦難，我就有深重的罪感。用泥污的肢體，帶著創傷的靈魂，爬出那黑暗的隧道，我早就不像人樣。敢不謙卑？敢論清白？」〔註 4〕這當然是一種深刻的自我反省。然而，即便是在那些扭曲自我的日子裏，他也依然清醒地意識到了自我的物化與異化，於是他開始用寫作拯救自己：「那是用很小的字，寫在一些偶然得到的破紙片上的。為怕暴露，永遠隨身攜帶著。」（第 353 頁）這種心靈筆記後來成為他思想的主要源泉。在敦煌期間，他便是借助於這些紙片，開始了人的價值、人的異化和復歸、美的追求與人的解放等方面的思考與寫作。他說：「寫起來就有了一種復活的喜悅。但同時，也就失去了安全感。寫時總要把房門從裏面閂住。有時風吹門嘎嘎一響，就會吃一驚，猛回頭，一陣心

─────────────────

〔註 4〕 高爾泰：《哪敢論清白──致〈尋找家園〉的讀者，兼答蕭默先生》，《南方周末》2010 年 11 月 5 日。

跳。」（第 206 頁）。

這樣的寫作環境會讓人想起索爾仁尼琴寫《古拉格群島》，而這樣的寫作方式又會讓人想到許多熟悉的案例。當年的「胡風分子」張中曉，便是把一些思想札記寫在「一些零碎的紙張上」，於是有了《無夢樓隨筆》。〔註 5〕另一位「胡風分子」彭柏山，在受難的日子裏一直在寫一部小說。「他只是把《戰爭與人民》作為一個信念，一個活下去的信念，一個為自己活著的藉口和理由在寫」。〔註 6〕幸運的是，高爾泰沒有像他們那樣死於非命。借助於那些紙片，他不僅寫出了論文，還寫出了《尋找家園》這樣的散文。論文是思想的結晶，散文則是靈魂的袒露，前者因苦難而提煉成洞見，後者因苦難而昇華為藝術。這樣，《尋找家園》也就走進他本人所論述的藝術譜系之中：「歷史上那些最偉大的藝術家們的命運，例如屈原、司馬遷、杜甫、倫勃朗、凡高、米開朗琪羅、貝多芬、曹雪芹等人的命運，都是非常之不幸的。冠絕當時的俄國文學，其作者的名單幾乎同時也就是殉道者的名單：他們當中的絕大多數在流放和貧困中度過了一生，許多人死於非命。正是這種不幸，孕育了他們的藝術。苦難毀滅了李煜的生活，但卻成全了他千古流傳的詩篇；苦難毀滅了陀思妥亦夫斯基的生活，但卻成全了他使全人類靈魂為之震動的小說。」〔註 7〕

我們是不是也可以說，苦難毀滅了高爾泰的生活，才成全了他這種純棉裹鐵、風清骨峻般的散文？

## 四

高爾泰的散文如純棉裹鐵，風清骨峻，是我這一次讀出來的味道。

初讀高爾泰散文，我只是覺得作者用筆節省，舉重若輕，感受到了冗繁削盡，字字珠璣之美。於是我說：「他寫人，三筆兩筆勾勒，人就活了；他寫景，三言兩語描摹，氣象全出；他那種富有詩性的思考又如同散金碎銀，遍佈於寫人記事的空隙，讓人感受著生命的呼吸，心靈的顫動。他不抒情，他懂得一切景語皆情語。他也不鋪陳，總是點到為止，給人留下了碩大的想像

---

〔註 5〕　參見王元化：《無夢樓隨筆・序》，見張中曉：《無夢樓隨筆：苦難中的孤獨靈魂》，上海：上海遠東出版社 2011 年版，第 1 頁。

〔註 6〕　彭小蓮：《他們的歲月》（增訂本），上海：華東師範大學出版社 2011 年版，第 261 頁。

〔註 7〕　高爾泰：《關於藝術的一些思考》，見《美是自由的象徵》，第 194 頁。

空間。」而之所以能寫到如此境界，是因為「他是畫家，他知道如何使用白描；他還是美學家，他懂得藝術生於節制，死於放縱。」〔註8〕

這一次讀，我依然有如上感覺，只是這感覺中又多了一樣東西——他的散文有雷霆萬鈞之力，但這力又如純棉裏鐵，外柔內剛。經歷了那麼多的苦難，作者是完全有理由呼天嗆地，大放悲聲的，但他沒有那樣做。他寫勞改農場裏所有人的衣服風吹日曬蒙城粉，灰不溜秋，唯獨龍慶忠對自己的那件藍皮襖愛惜如命，他甚至不捨得在腰上捆一道繩子，於是衣服保護得光鮮如初。原來這是守寡的母親給兒子做的一件衣服，雖式樣老舊，卻結實堅固。第二年春天，高爾泰看到他在前面走，腰間束上了繩子，「我很高興，趕緊追了上去。他回過頭來，竟是穿著那件藍皮襖的另一個人。那人告訴我，龍慶忠早已死了。接著穿這件衣服的人後來也死了。這衣服到他手裏，已經是幾易其主了」。（第160頁）他寫妻子過世，「岳母已幾天幾夜沒睡，告訴我遺體尚溫，要我摸一摸。我剛摸過，又要我再摸。一次一次，幾乎不許我的手離開。聲音裏帶著哀求，眼睛裏固有的沉著冷靜全沒了，有的只是絕望和驚恐」。（第400頁）像這樣的文字，背後的傷痛與悲憤不可謂不巨大，但作者隱忍用筆，點到為止，彷彿不動聲色，而出現的卻是力透紙背的效果。

接下來我感興趣的問題是，為什麼高爾泰會這麼去寫？薩特說過：「人們不是因為選擇說出某些事情，而是因為選擇用某種方式說出這些事情才成為作家的。而散文的價值當然在於它的風格。」〔註9〕為什麼高爾泰會採用這種方式以致形成了如此風格？我琢磨再三，大體上找到了如下答案。

首先，高爾泰是美學家，作為美學家，可以看出他對中國傳統藝術更偏愛一些，而傳統藝術所發之力講究的就是純棉裏鐵。關於這一點，高爾泰有過如下論述：「中國藝術所追求表現的力，不是『劍拔弩張』的力，而是『純棉裏鐵』的力。……西方表現憂患與痛苦的作品，音調多急促淒厲，處處使人感到恐怖和絕望。中國表現憂患與痛苦的作品，音調多從容徐緩，處處使人感到沉鬱和豁達，感到一種以柔克剛的力量。」〔註10〕這當然是美學家的

---

〔註8〕 參見拙作《加法之累與減法之美——讀〈夾邊溝記事〉與〈尋找家園〉》，見《書裏書外的流年碎影》，北京：中國人民大學出版社2011年版，第107~108、111頁。

〔註9〕 〔法〕薩特：《什麼是文學？》，施康強譯，《薩特文集》第7卷，人民文學出版社2005年版，第108頁。

〔註10〕 高爾泰：《中國藝術與中國哲學》，見《論美》，蘭州：甘肅人民出版社1982

體認。而當他找到了散文寫作的時機後，他便不可能不向他所欣賞的美學理念靠攏。所以，我把《尋找家園》看作是在文學層面向中國傳統藝術的致敬之作，它在很大程度上接通了那個「發憤著書」、「窮而後工」、「不平則鳴」的文學傳統。

其次，高爾泰雖然寫的是白話文，但用筆雅致，每有古意。他在文中隨手引用的古典詩詞，既有言志抒情之用，又能達到曲筆行文的效果。為什麼高爾泰有如此才情？重新翻閱他的《論美》一書，謝昌餘為他寫的序文為我們提供了答案：「他的父親高竹園先生是教育家，又是書法家，國學基本功很深厚。從小教他熟讀唐詩、宋詞，後來又先後送他跟顏文樑先生學油畫，跟呂鳳子先生學國畫，所以他自小就有較紮實的藝術修養和實踐經驗。他除了長於繪畫之外，還經常從事其他方面的藝術創作，發表過新詩、古體詩和短篇小說。」〔註11〕讀到這裡，我唯有慨歎：高爾泰有這樣的藝術修養，我們有嗎？沒有這種修養，即便我們遭遇了他那種苦難，我們也是斷然寫不出他那樣的散文的。

第三，在《畫事瑣記》一文中，我特別注意到了高爾泰的如下文字：1990年他在川師想重拾畫筆，但是他卻悲哀地發現，「經過五年的專業訓練，幾十年的『美術工作』，我已經失去了胡塗亂抹的能力，下筆就落入俗套，圓熟甜膩，不堪入目。以致畫畫這件事，變成了一場同自己的搏鬥。我想了許多辦法，用左手，用禿筆，倒著畫，反著畫，書法從紙的末端，從字的最後一筆寫起……總之怎麼生疏就怎麼弄，一發現圓熟的筆跡和甜膩的造型就撕紙。結果『廢畫三千』，倒也得到一些好東西，稚拙木訥，元氣淋漓。都是偶然效果，像路上撿來的寶物。」（第441頁）這段文字讀得我觸目驚心。高爾泰彷彿是在說，在專業話語系統中畫，為了活下去扭曲著自我畫，他已經把筆給畫壞了，以致後來要找到自我便殊為不易。但我暗自猜想，幸虧那個年代他只是在紙片上寫思想筆記（這是另一個層面的「胡塗亂抹」），而並沒有去寫楊朔、秦牧、劉白羽似的散文，所以他並沒有把筆寫壞。這樣，他晚年寫起散文，可能就不需要經過那番搏鬥，而是能做到意到筆到了。如此一來，與他美學理念想吻合的美學效果也就呼之欲出了。

是這麼回事嗎？如果以後我能有幸見到高爾泰先生，我一定要問一問他

年版，第279頁。
〔註11〕謝昌餘：《論美·序》，同上書，第3頁。

這個問題。如今，我只是想說，80 年代憑藉其美學論著，他爲中國的新啓蒙運動既鼓且呼，那時他體現出來的是知識分子責任感和使命感。現在，他又以流散知識分子（diasporic intellectual）的身份，以自己的才膽識力，爲我們這個苦難的民族，爲那段被人淡忘的歷史留下了一份珍貴的證詞。而對於高爾泰本人來說，我更願意借用他寫岳母的話來指認《尋找家園》的意義：「寫作把她的人生，高揚到了抒情詩的境界，這就夠了。」（第 414 頁）

　　是的，這一次的散文寫作，也把高爾泰的人生高揚到了一個抒情詩的境界。我想，這已經足夠了。

2011 年 10 月 12 日

（原載《南方都市報》2011 年 11 月 20 日）

# 今天我們怎樣懷念路遙（外二篇）

　　2007 年 11 月 17 日，是作家路遙去世 15 週年的紀念日。在這個日子裏，路遙的家鄉已舉辦了種種紀念活動，一些知名不知名的作家寫手也紛紛撰寫了懷念文章。這些文章中，賈平凹的《懷念路遙》尤其醒目，因為他不但說了路遙的許多好話，而且也指出了一個無情的事實。他說：「有人說路遙是累死的，證據是他寫過《早晨從中午開始》的書。但路遙不是累死的，他晝伏夜出，是職業的習慣，也是一頭猛獸的秉性。有人說路遙是窮死的，因為他死時還欠人萬元，但那個年代都窮呀而路遙在陝西作家裏一直抽高檔煙，喝咖啡，為給女兒吃西餐曾滿城跑遍。扼殺他的是遺傳基因。在他死後，他的四個弟弟都患上了與他同樣的肝硬化腹水病，而且又在幾乎相同的年齡段，已去世了兩個，另兩個現正病得厲害。」〔註1〕

　　如果賈平凹的所言屬實，那他不啻於為喜歡路遙的讀者投去了一枚重磅炸彈。因為從上個世紀 80 年代至今，路遙被人喜歡不光是因為他塑造出高加林、孫少平之類的人物，而且也來自於他那種為了文學的獻身精神。只要是讀過他那篇《早晨從中午開始》的長文，誰都知道他為寫出《平凡的世界》付出了怎樣的心血。而這種嘔心瀝血式的寫作與 42 歲的英年早逝，顯然存在著一種內在的邏輯關聯。於是，路遙之死逐漸變成一個神話，變成了文學世界中可歌可泣的傳說。賈平凹的說法一出，等於是把路遙請下了神壇，或者用更學術一點的話說，他成了路遙之死的「祛魅」者。

　　與此同時，學界似乎也開始了對「路遙熱」反思。比如，在我剛剛拿到的這期《南方文壇》中，一位年輕的博士生就對路遙的「作家形象」和「寫作倫理」等問題作出了思考。他認為，路遙通過一系列自傳體散文，既呈現

---

〔註 1〕　賈平凹：《懷念路遙》，http://blog.sina.com.cn/s/blog_4fc0de4d01000c1t.html.

了自己「受虐式」的生活和寫作方式，也爲世人展示了一個「以文學爲生命第一要務」的「聖徒」形象，而他後來的英年早逝更是加重了此身份的「烈士」意味。由於「勤勞」與「守成」一直是被國人所讚美的傳統的美德，故爲此獻身，便更能引起人們的尊敬和同情。〔註2〕此文的核心觀點對人多有啓發，但我以爲其寫作動機也是在祛魅。

無論是祛魅式的事實指認還是祛魅式的學理分析，可能都有助於還原一個更加眞實的路遙，這或許是這次紀念活動的一個成果。但是，我也依然想指出其中存在的一個思維誤區。今天健在的作家，顯然已經充分享受到了文學市場化給自己帶來的種種好處，文學對於他們來說也就有了一種特殊的意味。在他們眼中，文學可能就是一種賺錢的職業，也是可以在產業鏈上贏利的一個重要環節。路遙的生命終止於 1992 年，他再也不可能經歷後來文學世界的分化，文人命運的變遷，所以，他那種古典式的寫作行爲便成爲一個「儀式」，他被自己和讀者雙重建構起來的神話也對健在者、後來者構成了某種壓力。布魯姆有所謂「影響的焦慮」一說，或許這麼多年來路遙一直「陰魂」不散，他在讀者心目中的位置，榨出了其他作家皮袍下面藏著的「小」來。爲了消除自己的焦慮，最簡便的辦法就是戳穿那個神話。於是，表面上是對路遙的「降格處理」，實際上可能換來的是自己的心安理得。只是，如此一來，這種紀念活動也就變得複雜起來。對於一些人來說，它是眞心誠意的緬懷；對於另一些人來說，它或許就成了言在此而意在彼的「釋懷」。他們釋放了某些有害物質之後，大概就可以延年益壽了吧。

我想，無論路遙死於何因——是困頓勞累還是遺傳基因，在今天可能已變得不再重要。重要的是他把文學當成了一項神聖的事業，而不是像他的後來者那樣把它當成了一種可以開發的產業。從這個意義上說，路遙寫作所營造出來的神話依然有著不可替代的價值。馬克思在談到古希臘的神話、藝術和史詩時指出：「一個成人不能再變成兒童，否則就變得稚氣了。但是，兒童的天眞不使成人感到愉快嗎？……爲什麼歷史上的人類童年時代，在它發展得最完美的地方，不該作爲永不復返的階段而顯示出永久的魅力呢？」〔註3〕相對於今天「成人」的老謀深算，路遙呈現出的更多是兒童般的天眞。這樣，

---

〔註2〕 參見楊慶祥：《路遙的自我意識和寫作姿態》，《南方文壇》2007 年第 6 期。
〔註3〕 〔德〕馬克思：《〈政治經濟學批判〉導言》，見《馬克思恩格斯選集》第二卷，北京：人民出版社 1995 年版，第 92 頁。

路遙及其寫作或許就代表著一個永不復返的時代。這個時代距離我們也就 20年左右的時間，卻彷彿已像希臘神話那般遙遠。如果我們能把路遙懷念到這樣一個份兒上，是不是會更有意義一些呢？

2007 年 11 月 20 日

（原載《南方都市報》2007 年 11 月 22 日）

## 路遙的價值

最近一些年，我常常會想到作家路遙，路遙也不時會出現在我的文章裏，出現在我所講授的課程中。我曾經指導學生做過關於路遙的碩士學位論文，現在也正在指導著另一篇同樣是關於路遙的碩士學位論文。我不是當代文學專業的教師，為什麼我會去講路遙，寫路遙，指導關於路遙的論文？現在想想，這既起因於我多年形成的一個情結，也出於我對這位英年早逝的作家的敬重。

路遙成名於上個世紀八十年代中前期，那個時期正是我讀大學的時期。我現在依然記得我當時讀完《人生》的激動、困惑與迷茫，我把我的思考轉換成文字，變成了我修當代文學課的一篇期末作業。我讀《平凡的世界》雖然很晚，但讀過之後立刻就明白了它的價值所在，也明白了為什麼那麼多的讀者會喜歡這部厚厚的百萬字的長篇巨著。

然而，長期以來，路遙與他的《平凡的世界》在許多專業人士那裏評價不高，在《中國當代文學史》的教科書中或者絕口不提或者一筆帶過。一方面，路遙在讀者那裏有很高的口碑與人氣；另一方面，一些治當代文學史的專家學者卻在路遙面前沉默不語。我覺得這是一件十分詭異的事情。而這種詭異也反映出讀者與專家在文學觀上的矛盾與衝突。讀者依據樸素的文學直覺形成認識，而專家則借助於某種文學觀念形成判斷。我甚至可以大膽推測，那些在當代文學研究界已經成名的專家學者，他們現在很可能還被八十年代中後期形成的某種先鋒或偽先鋒的文學觀念架著，他們不願意回歸樸素，也不願意用遲到的肯定來承認他們的疏忽與失誤。

但路遙的讀者卻打破了專家學者的沉默，他們以古老的、口口相傳的方式傳播著路遙與他的作品，並讓他的作品成了普通讀者的聖經。因此，如果

說《平凡的世界》已在「文學經典化」的途中，我更願意把這部作品看作民選經典。民選經典不同於專家學者評選出來的學院經典，它不是少數人的愛物，而是大多數讀者的選擇。當一部作品擁有了強大的讀者基礎時，它甚至會給一些專家學者帶來壓力，並促使他們重新做出價值判斷。在路遙與他的作品這裡，我已看到了一些改變的跡象。

正是在這一意義上，我把路遙看作是爲讀者寫作的作家。作家有兩類，一種作家主要爲作家寫作，他們因此成爲作家們的作家；另一種作家主要爲讀者寫作，他們因此成爲讀者的知心朋友。作家寫出的作品也分兩類。按照羅蘭‧巴特的看法，一種是「可寫的文本」，一種是「可讀的文本」。〔註4〕在文學價值上，許多人認爲可讀的文本低於可寫的文本，爲讀者寫作的作家低於爲作家寫作的作家。但是我想，一部文學作品出現之後，它總會呈現出多種價值。有寫作技巧價值，有審美教育價值，有社會認識價值，甚至有人生激勵價值。《平凡的世界》或許在第一種價值上不算太高，但是我們必須承認，它在後三種價值上已達到了相當的高度與水準。而正是這後三種價值，讓它贏得了無數讀者的厚愛。

我在一篇關於路遙的短文中說：路遙之所以具有價值，是因爲他把文學當成了一項神聖的事業，這與後來者把文學當成一種職業或產業的做法截然不同。我那位正在讀高中的兒子與我討論路遙時也說：路遙之所以是路遙，是因爲他靠本能寫作，而別的作家則靠技能操作。他的這個判斷讓我吃驚。大家都知道，路遙去世於1992年，那是一個許多人都在念叨「市場經濟了，文學怎麼辦」的年頭。而從此往後，文學也開始了市場化、商品化的進程。所以，我常常會猜想，如果路遙能夠活到今天，如果他能經歷市場經濟大潮的滾滾紅塵，他與他的文學將會做出怎樣的選擇？這種猜想當然不會有任何答案，但我卻總希望看到某種答案，獲得某種啓示。

因此，我更願意把路遙及其寫作看作是上個世紀八十年代留給我們的一份寶貴的文學遺產。八十年代還是一個有著理想主義精神氣質的年代，也是一個文學有著其光榮與夢想的年代。路遙以它的寫作實踐擁有了那種光榮，實現了那種夢想，同時，他也以「作家之死」的方式把自己對文學寫作的癡

---

〔註4〕 參見韋遨宇：《對小說自身本質的有益探索——試論20世紀法國小說觀念的革新》，見柳鳴九主編：《從現代主義到後現代主義》，北京：中國社會科學出版社1994年版，第107～112頁。

情，對文學理念的守護，對文學信仰的追求凝固成一個永恒的、意味深長的姿態。這種姿態已然成爲一個參照物，後來的作家與文學將不得不面對這個幽靈般的存在。

這又是路遙及其文學的另一種價值。

2010 年 1 月 18 日

（此文是爲「新版《路遙全集》出版座談會暨『我與《平凡的世界》』徵文頒獎會」準備的發言稿，刊發於《齊魯晚報》2010 年 2 月 1 日）

## 爲什麼喜歡讀路遙

許多讀者喜歡路遙與其《平凡的世界》，這似乎已是不爭的事實。以前我曾見過一些調查問卷，《平凡的世界》均榜上有名或排名靠前。而在一些高校的圖書館裏，《平凡的世界》也是借閱率很高或最高的小說。比如，來自北京師範大學圖書館外借圖書的統計結果顯示，近五年多來（2005 年 1 月 1 日～2010 年 5 月 1 日）《平凡的世界》（中國文聯出版公司 1986 年版）外借 1314 次，排名第二，僅次於白壽彝的《中國通史》（1350 次）。如果再加上《路遙文集》和《平凡的世界》其他版本的借閱次數，此小說的借閱率會更高。

於是一個問題油然而生：爲什麼有那麼多的讀者會喜歡路遙和他的《平凡的世界》呢？

我想可能與它的勵志色彩有關。許多人把《平凡的世界》定位於勵志小說，我覺得有些道理。查當當網，有七、八種版本或版次的《平凡的世界》陳列其中，每個版本都有數量不菲的讀者評論。其中北京十月文藝出版社（2009 年 1 月版）的讀者評論最多，達 1559 條。而在這些讀者評論中也可以發現勵志的秘密。讀者甲說：「我很慶幸自己在青少年時期就幸運地接觸到了這本書，它影響了我整個兒的人生觀、世界觀和擇偶觀。」讀者乙說：「每次看《平凡的世界》都會有不同的收穫；每次看都會引起我對生活，對人生的深深的思考；每次看都會一次次鼓起面對生活的勇氣！」讀者丙說：「每當我生活中遇到艱難困頓，總是會拿出翻翻，從中獲得繼續前進的勇氣和力量。」讀者丁說：「在人生最關鍵的時刻，是《平凡的世界》和《鋼鐵是怎樣煉成的》這兩本書在激勵著我，其中尤以《平凡的世界》爲重。」

　　今年元月，我參加「新版《路遙全集》出版座談會暨『我與《平凡的世界》』徵文頒獎會」，有幸得到獲獎的全部徵文。一位名叫劉廣梅的北京讀者在文章中寫道：「路遙先生筆下的孫少平、高加林、田曉霞等人物在我懵懂的青春歲月，對我樹立人生觀產生啓迪，讓我明白什麼是善良、什麼是勤勞、什麼是奮鬥，它激勵我不斷努力、教會我永不放棄。曾經有朋友問我，如果想培養孩子正確的人生觀和道德感，應該讓他讀什麼書？我毫不猶豫地回答：一本雨果的《悲慘世界》，一本路遙的《平凡的世界》，僅此二者足矣。」

　　從以上的讀者評論可以看出，《平凡的世界》確實參與了他們的人生建構，並讓他們形成了積極進取的人生觀、價值觀和世界觀。由此把它看成一部勵志小說應該大體不錯。但問題是，僅僅因爲勵志讀者就能喜歡上它嗎？

　　當然不是。小說的第二章有一個細節很值得一提，我甚至覺得這一細節構成了理解這部小說的一個秘密。孫少平喜讀課外書，有一次他在潤生家發現一本厚書：《鋼鐵是怎樣煉成的》，起初他以爲是一本煉鋼的書，但翻開之後卻發現說的全是一個名叫保爾‧柯察金的蘇聯人的長長短短。於是他把這本書帶回家裏立刻開讀。第二天他沒有像往常的星期天一樣出山砍柴，而是一個人躲在打麥場的麥稭垜後面，趕在天黑前讀完了這本書。那個普通外國人的故事給他帶來了極大的震撼：「在那一瞬間，生活的詩情充滿了他十六歲的胸膛。」〔註5〕

　　這一細節讓我意識到了兩個問題：第一，像孫少平讀《鋼鐵是怎樣煉成的》一樣，我讀《平凡的世界》也感受到了書裏洋溢的那種「生活的詩情」。這種詩情既可解釋爲一種理想主義的精神氣質，也可看作一種能使人溫暖，讓人感奮的文學力量。在今天這樣一個實用主義、功利主義、拜金主義甚囂塵上的時代，讀《平凡的世界》就如沐春風，如飲甘霖，它能給我們帶來一種欣喜和感動。千萬不要小看了這種感動，因爲當今天的許多文學作品既無法感動作者自己也無法感動別人的時候，這種感動就顯得異常珍貴和重要。

　　第二，《鋼鐵是怎樣煉成的》的作者奧斯特洛夫斯基本身就是一位英雄人物，他所塑造出來的保爾‧柯察金更是一位英雄人物形象。而在 1950～1970年代，作者與保爾的形象又激勵過無數的中國青少年，讓他們形成了一種英雄情結。路遙筆下的孫少平其實也是一個英雄人物，只不過在那個特定的歷史語境中，他已褪去了保爾身上的那種意識形態色彩，成了一位名符其實的

〔註5〕 路遙：《平凡的世界》，北京：人民文學出版社 2004 年版，第 11 頁。

平民英雄。有讀者指出：「武俠小說中的英雄可望不可及，如神仙一樣讓人望而生畏。而這本書卻把普通人塑造成了英雄。他們既是普通人，生活中隨處可見，但他們又是英雄，他們在生活面前表現出了英雄的勇氣和氣魄。」我覺得這樣的感覺很是到位。所以，在某種意義上，我們可以說《平凡的世界》延續了《鋼鐵是怎樣煉成的》寫作譜系，讓人們在一個沒有英雄的年代裏重溫了英雄的舊夢。

許多年前，我曾寫過一篇論文，名爲《幻想的此岸與彼岸──論青少年讀者接近文學的心理動因》，其中便談到了青少年的一個心理特點：英雄幻想。而一旦讀者發現某部文學作品能夠滿足自己的那種無意識想像，讀者就會與這部文學作品形成深刻的遇合。《平凡的世界》大概也可看作這類作品。而從那些讀者評論中也可看出，許多讀者是在他們的青少年時期面對這部小說的。明白這一點非常重要。

我讀《平凡的世界》已不年輕，但我似乎能夠想像出我年輕時讀到它會是怎樣的情景。因爲我二十歲左右讀過《人生》，三十多歲時又讀過《早晨從中午開始》，它們都給我帶來了巨人的衝擊與震撼。而年屆不惑才開始讀《平凡的世界》，那時候我已變成了桑原武夫所謂的「文學方面的老油子」，〔註6〕但我依然感受到了它對我心靈世界的撞擊。它讓我回想起我的青春歲月，我甚至從孫少平那裏看到了我的一些身影。這種緬懷式的閱讀自然不同於青少年時期那種憧憬式閱讀，卻也別有一番風味。於是我想到，儘管《平凡的世界》並不完美，還存在著一些藝術上的缺憾，但作爲一部不僅能激勵青年人同時還能感動中年人的小說，顯然它已經功德圓滿了。

2010 年 6 月 11 日

（原載《中國教育報》2010 年 7 月 15 日，

刊發時被改名爲《沒有英雄的年代重溫英雄夢》）

---

〔註6〕 〔日〕桑原武夫：《文學序說》，孫歌譯，北京：三聯書店 1991 年版，第 80 頁。

# 《黃金時代》與青少年讀者的接受問題

　　這樣一個話題是由吳小如先生的一篇文章引起的。在《「開卷有益」與「杞人憂天」》（《文學自由談》1997 年第 5 期）中，吳先生對王小波的《黃金時代》的基本判斷可以說是糟得很。之所以糟，主要是因為「書中寫男女間的純貞愛情幾乎沒有，有的只是在各種背景、各種條件下男女做愛的細緻描繪。說得好聽點，這是給年輕人在性關係上實行『啟蒙』，為人們亂搞男女關係『開綠燈』；說得不好聽，這樣的天才作品（包括其他專以性愛為描寫內容的『文學』讀物）實際上是在起著『教唆』作用。」由此生發開去，吳先生便想到了少男少女的成長問題，早熟早戀早性交與文學作品的誘導問題，作家靈魂深處的男女生殖器問題，主旋律問題。看得出來，吳先生是真生了氣，也真憂了天，而且，這種批評文字估計也能換來不少掌聲。

　　吳先生的憂天之心明明白白，著實令人感動，但其憂天之言卻又實在不敢讓人恭維。尤其是當吳先生把《黃金時代》定位於色情文學時（吳先生在文章中並未明說《黃金時代》是色情文學，但從其話語方式中，我以為吳先生形成的潛在判斷是《黃金時代》比色情文學還要糟），我相信許多讀者都會大吃一驚。本來，我以為《黃金時代》是不是色情文學和青少年讀者能不能接受的問題沒有必要討論，因為我們這幾年總是圍繞文學的基本常識討論問題且又總是把問題討論得面目全非、慘不忍睹的事例實在是太多了。但考慮到吳先生的學問和知名度都很高，他的話恐怕影響力不小；又考慮到這些年來類似吳先生的這種聲音又總是不絕如縷，隔三五年來一次，弄得人老是心驚肉跳，不知如何是好，所以，這個文學常識問題看來還是得討論討論。由於吳先生的文章主要是以一種「幼吾幼以及人之幼」的情懷去展開自己的思路的，我們這裡也就不妨先從文學接受中的讀者問題談起。

　　按照接受美學的觀點，任何作家在進行寫作時，心目當中都存有一個潛

在的讀者問題，而當潛在的讀者在作者心目中有了一個明確的定位並且成了作品構成的重要內容時，便不僅在很大程度上決定了作者寫什麼，而且還決定了作者怎樣寫。當然，作品面世後，作品也便失去了作家的控制，這意味著現實中的讀者很可能有許多不是作者預想的潛在讀者，而許多與作品有關與文學無關的問題也最容易被這些不是潛在讀者的讀者提出來，嚷嚷成一片。但是，一部文學作品有無價值，常常和這些問題沒有太大關係，作者通過作品籲請的讀者依然是他預先設計的潛在的讀者。而且，也只有作者預想的讀者與現實的讀者吻合一致時，真正的文學接受行為才可能出現。

指出這一點是想說明，經過了西方接受美學的洗禮之後，我們現在的作家在寫作時，必須考慮到一個「讀者分層」問題；我們現在的評論家在對作品評頭品足時，也必須考慮到一個你是站在何種讀者的立場上說話的問題。記得三毛自縊前給賈平凹的信中曾說過這樣一句話：我的作品是寫給普通讀者看的，而你的作品卻是寫給我這樣的讀者看的（大意）。在這裡，三毛對自己心目中的讀者定位和自己作為讀者的稱職程度都有一個比較準確的判斷，可看作意識到讀者分層的一個典型範例。而在大陸，我認為王小波是讀者分層意識最明顯的作家之一，如若不信，有文為證。在《藝術與關懷弱勢群體》中，作者指出：「科學、藝術不屬福利事業，不應以關懷弱勢群體為主旨。」〔註1〕這裡所說的弱勢群體便包括吳先生所言的少男少女。在《擺脫童稚狀態》中，作者又說：「現在美國和歐洲把成人和兒童的知識環境分開，有些書、有些電影兒童不能看。這種做法的背後的邏輯是承認成人有自我控制的能力，……目前中國人面對的知識環境是一種童稚狀態，處於弗洛伊德所說的肛門時期。」〔註2〕此文反覆說明了出版思路「就低不就高」、嚴肅作者把自己的讀者想像成十六歲男孩子的荒唐可笑，很值得一讀。在《黃金時代‧後記》中，作者又明確指出：「我知道，有很多理智健全，能夠辨別善惡的人需要讀小說，本書就是為他們而寫。至於渾渾噩噩、善惡不明的人需要讀點什麼，我還沒有考慮過。」〔註3〕王小波在世時，便聽到對他作品的種種非議，此後記中的一些話便是針對這些非議而寫的。

〔註1〕 王小波：《藝術與關懷弱勢群體》，見《我的精神家園》，北京：文化藝術出版社 1997 年版，第 216 頁。

〔註2〕 王小波：《擺脫童稚狀態》，見《思維的樂趣》，太原：北嶽文藝出版社 1996年版，第 100 頁。

〔註3〕 王小波：《黃金時代》，廣州：花城出版社 1997 年版，第 374 頁。

在王小波的種種議論中，我們不難看出作者的基本寫作觀，也不難看出讀者在他心目中有著怎樣的定位。具體地說，王小波自始至終都是在爲具有一定鑒賞力和判斷力的成人讀者寫作（竊以爲這樣的讀者尤其需要一些現代小說的閱讀經驗，最好還能讀一點有關方面的理論書籍，比如昆德拉《被背叛的遺囑》什麼的），而並非爲少男少女寫作。這意味著他的作品既是對某些讀者的誠懇邀請，同時又是對某些讀者的善意拒絕（事實上，許多成功的作品都暗含了一種拒絕的功能）。或曰：萬一拒絕不了呢？萬一眾多的少男少女一定要哭著喊著非看《黃金時代》不可呢？我的觀點很簡單，要看就看去吧，沒什麼大不了的。之所以這樣說，主要基於如下兩點理由。

一、依筆者積累的閱讀經驗判斷，《黃金時代》絕非什麼色情文學；而既非色情文學，我想少男少女讀了它並無多大害處，這樣說「不」當然和吳先生說「是」一樣，同樣顯得武斷。爲避免吵架，看來我們有必要先從色情文學的定義談起。

在羅吉・福勒主編的《現代西方文學批評術語詞典》中，色情文學是這樣被解釋的：「國會圖書館將它劃入『不道德的文學』一類，然而批評家和法官們卻都無法將它納入某種定義之中，這是因爲文學與道德之間的眞正關係難於確定。」事實上，由於色情文學本身被概括的困難，此詞典也並沒有對色情文學下一個嚴格的定義。不過，它同時又告訴我們：第一，不應當簡單地將性愛文學與色情文學等量齊觀，因爲「性愛是人與他所處的社會的決定因素之間的衝突的一個重要方面。是通向神秘經驗的途徑，也是對人類生活有其非理性的一面這一事實的有益揭示。然而，色情文學卻除了刺激讀者的感官外別無其他目的。」第二，「色情文學是過於嚴肅或僞裝正經的社會氣氛的必然副產品」，因而「它是對社會的隱而不宣的批判」，具有「潛在的破壞性甚至革命性」。〔註4〕這種分析對我們理解什麼是色情文學很有幫助。

依筆者陋見，假如我們不從立法者的角度來考慮，色情文學首先是一個見仁見智的問題。其次，色情文學的內涵和外延亦隨著社會的文明化進程而不斷發生變化。前者的例子我想舉《金瓶梅》。一般人認爲《金瓶梅》是色情文學，荷蘭漢學家高羅佩在其重要著作《中國古代房內考》中，便把《金瓶梅》歸到了色情小說類中，以區別於《肉蒲團》等淫穢小說。但魯迅先生在

---

〔註4〕 〔英〕羅吉・福勒主編：《現代西方文學批評術語詞典》，袁德成譯，成都：四川人民出版社1987年版，第212～213頁。

《中國小說史略》中，卻僅以「世情書」來指稱《金瓶梅》，並對「淫書」之說頗有疑問。後者的例子也很多，其實，只要想想西方許多禁書（如《十日談》、《尤利西斯》、《查太萊夫人的情人》、《洛麗塔》、《北回歸線》等）開禁的過程便足以說明，當時所謂的色情文學僅僅是當時書刊檢查制度的產物。解禁意味著時代的進步，也意味著對讀者的信任，更意味著隨著一茬一茬讀者的文明化程度提高和他們的閱讀淘洗，作品中的色情意味將逐漸淡化，性愛的文學意義和美學意義將逐漸凸顯。

然而，看看吳先生對《黃金時代》的判斷，卻讓人感到悲哀。不客氣地說，吳先生關於色情文學的觀念還停留在維多利亞時代。因為從吳先生的論述中可以看出，此文判斷一部作品是否色情的潛在前提便是簡單地看其性描寫的有無多寡，這樣一種判斷一建立，恐怕只有文革時期的「三突出」作品才能做到健康可愛思無邪了。而在判斷一部文學作品有無色情之嫌時，筆者的基本觀點與吳先生恰恰相反，即不僅要看它寫什麼，而且要看它怎麼寫。倘若以這樣一種觀點來衡量《黃金時代》，那麼我不僅認為此作中的性描寫是必不可少的，而且還要為有如此成功的性描寫而擊節贊賞。之所以如此，理由如下：

首先，作者對性愛場面的描繪是冷眼旁觀式的。這種冷眼旁觀的深層動因應該歸結於作者對那些喜劇化了的悲劇人物的複雜態度。當作者對人物的情感投射不是那麼條分縷析時，作者寧願使其筆下的人物的行動與自己對其人物的情感判斷拉開距離。於是儘管作者常以第一人稱的敘述方式落筆，卻常常不是投身其中，而是抽身其外。以俯視的角度，以冷峻的幽默和善意的嘲諷（既嘲他又自嘲）來呈現書中人物尷尬的做愛和做愛的尷尬，我以為這是一種非常高明的筆法。在這一點上，王小波有點像昆德拉。正是由於這樣一種間離效果，才使得作品雖做愛場面頻頻，色情意味卻很寡淡（順便說一句，對性愛描寫的成功與否，常常是檢測一個現代作家文化素養高還是低、審美趣味雅還是俗、性心理健全還是扭曲的最後標尺。當一些大腕兒作家以一種狎妓之心和曖昧之情去展開他的性描寫時，他也就把自己送上了斷頭臺）。

其次，從接受的角度看，由於作品的間離效果，也由於作者智慧型的寫作方式和黑色幽默筆法的運用（王小波曾坦言他的小說風格是黑色幽默 [註5]），

〔註5〕 參見王小波：《理想國與哲人王》，見《思維的樂趣》，第51頁。

所以，即使是性愛描寫，也常常最終訴諸讀者的智性分析而非感覺打量。在讀者的會心一笑或哈哈大笑中，作品的色情意味被稀釋了，讀者因此享受到了「思維的樂趣」而非感官的刺激。我想，在這樣一種「能指」乾淨利落、「所指」機鋒暗藏的性文字面前，讀者的任何淫穢聯想都既是對作品的褻瀆，同時也是自己的恥辱。

第三，與許多作家一樣，王小波筆下的性描寫同樣也只是手段，而不是目的。那麼為什麼他要讓做愛場面頻繁地亮相呢？作者這樣寫的潛在動機又是什麼呢？本來，這是一個不太容易回答的話題，但筆者還是想斗膽一試，提供一種解釋。從王小波的大量隨筆中可以看出，他所理解的「革命時期」，實際上就是一個腦子被置換，思想被閹割的時期。按照福柯的觀點，這其實是人的社會身體處在權力嚴厲監管之下的結果。然而，「當權力運作於身體之後，發現自己處於同一身體的反攻之下。」〔註6〕於是，權力可以使思維扭曲、話語貧乏，卻同樣也會使人在沉默中積聚起話語的力量。尤其是在人的上部器官大腦普遍陽痿，暫時無法承擔反叛的重任時，社會身體便不得不暫時作出調整，運用腰部以下的器官，以一種更隱蔽更迂迴也更非理性的方式向權力作出抗爭。這時候，性便適逢其時的出現了，它堅挺地、蠻橫地、惡作劇地在一個文化的邊緣地帶搗亂破壞、興風作浪，並始終向威嚴的權力話語開著一些不大不小的玩笑。這些玩笑鬆動了權力話語的根基，也消解了權力話語的一本正經，並最終撕破了它的無價值層面，使它呈現出了喜劇式的滑稽可笑。因此，在《黃金時代》中，我們不妨可以這樣說，正是思想的失語使性齜牙咧嘴地說話了，而唯有借助於性的狂歡的靈感和刺激，似乎才能讓思想在休克中蘇醒，並最終讓它承擔起它應該承擔的使命。

基於如上三個理由，我認為把《黃金時代》看作色情文學是經不住推敲的。王小波去世前，也有人議論過《黃金時代》的格調問題，對此，王小波的回答是這樣的：「要使一個社會中一流的作者去寫色情文學，必須有極嚴酷的社會環境和最不正常的性心理。在這種情況下，色情文學是對假正經的反擊。我認為目前自己尚寫不出真正的色情文學，也許是因為對環境感覺魯鈍。」〔註7〕此說法與我們前面所引的詞典解釋相呼相應，同時還進一步揭示了文學

---

〔註6〕 〔法〕福柯：《權力的眼睛》，嚴鋒譯，上海：上海人民出版社1997年版，第169頁。

〔註7〕 參見王小波：《關於格調》，見《思維的樂趣》第91頁。

產生的社會根源和心理根源。因此，當人們對色情文學的定位有誤時，實際上是對時代和社會的定位出現了偏差。

二、吳先生對《黃金時代》不滿的一個理由是，因為這類作品的存在，所以催生了少男少女的早熟早戀，但是正確地說，好像是首先有了少男少女的性早熟，然後才有了他們接近這類作品的好奇心。可惜這樣一種因果關係讓吳先生給弄顛倒了。為了把顛倒了的東西再顛倒過來，我們還是得從基本常識說起。

從心理學的角度看，隨著少男少女性生理的早熟與性心理的萌動，他們也就有了性幻想和性方面的好奇心。羅素說過：「性的好奇心與其他各種好奇心一樣，一旦得到滿足，很快就會消失。因此，防止青年人為性問題所糾纏的最好的方法，就是儘量按其所求，告訴他們關於性的一切。」〔註8〕然而不幸的是，我們的性教育在學校教育和家庭教育中卻是基本缺席的，成年人面對青少年這方面的提問，要不避而不談，要不含糊其辭、猶抱琵琶。成年人的假正經和整個社會在性問題上的遮遮掩掩，極容易造成一種神秘莫測，曖昧不清的性氛圍，結果是反而刺激了青少年更大的好奇。這時候，少男少女便會通過各種途徑去接觸被成年人視為禁區的東西，使好奇心得到滿足，而通過書本去獲得性的知識和性的經驗則是一條最便捷的途徑。古人曾把「雪夜閉門讀禁書」視為人生一樂，現代人也通常通過書刊檢查制度的縫隙去書本中尋找他想要找的東西。此種心理，古今相同。然而，現在一個令人困惑的現象是，許多成年人（他們多以道學家的面目出現）過了更年期後，便常常忘了自己曾有過青春期，忘了自己曾經有過的性緊張性騷動性苦悶性幻想，也忘了自己少男少女時代消除這些緊張心理的途徑。他們不但對自己有意遺忘，而且還試圖對青少年的性生理與性心理進行一種想像性閹割，要不，又如何解釋他們面對嚴肅的有著性愛描寫的文學讀物便大呼小叫「狼來了」的心態呢？在這一點上，我非常敬佩老一輩學人（尤其是直接受過五四新文化洗禮的那一代人）在對待性問題上的坦率態度。比如，潘光旦先生便曾經坦言，他是一個「對於性的問題很早就感覺到興趣的人」，為滿足這種興趣，他在「十歲前後，到二十歲的光景」，偷看了許多書，其中「十之八九是性愛

〔註8〕 〔英〕羅素：《婚姻革命》，靳建國譯，北京：東方出版社 1988 年版，第 72 頁。

的說部，而十之一二包括性愛的圖畫」。〔註 9〕按照今天一些先生的眼光，潘先生當年的行爲已不可救藥了，而更糟糕的是，事後他還非要恬不知恥地說出來不可，這不是有傷風化並且還製造了一種錯誤的言論導向嗎？然而，誰的性心理更正常，讀者自然心中有數。

正如在青少年的性教育上不能「堵」而應該「導」一樣，我認爲嚴肅文學中的性愛描寫對於身心健全的青少年讀者不僅無害，而且有益。因爲道理很簡單，青少年讀者常常通過這樣的文學作品實現了自己的性幻想，所以，這樣的作品實際上是替代性地發揮了性教育中「導」的功能。當然，我們必須承認，那種七情六欲不完整或一到緊要處便急忙用省略號的文學作品確實更乾淨、更上流、也更高尚，但非常糟糕的是，這樣的作品卻反而讓少男少女想入非非。假如少男少女均爲無性之人的話可能要好辦些，因爲我們可以蒙他，蒙了他他還不知道，但事實上是現在的少男少女整個兒都性早熟。

從實際情況看，吳先生的擔憂也並不偶然。在我的印象中，進入 90 年代後，文學上的好多複雜問題最終都簡化爲少男少女與文學的關係問題。記得當年《廢都》出來後，傳媒上便有報導，說一少年讀了此書便犯了強姦罪，於是我們的輿論便旗幟鮮明地忙活了一陣；《私人生活》面世後，又有傳媒報導，說一中學生給陳染寫信，核心意思好像是說你陳染腐蝕了革命青少年云云，於是輿論大喜。有了這些經驗教訓後，許多人在潛意識中便形成了這樣的推理：因爲文學作品寫了性，所以少男少女才有了性；因爲有一兩個性心理不正常的人看了作品瞎搞蛋，所以寫了性的作品就是壞作品。按照這一推理，《少年維特之煩惱》便是十惡不赦之作了，因爲它讓當年異國他鄉的一些少男少女自殺了。對於這一問題，王小波是這樣回答的：「我在報刊上看到一些統計數字，指出有多少性犯罪的青少年看過『不良』書刊或者黃色錄相帶，但是這樣立論是錯誤的。實際上有效的立論應是指出有多少看過『不良』書刊的青少年犯了罪。在概率論上這是兩個不同的反驗概率，沒有確定的關係，也不能夠互相替代。」〔註 10〕筆者對概率論一竅不通，但僅憑感覺，我以爲王小波已把這個讓人頭疼的問題給輕巧地解決了，儘管這種解決方法可能會讓許多人氣憤。

〔註 9〕 〔英〕靄理士：《性心理學‧譯序》，潘光旦譯注，北京：三聯書店 1987 年版。
〔註 10〕 王小波：《擺脫童稚狀態》，見《思維的樂趣》，第 95 頁。

　　周作人說：「做戒淫書的人與做淫書的人都多少有點色情狂」。〔註 11〕這種說法我不知道是否合適，我能知道的是《黃金時代》不是淫書，自然也非現代語彙中的色情文學，所以沒有必要戒。當然，你要非把它說成色情文學也沒辦法，因爲說到底，這可能還是個接受過程中的「前理解」問題和欣賞趣味問題，於是，道學家才在《紅樓夢》中看到了淫。勞倫斯說過：「在一個人看來是色情的東西，在另一個人看來則是天才的笑聲。」〔註 12〕我覺得這話非常適合於王小波的作品和別人對其作品所形成的截然不同的判斷，姑且就讓它作爲此文的結束語吧。

1997 年 12 月 2 日

（原載《當代青少年研究》1998 年第 1 期）

---

〔註11〕周作人：《性愛的新文化》，太原：山西人民出版社 1992 年版，第 24 頁。
〔註12〕轉引自〔英〕H. 蒙哥馬利·海德：《西方性文學研究》，劉明等譯，海口：海南人民出版社 1988 年版，第 12 頁。

# 創傷經驗的智性表達
## ——讀《最後一班地鐵》

　　因為網絡和博客，聶爾《最後一班地鐵》（花城出版社 2009 年 1 月版）中的大部分文字我在它成書之前就已經讀過了，所以這一次的讀實際上是重讀。重讀意味著溫習與緬懷，卻也依然有不時的驚奇和心有所動——那應該是一種突然的發現吧。如此說來，我在他的書中究竟發現了什麼呢？

　　首先的發現是聶爾對底層世界的關注。像《中國火車》裏的小偷，《為誰而顛狂》中的老業根，《人是泥捏的》中的老女人，《與宋海智博士對談》中那個不在場的「失蹤的姐姐」，李榮昌，老 G，小 b，小姨夫，「看不見的」清道夫，瘸子和聾啞人，這些人太普通也太平常，以至於很容易被人視而不見。但是，他們卻進入了聶爾的視野，並被作者感受、感歎、琢磨和思考著，他們也就成了這本散文集中一處處喑啞的風景。說其喑啞，是因為他們作為底層世界的小人物，常常無法發出自己的聲音。即使有聲音響起，也大都暗淡，纖細，飄渺。它們顯然是被時代強音所淹沒的對象。然而聶爾卻讓他們說話了，而他們一旦說話，便充滿了一種憂傷、無助和令人絕望的美。當表妹要跟那個精神病人小 b 離婚時，「小 b 跪在表妹面前，哭著說：『你是好人，你不要走！』表妹淚流滿面，為這句話，為這個人，為他們共同擁有的黑暗前程」。（《小 b 回家》）而那個老女人常常「在沒有任何緣由的情況下，長歎一聲：『唉，人是泥捏的呀！』說這話的時候，她的身體慢慢向後仰去，像是要從小凳子上仰面跌倒。她說的這句話，她說這句話時的語氣，以及她危險的後仰動作，完美地結合為一體，成為一種無可辯駁的人生觀」。（《人是泥捏的》）這些話自然全部都是出自那些小人物之口，但是一經聶爾的敘述與描繪，它們就擁有了現實主義的力量和唯美主義的韻味，底層聲音因此也獲得了一種

豐富而精緻的表達。在後殖民主義理論家斯皮瓦克那裏，「底層能說話嗎？」曾是一個巨大的疑問。讀了聶爾的文字，我意識到這種理論的脆弱。

這麼說，莫非聶爾是一位底層生活的觀察家？或者套用流行的說法，他成了一位「底層寫作」的踐行者？寬泛而言，如此品評似無多大問題，不過倘若誰眞的這麼去定位聶爾，我就會覺得是對作者的一種委屈。事實上，無論聶爾寫到了誰，他最終寫的都是他自己的思考與理解。或者也可以說，他用自己的思想穿透了社會之牆，我們順著他的思想線路前行，也就獲得了進入底層世界的秘密通道。底層世界本來是雜亂無章的，那些遊走於其中的小人物也大都面目模糊，但是，聶爾卻讓他（它）們有了形狀和模樣。這其實是一種美學賦形的過程。在悲憫地看與貼著他們想的過程中，他們有了心靈的驛動和靈魂的呻吟，也彷彿像作者那樣開始了思想的呼吸。「我的小姨夫一定是在大病之後，看清楚了一切，於是他不再說話了，因爲原來那個清晰的世界消失了，出現在他眼前的是一個完全陌生化的東西，越出了他的邏輯世界之外，於是他只好呆在外面張望。」（《小姨夫》）這是比較典型的聶爾式表達。在這裡，作者用他的思想呵護著也擊打著他筆下的人物，而那些人物也在他思想的光輝中慢慢蘇醒。人物被他的思想激活了，他們因此成爲栩栩如生的藝術形象。

如果說面對現實中的底層作者還只是粗線條的勾勒，那麼一旦面對自己記憶的底層，他的筆墨一下子就變得細膩而綿密了。這本集子中有相當一部分篇幅是作者對往事的追憶，然而這又是怎樣的往事啊。在《審訊》中，母親的錢包丟失了，全家人卻理所當然地認爲「我」是作案對象。在全家人組成的「法庭」上，「我」雖被判定無罪，但他們卻依然等待著「自然的詭計」，而這一天果然不期而至。在《我的戀愛》中，因爲母親身患重病，「我」的婚姻問題成了母親治療方案的一個組成部分。起初「我」拒絕著這種粗暴的介入與干涉，後來當「我」終於進入到戀愛的狀態中時，「我」的戀愛卻突然被父親宣佈必須終止，「我」又一次成爲家庭暴政的犧牲品。還有許多篇什中那個無處不在的「父親」，他像「幽靈」一樣潛入作者的無意識深處，成爲作者恐懼、驚慌、恥辱、沉默地拒絕或無助地反抗的對象。作者說：「很多年之後，我產生了一個懷疑，如果沒有我父親那一次的撕書，我對書的愛好可能不會延續得這麼長久。我可能會像我家族裏多數的人們一樣，投身於更爲實際的事業，並且鄙視書本。父親撕了我的書，使我的閱讀除了閱讀本身的含義，

更具有了一層象徵意義。」(《道路》)這麼說,作者人生的重大選擇──閱讀與寫作,依然是父親幽靈作用的結果。只不過這種作用並非助力,而是反嚮用力之後激發了作者長久的抵抗。

如此看來,在這些文字所構成的自敘傳裏,全部往事幾乎都成了作者的一種創傷記憶。這種創傷記憶固然打著濃鬱的個人化烙印,但我並不認為它們只屬於作者本人,而是具有了某種社會性或政治性。在中國,傳統的君臣父子模式已經塑造了渺小的個體在家庭與社會中卑微的位置,而當代集權主義的社會體制又打造了無數個與這種體製成龍配套的家庭結構。因此,當兒子體驗著父親的威權統治時,他或許已在提前體驗著社會的威權政治;當家庭成為一個專制的場所時,也許它正是那個更大的專制主義「管理」之下的必然成果。1968 年的「五月風暴」中,西方世界誕生了一句名言:個人的事情就是政治的事情。我從聶爾的創傷記憶中也讀出了這種東西。所以,當聶爾「審父」的時候,他其實也是在考問著我們的這個社會與時代。他以非常私人化的敘述,又以非常迂迴曲折的方式完成了他對社會的批判。

如果我的上述理解不錯,那麼聶爾的這些很個人的文字就不再單純。通過它們,我們看到了私人話語與文學公共性之間隱秘的邏輯關係。正是在這個意義上,我覺得聶爾的如下文字是值得注意的,它們或許構成了理解這本散文集的關鍵段落:「想想我自己,我無論每日家中面壁,或者有時置身於自然的荒野,我的精神從來沒有得到過解放,沒有獲得過自由,我總是惴惴然於一種無形的抽象的社會壓力。我把世界看做不成比例的兩極:一極是海洋一般顢頇強大的社會,另一極是沙粒一樣渺小的我自己。我,以及如我一樣的人們,因此而成為循規蹈矩者,謹小慎微者,成為『沉默的大多數』,儘管沙粒的內心有時也會翻卷起憤怒的波濤,但大海對此完全可以視而不見。」這是《小 b 回家》中作者生發的感慨。結合他的其他文章,我們不妨對這段文字做出如下解讀:對於渺小的個體來說,他們在進入社會之前就已被家庭提前去勢了,於是許多家庭成為顢頇而強大的社會的得力幫手。他們帶著自己的脆弱與恐懼走進社會,本來已具有了充當順民和良民的種種潛能,但社會卻依然不依不饒,結果,許多人就只能像小 b 一樣,成為一個潛在的精神病患者。而他們的存在,他們沒有感受過自由也沒有獲得過解放的身心世界,則對這個外表光鮮的社會構成了巨大的反諷。

於是,沿著作者創傷記憶的視角重新打量他筆下的那些小人物,他們或

許就獲得了新的解釋：那些小人物象作者一樣，同樣也有著種種創傷經驗。他們在社會之網中掙扎、碰撞，卻終於無法修成正果，而是成為這個社會的失敗者，多餘者，邊緣人，慘遭遺棄者和精神病患者。時代的戰車呼嘯而過，他們或者被甩到一邊或者被捲入輪下，他們也就成了這個時代的殉葬品。聶爾用自己的創傷記憶感受著也闡釋著那些同樣有著創傷經驗的人們，又用別人的創傷經驗回望著也咀嚼著自己的創傷記憶，二者相加便形成了一種複調敘事：那是自我與他者之間的彼此呼應，也是歷史與現實之間的暗中對話。

又是自己的創傷記憶，又是他人的創傷經驗，這本散文集一定被作者搞得淒淒慘慘戚戚了吧？實際情況卻並非如此。集子中雖然也有一些淒美的故事，但總體而言，它們大都流動著清竣、健朗、舒展、自然的氣息，似乎是哀而不怒，怨而不傷。為什麼聶爾的散文能寫到如此境界呢？

我想到了他文章中不時出現的冷幽默。比如，當老 G 被學生暴打一頓後，「我」去看老 G，文中有了如下描述：「他躺在醫院病床上，簡直不成人形，腦袋全部變成暗顏色，並且膨脹到原形的三四倍之大。他當時只能像蚊子一樣低聲說話，但因為腦袋已不是原來的腦袋，所以他的悲憤之情既無法表現到臉上來，也無法體現到語言中。」（《老 G 紀事》）再比如，當作者領獎回來在轉車之地的小旅館中擔驚受怕時，「聽到腳跟前的一個人說夢話說的竟是陽城（與我的家鄉晉城相鄰的一個縣）話，我恐懼頓消，於是放心大睡。」（《道路》）這種幽默常常能讓人會心一笑，它稀釋了生活的辛酸與堅硬。然而這樣的文字畢竟在文中只占很小的比例，它們還不足以構建整個文章的風格。

我又想到了他文章的寫法。聶爾的散文以寫人敘事為主，然而所寫之人與所敘之事卻常常置於他思想的觀照甚至覆蓋之下。也就是說，當他開始他的描述時，固然也被「情」所引領，但更被「理」所控制。於是那些外在於他的故事已非單純的故事，而是被作者思想滲透過的故事；那些內在於他的往事也非單純的往事，而是被作者的智性與理性梳理過的往事。因為經受了思想的洗禮，他的文字就富有了一種特殊的張力和魅力。在這套文叢中的序言中，林賢治先生特別提到散文的語言是一種自由的、富有個性化的語言。這種語言「由於來自生命的叢莽深處，帶有幾分神秘與朦朧是可能的；又因為流經心靈，所以會形成一定的調式，有一種氣息，一種調子，一種意味涵蘊其中。」聶爾的語言正是這樣一種具有「氣息」的語言，請看他如下的表達：「當八十年代最後一個春天以我從未見過的熱烈，以我有限生命所能看到

的最爲絢麗的色彩怒放到那年夏天的初始，並最終被時代之手輕輕掐滅的時候，九十年代的酷暑寒冬正式來臨，八十年代『嘩啦』一聲坍塌成記憶中的廢墟。」這是《最後一班地鐵》中的結尾句，作者用詩意的語言輕叩著八十年代如煙的往事，但敘述中卻蘊含著風雲雷動的力度。在這裡，情與理，詩與思已達到一種有機的融合。而這樣的表達在這本集子中可以說是俯拾即是。

那麼，是不是這種智性與詩性的表達讓聶爾的散文具有了一種特殊的韻味？是的，我想說的就是這個意思。許多年以前，我在聶爾的文字裏就讀到了這樣一種表達，但我卻一直不知如何去解釋這種表達。而這一次的集中閱讀，我卻忽然發現這種解釋其實已隱藏在他的敘述之中了。作者的奶奶去世後，人們希望他在葬禮上大哭一場，以此證明他對奶奶的感情，但是他卻終於沒有哭出來。他說：「真實是無法這樣來表達的，更無法當眾這樣來表達。對我來說，所有的感情都不單純。它們不光是感情，它們也凝結著思想的血。它們需要細緻，曲折，獨特的表達方式。」（《奶奶》）在這裡，凝結著思想之血的感情，細緻、曲折、獨特的表達方式，這幾乎就是我要尋找的答案。而找到這個答案時，我也長出了一口氣。我想到了藝術辯證法，想到了藝術生於節制死於放縱，想到了詩性表達與智性表達的關係，也想到了美文中的思想和思想者的美文，甚至還想到了阿多諾關於文學的諸多論述。而所有這些都是起因於我讀到了聶爾的這幾句話。

或許，這也是我閱讀《最後一班地鐵》的一個重要發現吧。

2008 年 12 月 9 日

（原載《博覽群書》2009 年第 2 期，刊發時被改名爲《創傷、智性、詩性——讀〈最後一班地鐵〉》）

# 現代性的氣味
## ——讀《下落不明的生活》

　　讀塞壬的散文集《下落不明的生活》（花城出版社 2008 年 12 月版，以下所引只標篇目和該書頁碼），我的感受是非常奇特的，但是我卻懷疑我能否把這種感受寫出來，因為那是我所不熟悉的生活，也是讓我感到陌生的文字。

　　塞壬所謂的「下落不明的生活」應該是從 1998 年開始的。1998 年以前，她是一家大型鋼鐵廠裏的工人。在那個廠子裏，每天她都要帶著她的勞動工具——激光分選儀，呼吸著濃濃的鐵腥味的空氣，出沒於那個鋼鐵料場。那裏有她瘋長的抒情慾望，也有她沒有表達的愛情。然而，在國家意識形態「下崗分流」的強勢話語中，她不得不自動去職，開始了一次緩慢，痛苦，複雜，卻又意義重大的「轉身」過程。九年之後她依然在說：「我從來沒有像現在這樣深深地懷念那段生活。我時常去試圖觸摸我的 1998，但總是忍不住要發抖，一種既明亮又隱秘、既悲亢又憂傷的情緒一下子攫住我，原本就要抓住的感覺一下子就滑脫了去，而後的內心就空蕩蕩的。」（《轉身》，第 103 頁）在我所生活的大學校園裏，24 歲左右的女孩子一般是在讀研究生，那似乎是大學生活之後的連續動作，但同樣年齡的塞壬卻「轉身」而去。無論從哪方面看，這都是一個重大事件，它為後來塞壬那種下落不明的生活埋下了兇險的伏筆。

　　於是她開始了在南方遊蕩、漂泊的生活。她說五年裏她記不清換了多少手機號：移動的，聯通的，動感地帶，神州行，全球通，大眾卡，如意卡，南粵卡；她也不斷地變換著她的信用卡：建行的，農行的，工行的，交行的，招行的，光大銀行的，商業銀行的，農村信合的。而五年的時間她居然從事過七種職業——記者，編輯，業務代理，文案策劃，品牌經理，區域經理，市場總監；橫跨五個行業——新聞，地產，化妝品，家電，珠寶。我之所以

羅列出塞壬在《下落不明的生活》一文中的如上文字，是因為我確實感到了一種震驚。我想到的是，如此頻繁的遷徙流動，如此快速的鏡頭切換，彷彿讓塞壬變成了《羅拉快跑》中的女主角。而這樣一種流動的生活節奏，顯然會給生活在其中的人提出很高的要求：他們必須得成為短跑運動員，他們也必須具有強大的爆發力，短時間提速的能力，甚至完美的彎道技術。有時候，我覺得自己也是一個運動員，但我卻似乎是在跑著一場沒完沒了也沒有終點的馬拉松。我簡直無法想像塞壬那種風風火火的短跑生活。

在我看來，這種生活其實就是一種被「現代性」綁架的生活，也是一種充滿著現代性體驗的生活。按照我的理解，現代性的特徵之一可以用一個字來表達：快。不再穩定的生活，不再固定的職業，來不及回味的心情，即生即滅的愛情，它們都是快的分泌物。而塞壬顯然是在被這種快裹脅著，她自己的生活也就變成了現代性的形象寫照。她說：「2005 年，我不停地遊走在東莞的常平鎮、厚街鎮、虎門鎮之間。兩年之後，我將那一段經歷用了一個飛字，飛翔，飛奔。它說出了姿勢和表情，它傳達出自在、自得甚至有某種輕快的信息，有脫逃的快意。」（《在鎮裏飛》，第 34 頁）既然她讓自己的生活飛了起來，她就擁有了與快和飛相伴相生的現代性體驗，比如失重，輕盈，暈眩，驚慌，甚至短暫的頹廢。

比如，《聲囂》中作者講述了她被搶劫的經歷：「一輛摩托車從我後面悄無聲息地駛來，摩托車後座的人伸手搶我的包，我被攥到在地，緊緊拽著包不放，那摩托車一路拖著我飛奔十幾米……血，骨頭，刺痛，喊叫……而後來的啜泣攤晾著悲傷。」（第 27 頁）而五次被搶的經歷已經變成夜晚可怕的夢魘，讓作者揮之不去，作者因此生活在對蠻橫聲音的極度敏感和恐懼之中。摩托車的馬達聲，治安隊夜間查暫住證的敲門聲，隔壁房間一對夫婦的做愛聲，公司老闆粗暴而驕橫的說話聲，這些聲音聚合成巨大的聲囂，似乎在逼人就範。而搶劫的飛車黨，還有作者多次提到的遊蕩在城市夜空之下的妓女，搶單的業務員，粗俗的老闆，他們彷彿又一起揮舞著手臂，把城市生活的樂章彈奏得迷亂而放肆。我們當然可以把這些個情節簡化成一個社會治安問題，商業倫理問題，或者一個打工妹的遭遇問題，但是在我看來，那也正是被現代性撞擊之下的產物。它們出現在 21 世紀中國南方那些生機勃勃的城市裏，卻也早已出現在波德萊爾筆下的 19 世紀的巴黎。而遭遇了現代性，也就意味著我們將與種種不穩定，不安全，不痛快，毫無來頭的歷險，不斷震驚

卻終歸麻木的疲倦狹路相逢。

塞壬就是生活在這樣一個世界裏，而她的文字則是對這個世界的快速回應。塞壬說：「我寫，一定是現實的什麼東西硌著我了，入侵我了，讓我難受了，我寫的，一定是必須要寫的，因為這已經是一個生理問題了，不寫，我會更加難受。一種被動的，生理的，需要被現實引爆的寫作在我身上萌動起來。這些文字有原生的腥氣，一個人的掙扎，喊叫，對抗，破碎，痛，旁若無人的表達，像一頭野獸。」（《為自己而寫》，第 194 頁）類似這樣的表白，應該是我們破譯塞壬散文的重要密碼。而在我看來，這種寫作或許就是一種生理或心理宣洩式的寫作。塞壬不斷遭遇著現代性的撞擊，而現代性體驗的毒素也在她身體中日積月累，層層疊疊，她必須把它們排出去方能保持身體的健朗和心靈的澄明。於是寫作在塞壬那裏首先成為一種排毒的過程。

這樣的寫作也造就了塞壬文字的獨特風格。如果說她的生活是「快」，她的文字則是在「飛」——飛動卻又破碎，飛散而無法聚焦，飛揚但飛揚得甚至有些跛躓。它們先是飛起來，然後又沉沉地落下，砸出了人們的疼痛，好像一場流星雨。這樣的文字是與她的生活相匹配的，我甚至能感覺到她急於表達的匆促、緊迫和被密密麻麻的憂鬱與憂傷催逼之下的慌不擇路。這種表達讓她的文字有了一種毛茸茸的原生態，也有了一種說不清道不明的氣味。前蘇聯心理學家 A・P・魯利亞認為：從內心意蘊的發動到外部語言實現的過程需要經過「內部言語」的環節，所謂「內部言語」就是那種句法關係較為鬆散、結構殘缺卻都黏附著豐富心理表現、充滿生命活力的語言。好的作家總能及時捕獲「內部言語」，就像蘇東坡所謂的「衝口而出，縱手而成」。〔註1〕在我看來，塞壬就是這種「內部言語」的成功捕獲者。

讓我以幾個例子略作說明。比如：「我已經瘋狂了。我的整個肉身作了一生中最瘋狂的決定，我將我全部的悲傷、我的血、我靈魂的精骨、我河水一樣的命運，用我如柴的右手凝聚著巨大的痛楚摑過去，不，它們是整個地砸過去！同時，我變形的嘴唇從胸腔發出沉悶的低吼：婊子！」（《耳光》，第 66 頁）這是塞壬摑出去的一記耳光，她似乎把無邊的憤怒一點一點地塞進了語言的分解之中，語言也具有了充血的力度。再比如：「每一個月末，因為工作，我都要從深圳坐火車去廣州。三天或者五天，然後返回。一直以為，我很害

---

〔註1〕 參見童慶炳主編：《文學理論新編》，北京：北京師範大學出版社 2010 年版，第 58 頁。

怕一種如期而至的約定，類似於一種輪迴，什麼時候去，什麼時候回，幾天，這些都像某種偈語，它暗合著女人的月經規律，陰鬱，不祥，有不忍深究的宿命意味。」（《月末的廣深線》，第 15 頁）在這裡，勞累與奔波因爲女人身體的隱喻而被賦形，漂泊的生活似乎也淪陷於身體的黑暗之中。又比如：「當我自然醒來的時候，我總是習慣性地拉開窗，望著外面，太密的樓房，我只得仰起頭，看見了狹長的一縫天，再看著自己越發瘦下去的身子骨，我會拿起鏡子照照臉，不忍細辨。一枕的落髮，長而髒的指甲，我看見桌上的水杯殘有半杯水，搽臉的乳液瓶一直沒有擰開過，那些舊報紙和雜誌好久沒有翻開過，還有那些乾皺而散落的蘋果或者桔，它們滾向顯示器的角落裏，所有這些積滿了灰塵，我醒了，它們依然沒醒，一種難以抑制的悲傷攫住了我，我只得躺下去，蜷住身體，向著更深的睡眠睡去。」（《南方的睡眠》，第 14頁）這種表達有著一種頹廢的、沉淪下去的美，它散發著荒涼、沉痛、衰朽卻又迷人的氣息，讓我想到了波德萊爾的《惡之花》。這是塞壬 30 歲時的文字，讀完這篇文字，我一下子對她刮目相看了。

這樣的文字是有氣味的，而這種氣味已被作者定位成如下說法：「因爲漂泊，我寫下了《夜晚的病》、《一個人的房間》、《月末的廣深線》、《漂泊遷徙及其他》，我試圖讓一種黏稠、潮濕而又性感的氣味遊蕩在那裏。我要讓它是從我身上散發來的一樣。同時，我感受到漢語的奇妙，就擺在那裏，它自己就會散發氣味。」（《2004，貼著皮膚的表達》，第 193 頁）這種「黏稠、潮濕而又性感的氣味」自然是存在的，但我卻也從那些文字中讀出了自戀的氣味，與作者的性別不大相稱的下筆兇狠、剽悍的氣味，就像汪曾祺評價鐵凝《玫瑰門》時用的那個比喻：生吃大黃貓。〔註2〕這麼說，莫非塞壬在踐行著一種「氣味寫作」？她讓她的文字有了一種混合的、時而清亮時而混濁的、讓人迷亂的氣味，她就眞正變成了那個海妖塞壬。所不同者在於，海妖塞壬用聲音蠱惑人心，而作家塞壬卻用氣味做成了文字的誘餌。她們都是讓人敬畏的女子。

不過，從我個人的閱讀偏好來看，我似乎更喜歡《轉身》那樣的文字，也更欣賞那種文字散發出來的氣味。在這篇散文中，塞壬不再那麼急迫了，她似乎學會了從容。或許是將近十年的時間讓那段生活發酵了，或許是塞壬

---

〔註2〕 參見汪曾祺：《鐵凝印象》，見《汪曾祺全集》（六），北京：北京師範大學出版社 1998 年版，第 331 頁。

面對自己的青春歲月時在尋找著一種新的表達。總之，那段生活在她筆下既張揚又收斂，既豪放又婉約，既大起大落又如泣如訴，既有明亮的快板又有如歌的行板，就像奧地利女吉他演奏家露伊絲‧娃可（Luise Walker）的吉他名曲《小羅曼司》，卻又有著那首曲子中不曾有的悲壯與輝煌。這樣的文字也是有氣味的，但卻是一種五味瓶打翻在地的氣味，是追憶逝水年華的氣味，是強大的體制讓一個弱女子輕易敗北的氣味，是綿長而憂傷欲說還休的氣味。這樣的氣味我喜歡。而這篇散文能夠獲得 2008 年度「茅臺杯」人民文學獎恐怕也不是偶然的，我想，也許正是作品的氣味征服了一向挑剔的主編李敬澤先生和相關的評委吧。

獲獎之後，《南方都市報》（2008 年 11 月 13 日）曾推出一篇關於塞壬的報導：《漂在東莞享受流浪狀態》。報導中說，塞壬剛剛成了東莞文學院的簽約作家，這件事情讓她最滿意的地方是她從此有了每月三千元的固定收入，以後她可以安心讀書寫字了。這意味著塞壬的生活從此不再「下落不明」。報導中還說塞壬正準備寫小說，我就想到她在《別人的副刊》中的那段文字：「爲了應付失眠的惡魔而就的寫作是低級階段的，那麼我至少現在，仍未渡過這個低級階段，當寫作成了一種任務，一種清晰的目標，我還找不出快樂會在哪裏。甚至，我意識到，漢語的感覺，它會不會失靈？」（第 81 頁）如此看來，塞壬是非常清醒的。那麼，經過了寫作的初級階段之後，塞壬將會做出怎樣的調整呢？她會在她的小說中告訴我們一些什麼呢？她會讓她的文字具有另一種氣味嗎？

所有這些正是我所感興趣的。我期待著。

2009 年 1 月 1 日

（原載《南方文壇》2009 年第 3 期）

# 性與現代性：為一個時代神傷
## ——楊炳麟詩集《塵世》中的一個主題

　　《塵世》（河南文藝出版社 2012 年 12 月版）應該是楊炳麟先生的第四部詩集。此前他還出版過《內陸省的河流》（河南文藝出版社 2007 年版）、《草叢》（中國文聯出版社 2006 年版）和《火焰》（作家出版社 2006 年版），但我都沒有讀過。據作者說，前面的詩集寫的是「故園、親情、鄉戀、貧瘠、饑荒、青春，詰問、批判以及昂揚向上的求索，無一不是在為一個時代存檔」（《塵世》·自序），由此我已大體可以推斷出那些詩歌的主題、意象和美學風格。然而，《塵世》卻是一次全新的書寫，或許它可以稱得上是作者詩歌寫作史上的一次「斷裂」事件。

　　這種斷裂感首先來自作者的指認，其次也在我的閱讀中得到了印證。作者說：「《塵世》在閱讀效果上將推翻感官享受的可能，讀它不一定有愉悅，它已剝離掉虛飾的描繪和淺閱讀的可能性。我雖不是有意割裂連續三十餘年的詩歌探索，但我得承認這是一個全新的詩寫態度。」（《塵世》·自序）這也就是說，當楊炳麟寫下這些詩歌時，他已經意識到將對讀者的感官、接受構成某種挑戰，甚至冒犯，但他依然我行我素，把自己的詩歌寫作推向了另一條探索之路。

　　我的閱讀感受也呼應了作者的描述。在這本詩集的前三輯中，作者下筆兇狠，用詞出位，構思奇特，意象詭異，著實讓我產生了一種震驚體驗。而作者無論在寫什麼，那裏面似乎都糅進了性的音符——性器、性事、性冷淡、性無能、性狂歡、性比喻、性象徵、性聯想……，於是閱讀這本詩集，我們彷彿進入了性現場，那裏滿地狼籍，空中漂浮著性的氣息。然而，它又不是下半身寫作或情色物語，而是關聯著在我看來更深刻的東西。

　　試舉兩例。比如：「渴望在草地上滾動，性器沾滿草屑／泥土，野花，被壓碎的七星瓢蟲／有陰影的斜坡，丟失閃電背後的／黑，挽著子宮的手」(《以爲這是苦修》) 單獨來看，這幾句詩自然是對性事的描摹，但它出現在「作奸犯科」、「有罪之身」等等語境之中，一下子就顯得不那麼簡單了。再如：「蘇醒的性器朝向外的炫光／無以復加的放浪與不馴／任意肢解孕育、繁殖和聲色之間的關係／而成熟隱秘的辛酸之外／她的耳郭，鼻翼，臀，豐胸以下的廉恥／被一股燒著的寒氣舔食」(《聲色裸者》) 這幾句詩，前面的描摹都很寫實，但因爲「廉恥」和「寒氣」等等，整首詩又指向了「聲色」之外的表達。

　　《塵世》中的許多詩歌就是以這樣一種方式呈現出來的。那麼，接著的問題便是：爲什麼作者要如此大尺度地寫性，又大面積地讓性頻繁出場呢？我的初步看法是：爲了呈現我們今天這個時代，或者進一步說，他要用性話語來揭示我們這個時代的基本特徵——在聲色犬馬中優雅地失重，並且不知不覺地墮落。

　　不妨再舉幾例，讓我們進一步看看隱匿於《塵世》之中的那種性與時代的同構關係。「有張臉，簡單，輪廓，本能／明亮的眼眸對你視而不見／到處都是。有生殖器，長途區號／還有淫穢的隱喻。有對腐爛的醫治／關於公墓消費的策略，以及城市服務指南／／安全套並不安全。這是一則婦科廣告／背景白皙，只一個影子黑青發紫／她知道流產，即便無痛也是被動的」(《街角》) 這是我們這個時代的街角風景，那裏貼著的密密麻麻的小廣告既是商業廣告的民間版本，又是政府主管部門打擊的目標，但它們傳遞出來的時代訊息卻是準確的，就像波德里亞所描述的那樣：「性欲是消費社會的『頭等大事』，它從多個方面不可思議地決定著大眾傳播的整個意義領域。一切給人看和給人聽的東西，都公然地被譜上了性的顫音。一切給人消費的東西都染上了性暴露癖」。〔註1〕

　　當然，這個時代畢竟已進步到數字時代——不僅有小廣告，而且還有互聯網，於是性開始在網上四處遊蕩。其中既有「用性拴住對方的癢／發個帖去，隔著夢想遞出」(《夢裏不許拒絕》) 的性挑逗，更有「一根體毛繞整個地球旅行」的「虛擬淫亂」：「敏感部位被傲慢地打開／瘦，生火的局部潴一汪春水／水火交融。堆高千尺的玫瑰／在線視頻。放浪形骸。淪陷／性，扭擺

---

〔註1〕〔法〕讓·波德里亞：《消費社會》，劉成富等譯，南京：南京大學出版社 2000 年版，第 159 頁。

著尾巴，約你／從天涯送來早孕試紙」（《麗人在線》）當然，僅僅在虛擬世界派對裸聊是不夠的，於是有了性的整裝待發：「靠窗口最近的側影情慾陡漲／漫過狂放不羈的自由，蔥蘢的夜燈下／留一條通途，通往失足的地方」（《打開這扇窗》）在性的驅使下，該發生的終於發生了：「一雙乾淨的手從陰戶上滑過／貓，傲慢地見證了全部過程／／渴望上你，這是罪惡的念頭／小乳房的空地上種下同一種雌花，租了一張臉，肉與肉咬在一起」（《低著頭的軟》）然而，在一個縱慾過度的時代，人們也終究要付出代價：「是的，一個時代的詬病：過頻／導致無能。軟弱無力地羞恥／這個物欲發酵的酮體」（《本色》）而最終，是人與這個時代一起陷落，身患重病：「有名有姓的聖人死光了，不僅是上帝死了。／大人物失節，小人物失身，／並排坐進一個豪華的包房手淫。／藏在人皮下的挫敗感，／無法醫治的春病。」（《大人物，小人物》）面對這種景象，詩人憤怒了，他惡狠狠地寫下了這樣的詩句：「抱有希望地騷。／一個獨自分裂的瘋時代，／敏感的腹溝、肚臍，體位和規矩／失去屬地，羞恥作爲信物／——做過婊子，嫖過娼」（《備案》）

以上的詩句固然出現在不同語境之中，但我把它們摘出來，重新排列，稍加勾連，它們便有了某種秩序和邏輯走向。這至少說明，一方面這些詩句以及相應的詩歌本來就相互指涉，相互映證，構成了一個巨大的性的語義場；另一方面很可能也意味著，詩人在有意無意之間，也想通過這些詩歌形成某種邏輯關係，從而完成對這個時代的某種審視。如果我的這些猜測有些道理，那麼我想說的是，他的目的已經達到了。

那麼，爲什麼作者要以這樣一種方式來審視這個時代呢？我想起了波德萊爾。波德萊爾不僅第一次對「現代性」做了解釋（「現代性就是過渡、短暫、偶然，就是藝術的一半，另一半是永恒和不變」〔註2〕），而且還通過他的《惡之花》呈現了現代性的方方面面。從此往後，我們都被現代性裹脅，現代性也在不同的歷史階段被不斷注入新的內容，最終出現了伊夫·瓦岱所描述的那種狀況：「現代性就像拼圖遊戲或者迷宮，是一個讓人迷失方向的歷史空間，在那裏我們既要前進卻又缺少前進的路標，每個集體，每個人——尤其是藝術家——必須在那裏找到自己的路，但卻不能確定無疑地去信賴大家共

---

〔註2〕 〔法〕波德萊爾：《現代生活的畫家》，見《波德萊爾美學論文選》，郭宏安譯，北京：人民文學出版社1987年版，第485頁。

享的知識或信仰可能帶給他的整體觀念。」〔註3〕在我看來，詩人找到自己的路固然是重要的，但他的職責之一還應該是確認現代性的現場，指出現代性的病象，帶領他的讀者在現代性的迷霧中進行一次美學突圍。

楊炳麟就是向著這個目標努力前行的一位詩人。他說「在《塵世》裏我已接受更多的現代性」（《塵世》·自序），這意味著他在向他以前詩歌所建構的「古代性」或「古典性」告別，從而也是在向令人賞心悅目的美告別。而把性作為《塵世》開掘的對象，一方面是對這個五迷三道的時代的真實摹寫；另一方面，他也用詩歌確認了現代性的新內容。因為在其詩中，波德萊爾式的「拾荒者」、「閒逛者」已黯然下課，而賣淫者、嫖娼者、偷情者、裸聊者、意淫者……，則以性的名義輪番登場。他們春情勃發，欲火中燒，隱喻著這個時代的亂象和瘋狂。性當然不是新生事物，但是當生殖器成為「新任上帝」，〔註4〕當縱慾成為一種生活常態，當性醜聞無數次越過道德底線，當性行為演變為「最後的和唯一的終極目的」，〔註5〕性便不再僅僅從屬於「古代性」，而是加入到「現代性」的陣營，成為我們這個時代的欲望景觀，也成為過渡、短暫、偶然、速生速滅的形象注腳。楊炳麟用詩歌搜集了這個時代現代性的新的證詞，並讓閱讀它的人感到疼痛，我以為這正是他這次詩歌寫作的價值和意義。

波德萊爾說：詩的目的「就是把善跟美區別開來，發掘出惡中之美」。「從惡中提出美，對我乃是愉快的事情。」〔註6〕大概正是這一原因，本雅明才把他命名為「發達資本主義時代的抒情詩人」。但是在《塵世》中，我並沒有看到楊炳麟向這方面努力。他似乎只是在呈現時代之惡、書寫時代之殤，卻並不試圖去發掘惡中之美。當他如此呈現並書寫之後，憤怒估計只是他的面部表情，而黯然神傷則有可能成為他更悠長的心理感受，揮之不去。就像他詩中所寫的那樣：「……到處傳播。現場，體液／糜爛，放蕩和奴性。衝動過後／聽得見血液中羞辱的喧響／為一個時代神傷。飽滿的性在毛孔裏發芽／流

---

〔註3〕〔法〕伊夫·瓦岱：《文學與現代性》，田慶生譯，北京：北京大學出版社2001年版，第4頁。

〔註4〕參見韓少功：《性而上的迷失》，見《心想》，天津：天津人民出版社1996年版，第92頁。

〔註5〕參見馬克思：《1844年經濟學哲學手稿》，北京：人民出版社1985年版，第51頁。

〔註6〕參見〔法〕波德萊爾：《惡之花 巴黎的憂鬱·譯本序》，錢春綺譯，北京：人民文學出版社1991年版，第8頁。

言。棄物。文明在赤裸後消磁」(《哪怕抽象一點兒》)這樣，「爲一個時代神傷」，就構成了他面對「性與現代性」的基本姿態。

也許有人不贊成詩人的這種做法，但我的看法卻正好相反。如果說在波德萊爾的年代，現代性還比較單純，詩人還可以在現代性中截留美的瞬間，那麼在今天，現代性已變得黏稠、混濁、附著了更多的人性之醜，時代之惡。這就意味著，經歷著詩情畫意的嚴重缺席，詩人發掘惡中之美已不大可能，試圖化醜爲美又顯得虛假。而面對這樣的現代性，我們的體驗也早已變形走樣——那裏面不再存有美的元素，有的只是震驚體驗以及頻繁震驚之後的感官麻木。這時候，詩人通過詩之眼的打量，把散亂的生活場景秩序化，把習以爲常的東西陌生化，以此喚醒我們的震驚和種種不快，進而催生我們的羞恥之心，坐實我們的困窘之境，我以爲詩人已認眞履行了他的職責。

正是在這個意義上，我很看重楊炳麟的這次詩歌實踐。可以說，這是一次詩人與現代性的狹路相逢。面對現代性這個巨無霸，他沒有迴避，沒有躲閃，而是在搏擊中扯碎了它的華麗外袍，讓我們看到了那具腐敗的身軀。這種舉動令人肅然起敬，他也因此捍衛了詩人的尊嚴。

2013 年 9 月 9 日

# 城市經驗與文學現代性斷想

## 一

談論文學現代性，我們似乎無法繞過波德萊爾，因為他是第　個為現代性下定義的人。在他那篇題為《現代生活的畫家》的長文中，現代性被他定義成如下樣子：「現代性就是過渡、短暫、偶然，就是藝術的一半，另一半是永恒和不變。……這種過渡的、短暫的、其變化如此頻繁的成分，你們沒有權利蔑視和忽略。如果取消它，你們勢必要跌進一種抽象的、不可確定的美的虛無之中，這種美就像原罪之前的唯一的女人的那種美一樣。」〔註1〕對於波德萊爾所謂的現代性，伊夫・瓦岱曾作過如下解讀：「波德萊爾的現代性不但從意識形態的角度而言是中性的，在主題的選擇上亦然。它只求藝術家要立足於自己的時代，不要看不起反映當代生活的主題，相反，他應該重視時尚，重視轉瞬即逝的現時和那些我們看到一次以後就再也看不到的事物。」〔註2〕正是依傍於這種現代性的價值觀念，波德萊爾才用他的詩篇記錄下他那個迷亂時代的種種意象，這些意象成為解讀現代性的重要注釋。

然而，無論是波德萊爾還是伊夫・瓦岱，他們都沒有特別提醒人們注意現代性與城市之間的特殊關係，這多少令人有些遺憾。事實上，我們談論波德萊爾或巴爾扎克，顯然無法脫離開那座 19 世紀的首都——巴黎。在這座城市裏，浪蕩子、妓女、無名的大眾、拱廊街裏琳琅滿目的商品等等，構成了城市的特殊風景。很可能正是波德萊爾所謂的「大城市的宗教般的陶醉」，〔註3〕

---

〔註1〕〔法〕波德萊爾：《現代生活的畫家》，見《波德萊爾美學論文選》，郭宏安譯，北京：人民文學出版社 1987 年版，第 485 頁。

〔註2〕〔法〕伊夫・瓦岱：《文學與現代性》，田慶生譯，北京：北京大學出版社 2001 年版，第 39 頁。

〔註3〕轉引自〔德〕本雅明：《發達資本主義時代的抒情詩人》，張旭東、魏文生譯，

才讓他既目迷五色又感慨萬千，而種種現代性的體驗便在這種特殊的城市經驗狀態中被喚醒、然後升騰成了一個個文學意象。

所以，現代性應該是城市經驗的某種凝聚。或者也可以說，我們談論現代性，應該從城市談起。而且，這個城市還不是一般的小城鎮，而是現代化的大都市。唯有這樣的城市才會帶來一種嶄新的時空經驗。這種經驗首先被感覺靈敏的作家捕捉到，然後便開始塑造他們觀察事物的眼光、思考問題的角度，最終則是體現爲他們的一種文學觀和價值觀。很可能只有經歷過這樣一個過程之後，文學現代性之類的東西才會在作品中應運而生。與城市經驗相對應的是鄉村經驗。如果說前者是生成現代性的肥田，後者則是哺育前現代性（古代性或古典性）的沃土。一旦我們把目光聚焦於中國，我們便不得不在一種前現代性／鄉村經驗和現代性／城市經驗中確認後者的位置和價值了。

二

中國現代意義上的城市出現於上世紀初，最終成型於 1920～40 年代，上海是這種城市的代表。有了這樣的城市，才有了新感覺派和張愛玲，也有了茅盾的《子夜》。現在看來，這些作家及其相關作品其實就是對現代性與城市經驗的一種書寫。李歐梵在面對《子夜》時，明確的就是這部作品與現代性之間的關係：「事實上，在小說的前兩章，茅盾就大肆鋪敘了長驅直入的現代性所帶來的物質象徵：汽車（三輛 1930 式的雪鐵籠）、電燈和電扇、無線電收音機、洋房、沙發、槍（一支勃朗寧）、雪茄、香水、高跟鞋、美容廳、回力球館、Grafton 輕綃、法蘭絨套裝、1930 年巴黎夏裝、日本和瑞士表、銀煙灰缸、啤酒和蘇打水，以及各種娛樂形式：跳舞（狐步和探戈），『輪盤賭、鹹肉莊、跑狗場、羅曼蒂克的必諾浴、舞女和影星』。這些舒適的現代設施和商品並不是一個作家的想像，相反它們是茅盾試圖在他的小說裏描繪和理解的新世界。簡言之，它們象徵著中國的現代性進程，而像茅盾那樣一代的都市作家在這種進程前都表示了極大的焦慮和矛盾心情。」〔註4〕但是，這種現代性的進程卻並沒有持續下去，而是出現了長時間的中斷。

---

北京：三聯書店 1989 年版，第 74 頁。

〔註4〕 李歐梵：《上海摩登——一種新都市文化在中國》，毛尖譯，北京：北京大學出版社 2001 年版，第 5 頁。

　　文學現代性的中斷是以政治現代性的出場為其前提的。眾所周知，中共奪取政權主要採用的是一種「農村包圍城市」的戰略戰術思想。1949 年之後，戰爭年代的思維方式延續成對城市工業化和革命化的雙重改造，其結果是延緩或阻止了城市商業化的進程。而縮小城鄉差別（三大差別之一）的相關政策，實際上是以遏止城市發展為其代價的。所有這一切，構成了我所謂的政治現代性。政治現代性體現著一種假想的進步意識形態，而實際上卻隱含著一種反現代性的思想。

　　政治現代性的甚囂塵上之日，就是文學現代性的關門大吉之時。於是我們看到，「十七年文學」少有對城市生活的關注；而所謂的革命歷史題材之作，絕大多數都可看成是對「農村包圍城市」這一政治命題的美學書寫。通過文學的追憶與緬懷，政治現代性也就進一步獲得了某種正確性、正當性和合法性。當然，我們也不會忘記，當城市呈現出工業化改造的實績和宏偉藍圖時，城市也成為作家抒發革命豪情的重要依據。比如，在公劉的《上海夜歌（二）》中，我們讀到了如下詩句：「輪船，火車，工廠，全都在對我叫喊：／拋開你的牧歌吧，詩人！／在這裡，你應該學會蘸著煤煙寫詩，／用汽笛和你的都市談心⋯⋯」。這裡雖然借助了某種城市經驗，但是由於城市已經被革命改造，所以詩人的經驗已變得不倫不類——它被政治現代性所篡改，卻失去了與文學現代性的內在關係。

## 三

　　進入新時期後，被中斷的文學現代性有了銜接之機，1980 年代中後期所開始的現代主義／先鋒主義運動大概體現出這樣一種嘗試。但是，現在看來，這種現代性的書寫還不是依據於充分的城市經驗，而只能算作一種「模仿的模仿」。

　　時至今日，我們大體已經知道，當年的許多作家都是通過西方的現代主義文學進入文學這座殿堂的。所以，沒有卡夫卡，就沒有當年的余華；沒有福克納，也不會有當年的莫言。余華說：「我要感謝卡夫卡，是卡夫卡解放了我的思想，至今為止我還是認為川端康成和卡夫卡是對我影響最大的兩位作家。當川端康成教會了我如何寫作，然後又窒息了我的才華時，卡夫卡出現了，卡夫卡是一個解放者，他解放了我的寫作。」〔註5〕這種說法很具有代表

〔註 5〕　余華：《我的文學道路》，見《說話》，長春：春風文藝出版社 2002 年版，第

性，那個年代成名的作家大體上都經歷過這樣的寫作過程。

然而，在西方能夠成爲現代主義文學的東西，在中國則需要另當別論。道理很簡單，因爲現代主義文學本質上應該是一種城市文學。當喬伊斯、卡夫卡、普魯斯特生產出一種現代主義的文學時，他們依據的是都柏林、布拉格和巴黎的城市經驗，自然，他們也在不同層面上延續了波德萊爾開創的文學傳統。而那些嶄新的文學的主題和令現實主義作家陌生的表現手法則是城市經驗的派生物。但是，我們那些剛剛上路的作家並沒有什麼城市經驗，卻有了許多現代主義的表達衝動，這多少令人感到奇怪。

許多年之後，韓少功對這個問題作出了如下反思：「我在法國參觀過勃勒東的故居，那太豪華了，又是城堡又是別墅，一個人孤獨地住在那裏，不神經兮兮的也不可能。而我們的先鋒作家們，當時可能還窩在一個小胡同裏，連像樣的房子也沒有，想找個情人也可能挨整。他們與西方同道會有同樣的痛苦嗎？會有同樣的想像和嚮往嗎？到了 90 年代『全民皆商』的時候，很多先鋒作家當資本家去了，這就是自然的結果。很多沒有『下海』的先鋒作家，也熱烈擁抱商品化、市場化、資本化這個時代潮流，什麼現代主義，什麼後現代主義，各種文本裏都隱含著對金錢的渴望和崇拜。」〔註6〕這種反思進一步提醒我們注意中國作家與眞正的現代主義之間的距離。

這就是我所謂的「模仿的模仿」。當卡夫卡在模仿城市經驗時，中國作家卻在模仿卡夫卡。這樣，文學現代性之線便出現了一種假想的連接。它連接的是西方的現代主義文學，卻沒有連接起生成這種文學的城市經驗。

## 四

時至今日，我們恐怕不得不承認，當下中國的許多重要作家依然是鄉土文學作家。他們生活在城市之中，但城市不過是他們的寄居之所，卻沒有成爲他們的表現對象和審美對象。在城市中回憶和想像時間和空間上遙遠的鄉村世界，幾乎構成了許多作家的主要寫作模式。

究竟是什麼原因造成了今天這種局面？可能有作家對城市的某種厭惡和恐懼。韓少功在解釋他回歸鄉村世界的原因時有過如下表白：「我被城市接納和滋養了三十年，如果不故作矯情，當心懷感激和長存思念。我的很多親人

79 頁。

〔註6〕《韓少功王堯對話錄》，蘇州：蘇州大學出版社 2003 年版，第 66～67 頁。

和朋友都在城市。我的工作也離不開轟轟城市。但城市不知從什麼時候開始已越來越陌生，在我的急匆匆上下班的線路兩旁與我越來越沒有關係，很難被我細看一眼；在媒體的罪案新聞和八卦新聞中與我也格格不入，哪怕看一眼也會心生厭倦。我一直不願被城市的高樓所擠壓，不願被城市的噪聲所燒灼，不願被城市的電梯和沙發一次次拘押。大街上汽車交織如梭的鋼鐵鼠流，還有樓牆上布滿空調機盒子的鋼鐵肉斑，如同現代的鼠疫和麻風，更讓我一次次驚悚，差點以為古代災疫又一次入城。侏羅紀也出現了，水泥的巨蜥和水泥的恐龍已經以立交橋的名義，張牙舞爪撲向了我的窗口。」〔註7〕

可以把這種表白看作是中國文學／文人傳統的某種回響。當作家試圖在鄉村與城市的二元格局中安放自己的靈魂時，前者往往會成為首要選擇，而後者卻常常成為批判對象。這種批判加大了作家與城市的疏離，也進一步確認了作家與鄉村世界的親和關係。於是，城市成為文學的敵人，也成為作家感情上必須逃亡的地方。

但是，這就是作家迴避城市寫作的主要原因嗎？也許我們需要再來看看莫言的一些說法。莫言在談到為什麼他要亮出「高密東北鄉」的旗號時指出：在寫高密東北鄉之前，他也曾寫過一些別的小說，但一看就是假貨，「因為我所描寫的東西與我沒有絲毫感情上的聯繫，我既不愛它們，也不恨它們」。當他開始了在高密東北鄉「嘯聚山林、打家劫舍的文學生涯」之後，他才突然意識到，「二十年農村生活中，所有的黑暗和苦難，都是上帝對我的恩賜。雖然我身居鬧市，但我的精神已回到故鄉，我的靈魂寄託在對故鄉的回憶裏」。「我所界定的故鄉概念，其重要內涵就是童年的經驗。如果承認作家對童年經驗的依賴，也就等於承認了作家對故鄉的依賴」。〔註8〕

莫言的表述讓我們意識到，當代許多作家的寫作其實就是一種故鄉寫作，而這個故鄉常常又與某個鄉村世界緊密相連。鄉村經驗再加上童年經驗，決定了他們後來寫作的基本路徑。當然，通過種種方式，他們後來都進了城，成為某個城市的居住者，但城市生活對他們而言已只能成為一種「經歷」（Erlebnis），而不是一種深入骨髓的「經驗」（Erfahrung）。對於城市，也許他們不是不想寫，而是不敢寫或不能寫。一旦他們以某座城市入筆，便立刻會

---

〔註7〕 韓少功：《山南水北》，北京：作家出版社 2006 年版，第 3～4 頁。
〔註8〕 莫言：《超越故鄉》，見《會唱歌的牆——莫言散文選》，北京：人民日報出版社 1998 年版，第 225、226、229 頁。

暴露出美學上的貧困。賈平凹的《廢都》自稱是一部關於城的小說，但是他的感覺、立意和用筆卻都是商州式的。城市在許多作家面前因此成為一個跳不過去的坎。

　　因此，依我之判斷，文學現代性在今天依然處在某種中斷的狀態。當一些真正的作家不屑、不能或不敢在文學中與城市為伍時，那些文化工業生產出來的產品（如電視劇、暢銷書）卻在打造著關於城市的種種神話。它們填補了這個被有意讓出的空白地帶，當然也製造出了一種現代性的假象。

2007 年 11 月 14 日

（原載《南方文壇》2008 年第 1 期）

第 三 輯

# 文學活動的轉型與文學公共性的消失
## ——中國當代文學三十年的回顧與反思

　　考察改革開放三十年的文學活動，我們大體上可把 1980 年代看作是中國當代文學的興盛時代。而進入 1990 年代之後，一方面文學已失去了 80 年代那種轟動效應，一方面文學活動也從整體上開始了轉型的過程。這種轉型已被一些學者做過描述和分析，但有一個問題還幾乎未被觸及，即文學活動的轉型與文學公共性呈現出何種關係？轉型之前是否業已形成一個文學公共領域，轉型之後是否意味著文學公共領域已走向消亡？借助於西方學者有關「公共領域」的理論來觀照這三十年的文學活動，我們究竟能夠從中發現怎樣的演變軌跡？所有這些問題構成了本文思考的重心。

## 何謂公共性

　　名不正則言不順，在進入這些問題之前，有必要對公共性、文學公共性等概念做出簡要的界定。

　　關於公共性（publicity），儘管國內有學者認為它是「對一切不平等的等級關係的否定和對社會多樣性的肯定」，「『公共性』應該成為一種爭取平等權利的戰鬥的呼喚」，〔註1〕但此說一方面與西方學者的定位不大吻合，一方面也與筆者的理解存在著一定距離。哈貝馬斯（Jürgen Habermas）指出：「公共性本身表現為一個獨立的領域，即公共領域，它和私人領域是相對立的。有些時候，公共領域說到底就是公眾輿論領域，它和公共權力機關直接相抗衡。」〔註2〕由此看來，公共性與公共領域（public sphere）基本上可看作一個概念，

---

〔註1〕　汪暉：《文化與公共性‧導論》，見汪暉、陳燕谷主編：《文化與公共性》，北京：三聯書店 2005 年版，第 2～3 頁。
〔註2〕　〔德〕哈貝馬斯：《公共領域的結構轉型》，曹衛東等譯，上海：學林出版社

或者是把公共性看作公共領域發揮作用之後呈現出的一種基本特徵。

那麼，何謂公共領域呢？關於這一問題，雖然阿倫特（Hannah Arendt）與桑內特（Richard Sennett）等學者也有過精彩論述，〔註3〕但我在這裡主要還是靠在哈貝馬斯的闡釋上。在哈貝馬斯看來，「資產階級公共領域是在國家和社會間的張力場中發展起來的，但它本身一直都是私人領域的一部分」。〔註4〕在這裡，「國家」與「社會」是理解公共領域的重要概念。因為國家代表著權力機關，它所形成的是一個公共權力領域；而社會（市民社會）則是由成熟而自律的私人領域建構而成的。當國家與社會二位一體時（比如中世紀晚期的統治），並不存在公共領域；只有社會與國家的徹底分離，公共領域才會誕生。哈氏指出：「由於社會是作為國家的對立面而出現的，它一方面明確劃定一片私人領域不受公共權力管轄，另一方面在生活過程中又跨越個人家庭的局限，關注公共事務，因此，那個永遠受契約支配的領域將成為一個『批判』領域，這也就是說它要求公眾對它進行合理批判。」〔註5〕可以說，理解了這一論斷，也就理解了社會與國家之分離對於公共領域形成的重要性。

由此看來，我們不妨把公共領域看作是國家與社會之間的一種中間地帶，這一地帶由私人領域生發而成，又可通過公共輿論抵達公共權力領域。而在哈貝馬斯的分析中，公共領域的存在之所以有價值，就是因為公眾在這一領域可以「進行批判」，並最終形成公共輿論。所以，公共領域實際上是一個批判的領域。

在此基礎上，哈貝馬斯又進一步把公共領域區分為文學公共領域與政治公共領域。文學公共領域出現於城市之中，其機制體現為咖啡館、沙龍以及宴會等。此領域率先與代表著國家機器的文化形式相對抗。而「政治公共領域是從文學公共領域中產生出來的；它以公眾輿論為媒介對國家與社會的需求加以調節」。〔註6〕在哈貝馬斯心目中，文學公共領域應該是十分重要的領域，因為它既是政治公共領域形成的基礎，又是聯結私人經驗與政治公共領

---

1999 年版，第 2 頁。

〔註3〕 參見〔美〕漢娜・阿倫特：《公共領域與私人領域》，劉鋒譯，見汪暉、陳燕谷主編：《文化與公共性》，第 57～124 頁；〔美〕理查德・桑內特：《公共人的衰落》，李繼宏譯，上海：上海譯文出版社 2008 年版。

〔註4〕 〔德〕哈貝馬斯：《公共領域的結構轉型》，第 170 頁。

〔註5〕 同上書，第 23 頁。

〔註6〕 同上書，第 35 頁。

域的中介與橋梁。按照我的理解，作為私人經驗的政治訴求首先是通過文學形式的固定才進入文學公共領域的，而在此領域中因文學公共話題形成的公眾輿論，又可成為進入政治公共領域的前奏。如果說政治公共領域的輿論是剛性的、直來直去的，文學公共領域的輿論則顯得柔和與委婉，而經過文學與訴諸人性層面的疏通與鋪墊，文學公共領域的輿論進入到政治公共領域之後很可能會具有一種美學力量，它可以讓政治訴求變得更容易被人接受。

如此對哈貝馬斯所謂的公共領域做出描述，自然已大大簡化了他的理路。但簡要瞭解哈貝馬斯說過些什麼，顯然有助於我們對中國當代文學問題的理解。在此基礎上，我試圖給文學公共性做出如下界定：所謂文學公共性是指文學活動的成果進入到公共領域所形成的公共話題（輿論）。此種話題只有介入性、干預性、批判性和明顯的政治訴求，並能引發公眾的廣泛共鳴和參與意識。雖然我們判定文學的尺度已有許多，但若要考量文學與一個時代是何種關係，文學公共性的多少有無及相關效應可以也應該成為一個重要尺度。

## 文學公共領域的形成

把文學公共性話題代入到中國當代文學三十年的思考中，我們只能取其大意而不可機械套用，否則我們將不得不首先面對國家與社會是合二為一還是一分為二等理論難題。這些問題儘管重要，卻並非本文談論的重點。因此，本文將把類似問題暫時懸擱，而直接去面對文學活動與文學公共性的關係問題。

如果把目光稍稍放遠一些，我們便會發現早在 1978 年之前，一些文學活動已經具有了公共性的雛形。比如，只要讀過《文化大革命中的地下文學》一書的人都會意識到，即使在「文革」那樣一個大公無私，公私不分的年代裏，依然有文學活動的私人領域存在。它們以文學群落和地下沙龍的形式出現，秘密討論、爭論、辯論著文學問題和當時人們極為關注的政治問題。用朱學勤對「六八年人」的描述來說，這種邊勞動邊讀書邊思考的生活格局，最終形成的是「一個從都市移植到山溝的『精神飛地』，或可稱『民間思想村落』」。〔註7〕

---

〔註7〕 朱學勤：《思想史上的失蹤者》，見《書齋裏的革命》，長春：長春出版社 1999
年版，第 65 頁。

　　但是，由於眾所周知的原因，這種文學活動在當時卻只能處於「地下」狀態，而稍有不慎，便會惹來牢獄之災（1975 年，趙一凡、徐曉等因所謂的「第四國際」案而被抓，蹲監獄達兩年之久，趙一凡所主持的地下文藝沙龍也因此受到重創，即為一例〔註8〕）。這就意味著在 1978 年之前，雖然存在著文學活動的私人領域，且這種私人領域已具備了生成文學公共領域的基質，但其討論的種種話題卻無法有效地進入到公共空間，而只能在小範圍內流傳。使文學活動進入公共領域的標誌性事件應該是民間刊物《今天》的創辦與傳播。1978 年年底，當趙振開（北島）、芒克等人把《今天》創刊號張貼於北大、清華校園和人民文學出版社門口，並迅速流傳而成為一起公共事件時，中國當代的文學公共領域開始出現。而在 1978 年前後，《班主任》、《傷痕》等文學作品亦見諸報刊，「傷痕文學」也成為拓寬文學公共領域的一個重要因素。需要說明的是，我在這裡談到文學公共領域的發生時首推《今天》，不僅是因為它的民刊性質，更在於它是「文革」地下文藝沙龍的直接延續，從中我們可以看出文學活動的私人領域向公共領域轉換的邏輯鏈扣。

　　以《今天》的創刊為標誌，同時也伴隨著「傷痕文學」、「反思文學」、「改革文學」的推波助瀾，文學呈現出濃鬱的人文關懷、社會關懷和政治關懷等特徵。徐曉曾經回憶說：「《今天》所追求的是自由的人文精神，……她的作者們自我標榜從事純文學創作，但這種所謂『純文學』也只是相對於意識形態化文學而言。雖然《今天》的發起人在創意時曾經達成保持純文學立場的共識，但事實上這是完全不可能的。由於振開和芒克的某些做法，被其他成員視為違背了不參政的初衷，導致最初七位編委中有五人退出，僅留下了他們倆。」「這至少說明，在當時的中國，也許不僅僅在中國，純粹的文學、學術是不存在的。不管《今天》的創辦者是如何地試圖純文學，都無可奈何地與初衷相背離，而一旦介入其中，將不可避免地被逐出主流社會，其命運的坎坷也是可想而知的。」〔註9〕徐曉在這裡力陳那個年代純文學之說的虛妄，並隱含著文學介入政治（參政）的信息，實乃道出了 1978 年之後文學的共同追求。因為無論是民間刊物還是正式刊物，無論作家以什麼方式發言，文學以怎樣的姿態面世，其中都或多或少隱含著一種社會關懷和政治訴求。在這

---

〔註8〕　參見楊健：《文化大革命的地下文學》，北京：朝華出版社 1993 年版，第 427 頁。徐曉：《半生為人》，北京：同心出版社 2005 年版，第 60～85 頁。
〔註9〕　徐曉：《荒蕪青春路》，見《半生為人》，第 139、140 頁。

樣一種總體氛圍中，文學公共領域開始成型。

許多事例都可以說明 80 年代文學公共領域的活躍景觀，在這裡，我只想以報告文學（也包括紀實文學、報告小說等）這種特殊的文類爲例略作分析。作爲一種文學與新聞雜交而成的文體，報告文學在 80 年代空前繁榮，究其原因，主要在於它具有一種快速、有力、近距離地介入社會、干預現實的特點。而自從《人妖之間》面世之後，一方面迅速形成了一批優秀的報告文學作者隊伍，一方面也催生了報告文學的批判理念。因此，這一時期的報告文學無論是寫人說事，大都塗抹著揭露、質疑、商榷、批判的底色。舉例言之，1985年 5 月 19 日，曾雪麟執教的中國家足球隊在小組賽中輸給香港隊後，引發北京球迷鬧事，釀成了著名的「5‧19」事件。主流媒體一方面把鬧事者稱作「害群之馬」，一方面聲明要對肇事者予以嚴懲。就在這種嚴峻的氣氛中，作家理由和劉心武依然分別寫出並發表了報告文學《傾斜的足球場》和報告小說《五‧一九長鏡頭》，劉心武在其作品的結尾寫道：「事到如今，我們無妨反過來想想，倘如 5‧19 那天球賽結束後，看臺上的中國觀眾都心平氣和地爲『雙方的精彩表演』鼓掌，然後極有秩序地魚貫而出，並紛紛微笑著各自回家，全世界和我們自己，對我們這個民族該作出怎樣的評價呢？」〔註 10〕顯然，這是與主流意識形態商榷的聲音，而這種聲音也在許多人那裏激起了強烈共鳴。報告文學及時、有效的介入性與干預性由此可見一斑。大概也正是因爲這一緣故，這一時期集中研究過報告文學的謝泳才從此種文體中提煉出一個概念——參預意識。他指出：「讀《中國的要害》、《北京失去平衡》、《陰陽大裂變》等作品就能強烈地感受到這種『參預意識』的衝擊。」〔註 11〕而在我看來，所謂參預意識，其實就是參政、議政的聲音在文學公共領域中的一次彩排，它被熱議和放大之後有可能進入到政治公共領域之中。

如果我們承認 80 年代存在著一個文學公共領域，文學公共性也曾頭角崢嶸地處於一種瘋長的狀態，那麼我們接著需要追問的是背後的原因。在我看來，文學公共領域形成的因素大體有三。

首先是在思想解放的進程中，主流意識形態的政治理念與民間的政治訴求存在一種同步性與同構性，即從總體上看，二者都是要清算「文革」罪惡，清除極左思潮加在人們身上的禁錮。在這種狀態下，意識形態國家機器有意

〔註10〕劉心武：《五‧一九長鏡頭》，《小說選刊》1985 年第 9 期。
〔註11〕謝泳：《報告文學及其態勢評價》，《文學自由談》1987 年第 3 期。

放鬆了一些管制，這就讓文學公共領域有了存活與生長的空間。魯迅先生曾經指出：「我每每覺到文藝和政治時時在衝突之中；文藝和革命原不是相反的，兩者之間，倒有不安於現狀的同一。惟政治是要維持現狀，自然和不安於現狀的文藝處在不同的方向。」〔註 12〕這裡說的是文藝與政治的常態。當政治也想改變現狀時，它就與不安於現狀的文藝不謀而合了。80 年代某些時段正好呈現出文藝與政治殊途同歸的景觀。而隨著「創作自由」被 1984 年的作協「四大」規定為一項文藝政策，許多作家更是把它看作為文藝鬆綁的一個信號，他們的膽識才情因此也有了「自由」釋放的空間。當然，我們也應該看到，80 年代文藝與政治的關係也並非風平浪靜，一派祥和，魯迅所言的那種「衝突」也時有發生，比如，「清除精神污染」（1983 年）與「反對資產階級自由化」（1987 年）便是二者衝突的一個標誌。但是今天看來，那種時鬆時緊的環境對於文學公共領域的生長並非完全是不利因素，因為這樣一來，反而讓文學公共領域成了一個「鬥爭」的場所，許多觀念、理論似乎首先是在這一場所亮相、交鋒之後才獲得了某種言說的正當性與合法性。因此，鬥爭的結果是擦亮了一些順乎歷史發展潮流的觀念，並讓它們逐漸變成了常識。與此同時，公共領域也在鬥爭中擴大了自己的地盤，延展了理性的聲音。

其次，從寫作主體的層面看，80 年代的作家往往身兼二任：一方面他們是詩人、小說家或報告文學作家，另一方面他們又扮演著知識分子的角色。本來，作家有作家的使命，知識分子有知識分子的天職，前者只是通過文學作品向世人說話，其話語內容並不必然體現出文學公共性的要求；後者則以政論、時評等方式發言，其發言內容則會有效地進入到公共空間，並成為公共領域中重要的話語力量，但是 80 年代卻是作家與知識分子身份的合二為一。陳平原指出：「八十年代沒有所謂的公共知識分子；因為，幾乎每個學者都有明顯的公共關懷。獨立的思考，強烈的社會責任感，超越學科背景的表述，這三者，乃八十年代幾乎所有著名學者的共同特點。」〔註 13〕這裡說的是學者，但我以為換成作家大體上也是可以成立的。明乎此，我們就會明白，當有作家在 80 年代中後期提出「玩文學」的說法時，立刻遭到了眾人批評。而一段時間內，作家的責任感與使命感也成為文學界熱議的話題。路遙說：「一

〔註 12〕魯迅：《文藝與政治的歧途》，《魯迅全集》第 7 卷，北京：人民文學出版社 2005 年版，第 115 頁。

〔註 13〕查建英主編：《八十年代：訪談錄》，北京：三聯書店 2006 年版，第 133 頁。

個有良知的作家藝術家，都會自覺地意識到保證創作自由和社會責任感並不是對立的。人們希望作家藝術家關注國家的興衰、人民的命運和現代化事業的前程，因為這和作家自身的命運和前程是息息相關，血肉相連的。一個真正的作家，不可能對自己國家的命運毫不動情，也不會對人民的疾苦歡樂漠然視之。」〔註14〕李存葆也指出：「正像我們每一個作家時時不可忘記自己的藝術追求一樣，同時也更不應該忘記自己的社會責任感。」〔註15〕現在看來，當許多作家把社會責任感落實成文學寫作時的道德律令時，其作品中也就必然會讓文學公共性的聲音鳴響，因為他們已經不同程度地把知識分子的社會理想和政治抱負落實成了一次次的文學實踐。

第三，文學公共領域的形成離不開閱讀公眾，現在看來，80年代一方面是文學閱讀空前繁榮的時期，另一方面也是閱讀公眾走向成熟的時期。作家出版社原社長助理楊葵說過，王府井書店剛放開時，「購書的人排山兩里地，那時銷量最大的是西方古典文學，巴爾扎克的《高老頭》、《歐也尼·葛朗臺》，托爾斯泰的《復活》、《安娜·卡列尼娜》，等等」。〔註16〕而據查建英回憶，她上大一大二的時候，北大書店經常有趕印出來的中國書和外國書，「一來書同學之間就互相通報，馬上全賣光。當時還沒有開架書，圖書館裏的外國小說閱覽室裏永遠坐滿人」。〔註17〕美學著作與哲學著作甚至也成為暢銷書，有人回憶，80年代初的北京大學，李澤厚的《美的歷程》，大學生們幾乎人手一冊。〔註18〕薩特的《存在與虛無》1987年第一次印刷達37000冊；而據卡西爾《人論》一書的譯者甘陽介紹，該書一年內就印了24萬本，成為全國頭號暢銷書。〔註19〕公眾的閱讀盛況由此可見一斑。

與此同時，眾多文學雜誌在80年代的發行量大得驚人（如《收穫》最高發行量達100萬份），亦可反證文學讀者隊伍的龐大。而由於一些重要的大型

〔註14〕路遙：《關注建築中的新生活大廈》，《光明日報》1986年1月2日。見馬玉田、張建業主編：《十年文藝理論論爭言論摘編（1979～1989）》，北京：北京十月文藝出版社1991年版，第754～755頁。

〔註15〕李存葆：《我的一點思考》，《光明日報》1985年12月4日。同上書，第748頁。

〔註16〕吳琪：《暢銷書歷史：精英落幕》，《三聯生活周刊》2006年第28期。

〔註17〕查建英主編：《八十年代：訪談錄》，第24～25頁。

〔註18〕趙士林：《對「美學熱」的重新審視》，見張未民等編選：《新世紀文藝學的前沿反思》，北京：人民文學出版社2007年版，第296頁。

〔註19〕查建英主編：《八十年代：訪談錄》，第203頁。

文學期刊有著明確的文學理念和責任擔當（如《當代》），〔註 20〕致使一些深度介入社會現實的文學作品可以迅速走向讀者群體。在我的理解中，文學讀者並不一定就是閱讀公眾，但由於文學近距離地審視著生活，也由於構成文學閱讀的主要群體來自於高校學生（也包括一些中學生），80 年代的文學讀者就像當年的「五四」青年一樣，他們既通過文學認識著社會現實，也通過文學接受著思想啓蒙。結果，文學讀者不僅不斷刷新了自己的審美意識，而且也逐漸擁有了一種冷峻的批判意識。這樣的讀者是具有一種再闡釋能力的，一旦他們在學校中組織了文學社團，自辦起文學刊物，或者擁有了某種話語權，他們就會營造出一個又一個小型的公共空間，進而放大文學界的聲音，擴散思想啓蒙的影響。在這一意義上，他們由文學讀者變成了具有批判意識的閱讀公眾，並以他們特有的方式參與到文學公共領域的建構之中。

以上擇其要者，我羅列了文學公共領域形成的三方面因素。自然，這並非其全部。事實上，如果 80 年代沒有思想界（包括哲學界、美學界、翻譯界等）的活躍，也就沒有文學界的繁榮。李陀曾引批評家蔡翔的一個觀點指出：「80 年代文學界有一個優點，它和思想界是相通的，思想界有什麼動靜文學界都有響應，甚至那時候文學界有時還走在思想界的前面。」〔註 21〕在此意義上，我們甚至可以說思想界的革命是文學公共領域形成的一種助力。然而，進入 90 年代之後，業已形成的文學公共領域開始土崩瓦解，文學與文學活動也進入到另一個時期。

## 文學公共性的消失

有限的篇幅很難呈現出文學公共性消失的全貌，但我依然想在一些關節點上予以停留，以便讓一些基本的症候浮出水面。

經過 80 年代的喧嘩與騷動之後，90 年代以來的文學開始趨於平靜。作家大都遠離重大的社會現實問題，開始關注私人生活。報告文學走向衰落，家長里短的散文開始陞溫。越來越規範的文學制度（比如文藝政策的調整與落實，作協、文聯機構的完善，專業作家制度的形成，各種官方文學獎項的設立等等）一方面試圖把文學拉入到體制之內，另一方面，文學市場化的進程

---

〔註 20〕 參見《〈當代〉大編暢談「文壇往事」》，http://www.wyzxsx.com/Article/Class12/200709/23452.html.
〔註 21〕 李陀：《漫說「純文學」》，《上海文學》2001 年第 3 期。

又給文學提供了與商業聯姻的機會。與此同時，文學作品開始淡出人們的視線，文學讀者大量流失，其直接後果是導致各種文學期刊的發行量驟減。世紀之交，文學期刊雖出現了「改版」風潮，但除少數雜誌獲得成功外（如《天涯》通過改思想文化類雜誌而獲得成功，《萌芽》因舉辦「新概念作文大賽」而起死回生），多數雜誌或者回到原來那種不死不活的老路上，或者徹底改變了顏色而變成一種娛樂休閒雜誌（如《湖南文學》變《母語》）。〔註22〕可以說，90年代的文學期刊已很難行使80年代的那種功能了。

讓我以一些例子略作說明。

例一：80年代的劉心武之所以是一個重要作家，既是因為他寫過《班主任》、《立體交叉橋》、《鐘鼓樓》乃至《五‧一九長鏡頭》、《公共汽車詠歎調》等一系列具有現實感的作品，也是因為他在擔任《人民文學》主編期間體現出一種責任與擔當。他的作品與他所做的文學工作因此成為公共話題，也成為建構文學公共領域的一部分。90年代以來，他雖然還在不斷寫作，但80年代的那種責任感與使命感似乎已隨風而去。人們對他略有記憶的要不是他在「二武對話錄」中說過一些車帖轆話，〔註23〕要不就是把「江湖夜雨十年燈」據為己有的笑談。這些年前度劉郎今又來，並不是因為他有苦心經營的文學創作，而是靠「揭秘」《紅樓夢》大紅大紫。作為一種個人選擇，這種做法其他人自然無從干涉，但一個當年近似於信馬由韁的文壇俠客演變成今天《百家講壇》上的娛樂明星，不是也很能說明一些問題嗎？

例二：90年代以來並無多少像樣的文學討論，唯一一次與文學相關並越出文學範圍之外的討論是關於「人文精神」的爭鳴。現在看來，雖然這次討論有著許多情緒化之處，但它顯然延續了80年代文學公共領域的流風遺韻。而從討論中，一些學者重建文學公共性的努力也躍然紙上。然而，一些作家的反應卻令人吃驚。比如，寫過《躲避崇高》並為王朔辯護的王蒙便曾指出：「我們的作家都是像魯迅一樣就太好了嗎？完全不見得。文壇上有一個魯迅是非常偉大的事，如果有50個魯迅呢？我的天！」〔註24〕此種話語可以做出

---

〔註22〕 參見邵燕君：《傾斜的文學場——當代文學生產機制的市場化轉型》第一章，江蘇人民出版社2003年版。

〔註23〕 參見《劉心武張頤武對話錄——「後世紀」的文化瞭望》，桂林：灕江出版社1996年版。

〔註24〕 王蒙：《人文精神問題偶感》，《東方》1994年第5期，見王曉明編：《人文精神尋思錄》，上海：文匯出版社1996年版，第116頁。

多種解讀，但我以爲這種皮裏陽秋的表述起碼暴露了作家選擇後撤並爲這種後撤辯護的犬儒主義心態。這種近似於胡攪蠻纏的辯論不但不可能爲文學公共性的重建加磚添瓦，反而會迅速解構公共話題的沉重與隆重，讓它在笑罵之中歸於虛無。果然，人文精神的討論無果而終，不歡而散，重建文學公共性的努力宣告失敗。

例三：從文學公共性的生成角度看，文學研討會在文學的解讀與傳播、文學話語轉換成公共話語方面起著重要作用，但這種文學活動在 90 年代以來也發生了許多變化。

80 年代的文學研討會，其開會之認真，其氣氛之熱烈，其對文學發展的推動和對公共話語的形成所產生的作用，都令過來人感慨。文學評論家陳駿濤曾回憶過 80 年代的幾次文學研討會（如 1985 年 3 月在廈門大學召開的「全國文學評論方法論討論會」，1986 年 5 月在海南島召開的「全國青年評論家文學評論研討會」，1986 年 10 月在北京召開的「新時期文學十年學術討論會」等），從中既可看出會議的盛況，亦可看出會議「輻射面寬、震動力大」而變成公共話語的可能性。〔註25〕筆者在 1988 年 5 月曾參加在蕪湖舉行的號稱有 189 人之多的盛會——「中國文藝理論學會第五屆年會」，也親身感受到 80 年代文學研討會的魅力。

90 年代以來，以文學爲名的各類研討會雖越開越多，但它的威力、魅力和輻射力已今非昔比。與此同時，參會者的心態也發生了明顯變化。戴維·洛奇（David Lodge）曾經指出：「現代研討會很像中世紀的基督徒朝聖，能讓參加者縱情享受旅行中的各種樂趣和消遣，而看起來這些人又似乎在嚴肅地躬行自我完善。誠然，它也有一些悔罪式的功課要表演——也許要提交論文，至少要聽別人宣讀論文。但是，有了這個藉口，你便可以到一些新的、有趣的地方旅行；與新的、有趣的人們相會，與他們建立新的、有趣的關係；相互交換流言碎語與隱私（你的老掉牙的故事對他們都是新的，反之亦然）；吃飯、飲酒，每夜與他們尋歡作樂；而且這一切結束之後，回家時還會因參與了嚴肅認真的事業而聲譽大增。今天的會議參加者還有古時的朝聖者所沒有的額外便利。他們的花費通常都能報銷，或至少會得到些補助，從他們所屬的機構，如某個政府部門，某個貿易公司，而更普遍的，可能是某所大學。」

---

〔註25〕陳駿濤：《從一而終——我的文學批評之旅》，《芳草》2007 年第 1 期。

〔註26〕他的這番調侃之言放在今天的中國也大體適用。而由於開會甚至已成為高等院校或其他科研單位年度考核的一項指標,研討會便成了一件例行公事。會議主辦者因完任務而辦會,會議參加者因遊山玩水而赴會,大家心照不宣地在文學以外的層面達成共識。於是,研討會不再有會上熱烈爭論的場面,也不再有會下繼續討論的衝動,更不可能指望文學話語變成公共話語而在公共空間中占一席之地。此種會議更像一種大型的竊竊私語活動,從而變成了行業內部的話語遊戲。李陀與查建英對談時曾特別提到過這一現象,他指出:80 年代的「會中會」、「會下會」以及知識界朋友們的定期聚會十分重要,因為只有在那種場合,真正的討論和爭論才能夠開始。他們認為,這種討論就是「一種非常特殊的公共空間」。但是進入 90 年代之後,這樣的聚會已越來越少;即使有,也出現了一種奇異的景觀‧作家恥於談文學,學者恥於談學術。大家在一起只是談裝修,談房子,發牢騷,發議論,但絕不爭論。〔註27〕這種局面應該就是我們今天的真實現狀。

　　正如我在前面談及文學公共領域的形成時要尋找原因,面對文學公共性的消失,我們同樣需要思考隱含在其背後的種種動因。眾所周知,1989 年是當代中國歷史的一個拐點。當 80 年代的文學公共領域轉換成政治公共領域並最終以廣場話語的方式體現出來時,文學公共性已發揮到極致。這時候,魯迅先生在《文藝與政治的歧途》中所描述的歷史景象就演變成現實中一幕真實的場景。遭遇重創之後,1989 年之後的文學公共領域實際上已不復存在,知識界所有的人士都在逃離政治,政治似乎已成一個可怕的夢魘。這種局面再一次印證出如下事實:當文藝與政治發生衝突時,文藝總是脆弱的,而因此所建構的文學公共領域也往往不堪一擊。

　　在這樣一種情境中,知識界人士紛紛開始了對安身立命之本的反思,也開始了對價值立場的調整與轉換。許紀霖在談到這一現象時指出:「從 90 年代初開始,一部分知識分子開始有了一種學術的自覺:認為知識分子不僅需要從政治系統裏面分離出來,而且認為對於知識分子來說,更重要的是承擔一種學術的功能,從知識裏面來建構文化最基本的東西。他們對 80 年代知識分子那種『以天下為己任』的態度是有反省的,認為這是十分虛妄的,是一

---

〔註26〕〔英〕戴維‧洛奇:《小世界‧序曲》,趙光育譯,北京:作家出版社 1998 年版,第 1 頁。
〔註27〕查建英主編:《八十年代:訪談錄》,第 260～261、256 頁。

種浮躁空虛的表現，是缺乏崗位意識的體現。隨著 90 年代初的國學熱以及重建學術規範的討論，一大批知識分子開始學院化，進入了現代的知識體制。他們似乎不再自稱是公共的知識分子，更願意成為現代知識體制裏面的學者，甚至是某一知識領域的專家。而 90 年代國家控制下的知識體制和教育體制的日益完善、世俗社會的功利主義、工具理性大規模侵入學界，也強有力地誘導著大批學人放棄公共關懷，在體制內部求個人的發展。在這種情況下，很多知識分子不再具有公共性，只是某個知識領域的專家，甚至是缺乏人文關懷的技術性專家。」〔註 28〕這裡說的是學界的情況，卻也在很大程度上描述出知識界的整體狀況。而在我看來，這種心態與狀態最終營造出來的是知識界人士純化其角色扮演的集體行動：學者與知識分子角色相分離而僅僅滿足於做一個學究，作家也與知識分子角色相分離而僅僅滿足於做一個碼字匠。一段時期內，知識界彷彿展開了一場自我矮化的體育競賽，這時候，似乎誰越是低姿態、低八度、低到塵埃里去行腔運調，誰就越是能贏得鮮花和掌聲。這當然是一種生存策略，但它由此帶來的負面影響也不可低估。在這一意義上，王朔在此時的走紅便依然值得反思，他及時地捕捉到歷史轉換時期的社會心理，並把知識界的矮化運動轉換成了文學上的祛魅（祛知識分子之魅）行動。

現在看來，作家去除知識分子的角色扮演，其實就是放棄了 80 年代的那種價值追求，文學公共性的建設工程被迫擱淺。而文學公共性的關門之日也正是文學私人性的開張之時。當作家從社會退守自我，文學也就從外部世界退向內心世界。薩特（Jean-Paul Sartre）談到 18 世紀的法國文學曾經說過：「資產階級把作家看成一種專家；假如作家竟然會思考社會秩序，他就會使資產階級感到厭煩，產生恐懼，因為資產階級要求於作家的只是讓他們分享作家對人的內心世界的實際經驗。這一來，文學就與在十七世紀一樣，還原成心理學了。」〔註 29〕歷史常常有驚人相似的一幕，90 年代初期的中國文學界似乎也在重複著歷史上的某一時刻。於是，「私語」成為文學的重要形式，而「個人化寫作」或「私人寫作」則成為一些作家重新宣佈的文學主張。這種寫作自然可以被看作是對社會責任感的一種逆反或逃避，但我們同時也不該忘

〔註 28〕 許紀霖：《中國知識分子十論》，上海：復旦大學出版社 2004 年版，第 14 頁。
〔註 29〕 〔法〕薩特：《什麼是文學？》，施康強譯，《薩特文集》第 7 卷，北京：人民文學出版社 2005 年版，第 179 頁。

記，在這種冠冕堂皇的表述背後，無疑也隱秘地透露出民族、國家、社會等宏大敘事受阻和遇挫之後的創傷性體驗。

在這一語境中，1993 年所出現的《廢都》就成了一個重要的文學文本。它似乎含蓄地回應了那種創傷性體驗，卻又走得更加極端，以至於把私人寫作變成了身體寫作。而賈平凹讓作為作家的主人公選擇女人並使其沉迷於肉的狂歡之中，似乎也變成了一種隱喻：當作家卸下知識分子的重負之後，不得不直面迷茫和虛妄。由於無路可走或無計可施而逃向女人懷抱常常是封建末世文人的傳統套路，所以那種通過性來尋求忘卻、超脫、反抗或振作便顯示出一種雙重的退化。一方面是道德層面的退化，一方面是文化層面上的退化——一個現代作家居然既拋棄了 80 年代新啟蒙的成果，也穿越了「五四」思想啟蒙的底線，而直接接通了末世文人的雅好畸趣，作家的沉淪之深與墮落之遠確實是讓人觸目驚心。

與此同時，《廢都》也開啟了一種純文學的商業炒作模式：「當代《紅樓夢》」的預先宣傳，百萬稿酬的事先報導，「□□□」的精心設計等等，均調足了讀者的胃口，以至於短短幾個月內正版盜版發行百萬冊。當時一個出版社負責圖書發行的人士說：「我認為這是賈平凹和出版社精心策劃的廣告策略，他們合作得巧妙，同時利用起新聞界，如：他們不時地透露一些諸如『一百萬稿費』的消息，然後矢口否認，用這種既透露又否認的辦法使自己成為熱點，既不冒風險又賺到了錢。《廢都》熱起來不是偶然的，北京出版社去年曾成功出版、發行 40 萬冊的《曼哈頓的中國女人》就是前例。北京出版社這二年探索的出版發行經驗值得我們認真借鑒。」〔註 30〕這種廣告策略居然成為其他出版社可資借鑒的經驗，由此可見《廢都》商業炒作的成功。而事實上，這種炒作策略此後果然頻頻用於純文學的出版發行之中，進而內化為文學商業化的一個遊戲規則。如今，由於經濟利益，作家更是與書商和出版商捆綁在一起。每當一部小說面世，他們往往高調出場，四處演講，簽名售書，頻頻在媒體上亮相。他們成了文學商業化的推波助瀾者。

在這裡，我之所以對《廢都》的商業炒作舊事重提，是因為它改寫了公共話題的性質和方向。當名符其實的文學公共領域消失之後，有關文學的公共話題並沒有消亡。特別是 1992 年文學也邁開市場化的步伐之後，圖書出版界、新聞界乃至文學界亟需一些話題來添補公共領域消失後留下的真空地

〔註30〕轉引自多維編：《〈廢都〉滋味》，鄭州：河南人民出版社 1993 年版，第 76 頁。

帶。這時候，製造話題、營造熱鬧景象從而迎合與滿足讀者大眾的消費心理，便成為文學市場化時代的重中之重。《廢都》的出場適逢其時，它的香豔與頹廢、名人效應、廣告策略等等非常適合商業時代大眾傳媒的口味，也很容易形成一種奇觀文化。於是，以《廢都》的名義，我們彷彿又擁有了與文學相關的公共話題。但這樣的公共話題卻充斥著獵奇、笑罵、心理宣泄、裸露與窺視等內容，與80年代已無法同日而語。甚至當年那些批判《廢都》的文本也大都被那種畸變的公共話題所感染，從而顯得誇張變形，它們融入到公共話題的消費浪潮中，成了消費文化的同謀。

這樣，我們也就不得不指出90年代大眾文化的興起和大眾媒介的衝擊對文學活動造成的影響。在我看來，這種影響主要有二：一方面，它們讓文學「非活動化」了，這就是人們所謂的文學邊緣化；另一方面，它們又使許多文學變成了「活動」，文學因此新聞化和傳媒化了。韓少功曾經指出：「小說的苦惱是越來越受到新聞、電視以及通俗讀物的壓迫、排擠。」〔註31〕這是對前一種狀況的回應。昆德拉（Milan Kundera）說：「大眾傳媒的精神是與至少現代歐洲所認識的那種文化的精神相背的：文化建立在個人基礎上，傳播媒介則導致同一性；文化闡明事物的複雜性，傳播媒介則把事物簡單化；文化只是一個長長的疑問，傳播媒介則對一切都有一個迅速的答覆；文化是記憶的守衛，傳播媒介是新聞的獵人。……被新聞控制，便是被遺忘控制。這就製造了一個「遺忘的系統」，在這系統中，文化的連續性轉變成一系列瞬息即逝、各自分離的事件，有如持械搶劫或橄欖球比賽。」〔註32〕此說法是對大眾媒介進入到文學活動之後的分析。90年代（尤其是90年代中後期）以來，由於紙媒、電媒與網媒的崛起與繁榮，中國開始進入媒介文化時代；而由於大眾媒介從總體上朝著新聞娛樂化的方向邁進，文學界便時常成為媒體重點關照的對象。如果說80年代文學活動還主要掌握在作家與批評家手裏，他們在其中擁有絕對的話語權，那麼，90年代以來，文學活動中作家與批評家的聲音卻日漸式微，話語權開始轉移到媒體記者手裏。他們開始控制局面，並成為其言說主體，或者作家批評家也成了媒體記者的合作夥伴。新聞娛樂話

---

〔註31〕韓少功：《靈魂的聲音》，見《夜行者夢語》，上海：知識出版社1994年版，第3頁。

〔註32〕〔法〕安托萬·德·戈德馬爾：《米蘭·昆德拉訪談錄》，譚立德譯，見李鳳亮、李豔編：《對話的靈光——米蘭·昆德拉研究資料輯要》，北京：中國友誼出版公司1999年版，第516頁。

語對文學批評話語的入侵與掌控，意味著切入角度、行文方式、話語風格、興奮點與聚焦點等等均發生了變化，文學活動從此被新聞娛樂業接管了。〔註33〕

那麼，指出以上問題又意味著什麼呢？意味著文學公共領域消失之後，文化消費的偽公共領域與偽私人領域的興起。哈貝馬斯在談到這一現象時認爲，在文學公共領域的建構中，公眾批判意識的養成來自於基本的生活需求，而並非受制於生產與消費的循環。然而隨著大眾媒介侵入私人領域，失去私人意義的內心生活遭到破壞，批判意識也會逐漸轉化爲消費觀念。結果，文化批判公眾逐漸淡出，文化消費公眾則走向前臺。而「文化批判公眾之間的交往一直都是以閱讀爲基礎，人們是在家庭私人領域與外界隔絕的空間進行閱讀的。相反，文化消費公眾的業餘活動在同一個社會環境中展開，無需要通過討論繼續下去：隨著獲取信息的私人形式的消失，關於這些獲取物的公共交往也消失了」。〔註34〕實際上，中國 90 年代以來大眾文化與大眾媒介對文學活動的擠壓與裹脅，也在很大程度上吻合了哈貝馬斯的分析。於是我們看到，大眾媒介雖製造了文學活動的熱鬧景象，卻同時消解了公眾的批判意識，催生了他們的消費意識。而目標受眾的位移與消費公眾的大量出現，也給重建文學公共領域的努力帶來了很大難度，因爲文化消費的偽公共領域形成後，它既會遮蔽、掩蓋、淡化、擦抹原公共領域的問題意識，也會把原來的眞問題變成偽問題，而把現在的偽問題變成眞問題。假作眞時眞亦假，在這種眞眞假假、虛虛實實的情境中，我們進入到昆德拉所謂的「遺忘的系統」之中。

## 何處尋找公共性

當代文學三十年，文學公共性的消失與文化偽公共領域的誕生顯然是一起重要的文化事件，它表徵著當代中國政治氣候、經濟因素、文化場域、時代風尚等方面變遷互動的複雜性與微妙性。而在當下的現實情境中，文學公共性一旦消失，對它的恢復和重建幾乎是不可能的。這不僅是因爲文學遠離現實之後已在很大程度上失去了穿透生活、闡釋世界的能力，而且也因爲在今天這樣一個專家治國的年代裏，文學知識分子在許多方面已不再具有發言

---

〔註33〕此種現象筆者在《從文壇事件看文學場的混亂與位移》一文中有過份析，可參考。見《中華讀書報》2008 年 6 月 25 日。
〔註34〕〔德〕哈貝馬斯：《公共領域的結構轉型》，第 190 頁。

權。與此同時，雖然「解放政治」（emancipatory politics）還是一項未完成的工程，但在全球化的語境中，當下中國也開始了「生活政治」（life politics）的進程，〔註 35〕這意味著公眾的政治訴求已發生很大變化並因此變得更加分散，人們在「解放政治」層面所形成的想像的共同體已不復存在。所有這些，都意味著當今的文學與文學活動已失去了生成公共性的基質。

　　既然文學已與公共性無緣，我們又該去哪裏尋找建設公共性的基礎呢？簡單地說就是在文學以外。事實上，當 90 年代的公共領域不復存在後，重建公共性的潛流就一直在人文社會科學界暗自湧動。而此領域的一些學者也通過種種方式尋求著在專業之外發言的機會。世紀之交以來，關於公共知識分子的議論漸成話題，這也從一個側面反映出知識界對重建公共性的期待。2004年，《南方人物周刊》第 7 期推出「影響中國公共知識分子 50 人」的特別策劃，其入選標準為：「具有學術背景和專業素質的知識者；對社會進言並參與公共事務的行動者；具有批判精神和道義擔當的理想者。」而所評選出的 50人涉及經濟學家、法學家和律師、歷史學家、哲學史家、政治學家、社會學家、作家和藝術家、科學家、公眾人物、傳媒人、專欄作家和時評家等。這一評選雖有媒體炒作意味並引發一些議論，卻也透露出如下信息：第一，作家雖有入選，但 50 人中只有五人（分別為邵燕祥、北島、李敖、龍應台、王朔）且五人中大陸作家又只有兩人的事實，也印證了文學界確實已不再具有生成公共性的能力。第二，公共知識分子多為人文社會科學界的學者，又意味著重建公共性的基礎已從原來的文學界轉移並擴散至經濟學界、法學界、歷史學界、哲學界、社會學界、傳媒界和科學界等。這種既有專業背景又有公共關懷的多點突破，應該是當下中國重建公共性的新氣象。

　　大概正是因為出現了這種變化，才有學者對重建公共性方案做出過如下構想：「新的公共性基礎不再是左拉、薩特式的普遍話語，也不限於福柯式的特殊領域，他從專業或具體的領域出發，實現對社會利益和整體意義的普遍

---

〔註 35〕 此處借用了吉登斯（Anthony Giddens）的說法。他認為解放政治可定義為「一種力圖將個體和群體從對其生活機遇有不良影響的束縛中解放出來的一種觀點」。「生活政治關涉的是來自於後傳統背景下，在自我實現過程中所引發的政治問題，在那裏全球化的影響深深地侵入到自我的反思性投射中，反過來自我實現的過程又會影響到全球化的策略」。大體而言，筆者以為 80 年代的中國主要是沉浸在解放政治的宏大敘事中；而 90 年代以來，解放政治開始退位，生活政治開始興起。參見〔英〕安東尼·吉登斯：《現代性與自我認同》，北京：三聯書店 1998 年版，第 247～248、252 頁。

化理解。從特殊走向普遍的視野來看，世界既不是由虛幻的意識形態所構成，也不是被後現代和技術專家分割得支離破碎；它從各個不同的特殊性批判立場出發，匯合成一個共同的、又是無中心的話語網絡，正是這樣的整體網絡，建構起當下世界的完整意義和在權力與資本之外的第三種力量：自主的和擴展的文化場域。正是在這樣由具體而編製成整體的知識網絡中，知識分子獲得了自己公共性的基礎。」〔註36〕這種方案應該說是合理的，但也必須意識到重建的種種困難。偽公共領域的存在正在削減著文化批判公眾的規模，明鬆暗緊的媒體管制又讓話語空間變得或大或小、陰晴不定。學界雖然已是重建公共性基礎的重鎮，但現行的學院體制又正在熄滅著許多學人的公共關懷與公共衝動，或者如雅各比（Russell Jacoby）所言，久居學院的教授「不是他們缺乏才能、勇氣或政治態度；相反，是因為他們沒有學會公共話語；結果，他們的寫作就缺少對公眾的影響」。〔註37〕所有這些，都讓公共性的重建變得艱難困頓起來了。而正視這些難題，積極尋求應對方法，並在種種縫隙中拓寬言路，從而逐步改變公共領域的現狀，可能正是所有還未淡忘知識分子職責者所需要長期做的一項工作。

2008 年 11 月 2 日

（原載《文藝研究》2009 年第 1 期）

---

〔註36〕許紀霖：《中國知識分子十論》，復旦大學出版社 2004 年版，第 78 頁。
〔註37〕〔美〕拉塞爾・雅各比：《最後的知識分子》，洪潔譯，江蘇人民出版社 2002
　　　年版，第 13 頁。

# 八十年代、公共領域、公共知識分子及其他——關於「文學公共性」問題的通信

趙老師：

　　在您的博客上發現了《文學活動的轉型與文學公共性的消失——中國當代文學公共領域的反思》（原載《文藝研究》2009年第1期）一文，非常感興趣。我的博上後出站報告可能也會涉及這個話題。有一點不同想法，請您指正。

　　您的「文學公共領域」概念主要來自哈貝馬斯的《公共領域的結構轉型》一書。但我覺得哈貝馬斯對文學公共領域的論述和您的論述有一定區別（手頭沒有哈貝馬斯的書，只能憑記憶和網上的一點英文資料）。

　　哈貝馬斯認為存在著一個作為政治公共領域先導的文學公共領域。這個文學公共領域是非政治的，是由閱讀公眾、新聞報刊、戲劇公眾、宮廷文化人、秘密會社和學院知識分子等各色人等組成的。而且我記得當初閱讀這本書時，最讓我興奮的就是發現哈貝馬斯的閱讀公眾主要指的是通俗文學的消費者，他關注的文學也主要是日記、書信、小說等表達個人私密情感的「小敘事」，「私文類」。也就是說，哈貝馬斯的文學公共領域實際上是我們今天所說的大眾文化領域。不過，哈貝馬斯並沒有清楚地表明，這樣一個文學公共領域是如何過渡為更嚴格的政治公共領域的。

　　而您在界定文學公共領域時，對文學作品的創作者、內容和功用都做了要求。作家必須要有社會使命感，作品不僅要有「社會關懷和政治訴求」，還要能引起公眾的「廣泛共鳴和社會參與」。我覺得您這樣的界定，基本上是又回到了現代文學史上左翼文學的那一套理論，不過是換了一些當下更時髦的說辭。用「公共性」替代了「政治性」，用公民社會的理想代替了社會主義的

理想。比如，您說「文學公共領域的輿論進入到政治公共領域之後很可能會具有一種美學力量，它可以讓政治訴求變得更容易被人接受。」這不就是以前的文學爲政治服務的翻版嗎？因爲文學比政治口號更容易打動人心，所以文學是革命的宣傳工具。

表達個人生活與感受的文學、文化形式不僅被安排在您理想的文學秩序中的最低位置，而且文化消費還被您指責爲是「僞公共領域」。這又讓我想起徐賁將超女粉絲稱之爲「假象公眾」的說法。反正在批判性知識分子眼中，大眾文化，大眾文化消費者，不是「僞」的，就是「假」的。什麼是眞的呢？當然只有 80 年代的文學青年們建立起來的文學公共領域。在這個眞正的「黃金時代」的對比下，我們現在所處的「鍍金時代」當然光芒晦暗、低劣不堪。

不過，80 年代眞的是橫空出世的天鵝絕唱嗎，以至於我們必須成天念叨「郁郁乎文哉，吾從 80 年代？」我在 80 年代度過了自己的成長歲月。我對 80 年代的記憶和您對 80 年代的記憶似乎不太一樣。我的記憶中保留了更多的大眾文化的蹤跡。《霍元甲》、《上海灘》、《射雕英雄傳》等電視連續劇向我展現了電視媒介的巨大魅力，費翔、齊秦、張學友等港臺歌星讓流行音樂滲透到我的生活，瓊瑤、梁羽生、金庸和北島、張賢亮、蔣子龍一樣都在我的閱讀視野之內。區別只是，前者只能偷著讀，靠同學之間相互傳閱。我覺得您在討論 80 年代的文學公共領域時，把影響巨大的通俗作家排除在外，是不公平的。

從 80 年代到現在，我個人所經歷的文化斷裂不是在 80 年代末，而是在新世紀之交，當互聯網在中國社會逐步普及。這又涉及到一個問題，我們對當代文化變遷的價值判斷多大程度上是和我們個人的經歷有關？吳冠軍曾寫過一篇很有趣的文章，說 80 年代是某些中國知識分子的「色情大片」，這些知識分子總是在一個虛構的幻影中尋找讓他們高潮的東西。吳冠軍和我一樣屬於經歷過 80 年代的「70 後」。

此外，我覺得您在文章中，有幾個概念似乎在混用，一個是作家，一個是知識分子，另一個是公共知識分子。我不知道您是否想說，爲了重建文學的公共性，作家都必須是公共知識分子，或者乾脆用有公共關懷的文學評論家來取代作家。就我對英美文學的瞭解，儘管越來越多的作家在接受大學寫作課程的訓練，作家也不必要混個博士學位，成爲具備專業訓練的知識分子，更沒有必要通過大眾傳媒發表對公共事務的看法。像桑塔格那樣的人物畢竟

是少數。王朔能入選 2004《南方人物周刊》「公共知識分子 50 人」讓我很詫異，他就是部隊大院出來的「混混」，如何符合「具有學術背景和專業素質的知識者」這一個條件？既然王朔能入選，今天這個榜如果再評，韓寒也應該能榜上有名。一篇討論文學公共性的文章，最後的落腳點放在了公共知識分子，公共知識分子儼然成了文學公共性的主體。拋棄了哈貝馬斯的閱讀公眾，這些公共知識分子將對誰說話呢？當然，他們總可以在自己的小圈子裏自說自話。

楊玲

2009 年 7 月 11 日

楊玲：

謝謝閱讀並提出質疑，我覺得此文的相關情況需要加以說明，一些地方也需要做出稍微詳細的解釋，以免引出更多的誤解。

此文是去年八月去新疆參加一個有關「文學公共性」研討會時提交的論文，但當時我並沒有完成這一論文，而只是提交了一個較詳細的提綱。後來此稿被《文藝研究》催要，且給定的字數是一萬五左右，所以才匆忙寫出。而寫作此文時我已意識到，此文只是在三十年的時間段裏回答了一個文學公共性如何形成又如何消失的問題，而更深入的問題（比如文學性與公共性的關係等等）在這篇文章中則無法觸及，只能留待後面繼續思考。但直到現在，我也依然沒有找到時間去延續原來的思路，繼續把它寫下去。

因字數等原因，這篇文章顯然拓展不夠，但由此形成的基本判斷自認為還是可以成立的。即上世紀八十年代，我們大體形成了一個文學公共領域，而九十年代以來，這個公共領域已逐漸消失，以至於重建公共性已變得比較困難。而我的基本判斷是，即使我們還有重建公共領域的可能，它也沒辦法通過文學活動加以實現了。在建立公共性的維度上，文學彷彿已經完成了它的使命；或者說，在今天這個時代，形成公共輿論的話語方式已經發生了很大的變化，文學這種藝術樣式已經沒能力或不適宜提出與公共性有關的問題了（我並不排除還有一些作家在通過文學作品進行著這種嘗試和努力，但往往收效甚微）。這樣也好，文學就可以回歸文學，做它應該做的事情了。前一陣子我斷斷續續在讀高行健的《論創作》一書，他的觀點對我構成了較大觸

動。比如，他說「文學要超越政治的干擾，回到對人及生存困境的見證，首先要脫離意識形態。沒有主義，回到個人」。〔註1〕「作家不必是鬥士，也不以批判和改造社會為文學的宗旨。誠然，作家也會有自己的政治見解，卻不必把這種政見寫入文學。」〔註2〕但我現在還沒想清楚究竟是應該贊成他的觀點，還是對他的觀點持保留意見。

而既然要談公共領域這一問題，哈貝馬斯《公共領域的結構轉型》一書是繞不過去的。事實上，在寫作此文之前，為了弄清楚哈氏所謂的公共領域究竟是怎麼回事，我又重讀了這一著作。因為沒有對哈貝馬斯做過專門研究，所以我無法保證對他的這本書理解得多麼到位，但就我的閱讀感受而言，我的理解與你的把握還是存在著較大的距離。你的三個判斷是：一、這個文學公共領域與政治無關；二、閱讀公眾主要是指通俗文學的消費者；三、哈氏所謂的文學公共領域就是我們今天所謂的大眾文化領域。關於第一個判斷，哈氏固然沒有明確說明文學公共領域是否與政治相關，但在他的論述中，文學公共領域是作為政治公共領域的先導而出現的。哈氏在書中也專列一節內容，談「文學公共領域與政治公共領域的關係」，並指出：「以文學公共領域為中介，與公眾相關的私人性經驗關係也進入政治公共領域。」〔註3〕文學公共領域中的人性會成為政治公共領域中發揮影響的中介。「政治解放與『人的解放』──按照青年馬克思的劃分──在當時是很容易統一起來的。」〔註4〕所有這些，或許已含蓄地指出了閱讀公眾的私人經驗並不單純，那裏面固然可能有一些小情小調，但有沒有一種政治訴求呢？而古今中外的文學史業已證明，但凡文學中涉及到人性問題，人的解放問題，往往也都是與某種政治訴求聯繫在一起的。還有，哈氏談及資產階級公共領域問題時主要涉及歐洲的18世紀，他談到了盧梭等人的書信體小說，似乎還談到了法國大革命等等，所有這些，也很容易讓人對文學公共領域與政治的關係產生聯想。按照你的理解，如果文學公共領域與政治是毫無干係的，那它還如何能為政治公共領域的出現鋪路搭橋呢？這在邏輯上好像說不通。

---

〔註1〕 高行健：《文學的見證──對真實的追求》，見《論創作》，香港：明報月刊出版社2008年版，第20頁。

〔註2〕 高行健：《作家的位置──臺大講座之一》，同上書，第20頁。

〔註3〕 〔德〕哈貝馬斯：《公共領域的結構轉型》，曹衛東等譯，上海：學林出版社1999年版，第55頁。

〔註4〕 同上書，第59、60頁。

　　你的第二個判斷很有意思，也引發了我的思考。從事實層面看，我大體同意你的判斷。我之所以同意，並不是建立在對哈氏這本書的理解上，而是其他著作的相關論述可以支撐這一事實判斷。比如，洛文塔爾與伊恩‧瓦特提到18世紀的英國小說與閱讀狀況時，都指出了那是一個通俗小說興起的時代，也是讀者對通俗小說趨之若鶩的時代，這意味著從一般的意義上說，你的判斷是可以成立的。但我在哈氏的這本書中並沒有看到這一判斷，或者按照我的理解，哈貝馬斯或許有意無意懸擱了這一判斷。他只是談到了閱讀公眾所閱讀的一些小說，卻並沒有指認這些小說是不是通俗文學。而且，他所舉到的有些作品無論是當時還是現在能否被看作通俗文學也是大可商榷的，比如像《新愛洛伊斯》、《少年維特之煩惱》、《帕美拉》等。所以，我更傾向於認為，在哈貝馬斯心目中，他所謂的閱讀公眾或許應該是接受了某種文學薰陶和啟蒙（注意他對康德《什麼是啟蒙》的論述）的思想者，卻不一定就是你所謂的通俗文學的消費者。否則，他反覆使用的「文化批判的公眾」之說就無從成立。

　　你的第三個判斷我覺得也不準確。哈貝馬斯反覆說明「文化批判的公眾」是以閱讀活動為其交往基礎的，這是生成文學公共領域的前提；而隨著大眾傳媒與大眾文化的出現，人們之間的交往方式發生了很大變化，「文化批判的公眾」不復存在，「文化消費的公眾」應運而生。也正是基於如上原因，哈貝馬斯形成了文學公共領域消失、文化消費偽公共領域和偽私人領域誕生的判斷。這怎麼能說文學公共領域就是今天所謂的大眾文化領域呢？此言謬矣。

　　每個人都是帶著自己的「前理解」進入到閱讀文本之中的，所以你在哈氏這本書中讀出了符合你需要的種種東西也並不奇怪。根據我的猜想，正是因為你對私人經驗、消費文化、大眾文化的積極功能興趣頗濃，大概才會形成如上一些思考。但如果讀出來的東西離哈貝馬斯的思想較遠，估計就不是創造性的閱讀了。所以讀書之法，能否首先貼住作者的思想應該是關鍵所在。貼不住，貼不牢，剛貼上去就想信馬由韁，或許是讀書之大忌。當然，我也不敢保證我對哈貝馬斯這本書的理解就多麼準確。由於哈氏在論述的過程中留下了許多「空白」，所以「填充」的過程或許已加進了我自己的一些理解，但我記得當時要寫那短短的一小節內容（即「何謂公共性」）時，還是想盡可能去抽演出哈貝馬斯本來的意思的。這一工作做得好不好是另一回事，但基本的想法是清楚的：就是盡量不去歪曲它。

關於哈貝馬斯的這本書，我想先討論到這裡。我甚至想把這本書作為研究生讀書會中的內容，若能找到英譯本，可與中譯本參照得讀，屆時還可以進一步討論。下面就進入到中國問題中來吧。

你說我在文章中用「公共性」取代了「政治性」，我不得不承認你的眼光很「毒」，因為我在寫作此文時也想過，我是不是換了一套說辭，而「公共性」不過就是原來的「政治性」而已。後來我想到的是，原來我們對政治的理解往往比較狹隘，一談政治，幾乎都是「黨派政治」，而鮮有其他意義上的政治。相對而言，公共性的內涵要更豐富一些。當然，我也始終認為，公共性中是有一種政治訴求或政治內容的，拿掉公共性中的政治性，公共性便失去了主心骨，所謂的公共性是否還可以成立也成了一個問題。至於這個政治性如何來理解，或者說我們要為這政治性賦予怎樣的內涵，這是完全可以討論的。

大概正是因為我在公共性中突出了政治，才使你形成了拙文觀點具有左翼色彩的判斷。對於這一判斷，我基本接受，這也就是為什麼我說這篇文章只寫了一半，而另一半也必須寫出來的原因。因為在寫作此文時我已意識到，無論是薩特還是中國現代文學史中的左翼文學，往往是公共性（或政治性）有餘，文學性不足，這樣的文學也常常只能贏得一時轟動，然後便風流雲散。它們或許具有文學史價值，卻很難擁有真正的文學價值。而另一半我想回答的是如何才能讓文學在文學性與公共性之間保持一種張力。我很看重這些還在腦子中卻一直沒有成文的另一半內容，因為單單是從技術的層面考慮，此內容也可以淡化我這篇文章中有些濃鬱的左翼色彩和功利色彩。

不過，雖然左翼文學也可以理解為「文學為政治服務」，但這與我們通常在延安《講話》「服務論」層面所做出的理解是很不一樣的（我不太清楚你在提到「文學為政治服務」時是不是想到了《講話》，但這一判斷確實很容易讓人聯想到這個文本）。當我形成了這樣一些觀點時，我可能想到了本雅明的「藝術政治化」或薩特的「介入文學」，他們的主張都體現出一種「介入」（政治或現實）的思路，也因此遭人詬病（尤其是遭到了阿多諾的批評），但問題是，如果說他們的主張是「文學為政治服務」，這種服務與毛澤東的所謂服務是一回事嗎？所以在這裡我的看法是，即使同為服務，其政治的內涵也是很不一樣的。毛澤東所謂的政治其實就是集權主義的黨派政治，所以文學為政治服務實際上就是文學為黨派服務；本雅明所謂的政治卻應該是與集權主義作鬥爭的政治，這種政治恰恰與集權主義的政治相敵對。正因為如此，本雅明的

政治才會被集權主義看作眼中釘肉中刺，必除之而後快。如此看來，當你在我的文章中抽象出「文學爲政治服務」的命意時，或許已簡化了這一命意的內涵，或者是對它做了別樣的理解。

接下來，我就來談談我所理解的八十年代吧。

八十年代當然不是一個完美的年代，但就我個人所經歷過的年代而言，這個年代不光是七十年代無法相比，就是後來的九十年代以及現在所謂的「新世紀」也無法企及。當然那個年代沒有互聯網與手機之類的第四媒體和第五媒體，人們的文化生活還比較貧困，政治氣候也陰晴不定，時鬆時緊，但所有這一切並沒有阻擋知識界「求眞」的步伐。他們在大大小小的場合認眞地爭論著一些學術問題，也爭論著一些與國計民生相關的大問題（在今天那些年輕朋友的眼中，或許這便是迂闊之舉，非常可笑）。與此同時，他們還要把這種爭論、思考的結果表達出來，讓它們進入到公共空間之中。儘管進入到公共空間中增加了許多危險性，但他們那種不折不撓、前赴後繼的精神著實讓人敬佩也令人感動。於是我時常想到，八十年代也許是一個人們還可以說眞話也敢於說眞話的時代，人們沉浸在一種說眞話的激情和衝動之中，努力在爲拓寬言路而鬥爭。而九十年代以來，由於眾所周知的原因，這樣一種空間基本上不復存在，人們只能以扭曲的方式表達一些東西，或者是把說眞話的衝動強壓到自己的無意識深處。而長期的這種壓抑，我甚至懷疑這種衝動最終也會消失殆盡。所以表面上看，今天這個時代自由的空間彷彿比以前增大了，但是你有說假話的自由你同時擁有說眞話的自由嗎？你有消費的自由你有言論的自由嗎？你有爲超女拉選票的自由，你有政治民主意義上的選票自由嗎？你有在大眾文化中歌功頌德的自由（比如那些紅色經典劇），你有讓藝術作品向政治叫板的自由嗎？所以當有人認爲我們今天的言論空間非常逼仄甚至惡劣遠不如那個八十年代時，我是同意這一判斷的。從這個意義上說，我們的確可以把八十年代看作黃金時代。

而我在八十年代的經歷也可以支撐我的這一判斷。八十年代我基本上是在當學生，先是當大學生，後是當研究生。我也耳聞目睹了校園裏所發生的種種事情。在我的記憶中，精英文化（比如西方的思潮，經典名著，思想界、學術界的種種討論等等）對青年學生的影響與衝擊要遠比大眾文化更屬害。這並不是說那個時候的大眾文化就沒有作用，而是說在思想解放的進程中，大眾文化即使會形成某種影響，它也只能充當配角。既然無論從哪方面看，

大眾文化都無法承擔那一歷史階段的重任，我在談到八十年代文學公共領域
的形成時把通俗文學、大眾文化排除在外也就可以理解了。當然，若要把這
個問題進一步複雜化，我們自然是可以談論大眾文化在八十年代公共領域成
型中所起的作用的，甚至也可以專門做這樣的文章。但我依然認爲，談論八
十年代公共領域的建構，不宜把大眾文化、通俗文學放大到一個與它的作用
不相稱的地步，因爲這是對歷史起碼的尊重。

　　這就牽涉到我對八十年代大眾文化的認識問題。按照我的理解，八十年
代的大眾文化與九十年代以來的大眾文化是不太相同的。一方面，八十年代
的大眾文化與精英文化一樣，同樣被看作資產階級自由化的東西而遭到了主
流文化的打壓；另一方面，大陸的大眾文化還剛剛處在發軔期，它的青澀與
羞澀也在很大程度上妨礙了它的革命功能的發揮（假如大眾文化像馬爾庫塞
所認爲的有一種革命功能的話）。當然，我也承認有些大眾文化的樣式確實參
與了文化啓蒙的進程，但在八十年代的歷史語境中，它們能否被稱作大眾文
化我覺得依然值得商榷。比如我曾寫過關於崔健搖滾樂的文章，我一開始把
崔健的搖滾樂定位成精英文化，最近這兩年我又試圖把它修改成青年亞文
化。但無論如何調整，我都覺得他的搖滾樂不太像大眾文化。而之所以如此
定位，是因爲崔健的搖滾樂與當時許多知識分子的訴求是一致的，或者說它
用音樂語言對知識分子的訴求做出了某種「翻譯」（即使這裡面存在著歪打正
著的成份），二者因此具有了一種同構性。所以這篇文章如果以後有機會修
改，我會考慮把崔健加進去，但我不會選擇瓊瑤。

　　你在信中談到你所認爲的文化斷裂是世紀之交。也許隨著互聯網的興
起，出現了這樣的文化斷裂。但對於我來說，這種斷裂遠遠比不上 1989 年那
次文化斷裂來得那麼驚心動魄。我曾在一些場合談論過，不知道 1989 年發生
了什麼，不去思考這個歷史的拐點意味著什麼，也就無法理解後來所發生的
一切，尤其無法理解爲什麼大眾文化、消費文化成了威廉斯意義上的主導文
化（dominant culture），而精英文化反而成了一種剩餘文化（residual culture）。
所以我能夠意識到的問題你不一定能意識到也不一定感興趣，大概這就是兩
代人的區別。但我有時也會想到，無論一些問題是否進入到了人們的經驗層
面，一個時代總有一些問題是我們必須共同面對的，任何人在這種問題面前
都無法繞道而行。如果你繞過去了，你就無法對由此而帶來的一系子問題
形成更準確的判斷、更清晰的理解和更清醒的認識。遺憾的是，我經常會遇

到一些學者、學生在談論中國的當代問題時，有意無意地刪除了這一維度。
這一維度的被刪除，或這一維度根本不在自己的視野之內，你所談論的問題
或許就不是眞問題而是僞問題了，或者起碼是你放棄了進一步接近眞問題的
努力。在當下中國，僞問題很容易被談論，甚至僞問題可以被漂亮的學術辭
令包裝得花裏忽哨從而亂花漸欲迷人眼，但討論眞問題卻存在著難度和風
險。但即使退一步說，我們現在還無法去討論這種眞問題，我們在思考其他
問題時難道不應該隱含這樣一種眞問題意識嗎？我不知道我的這一想法算不
算奢侈。

陳平原說：寫文章要有「壓在紙背的心情」。〔註 5〕以上所言大概就是我
這篇文章背後的一些心情。我把這種心情盡可能地表達出一些，也許會有助
於你的理解吧。

吳冠軍的文章我以前讀過幾篇，印象中工夫不俗，但恰恰這篇文章沒讀
到，網上也找不到。我發現此文收在他新近出版的《愛與死的幽靈學》一書
中。我已訂購了這本書，待收到讀後如有感覺，也許會發表一些意見。

至於你所說的關於八十年代的記憶大都是大眾文化的東西，我覺得主要
與年齡有關。如果你再年輕幾歲，恐怕對八十年代的記憶就只有《鐵臂阿童
木》之類的動畫片了。

下面來讓我面對你提出的最後一個問題。作家、知識分子、公共知識分
子幾個概念並非你所謂的「混用」，而是存在著重疊的現象。我在文章中想要
表達的一個意思是，在八十年代，作家與知識分子（也就是後來所謂的「公
共知識分子」）是合二爲一的。但九十年代以來，二者卻分離了，作家基本只
是作家，他們是寫文學作品的，或者像王朔所說的是「碼字的」，卻放棄了所
謂的公共關懷（當然這只是大體而言，我也承認有的作家在有意把這兩個角
色縫合在一起。而且這個問題也很複雜，作家通過什麼方式來表達他的公共
關懷也值得討論，桑塔格的方式是其中之一，但還有沒有別的方式呢）。這也
正是我對當下文學失望的原因之一，也是我得出文學公共領域已經消失的依
據之一。而落腳點是要回答一個「公共性何處尋」或「如何重建公共性」的
問題，在回答這個問題時，我基本上已把文學、作家排除在外了，所以主要
才在文學之外談論公共性問題，談論公共知識分子問題。這樣的話，我在文

---

〔註 5〕　參見查建英主編：《八十年代：訪談錄》，北京：三聯書店 2006 年版，第 137
　　　　頁。

章中已無法隱含「爲了重建文學的公共性，作家都必須是公共知識分子」之類的意思了（請注意，我後面談論的也並非重建「文學」的公共性，而就是重建公共性）。我很奇怪你是如何讀出這一層意思來的。

另外，從你來信的表述中，我覺得我們對知識分子理解可能有些出入，但我這裡不想再展開了，如有興趣，可參考我那篇《從知識分子到知道分子——大眾媒介在文化轉型中的作用》（《當代文壇》2009 年第 2 期）的長文。

你對公共知識分子似乎是很不屑的，但我覺得在當今這個時代，有沒有公共知識分子，是否允許公共知識分子說話，即使允許，公共知識分子能把話說到怎樣的程度，凡此種種，依然是衡量我們這個社會開放程度的一個重要指標（一張報紙的編輯約我寫稿，她曾明確告我，文章中不要出現「公共知識分子」的說辭，以免通不過審查。這就是我們目前的處境）。所以，我還是很看重公共知識分子的存在的。而我這裡沒談到閱讀公眾，並非就是要把閱讀公眾排除在外（在談論八十年代的文學公共領域時我已涉及到這一維度）。事實上，公共知識分子與閱讀公眾是一種相互依存的關係，誰也離不開誰。而且，當公共知識分子發表一些對公共問題的看法時，他們已經不是在專業內部自說自話，而是面向了公眾，這個道理我覺得大家都懂，已不需要我在文章中論述了。至於王朔是不是有資格成爲公共知識分子，這個問題是可以討論的。王朔有許多面相，當他借用毛澤東的遺產而打造攻擊知識分子的武器時，值得批判；當他以調侃爲武器去解構革命的合法性與神聖性時，他其實又成了知識分子的盟友。而把他定位成一個「混混」，我覺得失之簡單。當然，我也知道，當年《南方人物周刊》評選公共知識分子 50 人，也是媒體的造勢之舉，對它的評選不必過於苛求，我覺得大體靠譜便已完成了它預期的目標。

最近一段時間我這裡非常忙亂，這封回應的長信是斷斷續續寫出來的，一些地方的展開或許還不夠從容，但你提及的一些問題大體上都應該涉及到了。現奉上，算作一次深入交流吧。

趙勇

2009 年 7 月 18 日

（原載《粵海風》2010 年第 3 期）

# 文壇媒介化：從文壇事件看文學場的位移

　　本來我想用「文壇」或「文學圈」作為本文的關鍵詞，但自從韓寒喊出那一嗓子（「什麼壇到最後也都是祭壇，什麼圈最後也都是花圈」）之後，再來說「壇」呀「圈」呀之類的就有些不吉利。所以，以下行文，我將儘量以「文學場」名之，這一方面固然是避諱，一方面也想讓人聯想起法國社會學家布迪厄的相關論述。

　　種種事實表明，近年來的文壇爆發了許多事件，弄得文學場頗不寧靜。比如，根據媒體的歲末終結，2006 年文壇的十大熱點事件是：韓寒白燁論戰眾人混戰，余華出版《兄弟》惹爭議，郭敬明抄襲拒不道歉，「梨花體事件」以鬧劇收場，湖南作協暴力事件，洪峰乞討引起文壇震動，鐵凝當選中國作協主席，80 後作家張一一求婚事件，顧彬批評中國當代文學，中國作家富豪排行榜面世。2007 年的文壇相對平靜，但依然有如下事件發生：王朔復出；十博士「倒於」；80 後加入作協；顧彬繼續炮轟文壇，引發文學界內部之爭；鐵凝題詞寫錯字，賈平凹鼎力相助；作家富豪榜再次出籠，入榜作家不買帳。2008 年似乎是多事之秋，在已經過去的半年裏，南方雪災、安徽口疫、拉薩出事、火炬被搶、火車相撞、汶川地震。或許正是因為這些天災人禍擋著，今年的文壇才悄無聲息。但在這些國家大事的背後，依然有文壇亞事件發生。6 月以來，文化名人余秋雨的《含淚》之文，山東作協王兆山的那首「鬼詞」，已把網絡弄得沸沸揚揚。依我之見，它們是完全有資格進入 2008 年文壇大事記的。

　　文壇如此多事，不得不使我們思考如下問題：在專業分工越來越細的今天，事實上已有許許多多的「場」存在，為什麼其他「場」比較平靜，而文

學場卻成了是非之地？上個世紀 80 年代與 90 年代，文學場裏也發生了許多事情，但兩相比較，二者有無區別？2003 年，北京大學的邵燕君博士曾有《傾斜的文學場》一書問世，她分析的主要是 90 年代文學生產機制的市場化轉型。當下的文學場是否還在繼續傾斜以致失去了某種平衡？除了市場化轉型之外是否還存在著新聞化轉型和娛樂化轉型？諸如此類的問題，我在下文中將試著回答。

　　檢點一下 1980 年代以來的文學場，我們大概能發現如下事實：文學場始終處在一種與其他場的密切交往之中：起初是與政治場鬥爭，後來是與經濟場合作，再後來則是與新聞場和娛樂場卿卿我我，勾勾搭搭，明修棧道，暗渡陳倉。布迪厄所謂的文學場的自主性從來也沒有真正實現過。我手頭有一本 80 多萬字的大書，名為《1979～1989：十年文藝理論論爭摘編》（馬玉田、張建業主編，北京十月文藝出版社 1991 年版），選編者在書中分列 16 個專題，而這些專題之下出現的論爭大都與政治問題相關。這也意味著在經歷過一個非常的年代後，文學及其文學場正試圖擺脫政治與政治場的無理干預，一步步走向自治。所以，按照我的理解，1980 年代文學場中發生的許多事件與爭端，大都隱含著左與右的衝突，姓社還是姓資的矛盾，文學場與政治場的鬥爭不言而喻。

　　進入 1990 年代之後，文學場與政治場的鬥爭暫告一段落，文學場彷彿也獲得了自主、自治、自律的幻覺。但是，隨著市場經濟時代的到來，這個幻覺立刻變成泡影。在「市場經濟了，文學怎麼辦」的呼籲與焦慮中，有了延續幾年的人文精神大討論，也有了「抵抗投降書系」的出版與爭端。今天看來，這其中的討論與爭端顯然與經濟場向文學場滲透、文學場被經濟場裹脅有關，而爭論的雙方也隱含著他們對二場交往的不同理解。

　　回顧這一時期的爭端，我們也可以發現如下特點：一、爭論的話題往往嚴肅，它們不可能有太多的新聞價值與娛樂價值，也不容易被媒體利用。二、爭論往往局限在文學場之內，形成了場內爭論場外看的局面。在一個大眾媒介相對匱乏的時代，場外之人即使有話要說，也常常是排不上隊插不上嘴。這種局面也保證了爭論的嚴肅性。三、爭論愈演愈烈，往往就會釀成事件，其中赤膊上陣、刺刀見紅的場面也時有發生，但爭論者大體上還能體現出爭論的風度，惡語相加，攻擊謾罵的情況還不多見（王蒙罵王彬彬是個例外）。所以，相比之下，那個年代的爭論還相對純淨，而爭論的結果雖然很可能也

是不歡而散，卻留下了許多值得在學理層面繼續思考的問題。

行文至此，有必要對十多年前的「馬橋事件」略作分析。1996 年年底，由於評論界張頤武、王幹向創作界韓少功的《馬橋詞典》發難，引發了所謂的「馬橋之爭」。1997 年 3 月，因韓少功把張、王等六被告告上法庭，「馬橋之爭」變成長達一年多的「馬橋之訟」。1998 年 5 月，海口市中級人民法院做出一審判決，判被告向韓少功道歉並分別賠償經濟損失費 1750 元。被告不服，繼續上訴。8 月，海南省高級人民法院做出最終判決，結果以原告全面勝訴而告終。

今天面對這一事件，我更關心的是哪些人、哪些媒體都參與了論爭，他（它）們對於事件的進程意味著什麼。韓石山說：「在馬橋事件中，有個現象很值得回味，那就是聲援韓少功的，大多是韓少功的部屬和朋友。聲援張王二人的，大多和張王二人毫無干係，有的連面都沒見過，有的還竟是先前對張王沒多少好感的。」〔註 1〕這一現象確實令人深思。而據《〈馬橋詞典〉紛爭要覽》（田原，《天涯》1997 年第 3 期）和《〈馬橋詞典〉：文人的斷橋？——「馬橋訴訟」的前前後後》（余果，《新聞記者》1998 年第 8 期）二文介紹，當時追蹤報導與評論此一事件的雖有業內報刊（如《中華讀書報》、《文藝報》和《文學自由談》等）與主流大報（如《中國青年報》和《文匯報》等），但亦有許多行業小報與晚報晨報介入其中，如《為您服務報》、《服務導報》、《勞動報》、《深圳商報》、《羊城晚報》、《粵港信息日報》、《今晚報》、《特區時報》、《武漢晚報》、《青年報》、《中華工商時報》、《生活報》、《文化時報》、《金融早報》等。事件延續近兩年，報導與評論數百篇，參與論爭的報刊近百家。論爭尚未終了，已有人迫不及待地推出《文人的斷橋——〈馬橋詞典〉訴訟紀實》一書，可見當時的影響之大。

我之所以在這裡提起「馬橋事件」，是因為這一事件帶有明顯的轉型特徵：一方面，爭論的雙方都是嚴肅的，無論爭論者是韓少功的親友團，還是張王二人的啦啦隊，大體上都是創作界和評論界人士，這既保證了爭論的明達理性與明辨是非，也在一定程度上把爭論限制在文學場之內。但另一方面，由於韓少功把爭端交給了法庭，此一事件的性質就發生了變化——文學事件因而上升為法律事件、新聞事件和社會事件。而眾多小報的介入，又使事件不同程度地公眾化、娛樂化了。因為小報晚報既不可能做深度報導，也不關

---

〔註 1〕 韓石山：《馬橋事件：一個文學時代的終結》，《文學自由談》1998 年第 6 期。

心事件背後的學理價值，它們需要的是能夠吸引人眼球的新聞；普通百姓既沒讀過《馬橋詞典》也沒讀過《哈紮爾辭典》，他們也不會在乎模仿、照搬、抄襲等等背後的學理區分。對於他們來說，這一事件只是他們的消遣對象，是他們喝著茶、剔著牙時的談資。

韓石山說：「馬橋事件」標誌著一個文學時代的終結。我們也可以說，「馬橋事件」意味著一種爭論模式的終結。從此之後，文學事件取消了從場內移步場外的過程，而是迅速與新聞場、娛樂場接通，開始了新聞化、娛樂化、眼球化、泡沫化的進程。以「韓白之爭」為例，2006 年 3 月初，韓寒通過自己的博客引發一場網絡惡戰，一方是挺白的評論家解璽璋、作家陸天明、電影導演陸川、音樂家高曉松等，一方是擁韓的無數網民。一時間，口水翻飛，穢語狂舞，眼看一場對簿公堂的官司大戰即將打響。但是到 3 月底，韓寒卻突然在博客上發出「熱鬧完了，各回各家，各找各媽」的帖子，網絡大戰頓時平息，媒體與公眾轉而去關注其他的新事件了。寫到這裡，我不由得會想，「馬橋事件」如果晚發生十年，該會是一種怎樣的景象？人們還會平心靜氣地爭論那些學理問題嗎？韓少功還會去打那場「贏者輸」（反用布迪厄之說）的官司嗎？我覺得懸。

那麼，究竟是什麼原因讓今天的事件變成這個樣子呢？在我看來，以下幾個方面的因素值得關注。

首先，世紀之交以來，中國的大眾傳媒從總體上開始了新聞娛樂化的進程。平面媒體自然也不甘落後，於是大報小報化，小報低俗化成為其發展趨勢。既然需要如此這般的新聞素材，文學場就成為媒體重點關照的對象之一。這時候，文學場裏一旦有風吹草動，媒體記者必定會一哄而上，跟進報導。與此同時，眾多時評寫手也不甘寂寞，紛紛亮出傢夥說三道四。一時間，你方唱罷我登場，風風火火，好不熱鬧。然而，就在這種喧嘩與騷動中，情況也發生了變化：如果說在 1980 年代（也在一定程度上包括 90 年代）文學場還掌握在作家與批評家手裏，那裏還是他們言說與對話的風水寶地，那麼，新聞場介入文學場之後，話語權卻轉移到媒體記者和時評家手裏，他們開始控制局面，並成為其言說主體。新聞娛樂話語對文學批評話語的入侵與掌控，意味著切入角度、行文方式、話語風格等等均發生了變化，文學事件也就不可能不被併入到新聞化、娛樂化的軌道之中。

其次，必須意識到網絡時代到來後互聯網在文學事件中扮演的角色。網

絡本來就對諸多事件有一種擴展和放大的功能，加上網絡時代眾多網民有了發言的機會，所以一旦事件爆發，往往會成為萬眾矚目、眾口評說的對象。而由於匿名發帖、本我出場的效果之一是可以說大話，出穢語，口無遮攔，所以許多網民一上場就拎著板磚，爆著粗口，不管三七二十一，一頓狂扁，致使爭論迅速陷入情緒化的口水仗和狂歡化的話語秀之中。而自從開了博客，諸網站（新浪網首當其衝）出於娛樂化與商業化的需要，常常會通過標題置頂、加粗、套紅和編輯推薦等方式把諸多充滿火藥味的博文推向前臺，然後挑逗群眾鬥群眾。現在想想，2006 年以來發生的文壇事件，哪一件沒有網站和博客的「功勞」？它們或者是直接肇事者，或者是事件的推波助瀾者；而一旦事件發生，則意味著網民又迎來了自己的狂歡節。

第三，文學場被媒體控制，固然有媒體的原因，卻也是文學場內部人士拱手交出自主性的重要標誌。布迪厄說：「若科學場、政治場、文學場受到傳媒控制力的威脅，是因為在這些場的內部，有一些不能自主的人，以場內的專業價值衡量，他們很少得到認可，或拿句常用的話來說，是一些『失敗者』或正走向失敗的人，由於他們在場內得不到認可，所以熱衷於到場外去尋求認可（快速的、過早的、不成熟的或一時的認可），此外，他們往往被記者們所看好，因為他們不讓記者們感到害怕（與較為獨立的作者不同），時刻準備按照記者們的要求行事。」〔註2〕依我之見，今天到文學場外尋求認可的已不光是那些「失敗者」，也包括那些如日中天的文學成功人士。比如，《兄弟》出版之後，余華頻頻接受記者採訪，網上網下大造其勢，結果，《兄弟》招罵，「給余華拔牙」的聲音鋪天蓋地。但令人奇怪的是，《兄弟》卻越罵越火，一年左右銷售上百萬冊，作者與出版社成為最大的受益者。這起事件余華輸了嗎？沒有，布迪厄說輸者贏。《兄弟》的文學價值可疑，但是它卻獲得了巨大的商業價值。也許這才是余華移身場外的真正目的。

我已用完了編輯給我的篇幅，卻依然覺得意猶未盡，只好總結陳詞如下：文學場不應該是政治場、經濟場，當然它也不可能是媒介場。但現在的問題是，在與媒介場的交往中，文學場卻已挪用著媒介場的遊戲規則，結果導致自身規則的嚴重失效。有民謠曰：「這年頭，教授搖唇鼓舌，四處賺錢，越來越像商人；商人現身講壇，著書立說，越來越像教授。醫生見死不救，草菅

〔註2〕 〔法〕皮埃爾・布爾迪厄：《關於電視》，許鈞譯，瀋陽：遼寧教育出版社 2000
　　　　年版，第 74 頁。

人命，越來越像殺手；殺手出手麻利，不留後患，越來越像醫生；明星賣弄風騷，給錢就上，越來越像妓女；妓女楚楚動人，明碼標價，越來越像明星。警察橫行霸道，欺軟怕硬，越來越像地痞；地痞各霸一方，敢做敢當，越來越像警察。流言有根有據，基本屬實，越來越像新聞；新聞捕風捉影，隨意誇大，越來越像流言。」這裡說的就是遊戲規則的混亂。於是，文學場的混亂與移位也就變得不足爲奇了。它不過從一個側面映現出我們這個時代的精神病象，如此而已。

2008 年 6 月 23 日

（原載《中華讀書報》2008 年 6 月 25 日，

刊發時被改名爲《從文壇事件看文學場的混亂與位移》）

# 時代的精神狀況與文學理想的浮沉

　　我總覺得文學理想是一個常識性的話題，不需要談論。一旦我們需要談論它時，就意味著它已出現了問題。

　　遠的不說，上個世紀 80 年代的文學總體上是不存在理想問題的。那個年代雖然有對歷史創傷記憶的書寫，也有種種迷惘、感傷、苦悶與困惑的文學話語，但作家的寫作都很眞誠，文學從總體上也呈現出一種向上的精神氣質。1981 年，汪曾祺寫出《大淖記事》後說：「我那時還在上小學，聽說一個小錫匠因爲和一個保安隊的兵的『人』要好，被保安隊打死了，後來用尿城救過來了。我跑到出事地點去看，只看見幾隻尿桶。……我去看了那個『巧雲』（我不知道她的眞名叫什麼），門半掩著，裏面很黑，床上坐著一個年輕女人，我沒有看清她的模樣，只是無端地覺得她很美。過了兩天，就看見錫匠們在大街上游行。這些，都給我留下很深的印象，使我很嚮往。我當時還很小，但我的嚮往是眞實的。我當時還不懂『高尚的品質、優美的情操』這一套，我有的只是一點嚮往。這點嚮往是朦朧的，但也是強烈的。這點嚮往在我的心裏存留了四十多年，終於促使我寫了這篇小說。」〔註1〕汪曾祺反覆提到他寫的是「嚮往」，而在我看來，這種嚮往其實就是文學理想。

　　實際上，這種嚮往也出現在許多文學作品中。王蒙的《春之聲》，張承志的《黑駿馬》與《北方的河》，路遙的《人生》與《平凡的世界》，莫言的《透明的紅蘿蔔》與《紅高粱家族》，鐵凝的《哦，香雪》等等，都不同程度地把作家自己的理想轉化成了某種文學理想，文學也因爲理想之光的燭照，一下子有了精氣神。

　　於是有必要追問，爲什麼文學理想在 80 年代不成其爲問題呢？原因可能

〔註1〕　汪曾祺：《〈大淖記事〉是怎樣寫出來的》，見《汪曾祺全集》（三），北京：北京師範大學出版社 1998 年版，第 216〜217 頁。

很多，但我以爲與那個年代的總體氛圍關係密切。李陀說：「80年代一個重要特點，就是每個人都有一種激情，覺得既然自己已經『解放』了，那就有必要回頭看自己經歷的歷史究竟是怎麼回事，再往前看，看歷史又該向何處去，我們應該做什麼，可能做什麼，馬上做什麼。」〔註2〕這種說法很有道理。80年代的過來人回想一下，李陀所謂的激情其實體現在生活的方方面面。《年輕的朋友來相會》、《在希望的田野上》之類的歌曲唱的是激情，《一個和八個》、《紅高粱》之類的電影演的是激情，而「美學熱」、「全民讀書熱」、「主體性問題」的討論等等，也無不與激情有關。1988年5月，我曾參加在蕪湖舉行的「中國文藝理論學會第五屆年會」，親眼目睹了分組討論時那種唇槍舌劍，爭得不可開交的辯論場面。顯然，那也是一種激情的體現。如此激情燃燒，讓80年代變得生機勃勃，理想主義的瘋長也有了合適的土壤。

文學理想便是這個時代的產物。勃蘭兌斯曾經談論過1830年代對於法國文學的重要性——類似於文藝復興似的時代精神狀況，作家親同手足般的思想交流與藝術批評，共同催生了法國浪漫主義文學的繁榮。〔註3〕1980年代中國的時代精神狀況也頗有點法國當年的味道。西風東漸、思想解放、創作自由、人道主義、啓蒙精神等等，讓作家們喚發出前所未有的寫作熱情。這個時候，寫作活動不光是文學理想的呈現，同時也是實現社會理想的某種預演。魯迅說：「文藝是國民精神所發的火光，同時也是引導國民精神的前途的燈火。」〔註4〕作爲五四文學的繼承者，80年代的文學最大限度地接通了魯迅所描述的文學理想，也把文學理想推進到了一個想當的高度。

然而好景不長，隨著90年代的來臨，文學理想或被擱置或被拋棄，文學開始「向下」滑行——與80年代文學形而上的精神氣質相比，90年代的文學更多關注柴米油鹽，飲食男女之類的日常瑣事。1991年的韓少功說：「前不久我翻閱幾本小說雜誌，吃驚地發現某些技術能手實在活得無聊，如果擠乾他們作品中聰明的水份，如果伸出指頭查地圖般地剔出作品中眞正有感受的幾句話，那麼就可以發現它們無論怎樣怪誕怎樣蠻荒怎樣隨意性怎樣散裝英語，差不多絕大數作品的內容（——我很不時髦地使用『內容』這個詞），都

---

〔註2〕 查建英主編：《八十年代：訪談錄》，北京：三聯書店2006年版，第253頁。
〔註3〕 〔丹麥〕勃蘭兌斯：參見《十九世紀文學主流‧法國的浪漫派》第五分冊，李宗傑譯，北京：人民文學出版社1982年版，第8～18頁。
〔註4〕 魯迅：《論睜了眼看》，見《魯迅全集》，北京：人民文學出版社1982年版，第254頁。

可以一言以蔽之：乏味的偷情。因為偷情，所以大倡人性解放；因為乏味，所以怨天尤人滿面悲容。這當然是文學頗為重要的當代主題之一。但歷經了極左專制又歷經了商品經濟大潮的國民們，在精神的大劫難大熔冶之後，最高水準的精神收穫倘若只是一部關於乏味的偷情的百科全書，這種文壇實在太沒能耐。」〔註5〕當偷情成為小說的主要內容時，我們當然不能說這就是文學的理想或理想的文學。而古今中外的文學史也業已證明，文學逃避靈魂問題的去處往往就是肉欲之鄉。在這種書寫中，作家的靈魂麻痺了，讀者的要求降低了，文學的理想也暗淡了。

在我看來，這樣一種局面依然與時代的精神狀況有關。90 年代以來，物質主義、實用主義、拜金主義、消費主義、犬儒主義等等盛行，卻唯獨沒有了理想主義生長的地盤。而那些眾多的主義不光是對理想主義形成了一種擠壓，也對它構成了一種消解。古人云：「形而上者謂之道，形而下者謂之器。」當「器」成為一個時代的重點琢磨對象時，它當然不可能在「道」的層面上有所作為。同時，在這種時代精神的引領下，人們也開始遠離「道」，嘲諷「道」，形而上的追求彷彿成了一件逆歷史潮流而動的事情。1993 年，王蒙曾有《躲避崇高》一文面世，轟動一時，爭議很多。他在文章中為王朔辯護，順便批判了流行多年的「偽崇高」。置於當年的歷史語境並結合王蒙的中庸思想分析，或許這種辯護與批判本身並無多大問題。但今天看來，此文顯然也是對流行時代趣味的一種呼應與確認——當時代開始了「下行」的歷程後，作家沒有顯出超越之姿，而是委婉地強調著和光同塵的合法性。在這個意義上我們甚至可以說，時代強暴著作家，而作家不但失去了反抗之心，反而流露出「有了快感你就喊」之類的沾沾自喜。

被這樣一種時代氛圍籠罩，文學已不可能有太大出息。在這裡，我當然不是說 90 年代以來的文學就一無是處，而是說沒有了文學理想之光的照耀，文學已顯得真氣渙散。於是，文學要不描寫的是《一地雞毛》似的無奈人生，要不體現的是《冷也好熱也好活著就好》的苟活哲學，還有《廢都》那樣的頹廢相，《上海寶貝》那樣的暴露癖，再加上「私人化寫作」的盛行，「身體寫作」乃至「下半身寫作」的泛濫，文學陷入到媚俗（kitsch）敘事中而不能自拔。李建軍說：「從精神上看，我們時代的文學的確存在著一股邪氣。在某

---

〔註 5〕 韓少功：《靈魂的聲音》，見《夜行者夢語——韓少功隨筆》，上海：知識出版社 1994 年版，第 4～5 頁。

些作家看來，文學本來就是變態的、畸形的，而作家天生就是一群『莽漢』，一群在道德上享有放縱的特權的『糙人』。不知從什麼時候開始，我們的一些作家把自己的興趣，牢固地鎖定在描寫性欲、金錢、權力和暴力方面。不是說這些內容不能寫，而是他們的敘事態度是病態的，流露出的格調和趣味是低下的。有些小說，光從題目上，就可以看出其趣味傾向和境界格調上的問題。例如，《鮮血梅花》、《檀香刑》、《我愛美元》、《把窮人統統打倒》、《我為什麼沒有小秘》、《有了快感你就喊》和《狼圖騰》。」〔註6〕李建軍思考的問題是今日文學正氣不足邪氣有餘，他其實從另一個角度觸及到了理想主義退場之後文學的委靡之相。

文學的委靡之相當然是時代精神狀況的產物，而這種精神狀況首先作用的卻是作家，這就不得不涉及作家與時代的關係。在我看來，作家與時代的關係雖然說起來複雜，但有兩種關係更值得注意：其一是順應，其二是反抗。當時代呈現出蓬勃向上的精神氣象時，順應時代便能讓作家身心舒展，文學也會呈現出剛健之風，進取之態，盛唐時代的詩歌便可作如是觀。而當時代變得物欲橫流或萎靡不振時，順應便成為一種共謀，文學因此也會遭殃，這時候就有了反抗。反抗是作家的自我拯救，同時也是讓文學振作起來的一種手段，但勢單力薄的反抗往往又會成為堂吉訶德式的舉動。當然，順應與反抗也並非那麼純粹，許多時候它們都相互糾纏，從而讓作家與時代的關係變得更加複雜曖昧。比如歌德已是一位偉大作家，但恩格斯卻依然分析出了他與時代關係的矛盾性：「在他心中經常進行著天才詩人和法蘭克福市議員的謹慎的兒子、可敬的魏瑪樞密顧問之間的鬥爭；前者厭惡周圍環境的鄙俗氣，而後者卻不得不對這種鄙俗氣妥協，遷就。因此，歌德有時非常偉大，有時極為渺小；有時是叛逆的、愛嘲笑的、鄙視世界的天才，有時則是謹小慎微、事事知足、胸襟狹隘的庸人。連歌德也無力戰勝德國的鄙俗氣；相反，倒是鄙俗氣戰勝了他；鄙俗氣對最偉大的德國人所取得的這個勝利，充分地證明了『從內部』戰勝鄙俗氣是根本不可能的。」〔註7〕恩格斯在這裡特意提到了德國的鄙俗氣，那應該就是當年德國的時代精神狀況。連歌德都被這種時代

---

〔註6〕 李建軍：《文學主於正氣說》，見《文學因何而偉大》，北京：華夏出版社 2010年版，第 215 頁。

〔註7〕 〔德〕恩格斯：《詩歌和散文中的德國社會主義》，見《馬克思、恩格斯、列寧、斯大林論文藝》，北京：人民文學出版社 1986 年版，第 47～48 頁。

精神擊中而無還手之力，可見其鄙俗氣的強大。

我們今天的時代精神中其實也是存在著一股鄙俗之氣的，但許多作家或者渾然不覺，或者予以認同。如此一來，文學自然也就濁氣上升，清氣下降，失去了清俊挺拔之姿。這其中自然也有反抗的作家，但他們的言行卻一度受到批判和嘲諷。遙想 90 年代中期的張承志和張煒，他們曾有過「抵抗投降」的激烈言辭，今天看來，或許二張就是抵抗鄙俗之氣的先知先覺者。然而，不但他們被扣上一頂「道德理想主義」的帽子而遭到攻擊，就是「抵抗投降」的先驅魯迅先生也受到了牽連。王蒙說：「我們的作家都是像魯迅一樣就太好了嗎？完全不見得。文壇上有一個魯迅是非常偉大的事，如果有 50 個魯迅呢？我的天！」〔註8〕楊爭光說：「中國作協有幾千個會員，如果個個都是魯迅，那就沉重得不得了了。文學的發展也有它的跌宕起伏，不要動輒指責文學下滑了。」〔註9〕在這種質疑、嘲諷與批判中，反抗時代的流行趣味不但成為尷尬之舉，而且似乎也成了一件「政治不正確」的事情。正是由於諸多作家與時代精神明裏暗裏的合謀，理想主義換算成道德理想主義後被清剿出局，文壇或文學從此進入到你好我好他也好的太平時代。

海德格爾說，貧乏的時代往往會隱藏存在和遮蔽存在，詩人的職責在於認識時代的貧乏，進而讓存在敞開。〔註10〕這當然是對作家的高要求，我們這個時代的大部分作家很可能還難以企及。那麼，我們的作家是不是可以向恩格斯所批判的歌德學習，退而求其次？如此這般之後，作家在順應與反抗時代之間遊走，自然也就會形成一種深刻的矛盾。這時候，他們的作品或許才能呈現出靈魂的悸動，心靈的歌哭，而不至於成為一種無病呻吟的平面化的東西。

然而，學習歌德也頗不容易，因為歌德是非常看重文學理想的。他認為，歐里庇得斯所處的時代是一個偉大的時代，「那個時代的文藝趣味是前進而不是倒退的」。他指出，近代文學界之所以弊病多多，原因在於「我們所缺乏的是一個像萊辛似的人，萊辛之所以偉大，全憑他的人格和堅定性！」他呼籲：「藝術要通過一種完整體向世界說話。但這種完整體不是他在自然中所能找

---

〔註8〕 王蒙：《人文精神問題偶感》，見王曉明編：《人文精神尋思錄》，上海：文匯出版社 1996 年版，第 116 頁。

〔註9〕 白燁、王朔、吳濱、楊爭光：《選擇的自由與文化態勢》，同上書，第 91 頁。

〔註10〕 參見〔德〕M. 海德格爾：《詩·語言·思》，彭富春譯，北京：文化藝術出版社 1991 年版，第 85 頁。

到的，而是他自己心智的果實，或者說，是一種豐產的神聖的精神灌注生氣的結果。」〔註 11〕這裡所謂的前進的文藝趣味，作家高尚的人格，神聖的精神灌注生氣，都可看作歌德對文學理想的嚮往與追尋。我們的作家也能形成類似歌德這樣的感受與思考嗎？我不清楚，但還是希望他們多少能有一點，因為這是讓我們的文學有大出息的基本前提。

2010 年 9 月 9 日

（原載《文藝報》2010 年 10 月 20 日）

---

〔註 11〕 《歌德談話錄》，朱光潛譯，北京：人民文學出版社 1978 年版，第 86、92、137 頁。

# 文化批評：爲何存在和如何存在
## ——兼論 80 年代以來文學批評的三次轉型

　　臨近世紀末，失語、缺席、沒落、貧困、危機等等突然成了描繪文學批評現狀的重要詞彙。而在談到這種現狀的成因時，一種越來越清晰的聲音認爲：正是由於文化批評的出場才導致了文學批評的退席。〔註1〕於是，文化批評對於文學批評的式微負有了不可推卸的責任，文化批評因此以有罪之身被押上了被告席。而且，似乎只有清算了文化批評的罪過，「救救文學批評」的呼聲才能轉換爲實際的行動，從而使文學批評回歸自身。對於這種觀點，我以爲它的價值僅僅在於以一種懷舊的心態微妙地傳達了人們對於當下文學批評衰落的痛心，以及重振文學批評雄風的迫切心情，所以它很容易誘導出批評家的集體無意識心理以致在「懷舊的基礎上拯救」這一層面上達成共識。然而，我們也應該看到這種情緒化的表述很容易阻止人們在學理層面上的進一步追問，從而使人們對目前批評現狀的判斷產生失誤，進而導致人們觀念領域的混亂。因此，如果我們承認當下的文學批評逐漸爲文化批評所取代已成事實，那麼我們亟需回答的或許還不是兩種批評誰對誰錯的問題，而是爲什麼會出現這種取代，這種取代存在不存在某種必然性和合理性，我們能不能暫時取消二元對立的思維模式以一種中性的眼光打量一下這兩種批評從而把這種取代看成是批評話語的一種位移或批評範式的一次轉換。假如我們能在這一層面上作些思考，或許有助於問題的進一步深入。——正是本著這一思路，筆者在此文中試圖對這些問題作些清理並進行一些嘗試性的回答，以期引起爭鳴，也希望得到方家的指正。

---

〔註1〕　有關文章可參閱閻晶明：《文學批評與文化批評》，《作家報》1997 年 11 月 13 日。路文彬：《救救文學批評——讓文化批評回到文學》，《文藝爭鳴》1998 年第 1 期。閻晶明：《批評的市場分析》，《中華讀書報》1998 年 4 月 29 日。

一

應該說，文學批評的淡出和文化批評的勃興僅僅是 90 年代的事情。儘管有人指出，隨著傑姆遜的來訪，文化批評的概念在 80 年代中期由他帶到了中國。〔註2〕但是，在整個 80 年代，批評家們基本上還沒有文化批評的觀念和意識，文化批評也基本上沒有什麼市場，那時候，獨領風騷的依然是文學批評。

文學批評之所以能在 80 年代出盡風頭，以致成了批評家們回憶起來便激動不已，流連感歎的黃金時代，我以爲在很大程度上得益於文學、批評與社會、時代暗自形成的相互承諾，同時也得益於文學和批評與主流意識形態時鬆時緊的特殊關係。有人指出，70 年代末 80 年代初，「是官方、作家與讀者共度蜜月的時期。」〔註3〕其實公正地說，參與了這種蜜月活動的顯然還有批評家。雖然在那個時期，批評家的聲名還遠沒有作家顯赫，但是，當文學批評在他們的手中初步完成了從「文革」式的政治批判到政治／社會批評的轉型之後，文學批評儘管還顯得粗陋，卻也初步履行起了自己應該履行的職責。於是，文學批評通過對文學作品、現象、思潮的關注、解讀和肯定，保護並且渲染了文學發出的珍貴聲音，釋放並且放大了文學蘊含的潛在意義。而這種聲音和意義也正是時代、社會乃至主流意識形態所需要的，或者說，時代已先期向這種聲音和意義發出了召喚和邀請。因此，可以說這一時期的文學話語、批評話語和時代話語存在著一種同構關係，而批評話語顯然是時代主旋律的一個聲部，是社會宏大敘事中的一個必然的組成部分

如果說 80 年代初期的文學批評完成了一次具有劃時代意義的歷史轉型從而也協助文學完成了與時代的交往與合作的話，那麼，進入 80 年代中後期，隨著文學批評的又一次轉型，批評與文學和時代的夥伴關係卻出現了危機。我曾經把 80 年代的文學看作是不斷向禁區衝擊的文學，〔註4〕然而隨著表層衝擊的獲勝和深層衝擊不能見容於主流意識形態的屢屢遇挫，也隨著這種衝擊煥發出來的政治／社會批判熱情的耗散，文學開始改弦更張。於是我們看

〔註2〕 張旭東、〔美〕詹明信：《馬克思主義與理論的歷史性》，見〔美〕詹明信：《晚期資本主義的文化邏輯》，張旭東編、陳清僑等譯，北京：三聯書店 1997 年版，第 39 頁。

〔註3〕 《劉心武張頤武對話錄——「後世紀」的文化瞭望》，桂林：灕江出版社 1996 年版，第 172 頁。

〔註4〕 參見拙作：《文學倒楣該怨誰》，《太行文學》1994 年第 1 期。

到了文學總體上的向內轉，看到了後朦朧詩人以一種反崇高、反神聖、反英雄姿態出現的喃喃自語，也看到了先鋒小說家在他們的文本試驗田中的形式探索。當然，這時候還有尋根派和隨之而來的新寫實，但無論是前者對過去的緬懷還是後者對當下的認同，實際上表現出來的卻是一種彷彿一切都看透了的無可奈何。文學與時代的共識基本破裂。

與此同時，文學批評也一方面試圖與主流意識形態分道揚鑣，一方面又試圖與文學創作保持距離，從而改頭換面，有所作為。於是在這一時期，批評家更多地感受到的是「批評落後於創作」的焦慮，〔註5〕「評論附庸於創作」的痛苦〔註6〕和「評論自由」的政策精神所帶來的誘惑。〔註7〕這些心理相加到一起，使批評家們擁有了前所未有的責任感和使命感，也使他們樹立起了通過批評建功立業的信心和勇氣。正是在這樣一種背景下，我們才看到了「經國之大業、不朽之盛事」般的批評綱領的出臺：「文藝評論是一門獨立的學科，具有獨立的品格和價值，它不僅直接關係到我們的文藝創作能否繁榮，而且對於改善我們民族的文化心理素質，提高整個民族的理論思維水平，都具有不容忽視的作用。」〔註8〕同時，這一批評綱領還啓發、催生和呼喚出了第五代批評家們的諸多子命題（如批評即創作，我所評論的就是我，批評就是批評家的靈魂在傑作中的冒險，批評是一種價值判斷和審美判斷等），文學批評因此顯示出了勃勃生機。

應該說，這一時期文學批評對自身的反思以及隨之而來的一系列舉措和這些舉措之下的實踐行動所帶來的收穫是巨大的。這些收穫可大體歸納為：第一，文學批評在一定程度上擺脫了種種外在律令的干擾（如主流意識形態的整合或操作）。第二，文學批評在一定程度上改變了自身對文學作品被動釋讀的尷尬地位。第三，文學批評的主體性和批評家的個體意識有了大幅度的增強和提高。而這些個方面的合力又催生了文學批評的最重要收穫，這就是我所認為的文學批評在 80 年代由政治／社會批評向審美批評〔註9〕的第二次

---

〔註 5〕 陳駿濤：《文學批評：在新的層次上躍起》，《批評家》1985 年第 5 期。

〔註 6〕 《全國十八家文藝評論刊物聯合倡議書》，《批評家》1985 年第 4 期。

〔註 7〕 《交流經驗，共商政策，推動文藝評論進一步發展》，《批評家》1985 年第 4 期。

〔註 8〕 《全國十八家文藝評論刊物聯合倡議書》，《批評家》1985 年第 4 期。

〔註 9〕 審美批評即審美的文學批評。大體而言，此種批評呈現出重個人感悟和體驗，重美學分析和藝術判斷，重批評觀念的更新和批評方法的運用等特徵。

轉型。可以說，這次轉型實際上是文學批評領域裏的一次向內轉。

從當時的情況看，這次轉型的意義是非常重大的，因爲它暗合了一些批評家對「文學批評本性的復歸」﹝註10﹞的理論呼籲，並使這種呼籲部分地有了著落。但是現在看來，這次轉型和轉型的成果也暴露出了一些弱點，布滿了一些疑點，這就使得我們在緬懷 80 年代的文學批評狂歡節時不得不愼重其事。之所以這樣認爲，主要是基於如下幾方面的考慮。首先，批評家企圖建立批評本體的努力是不是僅僅出於自己的某種幻覺，文學批評眞的具有經國之大業般的功能嗎？其次，存在不存在一個永恒不變的批評本體，批評的本體必須是審美批評嗎？第三，文學批評疏離了主流意識形態之後是不是就能獲得充分的自由，在特定的文化語境中，審美批評的自由度究竟有多大？第四，文學批評與文學創作的共識破裂之後（大體上看，80 年代前期，批評對創作的肯定多於否定；80 年代中後期，情況卻恰恰相反），審美批評將以何種文本作爲能引起它共鳴的批評對象，審美批評具有誘導和開發它所需要的批評對象的功能嗎？第五，對於眾多的批評家來說，他們顯然還沒有修煉到潛心書齋、心如止水的境界，面對重大的社會變革和歷史事件，他們還能不能守住一種審美的心態，他們的審美機制會不會發生某種裂變，他們的審美批評又會不會顯出某種虛妄？

在我看來，上述問題對審美批評長期存在的可能性、合理合法性構成了質疑。事實上，這些問題在 80 年代的文化語境中既無法提出也無法回答，只有當 90 年代的文學批評再度轉型之後，我們才有了重新審視 80 年代文學批評話語的光榮與夢想、缺陷和虛妄的機會和理由；同時，我們也可以看到，正是 90 年代文化批評的興起宣告了審美批評的終結。審美批評果然來去匆匆，它在頑強地開放過之後又不可避免地凋謝了。

二

仔細檢點一下，我們便會看到 90 年代確實沒有什麼像樣的文學批評活動，有的只是介入到一系列具有某種泡沫性質的文化事件和文化論爭中的文化批評。甚至即使是面對單個的文學作品，文學批評也很難保持它在 80 年代中後期的自信、從容和純粹，文學批評因其作者的文化態度和文化選擇，因爲那裏面所滲透、攜帶和折射出來的不同文化信息而變得紊亂了、急促了、

﹝註10﹞劉再復：《文藝批評的危機與生機》，《批評家》1985 年第 1 期。

窘迫了、蒼白了。

那麼，爲什麼 90 年代的批評會呈現出這樣一種景觀呢？要想回答這些問題，我們大概需要從時代的精神狀況、全球一體化的文化語境，文學生產與消費的運作機制和批評家的批評心態和姿態等方面去尋找原因。

我們知道，隨著 90 年代初期以來的社會轉型，中國的社會結構和人們的價值觀念發生了巨大的變化，這種變化的重要表徵除了人們所描述的價值多元、商品化和消費化、後現代性、無名狀態（陳思和）等等之外，我覺得還應該加上一個米蘭·昆德拉所謂的「意識形態向意象形態的轉移」。〔註11〕如前所述，在整個 80 年代，創作和批評既存在一個與主流意識形態共度蜜月的時期，也存在著一個與主流意識形態商榷、對話乃至逐漸疏離的時期。而不管是何種情況，都意味著創作和批評還在很大程度上生存在意識形態的巨人陰影中，創作和批評似乎只有以意識形態爲分享、商榷和疏離對象，才能在現實界和想像界獲得自己的位置，激發自己的靈感，並找到自己在某一個時期的興奮點。然而，進入 90 年代之後，隨著市場經濟機制的啓動，人們發現意識形態與創作和批評的那種緊張關係一下子變得鬆弛了。時代已不再需要具有廣場意識或情結的文化英雄，公眾已不再關注和青睞生產話語的文化鬥士，種種意識形態化的寫作行爲（疏離也是其中之一）已顯得錯位或乾脆失去了存在的理由，於是在轉型期之初，創作和批評突然出現了一種拔劍四顧心茫然的失落。可以說，當彼時的作家和批評家終於也有了「市場經濟了，文學怎麼辦」的呼籲的時候，其潛在的含義表明的卻是他們暫時還沒有找到自己位置、確立自己價值座標的焦慮、不安和無所適從。我一直認爲，意識形態的主動撤離對 90 年代的創作和批評的影響是巨大的，現在所出現的創作和批評的許多症狀均能在這種意識形態的意味深長的撤離中找到答案。

然而，人們很快又發現，意識形態淡出所留下的這片真空地帶馬上便被一張更大的、無所不在的意象形態之網給覆蓋了，而社會上一下子湧現出來的無數的意象設計師則是這張巨大的意象形態之網的共同編織者，他們是新聞記者、電影導演、出版商和書商、廣告和傳媒，甚至還有普通的文學編輯和一些能夠隨機應變的批評家。與文學在意識形態系統中的談判與協商、對

〔註11〕參見〔捷〕米蘭·昆德拉：《不朽》，寧敏譯，北京：作家出版社 1991 年版，第 111～115 頁；盛寧：《關於米蘭·昆德拉的思考》，《世界文學》1993 年第 6 期；施康強：《被改寫的昆德拉》，《讀書》1996 年第 1 期。

壘與交鋒、反抗與掙扎不同，文學與意象形態的關係一開始便呈現出一種半推半就的曖昧，然後最終發展到心甘情願地接受意象形態之網的編織。於是在 90 年代，我們看到了一種非常奇特的景觀：一方面是文學的被邊緣化（這顯然是把文學置於意識形態系統的價值座標中所得出的結論），一方面卻是文學在意象形態系統中的如魚得水。一些文學作品的迅速走紅，一些文學事件的突然爆發，乃至一種文學思潮的誕生（如新狀態），一個出版社的重大舉措（如布老虎叢書），一些雜誌社共識的達成（如聯網四重奏），都成了我們解讀文學與意象形態那種曖昧關係的重要佐證。在文學與意象形態的交往中，作家和商家顯然成了最大的獲益者。

指出這一點，並不是說文學與意象形態的這種交往方式不對（其實，孤立地談論對錯是沒有多大意義的），而是說文學在經過了意象設計師的商業召喚和文化包裝後，文學本文中的文學性如何逐漸喪失了自身存在的價值而逐漸被文化性所取代以至於產生了一系列的文學贗品（儘管這其中不乏少量的成功之作），文學批評又如何出現了一種合法性危機。

在這樣一個一切都意象形態化了的文化中心主義時代，批評家能夠幹些什麼呢？當然他們可以加入到意象設計師的行列中去，成為我們這個時代文化熱點的製造者。但是對於更多的批評家來說，如果他們不想改行的話內心似乎也只剩下從原來的文學批評陣營中抽身退出，去做一名學問家或文化批評家這條路了。也就是說，當一些論者對 90 年代批評家的紛紛轉向（從文學批評轉到文化批評，從對文學作品的美學分析轉到文化文本的文化解讀和商討）頗有微詞的時候，筆者倒以為這種轉向是一種合情合理的選擇，完全沒有必要大驚小怪。

之所以合情合理，首先是因為 90 年代的文學作品大都是以一種文化文本的面目出現的。作為文學作品，它無疑仍然是作家生命體驗的一次傾吐，詩性智慧的一次閃現。但是作為文化文本，它卻很可能是對某種文化時尚和趣味的一種附和，對文化市場商業召喚的一次響應。或者說，它的出現本身便標誌著一種文化時尚的誕生，成了解讀當下文化思潮走向、文化語境生成的重要資料。因此，在 90 年代的總體文化語境中，一方面是作為作家的個體意識的進一步增強（如個人化寫作），一方面卻是作為文化文本生產者的自主性的不斷減弱；一方面是創作時文學心態的平靜，一方面又是操作時文化心態的浮躁；一方面是追求文學體驗的古典意蘊，一方面又乞求文化體驗的現代

靈感。所有這一切，都使得作家的產品成了一個文化怪胎。而當文學作品不同程度地變成一種文化文本，當作品中的「文化性」有餘「文學性」不足的時候，批評家大概只有動用文化批評的武器才能與他的批評對象相稱。

面對 90 年代的文學，批評家在 80 年代中後期演練得日漸圓熟的審美批評突然顯得尷尬、錯位和不合時宜，我以爲這是批評家選擇文化批評的第二個理由。如果粗略地回顧一下 90 年代文學的演變過程，我們看到的是在後現代主義價值層面上寫作的文學與堅守人文理想寫作的文學的並存、交鋒和較量，較量的結果是後者逐漸退居到了邊緣的位置，現在凸現於人們視野中的是新狀態或晚生代們的文學。晚生代文學中確實不乏精彩之作，但是由於晚生代作家不同程度地借用了解構主義、女性主義、後現代主義的寫作觀念、寫作策略和寫作技巧，所以晚生代文學從總體上呈現出了一種所指放逐、能指狂歡、削平深度、自戀與私語、反對審美等特徵。這樣一些私大於公、醜多於美、文化性濃於文學性的文學本文無疑能給人提供一種新的文學經驗、文化經驗和閱讀經驗，卻顯然也無法給人帶來一種審美的體驗。面對這樣的文本，批評家的審美判斷機制肯定無法啓動、審美心態肯定無法形成。因爲道理很簡單，當他們試圖動用審美批評的時候，他們應該發現其實那是無美可審的。既然如此，爲什麼不把這樣的文本置於一個更大的文化空間中，以一種冷峻、挑剔、甚至是批判的眼光看待它們的存在呢？

當然，批評家選擇文化批評，顯然也有外部的誘因。我們知道，在本世紀的上半葉，俄國形式主義、英美新批評和法國結構主義完成了西方文學批評理論的向內轉，然而從本世紀下半葉開始，西方的文學批評卻開始了大規模的向外轉，於是我們看到了原型批評、女性主義批評、新歷史主義批評、文化唯物主義批評、西方馬克思主義批評、後殖民主義批評等等的相繼亮相。不能說這些批評不是文學批評，但同樣不能說這些批評就是純粹的文學批評，因爲這些批評的共同特徵是側重於從神話學、社會學、歷史學、政治學、人類學等角度切入來對文學進行闡釋，因而這些批評都不同程度地具有了一種文化批評的意味。而當文學被置入到這樣一個如此巨大的知識話語空間之後，文學批評的視野顯然被拓寬了，文學闡釋的可能性也增多了。對於西方的批評家來說，這樣的轉向顯然是反思之後的明智之舉；對於文學和文學批評來說，這種選擇應該說也是一種福音。在中國，如果說 80 年代的文學批評界側重引進西方科學主義的批評範式的話（這種引進在很大程度上爲文學和

文學批評的向內轉進行了理論鋪墊），那麼，90 年代的文學批評則側重於介紹西方人文主義的批評話語（它們是福柯的知識考古學、霍克海默和阿多諾的文化工業說、傑姆遜的第三世界文化理論、巴赫金的對話理論、格林布拉特的文化詩學、賽義德的東方主義等），這些批評話語無疑啓發了中國的批評家，從而也加快了中國文學批評向外轉的進程。

不過，外部的誘因也僅僅只是誘因，假如沒有 90 年代意象形態的介入和操縱、文化市場的勃興、文化文本的出現、文化體驗的過剩，或許，傑姆遜在 80 年代中期隨身攜帶而來的文化批評至今還處於懸擱狀態。然而，不幸的是，所有的這些假設都已變成了事實，這樣，原來那個空空蕩蕩的文化批評概念變成實實在在的話語實踐活動也就不足爲奇了。因此，不管你是恨是愛，你都不得不正視這樣一個事實：中國 80 年代的文學批評在經過了兩次轉型之後，已經在 90 年代初步完成了第三次轉型，即審美批評向文化批評的轉型。

## 三

把文化批評看作是 80 年代以來文學批評的第三次轉型，並指出文化批評在 90 年代出現的必然性和合理性，這並不意味著文化批評就是目前文學批評的惟一選擇或出路，我想說明的依然是時代話語、文學話語和批評話語的同構性關係、以及批評範式的轉換常常呈現出不以人的意志爲轉移的特性；同時，我還想說明的是，事實上也並不存在一個抽象的、永恒不變的批評本體，時代的演變和批評範式的變更常常會替換掉這個本體當中的某些內容，同時又爲它注入新的內容。假如我們能在這一層面上思考，那麼我們目前對文學批評現狀所形成的負面性判斷的依據將值得懷疑，使文學批評回歸自身的努力又呈現出了某種烏托邦色彩。而更重要的是，假如我們不是一味地向後看（其實，向後看也就是看到 80 年代），不是孤立地、靜止地、理念化地去構想一個文學批評的完美套路，而是把它看作一種實實在在的處於不斷變動中的話語實踐，那麼我們便不會對目前的文化批評大光其火，一味指責，而是會對它的出現和存在多一份寬容和理解。

當然，我們也應當看到，90 年代的文化批評還存在著許多不盡如人意的地方。許多時候，正是由於文化批評本身的時尚化、泡沫化、商業化乃至庸俗化使得文化批評名聲不佳，成爲人所詬病的對象。因此，若想完善文化批評話語機制，我們首先需要檢點的是文化批評自身的缺陷和不足。

　　概而言之，我以爲 90 年代的文化批評存在著如下弊端。首先，由於部分批評家加入到了意象設計師的行列，文化批評在他們的手中已很大程度地商業化了。商業主義的文化批評以製造文化熱點爲最初動因，以刺激文化消費爲最終目的。因此，製造什麼是不重要的，關鍵在於如何製造和如何才能不斷地製造。批評成爲意象形態的愉快合作夥伴、文化批評成了意象形態化寫作的一部分所帶來的後果是，文化批評逐漸淪落爲變相的商業廣告，批評家逐漸失去了公眾的信任。其次，由於許多批評家都是 90 年代重要文化論爭的直接參與者，所以文化批評常常被剝離掉了其他功能而只剩下了消滅對方、爲自我辯護、爲我方聲援的單一功能。文化批評因此呈現出了過剩的情緒化和孤芳自賞的獨白性特徵。第三，由於 90 年代的文化批評時而以文化圍剿的面目出現，結果導致了文化批評個人化判斷的喪失和集體出擊、眾聲附和的批評局面的形成。文化圍剿的衝動常常是這樣誕生的：伴隨著某部文學作品的問世或某種文化現象的出現，起初是意象設計師（如廣告和傳媒）的一味叫好，接著是這種叫好聲極大地刺激起了批評家的逆反心理，然後他們便紮堆兒憤怒、同仇敵愾。在彼此情緒的相互感染和觀點的相互啓發下，批判的力量開始生長，批判的檄文開始炮製。這時，正好有編輯約稿或書商找上門來（意象設計師適逢其時地出現了），於是彼此各取所需，一拍即合，圍剿的戰鼓立即敲響。顯然，參加圍剿的文化批評，其觀點具有速成性、其批判具有情緒性、其判斷又具有少數服從多數的集體性等特徵，而個人的聲音則在這種一哄而上的集體衝鋒中被淹沒了。

　　可以說，正是如上所述的商業主義、情緒化和獨白化、圍剿式的文化批評敗壞了眞正的文化批評的名聲，如果照這樣的勢頭發展下去，文化批評肯定會步入歧途。因此，從目前的情況看，選擇正確的文化批評立場，採取行之有效的文化批評策略顯然已成爲勢在必行之事。具體而言，我以爲文化批評應該從如下幾個方面獲取滋養、進行鍛造。這應該是它的潛力、威力和魅力所在。

　　一、批判性。80 年代的文學批評話語也具有某種批判功能，但是一方面由於其批判性僅僅指向了社會、政治層面，一方面也由於文學批評只有借助或依附於文學作品的批判力量時，其批判性才能存活、生長，所以，80 年代文學批評的批判功能是單一的、急功近利的、形而下的，且自身缺少獨立的批判品格。90 年代的文化批評家應該揚棄的是激進而短暫的社會、政治批判

熱情，泛審美主義的眼光，科學主義、庸俗進化論的思維模式，而代之以一種人文主義的激情和理念，歷史的、文化的、哲學人類學的眼光，懷疑主義、否定性的思維方式，去建立自己的批判尺度，營造一種批判的氛圍，弘揚一種批判的精神。同時，文化批評的批判性應立足於個人的真切感悟和理性判斷，立足於個人與時代和社會、與歷史和未來的深刻對話之上。因此，文化批評不能成為取消個人判斷的文化圍剿式批判，不能成為取消價值判斷的後現代主義的遊戲式批判，也不能成為取消歷史判斷的道德主義批判。由於中國素來缺少學理意義上的批判傳統，也由於 20 世紀中國的馬克思主義文化理論和文學理論的歷史背景，所以，西方馬克思主義的文化批判理論應該而且能夠成為目前中國文化批評的重要思想資源和理論資源。

二、對話性。80 年代中後期的審美批評基本上是一種自產自銷的批評話語，即批評家既是話語的生產者又是話語的消費者，其批評話語無法有效地延伸到作家那裏也無法合理地滲透到讀者層面。之所以如此，主要是批評家選擇了一種精英主義的批評立場，拒絕對通俗文學說話而僅僅對純文學發言。同時，批評家又片面地強化乃至膨脹了自我的主體意識，結果導致了審美批評的畫地為牢和固步自封，其批評話語呈現出了濃鬱的獨白性特徵。90 年代發展到今天，文學和文化的分化業已形成，我們現在所面臨的是一個已經成型的主流文化、精英文化和大眾文化三足鼎立的局面。〔註 12〕面對這樣一種文化格局，文化批評將採用一種怎樣的學術立場呢？顯然，拒絕、迴避、取消某種文化事實的做法都不可能成為文化批評的理性選擇。文化批評所應該做的工作只能是打開思路、拓寬視野，增強對話性、減少獨白性，在理解中闡釋文化現象，在批判中療救文化病態，在理性的審度中規範文化走向。因此，這裡所謂的文化批評的對話性既不完全是現代闡釋學式的成見——對話——視界融合，也不完全是巴赫金式的平等、民主、多音齊鳴的語言狂歡。因為文化批評在對話中主要形成的是一種批評的胸襟和氣度；而在實際的運作中，在與各種性質的文化交往中，文化批評必須堅持自己的價值立場，並在眾聲喧嘩中頑強地呈現出自己獨特的聲音，使懵懂者清醒，使狂熱者冷靜，使悲觀者看到希望，使無恥者有所忌憚……我以為，文化批評的對話意義主要應該體現在這裡。

---

〔註12〕參見周憲：《中國當代審美文化研究》，北京：北京大學出版社 1997 年版，第17 頁。

三、距離性。早在 80 年代後期，有人便已經指出當代文藝批評應該成爲一門距離的藝術，〔註 13〕但是在純粹的文藝批評體制中，距離常常成爲一種天眞的幻想。這不僅是因爲出於朋友情誼、金錢誘惑的批評寫作取消了批評的距離，而且也因爲當代文藝批評所追求的新聞轟動性、時效性本身就是一門弱化乃至取消距離的藝術。這種情況在 80 年代是這樣，在 90 年代也依然沒有多少改觀。那麼，怎樣才能增強批評的距離性從而使批評具有一種學理的品格呢？我以爲文化批評正好能彌補這方面的不足。有人已經描繪了文化批評的這個優勢：「批評家在研究眾多世界級文學大師和理論家批評家名著之後，加以心性的『釀造』，獲得一個大文化、大文學的闡釋框架，不爲任何作家的追逐浪潮和投其所好所迷惑，也不爲任何捧棒批評、強光式批評和朋友式批評所迷惑。這種批評所依憑的是視野的廓大和與批評對象保持客觀的距離……」〔註 14〕而在我看來，文化批評雖然在共時的層面依然貼近於批評對象，但是由於文化批評獲得了一種大文化的眼光、大歷史的思路、大文學的闡釋框架，所以對文學的距離感將在一個宏大的文化語境的歷時層面上生成。距離感的形成能幫助批評家擯棄介入型的姿態、情緒化的態度，催生他們冷靜、旁觀、超然的學術眼光，培養他們理性的、分析的學術興趣，從而使文化批評具有眞正的學理品格。

四、互文性。80 年代的文學基本上是與印刷文化打交道。印刷文化的傳播方式和接受方式規定了批評家所採用的只能是一種感悟、鑒賞，收心內視地進行審美體驗的批評方式。因此，在印刷文化時期，批評家與批評對象的關係是單純的，批評話語也顯得比較純粹。然而進入 90 年代之後，我們已逐漸步入了一個電子文化的時代。從目前的情況看，電子文化雖然沒有也不可能完全取消印刷文化，但電子文化卻顯然已帶來了文學內部空間和外部格局的變化。這種變化不僅意味著電影、電視、多媒體電腦、MTV、VCD、LCD、卡通片、遊戲機等等逐漸進入了人們的文化消費領域從而使文學消費活動變得微不足道，而且意味著文學的生產和消費活動也正在接受著電子文化的收編和塑造從而使文學逐漸喪失了傳統的審美價值。鑒於文學的這種變化，我以爲互文性應該成爲文化批評的基本運思範疇和操作手段。所謂互文性（intertextuality），指的是任何文本都是互文本，即每個文本在其成型的過程

---

〔註13〕《王蒙王幹對話錄》，桂林：灕江出版社 1992 年版，第 209 頁。
〔註14〕王岳川：《當代批評話語》，《文學自由談》1998 年第 2 期。

中都不同程度地打上了其他文本的烙印。在電子文化時代，文本的互文性特徵尤其明顯，因此文本常常成了一個多重的、複雜的文化統一體。對於文學這個文化文本而言，文化批評所採用的互文性批評策略是既要在對其他文本的分辨和釋讀中確認其存在的獨特意義，又要使它成爲解讀其他文本（包括社會、時代大文本）的一種信息、一種資料和一種參證。基於這樣一種考慮，我以爲新歷史主義批評家芒特羅斯所倡導的「文本的歷史性和歷史的文本性」〔註 15〕可以成爲互文性批評策略的一個基本方法。而在這樣一個運思層面上建構起來的文化批評，它所面對的文學必然是文化大視野中的文學，它所挖掘的意義必然是文學的文化意義（美學意義將退居次要地位），它所做的工作必然是文學的考古工作（雖然並不完全排除審美判斷）。這是文化批評的性質所決定的，同時這也是文化批評的天職和使命。

在以上的簡要描述中，大體而言，批判性可看作文化批評的思想立場，對話性和距離性可看作文化批評的學術立場，而互文性則是文化批評的操作方法。這是我對目前文化批評如何存在的一種構想，也是我對文化批評應該有的樣子的一種期待。自然，構想畢竟只是構想，文化批評最終會以一種什麼樣的面目出現，文化批評究竟還能走多遠，21 世紀的文化批評會不會再度轉型，大概這是誰也無法預料的。我們能夠肯定的是，批評話語常常有它自身的運行邏輯，它是主體客體化的產物，同時也是客體主體化的結果。因此，當一種批評話語生成和來臨的時候，我們大可不必把它視爲洪水猛獸，在舊有的思維範式中譴責它的「罪行」，我們需要思考的是如果換一個角度，這「罪行」會不會是一種「功德」，我們所要做的工作是以建構的心態去其謬誤、取其精髓，使之成熟、使之完善。就文化批評而言，90 年代的中國像吳亮（他在 80 年代後期便已退出了文學批評的營壘轉而從事文化批評）那樣感覺敏銳、思想深刻、詞鋒銳利的文化批評家實在是太少了，而像美國傑姆遜那樣重剖析、重開掘，功力深厚、側重於學理層面探尋的文化批評家更是微乎其微。既然 90 年代的批評家轉向已是事實，批評話語的位移已初具規模，爲什麼我們不去呼喚更多的、眞正的文化批評大家呢？爲什麼我們又急於要宣判

〔註 15〕參見童慶炳：《中國當代文論建設：對話與整合》，《文藝爭鳴》1998 年第 1 期；盛寧：《人文困惑與反思——西方後現代主義思潮批判》，北京：三聯書店 1997 年版，第 156～160 頁；王一川：《語言烏托邦——20 世紀西方語言論美學探究》，昆明：雲南人民出版社 1994 年版，第 326～328 頁。

文化批評的死刑呢？

或許，宣判還會繼續進行，但是我相信，被宣判者在不斷的「上訴」中終將會證明自己的無辜。

1998 年 6 月 3 日

（原載《當代文壇》1999 年第 2 期）

# 學院批評的歷史問題與現實困境

　　學院批評又稱「學院派批評」或「學院式批評」，按照法國著名文學批評家蒂博代（Albert Thibaudet）的劃分，學院批評可看作是以大學教授為批評主體的「職業的批評」。作為一個具有中國特色的說法，學院批評很可能是王寧在 1990 年首先提出並加以論證的。〔註1〕這就意味著從獲得命名到既成事實，學院批評已經過差不多 20 年的發展歷程。時至今日，我們固然可以說學院批評已取得了令人矚目的成績，但是卻也不得不承認，學院批評也隱含著不少問題，面臨著諸多困境。筆者身在學院之中，對其中的問題體會也就更深一些。故以下所論，雖言及他人，其實也包含著某種自我反思。

一

　　要想說清楚學院批評現在存在的問題，回到學院批評的發軔期也許是必要的，因為現在的問題並非空穴來風，而是長期積累之後的一種並發症。

　　如果從文學批評發展的邏輯鏈條上看，學院批評應該是對 1980 年代印象主義批評的一種反駁，這從一開始對它的定位中便可見出分曉。王寧指出：學院批評「與直覺、印象式批評有著本質區別，它也不同於一般的文學鑒賞或文化批評。學院派並不是一個有著完全一致的理論背景或美學觀點的批評流派，而是代表了當今中國文學批評的多元格局中的一種傾向或一種風尚。它應當同直覺印象式批評和社會歷史批評一起，形成 90 年代中國文學批評的『三足鼎立』之格局。」〔註2〕這裡需要說明的是，學院批評雖然有與直覺印象式批評分庭抗禮之意味，卻也試圖從直覺印象式批評中汲取某種

---

〔註1〕　查中國期刊全文數據庫，最早談論學院批評的是王寧的《論學院派批評》（載《上海文學》1990 年第 12 期），故有此判斷。

〔註2〕　王寧：《論學院派批評》，《上海文學》1990 年第 12 期。

精神。唯其如此，我們才能解釋爲什麼王寧在強調學院批評學術傳統的同時，還特意要讓學院批評具有「對當代文學創作和理論批評的強烈的干預和參與意識」。事實上，這既是直覺印象式批評的精神之一，也是 80 年代流風遺韻的一種體現。

這就不能不談到 1980 年代。80 年代中期，文學批評界的一件大事是有了所謂的「第五代批評家」的崛起。從 1986 年在海南召開、以「我的批評觀」爲中心議題的「全國青年文學評論家文學評論研討會」中獲悉，「第五代批評家」乃思想活躍、年輕有爲之士（大都 30 歲左右），他們鑄造的批評觀中有如下兩個核心觀點：一、批評是一種自我體驗、自我創造、自我價值的肯定，同時也是和世界交換意見的一種方式；二、批評是一種價值判斷和審美判斷。〔註 3〕而這種批評觀又可用法國印象主義批評的代表人物法朗士（Anatole France）的話加以概括：「我所評論的就是我」或「批評就是靈魂在傑作中的探險」。〔註 4〕這種批評生機勃勃，甚至讓年即半百的陳駿濤感受到了他與「第五代批評家」的差距，也讓他悟出了其中的一個道理：「搞文學的人，其目光絕對不能僅僅止於文學，而應該關注文學以外的廣泛的問題。首先是國家的命運、民族的前途、人類的未來，這些每一個生活在當今世界上的人，特別是搞文學的人不能迴避的問題；同時，就知識領域來說，還應該涉獵除了文學以外的其他部門──哲學、美學、歷史學、社會學、人類文化學、心理學……。」〔註 5〕可以說，這樣的批評既是文學批評，同時也是一種通過文學與外部現實接通的批評，它所警惕的恰恰是那種自我封閉式的學院批評。〔註 6〕

然而，這樣一種批評範式卻被 90 年代興起的學院批評否定或取代了。如果在學術的層面上追尋理由，這樣一種否定自然有其必然性和合理性，因爲現在看來，80 年代的文學批評確實有高談闊論之嫌；而學理的依據不足，其

---

〔註 3〕 陳劍暉、郭小東：《寶島的盛會，批評的沉思──全國青年評論家文學評論研討會綜述》，見《我的批評觀》，桂林：灕江出版社 1987 年版，第 277～278 頁。

〔註 4〕 許子東就借用法朗士的觀點闡釋了自己的看法。見許子東：《文學批評中的「我」》，同上書，第 8 頁。

〔註 5〕 陳駿濤：《翱翔吧，「第五代批評家」》，同上書，第 234 頁。

〔註 6〕 陳劍暉特別指出，他們這代人的批評既「不同於那類從理論到理論的『學院式』批評，也不同於那些乾巴刻板的『三段論』批評。見陳劍暉：《批評，在新的審美座標上──全國青年評論家評論研討會》，《天涯》1986 年第 3 期。

「宏大敘事」就必然流於空疏與浮泛。同時，文學批評一旦與批評主體的社會關懷與責任聯繫到一起，也確實更容易形成陳平原所引用的「借經術文飾政論」的局面，於是，「在專業研究中，過多地摻雜了自家的政治立場和社會關懷，對研究對象缺乏必要的體貼、理解和同情，無論談什麼，都像在發宣言、做政論」。〔註 7〕文學批評一旦成為一種工具或利器，它也就立刻會暴露出一些嚴重的問題。

那麼，這就是學院批評興起的惟一理由嗎？不是的。能夠擺在桌面上的理由固然應當看重，但那些更為隱秘的原因也需要予以澄清。如前所述，對於 80 年代的許多批評家來說，文學批評是介入乃至批判社會、實施人文關懷的重要手段。但是重大的歷史事件以及由此形成的文化格局，阻斷了他們介入的通道。這時候，退守學院就成為一種無奈的選擇。如果看看這一時期「第五代批評家」的代表性言論，我們應該能發現其中的一些難言之隱。比如，陳思和除了委婉批評知識分子的廟堂意識和廣場意識之外，還提出一個知識分子的崗位意識。〔註 8〕陳平原則明確表示，「學者以治學為第一天職，可以介入，也可以不介入現實政治論爭」。他「贊成有一批學者『不問政治』，埋頭從事自己感興趣的專業研究」，「允許並尊重那些鑽進象牙塔的純粹書生的選擇」。〔註 9〕而南帆則明確了學院的一個基本功能——逃避：「學院一直被看作逃避動盪社會的一方樂土，『兩耳不聞窗外事，一心只讀聖賢書』成為學院環境的寫照，而通行於學院內部的學術話語彷彿為逃避政治話語的控制提供了必要的專業掩護。」〔註 10〕在這些隱晦婉轉的表達中，我們分明看到了學院批評之被選擇的更加複雜的精神症候。

在這樣一種症候面前，我們便可以思考學院批評在正面價值背後所隱含的先天不足。

第一，80 年代的印象批評是一種極力張揚批評家主體意識的批評，同時也是一種寬泛意義上的政治批評和文化批評。它以作家作品、文學現象為出發點，但介入現實卻成為其最終目的。從這個意義上看，處於特定歷史語境之中的印象批評並不能單純在「批評即表現」（像李健吾倡導的那樣）的傳統

〔註 7〕　查建英主編：《八十年代：訪談錄》，北京：三聯書店 2006 年版，第 139 頁。
〔註 8〕　陳思和：《關於當代知識分子的崗位意識》，《文論報》1993 年 10 月 23 日。
〔註 9〕　陳平原：《學者的人間情懷》，《讀書》1993 年第 5 期。
〔註 10〕　南帆：《90 年代的「學院派」批評》，《天津社會科學》1994 年第 4 期。

框架中獲得全部解釋，而是還需要把它看作是一種思想搏擊，文化反思和政治訴求。很大程度上，它既接通了「五四」時期知識分子傳統的精神氣脈，也吸收了薩特（Jean-Paul Sartre）式的以「文學介入」爲先導、以知識分子的責任承擔爲旨歸的精神資源。然而，印象批評被學院批評接管的過程，卻也是印象批評被全面去勢的過程。在這一過程中，批評家的主體意識消弭在批評客體裏，批評回到了文學本位而變得安分守己。「文學介入」的思想既無用處，「躲進小樓成一統」就成爲批評家的首選姿態。於是，學院批評對印象批評的「否定」並非哲學上的「揚棄」，而就是一種劃地絕交式的棄絕。南帆指出：「『學院派』的確看不上信口開河的印象主義批評。二兩燒酒，一點才情，三錢想像，添加些許憂鬱的表情或者潑皮般的腔調，這種配方炮製出來的文學批評不過是一些旋生旋滅的即興之論。」〔註 11〕我以爲，這種觀點在學院批評家那裏是具有某種代表性的。

然而，學院批評的「否定」方式卻也給自身帶來了致命傷害，因爲它從此喪失了某種精神元氣，而走向了穩重、端莊、保守、中庸和收心內視的精神氣質當中。這期間，雖然也有印象批評偶而亮相（比如，吳亮刊發於 1992年 10 月 2 日《文化藝術報》的《批評的缺席》等文章），卻又如驚鴻一瞥，它讓人略作騷動之後就復歸於學院批評的平靜之中，終將難成氣候。

第二，學院批評的核心理念是「爲學術而學術」和「價值中立」，它所批判的對象應該是印象批評的「爲學術而政治」和「價值判斷」。客觀地說，學院批評所倡導的這種價值觀念非常接近於韋伯（Max Weber）的主張。因爲在他看來，學術與政治是兩種不同的志業（Beruf），它們分別隸屬於不同的價值系統：政治追求權力的分享，而學術則不僅使人獲得知識、思想的方法和思維的訓練，而且更重要的是能夠使人「清明」。因此，無論是學者著書立說還是課堂傳授，都不能讓政治觀點進入學術和影響學術。而「一旦學者引進個人的價值判斷，對於事實的完整瞭解，即不復存在。」〔註 12〕90 年代以來，倡導並實踐學院批評的人，雖然不一定熟悉韋伯的上述言論，但其操作方式卻與韋伯的論說構成了一種有趣的呼應。

在韋伯論述的意義上來思考 90 年代以來的學院批評，我們可能會發現學

〔註 11〕 南帆：《「學院派」批評又有什麼錯？》，《中華讀書報》2003 年 6 月 25 日。
〔註 12〕 〔德〕韋伯：《學術作爲一種志業》，見《學術與政治》，錢永祥等譯，桂林：廣西師範大學出版社 2004 年版，第 177 頁。

院批評之被選擇的正確性，卻也不得不思考其中所隱含的中國問題。在我看來，學院批評與「為學術而學術」和「價值中立」的同構性除了那些冠冕堂皇的理由之外，還意味著這樣一個事實：80 年代的「青年批評家」在 90 年代以來紛紛變成了中年「學者」或「教授」，這種身份的轉換讓他們意識到，他們所從事的文學研究事業是「學術」而不再是一項「批評」工作。既然是「學術」，便需要大講價值中立而捨棄價值判斷，以去盡「批評」的浮躁之氣。在學術發展的路徑上，這樣的做法是可取的；但是，我們卻也不得不說，在「學者」或「教授」改造「批評家」的氣質時，「學術」也改造了「文學批評」精神內涵，它消解或去除了文學批評激進的美學鋒芒，而把所有的文學問題還原成一個談論起來十分安全的學術問題。這種安全感逐漸造就了學者的庸人習氣，也為後來學術體制的收編與整合鋪平了道路。

第三，在這一背景下繼續思考，我們還不得不觸及到學院批評的學術自律問題。按照南帆的看法，學院批評之所以要轉換成學術話語加以表述，其目的在於反抗：「這種深奧晦澀的表述恰恰與政治獨斷論格格不入。換言之，『學院派』批評運用學科邏輯頑強地抵禦政治獨斷論的干預，這顯明了學術話語做出的反抗。」「在這個意義上，學術話語的存在涉及到了話語政治學。因此，『學院派』批評的首要目標不是讀者或者作者的侍應生；它是自律的，它的作用恰恰通過自律予以實現。」〔註 13〕明乎此，我們便可以解釋為什麼學院批評往往會讓密集的術語、高深的理論充斥於自己的文本之中。在特定的時代氛圍中，它們是一種自我保護措施，也是一種反抗的標誌，而所有這一切都是為了批評或學術的自律。

然而，如此踐行學術自律，也把學院批評隱含的問題暴露出來。阿多諾（T. W. Adorno）在談論藝術問題時總是涉及到藝術的兩重性——「自律性」和「社會性」，學院批評的學術話語亦可作如是觀。在阿多諾看來，藝術的自律性意味著藝術逐漸獨立於社會的特性，而「藝術的社會性主要因為它站在社會的對立面。但是，這種具有對立性的藝術只有在它成為自律性的東西時才會出現。通過凝結成一個自為的實體，而不是服從現存的社會規範並由此顯示其『社會效用』，藝術憑藉其存在本身對社會展開批判。」〔註 14〕從表面

---

〔註 13〕 南帆：《90 年代的「學院派」批評》，《天津社會科學》1994 年第 4 期。
〔註 14〕 〔德〕阿多諾：《美學理論》，王柯平譯，成都：四川人民出版社 1998 年版，第 386 頁。

上看，學院批評在自律中亦尋求到一種反抗的力量——在這一意義上它非常接近於阿多諾的論述，但是，由於學院批評是「逃避」的產物，由於學術話語考慮到「自律」的層面卻忽略了「社會」的維度，所以，這樣的學術自律往往是脆弱的。而一旦政治投以青眼或商業抛以媚眼，它很可能會為之獻身。學院批評後來的發展狀況表明，學術話語恰恰是在他律的控制之中實現其自律的，它成了服從既定規範的楷模，甚至成了阿多諾所謂的物化之作。如此說來，這是不是意味著學術因其片面追求自律性而變得單維之後它本身已失去了反抗的力量，而所謂的反抗只不過是一種自造的幻覺？

馬克思說：「人體解剖對於猴體解剖是一把鑰匙。反過來說，低等動物身上表露的高等動物的徵兆，只有在高等動物本身已被認識之後才能理解。」〔註15〕故以上所談問題，實際上是我在面對當今比較成熟的學院批評之後的一種回溯性思考。這些問題能否成立，還需要放到今天的學院批評中予以檢測。

## 二

1990 年代中後期以來，學院批評經過了某種前期論證之後，似乎走上了良性發展的軌道。然而這一時期也正是高校與科研機構積累問題越來越多的時期。擴招之病、跑點之弊、學術工程的營造、課題申報制度的確立與完善、研究生的大生產與大普及、本科教學評估與轟轟烈烈的造假運動等等，構成了這一時期的問題景觀。於是，有識之士既有「『跑點』跑掉了大學之魂」的呼籲，〔註16〕也有「學校不是養雞場」的判斷，〔註17〕更有對「學術行政化」、「教育產業化」、「學院公司化」的批判。〔註18〕我以為，所有的這些問題構成了我們談論學院批評的現實語境。與這種語境相對應，學院批評也陷入到體制化與專業化等困境之中。

關於學院批評的體制化，已經有人做過相關分析。比如，在南帆看來，教授、博士、課題、研究基金等等既是學院體制的產物，同時也包含了收入

---

〔註15〕〔德〕馬克思：《〈政治經濟學批判〉導言》，見《馬克思恩格斯選集》第二卷，北京：人民出版社 1995 年版，第 23 頁。

〔註16〕參見董健：《「跑點」跑掉了大學之魂》，《粵海風》2006 年第 1 期。

〔註17〕參見李零：《學校不是養雞場》，見《花間一壺酒》，北京：同心出版社 2007年版，第 182～195 頁。

〔註18〕參見陳丹青：《繪畫、圖像與學術行政化》、《辭職報告》，見《退步集》，桂林：廣西師範大學出版社 2005 年版，第 110～115、421 頁。

和社會待遇。而經過嚴謹的分類和切割，文學成為一個獨立的學科，由學院的文學系負責研究。這時候，文學研究與文學批評便顯示出微妙卻重要的差別：後者常常沉溺於文學的魅力，常常以文學作品為核心；前者更樂於考察文學周圍的知識。於是，「考據」成為目前更投合學院體制的研究手段。之所以如此，是因為學院體制要求「硬」知識，科學論斷和學術規範，而遊談無根被視為膚淺的標誌，注釋的數量代表了紮實的程度。結果，一系列成文不成文的規定形成了文學系的某些價值觀念。而學院批評的體制化最終造成的是如下局面：「批評拋下了文學享清福去了」，「一大批批評家改弦更張，中規中矩地當教授去了」。〔註19〕

　　從一般的意義上說，如此反思學院批評的體制化是可以成立的，因為當批評進入學院而被充分學術化之後，它的批評激情已基本耗盡，它也不得不接受學院的全面管理。這樣，文學研究就成為一種日常的事務性工作，成為知識傳授和知識生產的組成部分。只是，這種體制化了的學院批評既缺少生機與活力，也容易遭人詬病。比如，南帆等人的《底層經驗的文學表述如何可能》在《上海文學》（2005 年第 11 期）刊發後，馬上遭到了吳亮、陳村等人的批評，而伴隨著「小眾菜園」等網站的推波助瀾，學術黑話問題、學術圈地運動問題、搶佔話語資源問題等等又一次得到網友的熱烈討論。在吳亮看來：「『底層表述』在後謊言時代被適度地學院化了。用晦澀空洞的語法去代言底層正在成為一種學術時髦。」〔註20〕而南帆則在回應中談到，這篇對話雖然使用了語言學、敘述學的術語，但這正是文學研究的價值所在。「如果僅僅因為沒有讀懂就盛氣凌人地斷定對方是『黑話』，是否太自以為是了？」「如果每逢陌生的術語就轉過臉來破口詛咒所謂的『學院派』，那將如何與一系列重要的思想家打交道？」〔註21〕但可惜的是，這場討論在充滿火氣的爭辯中並沒有觸及到根本問題。

　　這個根本問題是什麼？其實就是南帆所謂的「批評拋下文學享清福去了」。也就是說，由於「批評」變成了某種「研究」，所以鮮活的文學已不再能引起學者們的關注。他們利用學術術語和相關理論進行著某種「考據」式的工作，這非常符合學院批評或學術研究的規範，但是卻很可能既遠離現實

---

〔註19〕 南帆：《批評拋下文學享清福去了》，《中華讀書報》2003 年 3 月 12 日。
〔註20〕 吳亮：《底層手稿》，《上海文學》2006 年第 1 期。
〔註21〕 南帆：《底層問題、學院及其他》，《天涯》2006 年第 2 期。

問題，也爲人們試圖接近這種問題製造出了某種話語障礙。而更讓人深思的是，如果說術語與理論在學院批評之初還意味著某種自我保護措施，那麼經過體制化的鍛造與錘鍊之後，它們已成爲一種表述習慣。後來者不知其中奧秘，便把這種表述當成進入學院批評的開門鑰匙，結果，他們在術語的旅行中或許會遺忘更加眞實的現實問題。因此，在我看來，這場爭論很可能隱含著這樣一個事實：學院批評修成正果之後已變得財大氣粗，它已在享受著體制化的種種好處。所以儘管身處學院的教授也會不時地反戈一擊，但卻更像在做姿態。當學院批評遭到眞正的冒犯時，捍衛或保衛體制化了的學院批評便成爲學者們的習慣性反應。

那麼，這就是學院批評體制化之後的主要問題嗎？不是的。學術黑話問題、跑馬圈地問題等等只是學院批評體制化問題的一個次要方面，更重要的問題還在於，當今的學院批評經過管理之後已經納入到一個安全生產的既定秩序中，它已不再反抗，而是開始接受一種已然收編的既定事實。

這就不能不提到當今的種種課題申報制度。以「國家社會科學基金項目」爲龍頭，各種各樣、名目繁多的項目鋪天蓋地（如省部級項目，地市級項目，校級項目；重點項目、一般項目；集體攻關項目，個人項目等等），它們構成了學院批評生產與擴大再生產的主要動力。而所有的項目既然都有各級政府出錢資助，嚴格的課題申報條件和相關要求也就紛紛出臺，以便一開始就對申報者做出某種規範。而爲了獲得某個課題，申報者之前首先會自我審查，以在「政治正確性」方面不出問題；課題申報成功之後，還有相關部門組織的中期檢查和最後的「結項」制度，這固然是爲了督促課題的順利完成，卻也對課題的思想越軌行爲負責著某種監控。而由於課題的有無與多少往往是與個人的職稱晉升、評獎、收入、待遇和單位的碩士點、博士點、一級學科、重點學科等等的申報與評估聯繫在一起的，所以它總會引誘得學院中的眾學者趨之若鶩。結果，學院批評不得不進入到一種體制化的運轉之中。

在我看來，學院批評的課題化、項目化是它被整合與收編的重要標誌，因爲在當今的文化語境下，課題或項目以及由此形成的學術體制，顯然是對學院乃至學院批評進行規訓的重要手段。這就意味著學術自由只能是一種「規定動作」，而這種動作越多，它也就必然會挪用或擠佔「自選動作」的時間和精力。與此同時，課題與項目一方面會讓學院批評變得越來越學術化，批評因此被削弱了必要的思想鋒芒，學者失去了提出重大社會問題的能力；另一

方面，它們又加大了學院批評行政化的力度——在許多人心目中，課題與項目只是進入下一步申報系統的通行證，是接受評估的重要指數，它們與批評和思想無關，甚至也與純正的學術思考無關。而這樣一種學術體制運作到最後，勢必導致學院批評的柔弱化與空心化。比如，我們的學術市場上，規模浩大的「工程」和「成果」往往很多，卻人都缺少思想深度與學術力度。它們的存在只是維持了學術的虛假繁榮。

關於學院批評的專業化，我更想以一個例子加以說明。余華的《兄弟》面世之後，獲得了廣泛的討論和爭論。其否定性意見集中體現在《給余華拔牙》（同心出版社 2006 年版）一書中，而那裏面所收的文章又大體上體現出印象批評乃至文化批評的傾向。而在 2006 年 11 月 30 日，復旦大學中文系中國當代文學寫作與研究中心與《文藝爭鳴》雜誌社則召開了「余華小說《兄弟》討論會」；從後來發表的論文及座談會紀要來看，這是很典型的學院批評，而這種批評則全部表達了對《兄弟》的肯定性看法。

這裡值得注意的是陳思和對《兄弟》的評論。在他看來，《兄弟》走出了我們的審美習慣，他連接起來的是巴赫金所謂的「怪誕現實主義」的傳統。於是，在巴赫金的論述語境下，《兄弟》張揚的是一種民間文化傳統，偷窺細節接通的是「隱形文本結構」，而那些放肆寫作中的粗鄙修辭，則體現了民間敘事的魅力。〔註22〕立足於這種分析，陳思和形成如下判斷：「我應該毫不掩飾地說《兄弟》是一部好作品。這部好作品首先是它對當代社會、這個時代作了非常準確的把握。」「我們希望余華的《兄弟》進入文學史，進入學院」。〔註23〕

從學院批評的角度看，陳思和對《兄弟》的解讀無疑是成功的，但惟其成功，裏面隱含的問題也就更加隱蔽，不容易為人所發現。在我看來，這種解讀首先不是從作品出發，而是從既定的觀念出發（巴赫金的觀念和他已經成型的諸多觀念，如「隱形文本結構」等），由於巴赫金的狂歡化理論和陳思和的民間文化傳統理論已深入人心，並且獲得了正面闡釋的效果，把《兄弟》置入這一闡釋框架中便具有了隆重的意義。而這一闡釋框架同時也是一個排除的過程——立足於《兄弟》本身的印象式判斷，《兄弟》作為暢銷書的生產

〔註22〕陳思和：《我對〈兄弟〉的解讀》，《文藝爭鳴》2007 年第 2 期。
〔註23〕潘盛：《「李光頭是一個民間英雄」——余華〈兄弟〉座談會紀要》，《文藝爭鳴》2007 年第 2 期。

手段，余華的寫作策略，《兄弟》中的情色風景與我們這個時代同構而合謀的那種隱秘關係等等——所有這些都排除掉之後，剩下的便只能是一條專業化程度很高，學理性很強的狹窄通道。所以，以我之判斷，陳思和說《兄弟》是一部好作品，主要原因在於這部作品符合了他觀念的需要。

這就不能不讓人反省學院批評的專業化所面臨的問題。在我看來，當今天的文學生產與消費活動變得越來越複雜的時候，專業化一方面會遮蔽學院批評對當下文學的複雜認識，一方面又會讓學院批評享有至高無上的權力。因為文學史的寫作畢竟出自學院派之手，而「希望余華的《兄弟》進入文學史，進入學院」當然也並非空話，很可能就是未來文學史寫作的提前承諾。於是儘管印象批評和文化批評來勢兇猛，它們終將不是學院批評的對手，因為學院批評握有話語霸權，它與教科書、專業期刊和維護學院傳統的研究生隊伍組合在一起，形成了一個強大陣容，這個陣容最終會以學理不足的名義宣判任何印象批評與文化批評的死刑。

體制化和專業化當然不是學院批評問題的全部，卻也足以讓我們看到它在進一步發展時所面臨的困境。如何走出這種困境，許多人可能會有不同的答案。但是我想，學院批評既然也是批評，恢復批評的本來面目應該是至關重要的。陳丹青說：「批評之所以是批評，就因為真的批評總是不滿的，懷疑的，不合作的。」〔註24〕薩義德（Edward W. Said）指出：「如果我用一個詞始終如一地同批評聯繫在一起（不是作為一種修飾，而是作為一種強調），那麼這個詞就是對抗的（*oppositional*）。」而對抗，首先意味著道義上的反抗：「批評必須把自己設想成對生命的張揚，其本質是反抗各種形式的暴政、統治和虐待。它的社會目標是為了人類自由而生產出非強制的知識。」〔註25〕如果學院批評也能具有這種高屋建瓴的批評情懷，它是不是會變得更可愛一些呢？

2007 年 12 月 21 日

（原載《文藝研究》2008 年第 2 期）

---

〔註24〕陳丹青：《批評與權力》，見《退步集》，第 55 頁。
〔註25〕Edward W. Said, *The Word, the Text, and the Critic*, Cambridge, MA: Harvard University Press, 1983, p. 29.

# 新媒介時代，文學批評如何發揮作用

　　隨著數字化時代的來臨，大眾傳播媒介也發生了翻天覆地的變化，於是新媒介（new media，一譯新媒體）之說被人廣泛使用。而所謂新媒介，按照筆者理解，凡是以新型的數字技術作為支撐而形成或改造過的傳播媒介都可看作新媒介。用更形象的說法表示，凡是通過屏幕（尤其是電子屏幕，如電視、電腦的顯示器、手機屏幕等）顯示並傳播信息的媒介其實就是新媒介。在此意義上，可以說我們今天已生活在新媒介的包圍之中，我們發送、傳播、接受信息的方式也早已發生了位移。

　　既如此，在新媒介時代，文學批評該如何調整自己的位置，又該如何發揮出它應有的作用呢？若要說清楚這個問題，也許應該從文學批評的存在方式（載體）說起。

　　文學批評活動在 1980 年代可謂是一場盛事，而 1990 年代以來，文學批評則開始了「學院化」的進程，最終形成了所謂的「學院批評」。我們可以從多個角度來反思學院批評的成就與缺陷，但以往的反思或許大都忽略了一個簡單的事實：學院批評是通過什麼方式傳播出去的，它與什麼樣的傳播媒介建立了一種唇齒相依的關係。一旦提出這個問題，答案其實已非常清楚：如果是論文，學院批評的成果往往是在專門的文學評論刊物上發表出來，而專業讀者又通過雜誌這種紙質媒介接受了相關信息。也就是說，在很長一段時間裏，文學批評活動都是通過平面媒體展開的，印刷媒介便是文學批評的存在方式。

　　顯然，文學批評（尤其是學院批評）與評論雜誌的關係是值得探討的一個話題。一方面，學院批評因其厚重、結實等原因，自然只能以期刊雜誌作為它發表的首選陣地；另一方面，久而久之，評論雜誌本身也會形成自己的特殊風格，即它接受的往往是講究學術規範，有引文，有注釋的論文，排斥

的常常是那些靈動、輕盈、不合學術規範卻未嘗沒有眞知灼見的隨筆類、雜談類文字（只有極少數刊物是個例外，如《文學自由談》等）。而高校學術評價體系的成型，也鼓勵著眾學者（他們正好是學院批評的主體）必須在「全國中文核心期刊」、「CSSCI 來源期刊」等雜誌上發表論文，這樣，學院批評彷彿就與文學評論雜誌形成了一種良性的互動關係：學院批評的成果因不斷見諸於評論雜誌而顯得聲勢浩大，評論雜誌因眾學者乃至高校學術部門的支持而變得興旺發達甚至財大氣粗，雙方因此而進行著廣泛、深入、持久的合作與交往。

然而，這種學院批評雖然欣欣向榮，卻也存在著許多問題。從傳播媒介的角度看，其中的一個問題是，由於長期以來學院批評的存在、運作、傳播乃至書寫等方式是在印刷媒介的文化語境中孕育而成的，所以它也就不可避免地形成了專業化、高深化以及隨之而來的圈子化、小眾化等特點。同時，由於學院批評面對新媒介基本上處於熟視無睹我行我素的狀態，所以在新媒介時代它也就被迅速邊緣化了。雖然這種邊緣化有其更爲複雜的原因，但我們不應該忘記，當文學也處在邊緣化的過程中時，網絡上迅速崛起了網絡文學，卻鮮有上乘的網絡文學批評。這至少說明，當文學出現了所謂的「終結論」時，一些作家和諸多寫手依然抓住了網絡這根最後的救命稻草，而同樣處於頹勢的文學批評卻沒有充分利用新媒介的力量；從事學院批評的學者也沒有放下自己的架子，廁身於網絡，遊走於民間，去磨礪自己的批評鋒芒。其結果是，學院批評逐漸成爲一種高級的智力遊戲活動，成爲少數人的竊竊私語，成爲專業內部人士的接頭暗號。它遠離了網民、閱讀公眾與新媒介，自然也就被他（它）們放逐在了自己的視線之外。

有人可能會說，我們不是有了許許多多的電子期刊數據庫嗎（如《中國知網》的「中國期刊全文數據庫」）？難道這還不算是對新媒介的一種利用？是的，我當然承認這是文學批評在新媒介時代獲得的一種補償，但我們同時也應該意識到，數據庫中的東西依然是印刷媒介與學術體制的產物，它僅僅是讓原來存在於紙媒中的文章上了網，而其表達方式並沒有發生任何變化。另一方面，由於進入期刊數據庫的門檻較高（比如通過校園網，收費等等），它實際上也拒絕了閱讀公眾的染指。以前有人說過，沒有被電視報導過的事情就不存在；我們現在也可以說，沒有上網的文章，沒有進入普通搜索引擎系統的文章，或者只能被搜索出題目卻無法打開全文的文章（數據庫中的文

章經常處在這種狀態），實際上它們也不存在。

於是，當下的文學批評界就形成了一種非常奇怪的現狀，一方面，在知識生產的譜系中，文學批評的數量越來越多（每年與文學批評相關的期刊論文，碩、博士論文加起來恐怕是一個不小的數字），另一方面，這種文學批評的影響力卻越來越弱。文學批評彷彿待字閨中的大姑娘，羞羞答答，不敢示人。正是在這個意義上，我覺得近年來因德國漢學家顧彬而形成的文學批評活動值得重視。

我們知道，顧彬先生是在 2006 年底開始向中國當代文學興師問罪的。從「垃圾論」開始，他又形成了「五糧液」、「二鍋頭」論（中國現代文學是幾百元一瓶的五糧液，當代文學是幾塊錢一瓶的二鍋頭），中國當代作家普遍不懂外語等觀點，從而對中國當代文壇形成了連續性的重拳出擊。現在想想，他的這些觀點是通過所謂的學院批評傳播出來的嗎？當然不是。他先是通過接受《德國之聲》的採訪，形成了一種直率的表達，然後國內媒體又跟進報導，從而在網上掀起了軒然大波。之後，他利用在中國參加大型學術會議的機會（如 2007 年的「世界漢學大會」，2008 年的「當代世界文學與中國」國際學術研討會等），又不失時機地進一步論證、補充和完善他的觀點，並接受相關媒體的採訪，直面記者所提出的問題。而所有的這些批評活動，其實都是借助於新媒介來完成的。可以說，沒有新媒介強有力的傳播、放大甚至一定程度上的斷章取義，就沒有顧彬的轟動性言論，他的文學批評活動或許就會像那些學院批評一樣，藏在深閨人未識。

在這裡，顧彬作為德國漢學家的身份問題，他對中國當代文學的批評是否可信，他是不是像有些人所謂的是在作秀或譁眾取寵等等，並非我要討論的重點。我想要說明的是，正是因為他的訪談、會議發言等等去掉了學院批評的學究氣，同時，也正是因為他的話語方式體現出了國內學者少有的出位之思、坦率之辭與執著之態，才使他成為新媒介關照的對象。換一個角度加以思考，作為從事中國文學研究多年的學者，顧彬並不是不會學院批評，但當他真要出擊的時候，他卻選用了符合新媒介（如網絡批評）特點的思考方式與表達方式。通過這種方式，他把最核心的觀點傳播到了閱讀公眾那裏，也讓文學批評發出了這個時代能夠發出的最強音。而閱讀公眾如果對他的觀點產生興趣，盡可以順藤摸瓜去接近他的學院批評，甚至去閱讀他的《二十世紀中國文學史》。這樣，借助於新媒介而進行的文學批評就成了整個文學批

評活動中的排頭兵。

並不是每個人都可以成為顧彬的，但顧彬與新媒介的合作畢竟讓我們看到了文學批評的力量。如此說來，在新媒介的框架中思考問題，是不是意味著我們需要把學院批評變成媒體批評？不是的，我在這裡以此為例，不過是想為進一步思考學院批評與媒體批評的關係提供一點思路。

自從 1990 年代以來有了所謂的「媒體批評」之說後，這種批評便名聲不佳，且論者也大都把它放在了與學院批評相對立的位置上。比如，吳俊指出：「媒體批評的弊端在於它的批評初衷並不關心文學的基本價值和利益，而主要著眼於媒體自身的利益需要，並按照媒體的邏輯而非（文學）批評的規範對文學進行闡釋和評價。因此，要說它是文學批評，實際上卻往往並不與文學相關，至少，它明顯缺乏起碼的文學批評的學理內涵。」〔註1〕陳曉明認為：「所謂『媒體批評』，主要是指發在報刊雜誌和互聯網上的那些短小兇悍的批評文字。」它們信口開河，惡語相加，罵你沒商量。〔註2〕客觀地說，以上二位學者所指出的問題在媒體批評中是大量存在的。而由於媒體批評主要由「新聞場」管轄卻不受「文學場」控制，所以它往往追求的是「語不驚人死不休」的轟動效果，「打一槍換一個地方」的游擊戰術。許多時候，它只是提供了吸引人眼球的信息，卻不可能有學院批評似的深度分析。因此，媒體批評被學院派學者所詬病是完全可以理解的。

但問題是，我們是否想過這種局面是如何形成的？學院批評與媒體批評果然就是一種水火不容的關係嗎？當媒體批評甚至走向惡俗一路時，學院派批評家是否應該反省自己的失職？而以上問題的回答顯然涉及到批評家對新媒介的認識。

在我的印象中，雖然絕大部分學院派批評家並不拒絕對新媒介的使用，但他們對新媒介似都不同程度地懷有某種戒心。比如，他們大都認為學院批評是自己的主業，進行媒體批評是屈尊下駕，有失體統。從學術利益的角度考慮，學院批評在高校的學術評價體系中是論文，是正兒八經的科研成果，它們是自己的安身立命、晉級升遷之本；而媒體批評寫了也是白寫，它們與自己的切身利益沒有直接關係。其中雖然也有一些學者試圖借用新媒介來拓展自己的批評空間（如開博客等等），但他們顯然還不怎麼適應新媒介的種種

---

〔註1〕 吳俊：《通識‧偏見‧媒體批評》，《文藝理論研究》2001 年第 4 期。
〔註2〕 陳曉明：《媒體批評：罵你沒商量》，《南方文壇》2001 年第 3 期。

特點，而一旦發生了一些事情，抽身而出或全身而退便成為他們的選擇（比如 2006 年「韓白之爭」後白燁關掉了自己的博客）。凡此種種，我們可以說學院派批評家還只是困守著學院批評，卻基本上缺席於媒體批評。

媒體批評這塊陣地學院派批評家不去佔領，媒介文化人（他們是新聞記者，編輯，專欄作者等）就必然會去佔領。因此，當媒體批評以今天這種樣子呈現在世人面前時，批評家其實也是需要認真反省的。雖然造成媒體批評的問題原因多多，但批評家不屑於與媒體批評為伍顯然也是原因之一。他們的缺席一方面使媒體批評缺少了一種理性的聲音，另一方面也讓媒體批評失去了一種制衡的力量。

但話說回來，即使學院派批評家能夠放下包袱，輕裝上陣，他們能夠寫出媒體批評所需要的文字嗎？這是我時常感到懷疑的。許多學院派批評家習慣於引經據典、四平八穩式的論文八股體寫作，卻寫不出短小精悍、生氣盎然的文字。而用論文體去對付媒體批評一方面顯得錯位，另一方面也會讓那些擅長媒體批評的人貽笑大方。因此，批評家缺席於媒體批評，除了不屑之外，很可能還有不敢、不能和不會等等因素。這樣，當批評家沒有能力去參與並進而改造媒體批評時，他們剩下的就只有批評、嘲諷和無可奈何的歎息了。

一個時代有一個時代的文學，一個時代也有一個時代的文學批評。而我還想進一步指出的是，一個時代同樣也應該有一個時代的批評文體；這種新批評文體的出現很大程度上又是被新媒介呼喚出來的。可以設想，假如沒有上個世紀二、三十年代報刊的繁榮，魯迅是否還會創造並使用雜文這種文體，是大可以存疑的。於是我便想到，我們今天有了電子、數字媒介，發展出一種與這種新媒介成龍配套的批評文體不僅是可能的，而且也是必要的。而在我的想像中，讓媒體批評（我暫時還想不出更好的說法，姑且用之）成為犀利的前鋒，讓學院批評與理論裝備成為穩固的中場和強大的後防力量，且它們之間能夠形成一種行雲流水般的傳接配合，也許是文學批評在新媒介時代能夠有所作為的一條生路。而人為製造媒體批評與學院批評的對峙、緊張關係，或者心安理得地守著學院批評而把媒體批評拱手相讓，是很難讓文學批評有更大出息的。

2009 年 7 月 12 日

（原載《文藝報》2009 年 8 月 1 日）

# 學者的中產階級化與
# 中產階級美學的興起

　　近年來，「中產階級」似已成爲熱門話題，社會學界的人在談，美學界、文學評論界的人也在談。然而，近日翻書，王彬彬的一篇文章還是讓我吃驚，因爲早在 1994 年，他就談到了這個話題，而且談得非常地道。他從赫爾曼·黑塞的《荒原狼》出發，拎出了其作品中那個「中產階級氣質」，進而斷言「在當代中國，中產階級的產生和存在，在很大程度上成爲可能。一個中產階級正在興起、形成。一種中產階級的精神狀態、人生態度、價值取向，正潮水般上漲，並且看來要主導整個社會」。〔註 1〕當他論述了極端的中產階級爲什麼既不會成爲酒色之徒也不願成爲聖徒之後，便把火力集中到了中國的知識界。讓我們看看如下文字：

　　　　而在當代中國的一些知識者身上，我都不難看到令「荒原狼」如此憎惡的這個年輕學者的影子。那些已開始過上中產階級生活的作家、學者、教授，不少人強調和堅信自己的「本分」，他們以爲自己的「本分」便是每日去弄自己的那份「專業」，此外便可什麼都不掛心，什麼都不理會。一個作家就得不停地寫，寫出一大堆書，這樣過完一生就可以無愧；一個學者就得不停地去「研究」，去做學問，寫出一本本專著，這樣過完一生，就算盡到了一個學者的「責任」。

　　　　而這樣在「本分意識」支配下寫出的作品、專著，也只能是充滿中產階級氣息的、是匠氣十足而無眞正的靈魂、眞正的血肉的。

　　　　「中產階級氣質」，中產階級的「本分意識」，會把一個作家、

---

〔註 1〕　王彬彬：《「中產階級」氣質批判》，見《爲批評正名》，長春：時代文藝出版　　　　社 2000 年版，第 335 頁。

一個學者變成一名文學匠人，一名學術匠人。並且，業已把當代中

國一些作家一些學者變成了這樣的匠人。〔註2〕

之所以完整地抄錄王彬彬的這幾段論述，是因爲他非常準確地指出了「中產階級氣質」與作家寫作、學者研究之間的同構關係。不過，此文畢竟寫於 12 年之前，他當時可能沒有料到，當作家與學者中產階級化之後，他們不僅會變得「中庸」起來，而且還會發明中產階級美學，以便使自己的生命體驗文學化和學術化。於是，接著王彬彬的話題繼續往下說就有了必要。爲了談論集中，這裡放過作家單說學者。

2003 年以來，文學評論界有了「新美學」的說法，其始作俑者是張頤武先生。那麼，究竟什麼是「新美學」呢？我們先來看看他本人的說法。張頤武指出：在「新世紀文化」中，「後新時期」文化階段由現代化向全球化，由生產性向消費性的轉型已經完成，中國百年來的悲情和屈辱的「第三世界」形象已經開始退去。隨著中等收入者人數的增長和他們成爲社會的重要力量，其文化品味和文化要求已成爲文化的中心，於是，「新大眾」出現了，他們促進了消費文化的發展；與此同時，「新美學」也問世了：「一種在消費前提下的新的美學的生成已經日益明顯。」〔註3〕在這裡，作者所謂的「新大眾」顯然就是指「中等收入者」，而且，這些「中等收入者」似乎又都是特別具有戰鬥力的消費群體，他們的消費道德觀已經主宰或正在主宰著中國的走向。而所謂的「新美學」無疑就是以「中等收入者」的文化品味與要求而構成的美學。也許是爲了避嫌，作者並沒有使用「中產階級」這一概念，但是，由於消費、消費文化、消費前提、生產性向消費性的轉型構成了「新美學」誕生的重要語境，由於在西方學者的經典論述中，消費主義與中產階級其實就是一對孿生兄弟，所以，我們大體上可以把「新美學」看作是一種具有中國特色的中產階級美學。

其實，張頤武並不是中產階級美學唯一的發明者，因爲 2003 年以來，文學理論界和美學界也出現了類似的說法，只不過他們沒有使用「新美學」，而是直接從西方挪用了一個「日常生活審美化」。在這次討論中，有論者認爲，如今「視像的消費與生產開啓了人的快感高潮」，之所以如此，是因爲「商品

---

〔註2〕 同上書，第 340 頁。

〔註3〕 張頤武：《新美學、新大眾——「新世紀文化」的形態》，《文藝爭鳴》2003 年第 5 期。

（物）的日常生活功能已淹沒在大量視像（商品外觀）的『審美性』中」，「人們流連忘返於這樣的場所，由於既不需要任何實際的理由，也無須任何實際的經濟支出，因而可以『無目的』而『合』享樂目的」。〔註4〕於是，「當代社會生活中，超出『實際的需要』的『購買』行爲本身成爲審美的快樂孳生地」，原因在於「享樂的生活儘管不是人的全面健全的生存，但全面的、健全的人類生存卻不能沒有現世的生活快樂作爲基礎」。〔註5〕很顯然，這裡所謂的「日常生活審美化」或「快感高潮」依然是以商品／消費爲其主要依託的。但「人們」又是指誰呢？讀到此處，總會讓我想起卡爾維諾的小說《馬科瓦爾多逛超級市場》——兜裏無錢的馬科瓦爾多一家六口進入超市之後目迷五色，歎爲觀止。在琳琅滿目花枝招展的商品面前，無疑他享受了一次「快感高潮」，但是眾商品的誘惑也終於使他敗下陣來。他與他的家人把商品堆滿了六輛購貨車，見到付款臺才如夢方醒，因爲他付不出錢，不得不落荒而逃。我想，能夠經常去「高檔商場」享受「快感高潮」的「人們」第一得有閒第二得有錢，因爲有閒才有心情，這符合美學定理；有錢才心裏不慌，不至於萬一抗不住誘惑遭遇馬科瓦爾多的窘迫與尷尬。中國的馬科瓦爾多們自然也可以走進高檔商場去逛一逛，但很可能一進去就當賊讓人給盯上了。所以依我之見，這種「日常生活審美化」的核心思想依然是一種中產階級美學（事實上，西方學者就是在中產階級消費文化語境之下提出「日常生活審美化」這個命題的〔註6〕）。與前者的不同之處在於，後者乾脆把「消費道德觀」轉換成了「娛樂道德觀」，而如此一來，中產階級美學的意味似乎也就更加濃鬱了。

那麼，爲什麼這些學者會津津樂道於中產階級美學呢？其實這正是筆者感興趣的地方。在上述美學觀的表達中，我們大概已經發現，「消費」是其中的一個關鍵概念，張頤武甚至說，80 年代後期以「尿不濕」新產品的使用爲標誌，意味著一個消費社會已然來臨。〔註7〕這也就是說，經過了將近 20 年的發展之後，經過了市場化和全球化的過程之後，我們今天已經走在了消費

〔註 4〕 王德勝：《視像與快感——我們時代日常生活的美學現實》，《文藝爭鳴》2003 年第 6 期。

〔註 5〕 王德勝：《爲「新的美學原則」辯護——答魯樞元教授》，《文藝爭鳴》2004 年第 5 期。

〔註 6〕 參見〔英〕費瑟斯通：《消費文化與後現代主義》，劉精明譯，南京：譯林出版社 2000 年版，第 114～119 頁。

〔註 7〕 張頤武：《新世紀文學：跨出新文學之後的思考》，《文藝爭鳴》2005 年第 4 期。

社會的康莊大道上。既然消費社會已是事實，那麼談消費文化、快感高潮和中產階級美學就不僅是當務之急，而且合理合法。同時，由於中產階級引導社會消費是社會學界的主流觀點，這樣，中產階級、消費社會、新美學便結成了利益共同體。這個共同體通過其代言人莊嚴宣佈：悲情屈辱的時代結束了，「新新中國」誕生了。

「宣佈」總是一件令人開心的事，但問題是，如果宣佈出來的是一種假象或者只是部分事實呢？為了清醒一下腦子，我們來看看來自民間的聲音。2002 年，一個自稱在北京生活 10 年、天天擠公共汽車的網民寫了一篇文章，作者按乘坐交通工具的方式把市民劃為能使用月票的公共汽車、電車，不能使用月票的公共汽車，地鐵，出租車，私家車，開公車的，那些甲乙丙丁、O 打頭、還用喇叭一路上叫嚷著讓其他車讓開的車輛等八個階層。作者說，當他月工資 6000 元的時候，才敢坐一坐不使用月票的公共汽車，藉以恢復一下做人的尊嚴，而更多的時候只能與「民工、學生、老師、外地到北京的打工族、北京的大爺、大媽、下崗職工等等」為伍，坐那種能使用月票的最便宜的交通工具。〔註8〕2006 年 1 月 9 日，許多網站編發了這樣一篇文章：《一個無車族的心聲：小排量車解禁將是個災難》。作者說：「對我等這樣只有汽車價格下降到自行車價位的時候才有能力買車的人而言，這個消息並不是以車代步的生活即將降臨的福音，而意味著我有限的生命將更多地浪費在無限的交通堵塞中。」〔註9〕作者坐公交，相信坐公交上下班的人都能心領神會。

然而，如今的學者大都不坐公交了，他們或者有了私家車，或者出門就打車。這當然不是一件壞事情，而是富裕起來或進入「中等收入者」的重要標誌。但問題是，不坐公交車的學者也就再也聞不到公交車裏「人肉的味兒」，也很難再去體會老百姓的苦惱和艱辛了。於是，他們的問題意識便只能來自「中等收入者」的感受。物質決定意識，屁股決定腦袋，什麼秧結什麼瓜，坐什麼車說什麼話，這個道理在今天大概依然是適用的。只是，如此一來，在我們的學術話語中，那些沉默的大多數的聲音也就順理成章地被刪除了。刪除了他們的聲音後我們編織出了「消費社會」的宏大敘事，但是這種斷言可信嗎？

---

〔註8〕好人郭靖：《月票與奧迪：從交通工具看市民分層》，http://www.cc.org.cn/old/pingtai/020306300/0203063029.htm.

〔註9〕周雲：《一個無車族的心聲：小排量車解禁將是個災難》，http://www.auto18.com/news/html/2006-01-09/news_2006010938173.html.

　　進一步分析我們又會發現，中產階級美學的立論依據常常來自文學敘事和媒體宣傳。比如，由於池莉寫過《來來往往》並被拍成了電視劇，而這類作品「通過中等收入者家庭危機的表現提供了市場化和全球化語境中中國中等收入者文化的矛盾性的見證」，〔註10〕所以我們就需要關注中產階級；由於我們在電視等諸多媒體上看到了商品的廣告或商品那個美麗的包裝，所以我們就有了消費的欲望或享樂的念頭。大概，在消費社會和中國之間，我們看到的就是這樣一種模模糊糊的邏輯關係。

　　這種關係也許是可以成立的，因爲當今的許多作家已經中產階級化了。中產階級化了的作家自然會寫出一些吃飽了之後撐出來的故事，學者們自然便惺惺相惜，於是，即時地捕捉這些故事中曖昧的信息並爲其定位就顯得理直氣壯。在這裡，作家與評論家又一次在階級利益的層面結爲神聖同盟，作家向評論家提供中產階級的生活場景、偷情故事，評論家爲作家的寫作進行美學賦形——任何事情最終都須獲得美學命名，革命、政治、文學、藝術莫不如此。經過了這番美學命名之後，作家的寫作合法化了，中產階級文學誕生了。但問題是，作家們中產階級化了之後，他們生產出來的文學往往形跡可疑。這些文學很可能是商品而不再是藝術品，它們能夠提供一些文化症候卻無法提供美學事實。把中產階級美學建立在這樣一座文學沙堆上，它能站得住腳嗎？

　　還有媒體。媒體是非常勢利的，按照布爾迪厄的觀點，媒體這個場最終受制於商業化的場。〔註11〕而根據波茲曼的看法：「我們的政治、宗教、新聞、體育、教育和商業都心甘情願地成爲娛樂的附庸，毫無怨言，甚至無聲無息，其結果是我們成了一個娛樂至死的物種。」〔註12〕中國當然不是西方，但是種種跡象表明，我們的媒體早已半推半就地投入到商業場的懷抱，然後成了商品信息的權威發佈者；然後，商品又借助於某種美學包裝爲公眾製造幻覺，並源源不斷地生產著本雅明所謂的「夢像」。與此同時，媒體又成了製造娛樂和享樂主義的夢幻工廠，它希望人們在歡樂大本營中遺忘痛苦，把社會不公

〔註10〕張頤武：《新大眾·新美學——論「新世紀文化」的電視文化表徵》，http://www.eduww.com/lilc/go.asp?id=1275.

〔註11〕〔法〕布爾迪厄：《關於電視》，許鈞譯，瀋陽：遼寧教育出版社2000年版，第62頁。

〔註12〕〔美〕尼爾·波茲曼：《娛樂至死》，章豔譯，桂林：廣西師範大學出版社2004年版，第4頁。

化為輕巧的一笑。在這個意義上，媒體確實成了中產階級美學的生產基地。它與中產階級調情，然後把商品美學、欲望美學強加到沒有購買力的老百姓身上，讓中國的馬科瓦爾多們眼熱心跳又無所適從。大概，這就是中產階級美學的最高機密。

　　寫到這裡，我想我該明確一下我的觀點了。我並不反對中產階級（社會學家說中間大兩頭小的「紡錘形」結構有利於一個社會的健康發展，我有什麼理由反對），也不反對學者的中產階級化（這說明讓一部分人先富起來的政策已功德圓滿，我豈有反對之理），我反對的是把中產階級的價值觀、道德觀、消費觀提升到美學境界並為之辯護的做法。在西方，從馬克思、恩格斯開始到波德萊爾再到盧卡奇和法蘭克福學派的成員們，個個都是中產階級的富家子弟，〔註 13〕但是他們所建構的美學從來都是對資產階級、中產階級進行批判的美學；西方當代的學者如丹尼爾‧貝爾、波德里亞乃至費瑟斯通雖然大談中產階級、消費社會與消費文化，但是他們對於他們談論的東西往往也在批判，或者起碼抱有必要的警惕，而我們的學者儘管還沒有富裕到西方學者那種程度，卻不但發明了中產階級美學，而且還要備加呵護。老實說，這是讓我十分困惑的問題。我在前面談到這是因為屁股決定腦袋，當然是把複雜的問題簡單化了。我倒是希望誰能把這個簡單的問題複雜化，以幫我提高思想覺悟。

2006 年 1 月 15 日<br>（原載《南方文壇》2006 年第 2 期）

---

〔註 13〕參見程巍：《否定性思維——馬爾庫塞思想研究》，北京：北京大學出版社 2001 年版，第 9 頁。

# 關於「重返現實主義」的通信

梁鴻：你好！

　　大作拜讀，下三個月工夫寫出來的文章果然盪氣迴腸，我亦獲益良多。我能夠感覺到的是，此文確實進入到了「重返現實主義」之爭的核心問題中，並對這些問題做出了深入的梳理和分析。比如，你把「純文學」理論建構的過程看作是文學／政治、現代主義／現實主義二元對立思維形成的過程，你對現實主義核心概念「歷史感」的分析，你對「底層寫作」被捧上神壇而產生的憂慮等等，都體現出一種嚴肅思考後的清醒與冷峻，很大程度上挑明了這場論爭的癥結所在。

　　記得在那次電話中我也談到過我的想法。在我看來，面對當下的文學格局，有人提出「重返現實主義」的主張確實有其針對性和合理性，但如果因此就要把它搞成一場文學運動（比如說新左翼文學運動）並讓它成為審判作家是否「政治正確」的道德準繩，那就需要慎重考慮了。因為一旦如此操作，文學很可能會為了某種觀念性而犧牲藝術性，為了必然性而流放偶然性，為了共性而消除個性；文學不得不再度回到某個歷史起點上。那個點本來應該是作家與文學進行自我校正、實現超越的參照系，如今卻變成了彷彿在上面撒點種子就有好收成的責任田。老實說，文學界所出現的這種狀況，是我所不能理解的。

　　但話說回來，也確實事出有因。今天的「重返」顯然是對現代主義的反動，是從「怎麼寫」回到「寫什麼」。在我的印象中，當今「重返」論者似乎不同程度地都對現代主義的「怎麼寫」有一種反感，認為現代主義者必然會在純技巧的層面玩一些花活兒，而沉溺於其中既久，也必然會遺忘或放棄直面現實的精神。因此，回到現實主義就是回到現實的苦難意識當中；或者也可以說，只有現實主義才能充分保證作家對現實、對苦難、對底層世界的敏

感和介入現實、批判現實的鋒芒。但我卻覺得，把現代主義和現實主義搞得如此水火不容你死我活的思路並不足取，也容易引起觀念上的混亂。比如，我們不妨思考一下：現實主義就一定高於現代主義嗎？現實主義本身難道就那麼完美無缺嗎？現代主義者果然是一種技巧層面的玩家因而放棄了介入現實的追求嗎？問題恐怕沒有這麼簡單吧。

想一想西方學者的相關思考，也許會給我們帶來一些啓示。比如，盧卡奇是現實主義的堅守者，卻遭到了阿多諾的批評。阿多諾認爲，我們的現實已然成爲被異化的現實，現實經過種種裝扮之後已經變得虛假。而現實主義本身因其逐漸喪失了識破虛假現實的能力，也就只能反映虛假的現實。因此，現代主義取代現實主義就具有了某種必然性與合理性，因爲在現實主義的止步之處，現代主義變換了一種方式重新開掘，結果往往就大不相同。在對卡夫卡、普魯斯特等現代主義小說家的分析中，阿多諾的觀點表達得淋漓盡致——卡夫卡之所以應該被人關注，原因在於他所採用的非傳統的敘事手法可以讓人感受到異化現實的眞相；普魯斯特之所以應該被人重視，原因在於他從來沒有做過現實主義者所做過的那種事情：用通訊報導的方式把不眞實的東西弄得彷彿像眞實一樣。因此，「小說如果想要忠實於自己的現實主義遺產，如實地講敘，那麼，它就必須拋棄那種靠再現正面的東西來幫助社會幹欺騙買賣的現實主義」[註1]。當然，我們也必須意識到，阿多諾既是現代主義藝術的維護者和闡釋者，也主要是面對「社會主義現實主義」進行反思。他站在現代主義的立場上來批判盧卡奇的現實主義理論，或許有其偏頗之處，但其思路卻值得深思。

我也想到了薩洛特的《懷疑的時代》[註2]，那是一篇批判現實主義、向巴爾扎克叫板的宣言。薩洛特之所以會把巴爾扎克送上審判臺，原因無他，主要是因爲新的時代和新的現實逼著作家必須改變其視角和手法，非如此則不能深入到眞正的現實之中。她並不是不要眞實，而是拒絕膚淺的、外部的眞實，並試圖進入到另一層次的心理眞實中去。這種創作主張是不是也值得我們認眞面對？

---

〔註1〕 〔德〕阿多爾諾：《當代小說中敘述者的處境》，劉小楓譯，見伍蠡甫、胡經之主編：《西方文藝理論名著選編》下卷，北京：北京大學出版社 1987 年版，第 703 頁。

〔註2〕 參見《法國作家論文學》，王忠琪等譯，北京：三聯書店 1984 年版，381～393 頁。

　　而且，一旦進入到現代主義所營造的精神世界，我們也無法把它們一概看作遠離現實、無病呻吟的瞎胡鬧。比如，薩特曾倡導過「處境小說」。從技術的層面看，處境小說顯然是對現實主義的反動，因為它既無內在的敘述者，也無全知的見證人。但處境小說無論是作為一種理論主張還是一種創作實踐，其實又是薩特「介入文學」的具體落實。在上個世紀的 40 年代，薩特的所作所為顯然已遠離了法國傳統現實主義的軌道而向現代主義位移，但弔詭的是，恰恰又是他把「介入現實」的口號喊得山響，以至於為後來的「介入政治」埋下了病變的種子。如果把是否介入現實看作現實主義與現代主義相對立的主要因素，我們如何解釋現代主義者介入現實的狂熱衝動？

　　但是，以上所言，說的又都是西方的情況，一旦落實到中國當下的文學語境中，問題馬上就會變得複雜起來。比如，你在文章中談到了閻連科的《受活》和莫言的《生死疲勞》，並把他們小說文本的形式革命看作是一種「審美焦慮」。寬泛而言，這種說法不無道理，但是我又覺得失之簡單。非常遺憾的是，你所提到這兩部小說我並沒有讀完（面對當代作家的一些長篇巨製，我現在的閱讀狀況常常是半途而廢。我也常常檢討自身的原因，比如閱讀心境是否建立；但作家們可能也需要負很大責任———一部無法不斷激發出讀者審美期待、快感和好奇心並讓讀者走向閱讀終點的作品，是不是意味著寫作的失敗？）。《受活》大概讀了 50 多頁，《生死疲勞》勉強讀到了「豬撒歡」，就都讀不下去了。讀不下去的原因說來倒也簡單，就是讀著讀著就覺得假——假眉三道。這種假與阿多諾所謂的假並非一回事。應該說，閻連科和莫言都意識到了異化現實的存在，卻不是像卡夫卡一樣如何讓敘事手法生成於這種現實中，以使兩者統一起來，並由此構成進入現實、思考現實、穿透現實的秘密通道；而是把現代主義的手法貼在了現實之上。結果，手法孤立地成為一種敘述風景，成為作家炫技式的表演。這類似於產品廣告包裝法所形成的幻覺，人們逗留於幻覺中，認為這是好東西，但再往裏瞅，卻覺得不過爾爾。對於一些閱讀經驗不足和不負責任的評論家來說，它們可以蒙事，也可以蒙混過關，但文學是拿來蒙事的嗎？

　　把以上情況代入到上面所討論的現實主義／現代主義、寫什麼／怎麼寫之爭中，我們會看到什麼呢？閻連科在那篇惹人爭議的「後記」中寫道：「現實主義，不存在於生活與社會之中，只存在於作家的內心世界。現實主義，不會來源於生活，只會來源於一些人的內心。內心的豐饒，是創作的惟一源

泉。而生活，僅僅是滋養一個優秀作家內心的養分。」又說：「文學的成長，總是以擺脫現實主義而獲求另外的現實為前提。」〔註3〕很可能這些說法正是讓「重返」論者非常反感、予以批駁的方面，但問題的關鍵不在這裡。相比於西方作家、理論家的諸多論述，這樣的陳詞濫調並沒有多少值得批駁的價值。我想指出的僅僅在於，閻連科等作家很可能既沒有吃透真正的現實主義的精神，也沒有獲得真正的現代主義的精髓，就開始抬一個按一個，結果其小說兩邊不靠，其說法又兩邊討打。他們用現代主義的招貼畫（那些小說文本不是很能體現出一些本雅明所謂的「展示價值」嗎）稀釋了現實主義的冷峻與深刻，又用現實主義的宏大敘事遮蔽了現代主義的鞭闢入裏，其小說文本也就變得不三不四不倫不類了。

但是，這就是問題的癥結所在嗎？我覺得依然是表象。縱觀西方世界種種「主義」的演進更迭，雖然不排除布魯姆所謂的「影響的焦慮」，但「主義」倡導者並不是要拉大旗作虎皮，而是真正生活在具體的歷史語境中，感受著時代的風雲變幻。時代變而體驗生，體驗生而主義顯。所以，不管是現實主義還是現代主義，都是從作家心裏面長出來的果實，而不是移植過來的品種，但中國的情況是不是這樣我卻時常懷疑。記得 80 年代中期的先鋒運動曾被評論界謔之為「偽現代派」，20 多年之後，中國的現代主義是不是已經真正去掉了它前面的那個「偽」字，依然值得思考。與此同時，我們也需要進一步追問，現實主義曾經被我們做成了假大空、紅光亮，這固然有其歷史原因，但「社會主義現實主義」本身是不是已隱含了這種邏輯走向？今天的「重返」論者倡導回到現實主義，究竟是回到哪個現實主義？如果要回到西方 19 世紀的批判現實主義，我覺得道理多多，但進入到實際的操作層面是不是又會遇到種種意想不到的困難？如果要回到「社會主義現實主義」，此路顯然已被我們走成了死胡同，一旦進去還能出得來嗎？但種種跡象表明，「新左派」的主張一旦落實到文學層面，很可能又是「社會主義現實主義」的老調重彈。靠在這個路數上，我倒不擔心有人會再弄出一部《金光大道》，而是覺得這個路數也會使人走火入魔。結果，空洞而又粗糙的「寫底層」、「寫人民」成為標籤，成為誘惑作家「寫什麼」而阻止作家「怎麼寫」的道德律令。於是作家開始懶惰，文學變成阿多諾所謂的「通訊報導」，變成「焦點訪談」中的某個

---

〔註 3〕 閻連科：《尋求超越主義的現實》，見《受活》，瀋陽：春風文藝出版社 2004
　　　　年版，第 298、299 頁。

內容。果如此，文學倒是回到了現實，但是卻遠離了藝術。我想，這種局面恐怕是稍有文學常識的人都不願意看到的。

文學與現實的關係是複雜的，兩者之間應該還有許多中間環節，這些中間環節很大程度上會讓這種關係變得更加微妙。所以，無論是現實主義還是現代主義，並不能窮盡這個複雜關係的全部。但是，如果必須在這兩者之間進行選擇，我倒是更希望兩不偏廢：在現實主義與現代主義之間保持某種張力，在「寫什麼」和「怎麼寫」之間保持某種平衡，在「為人生而藝術」和「為藝術而藝術」之間尋找某種空間，也許，這才是這場爭論留下來的更值得的思考的東西。你的文章中是不是也隱含著這層意思？

寫得太長了，就此打住。即頌

撰安！

趙勇

2006 年 11 月 28 日

（此信是對梁鴻博士《當代文學往何處去──對「重返現實主義」思潮的再認識》一文的讀後感。文與信均刊發於《文藝理論與批評》2007 年第 1 期）

# 後　記

　　這個集子其實是應臺灣作家兼出版人郭楓先生和中國社會科學院文學研究所研究員李建軍兄之邀編出來的，那是 2013 年。當時郭楓先生計劃在新地文化藝術出版公司推出一套文學批評叢書，便與建軍合作，約請大陸文學研究者十餘人，每人編輯一本自己的文學評論選。正是因為這一動議，我才有幸忝列其中。記得那年暑假，我先選文章，後按其要求，寫自序，尋照片，找手跡，編寫作年表，很是忙活了一陣子。來年八月，郭楓先生寫郵件告訴我：「大作《文學與時代的精神狀況》，簡變繁字體，轉換完畢，即將進入排、校階段。此套《當代中國文學評論家叢書》，目前已約集 16 家，按來稿先後分二輯出版。第一輯 8 家於本年 10 月底推出，第二輯 8 家於明年 6 月前問世，大作已收入第二輯中。」

　　但實際上，這套書出版第一輯後，第二輯並未如期推出，此後更是動靜全無，個中原因，我也略知一二。今年年初，我託建軍兄詢問，郭楓先生才和盤托出：「關於趙勇先生著作出版事，提起來實感疚愧。『新地』創辦以來，憑藉個人之力，不接受任何黨派施援，唯靠文學熱情和人生理念支撐，其中甘苦難以言說。唯 2014 年起，臺灣社會形勢遽變，文學日趨低俗，而意識形態干擾日烈，純文學之創作或論述，書市幾乎絕跡。新地文學社之書籍，更因品格太高，乏人問津，一般書店拒絕銷售，少數文化書店雖然尚願陳列，每書月銷三、五冊或竟掛零，雖有親友學生相助，亦無法維持下去！現實冷酷，我們決定從 2015 年起，停印新書，等待兩岸早春到來。」原來如此！此前我對臺灣出版界的情況也偶有耳聞，沒想到竟是如此嚴重。

　　差不多就在編輯這個集子的同時，李怡教授也邀我在臺灣出書。我知道他近年來與臺灣的花木蘭文化事業有限公司合作，主編著「民國文化與文學研究文叢」和「人民共和國文化與文學叢書」，把這件事情做得有聲有色。但

因爲剛給郭楓先生編出一本，我也就一直拖延著，懶得動手再編。李怡兄既耐心等待，又不時催促，其盛情與美意讓我感動。最近一次他又催問時，我也正好得到了郭楓先生那邊的訊息，便決定以彼書充作此書，以省編選之累。

所以，這本書是我 2013 年編選起來的那個集子的縮減版。因字數原因，我只是刪減了其中的一些文章，調整了個別篇目，其他並未大動。

重新翻閱這些陳年舊貨，我慶幸自己當年的批評激情還算豐沛。而現在，激情的水土似已流失不少，卻只能感慨一番，徒喚奈何了。這固然是年齒漸長，心已滄桑，卻也應該與批評大環境的變動有關。因爲那些激情，又因爲自序（我保留了當時的那篇自序）中所言的那種「業餘性」，有些觀點或許偏頗，有些思考也不盡如人意，但我還是把它們納入其中，權當是收藏一份心情，緬懷一種漸行漸遠的聲音吧。

感謝李怡兄的信任與寬容，也感謝花木蘭文化事業有限公司社長與編輯的接納與付出。同時也要感謝當年郭楓先生的獎掖和建軍兄的舉薦。正是他們的抬愛，才讓我有了這樣一本小書。

趙勇

2017 年 2 月 19 日